Sherlock Holmes

THE CASE-BOOK OF SHERLOCK HOLMES

이 은 선

—

연세대학교에서 중어중문학을, 국제학대학원에서 동아시아학을 전공했다. 편집자, 저작권 담당자를 거쳐 전문 번역가로 활동중이다. 코넬 울리치의 『환상의 여인』과 『상복의 랑데부』, 애거서 크리스티의 『끝없는 밤』, 스티븐 킹의 『11/22/63』, 도로시 B. 휴스의 『고독한 곳에』, 매튜 펄의 『에드거 앨런 포의 그림자』 등을 비롯하여 다양한 소설을 번역하고 있다.

*

이 도서의 국립중앙도서관 출판예정도서목록(CIP)은
서지정보유통지원시스템 홈페이지(http://seoji.nl.go.kr)와
국가자료공동목록시스템(http://www.nl.go.kr/kolisnet)에서 이용하실 수 있습니다.
CIP제어번호 : CIP2016026571

—

이 작품의 한국어판은 영국 Penguin Books의 'THE PENGUIN SHERLOCK HOLMES COLLECTION'의 『The Case-Book of Sherlock Holmes』(2011)을 번역 저본으로 삼았으며, 영국 Oxford University Press의 'THE OXFORD SHERLOCK HOLMES'(1993)를 참고하였습니다.

셜록 × 홈스

Arthur Conan Doyle

아서 코넌 도일 지음 / 이은선 옮김

Sherlock Holmes

THE CASE-BOOK OF SHERLOCK HOLMES

셜록 홈스의 사건집

엘릭시르

*

*

서문■

이제는 셜록 홈스가 인사를 마치고 실질적으로든 상징적으로든 무대에서 내려와야 하는데, 마음씨 좋은 청중에게 몇 번이고 작별 인사를 하고 싶어 하는 한물간 테너 가수처럼 되어버리면 어쩌나 걱정스럽다. 사람들은 상상의 소산이 살아가는 환상적인 연옥의 세계가 있다고 믿고 싶어 한다. 헨리 필딩의 멋진 남자 주인공이 새뮤얼 리처드슨의 어여쁜 여자 주인공과 사랑을 나누고, 월터 스콧의 영웅이 으스대고 활보하며, 찰스 디킨스의 유쾌한 런던 토박이가 사람들을 웃기고, 윌리엄 새커리의 속물이 계속 부끄러운 짓을 일삼는 신기하고 불가능한 세계 말이다.

■ 1927년 3월 《스트랜드 매거진 The Strand Magazine》에 아서 코넌 도일이 게재한 글.

홈스와 친구 왓슨이 그런 발할라■의 변변찮은 한쪽 구석에서 잠시 쉬는 동안 좀더 예리한 탐정과 아둔한 파트너가 그들의 빈자리를 채울 것이다.

그가 오랜 시간 동안 탐정으로 활약하기는 했지만, 가끔은 기간이 부풀려지기도 한다. 나에게 다가와 어린 시절에 홈스의 모험담을 즐겨 읽었노라고 말하는 나이 지긋한 신사들에게 나는 그들이 기대하는 반응을 보이지 않는다. 내 신상을 함부로 왜곡하는데 좋아할 사람이 어디 있겠는가. 홈스는 1887년과 1889년 사이에 출간된 『주홍색 연구』와 『네 사람의 서명』을 통해 데뷔했다. 기나긴 단편 시리즈의 포문을 연 「보헤미아 스캔들」(『셜록 홈스의 모험』에 수록)은 1891년에 《스트랜드 매거진》에 연재되었다. 홈스의 진가를 인정하고 뒷이야기를 원하는 독자들의 계속되는 성원에 힘입어 삼십육 년 전부터 띄엄띄엄 선보인 단편이 자그마치 오십육 편에 달한다. 단편들은 『셜록 홈스의 모험』, 『셜록 홈스의 회상록』, 『셜록 홈스의 귀환』, 『셜록 홈스의 마지막 인사』라는 제목으로 출간되었고, 지난 몇 년 동안 발표된 나머지 열두 편을 『셜록 홈스의 사건집』으로 묶었다. 빅토리아 여왕 시대 후기에 모험을 시작한 그는 너무 짧게 끝나버린 에드워

■ 고대 스칸디나비아 신화에서 오딘을 위해 싸우다 죽은 전사들의 영혼이 모이는 곳.

드 왕의 통치기를 거쳐 시국이 불안정한 오늘날까지 명맥을 유지하고 있다. 따라서 젊을 때 그를 처음 접한 독자의 자식이 커서 여전히 똑같은 잡지에 실린 같은 시리즈의 모험담을 읽고 있다고 해도 틀린 말이 아니다. 영국 독자들의 인내심과 의리를 이보다 더 단적으로 보여주는 사례가 또 있을까.

나는 문학적인 역량을 한곳에만 쏟으면 안 되겠다는 판단 아래 『셜록 홈스의 회상록』을 끝으로 홈스 시대의 막을 내리기로 굳게 마음을 먹었다. 창백하고 이목구비가 뚜렷한 얼굴과 유연한 팔다리를 가진 그가 나의 상상력을 지나치게 소진하고 있었던 것이다. 나는 이 계획을 실행에 옮겼다. 그러나 다행히 시신을 앞에 두고 사망 선고를 한 검시관이 없었기에 오랜 공백기 동안 독자들이 보내준 뜨거운 요구에 부응해 경솔했던 행동을 어찌어찌 무마할 수 있었다. 가벼운 소품을 집필하는 일이 역사 연구, 시, 역사소설, 심령 연구, 연극과 같은 다양한 분야를 두루 경험하고 내 한계를 실험하는 데 방해가 되지 않았다. 그렇기에 복귀를 후회하지 않는다. 홈스 때문에 보다 진지한 나의 작품들이 인정받지 못한다고 말할 수 있을지 모르겠지만, 그가 없었다면 이보다 활발하게 활동하지는 못했을 것이다.

독자들이여, 이제 셜록 홈스에게 작별을 고할 시간이 되었다! 지금까지 보여준 변함없는 성원에 감사하며, 나의 복귀작이 일상의 근심을 잊고 발상을 전환하는 동화 속 모험의 왕국에서나 경험할 수 있는 기회가 되기를 바란다.

아서 코넌 도일

유명한
의뢰인 사건

"이제는 괜찮겠지."

나는 오랜 세월에 걸쳐 이 이야기를 공개하게 해달라고 홈스에게 간청했는데, 그 부탁이 열 번째에 달했을 때에야 그가 이렇게 대답했다. 마침내 허락을 얻었으니 어떻게 보면 내 친구 탐정 활동의 정점이라고 할 수 있는 순간을 소개하고자 한다.

홈스와 나는 둘 다 터키탕이라면 사족을 못 썼다. 그는 기분 좋게 노곤해지는 휴게실에서 담배를 피울 때 어느 때보다 말이 많아지고 인간적인 면모를 드러냈다. 노섬벌랜드 애비뉴의 터키탕 건물 2층 구석에 놓인 긴 의자 두 개에 우리가 나란히 누워 있던 1902년 9월 3일, 이 이야기는 시작된다. 내가 재미있는 일이 없느냐고 묻자 그가 대답 대신 잠시도 가만히 있지 못하는 늘씬한 팔을 시트 밖으로 불쑥 꺼내더니 옆에 걸어둔 외투 안주머니에서 봉투를 하나 꺼냈다.

"저 잘난 맛에 살며 괜한 일에 요란을 떠는 바보의 일일 수도 있고 생사가 걸린 문제일 수도 있어. 내가 아는 건 여기 적혀 있는 게 다일세."

그가 봉투에서 편지를 꺼내 건네며 말했다.

전날 저녁 칼턴 클럽에서 보낸 편지였다.

제임스 데이머리 경이 셜록 홈스 씨에게 안부를 전하며 내일 오후 4시 30분에 찾아가 뵙기를 청하십니다. 긴히 상의하고자 하는 까다로운 문제가 있음을 전해달라시는군요. 그런 고로 홈스 씨가 면담에 응해주시길 바라며, 칼턴 클럽으로 확답 전화를 주십시오.

내가 편지를 돌려주자 홈스가 말했다.

"두말할 필요 없이 응하겠다고 전화했지. 이 데이머리라는 사람에 대해서 아나?"

"사교계에서 모르는 사람이 없다는 것밖에 아는 게 없는데."

"흠, 나는 자네보다 좀더 알고 있다네. 그 사람은 신문에 실리지 않는 까다로운 사건을 유능하게 처리하기로 유명하지. 그가 해머퍼드 윌 사건에서 조지 루이스 경과 어떤 식으로 담판을 지었는지는 자네도 기억할 테지. 수완이 좋고 처세에 능한 사람이니 허튼수작이 아니라 정말로 우리에게 도움을 청하려는 거라고 보는 편이 맞겠지."

"우리?"

"음. 왓슨, 자네만 좋다면."

"나야 영광이지."

"그럼 4시 30분에 봅세. 그때까지 이 문제에 대해서 더이상 생각하지 말기로 하고."

당시 퀸앤 스트리트에 방을 구해 따로 살고 있었던 나는 약속시간이 되기 전에 베이커 스트리트로 찾아갔다. 4시 30분 정각에 제임스 데이머리 대령이 도착했다. 호방하고 정직하며 솔직한 성격, 깔끔하게 면도한 넓적한 얼굴, 그리고 무엇보다 감미로운 목소리를 기억하는 사람들이 많을 테니 그에 대해 묘사할 필요는 없을 것이다. 아일랜드계 특유의 회색 눈동자는 숨기는 것이 전혀 없어 보였고, 표정이 풍부한 입술은 미소를 머금고 있어 유쾌한 성격이 느껴졌다. 반짝이는 실크해트, 어두운색의 프록코트는 물론, 검은색 새틴 넥타이에 꽂힌 진주 핀에서부터 반질반질한 구두를 덮은 연보라색 각반에 이르기까지 멋쟁이로 유명한 그가 옷차림에 얼마나 세심하게 신경을 쓰는지 알 수 있었다. 이 위풍당당한 거구의 귀족은 조그만 방을 압도했다.

그가 깍듯하게 인사했다.

"당연히 왓슨 박사님도 계시리라 생각했습니다. 박사님의 도움 또한 반드시 필요합니다. 잔인하기로 이름난데다 말 그대로 무슨 짓이든 서슴지 않을 인물을 상대해야 하거든요. 유럽에 이보다 위험한 인물은 없을 겁니다."

홈스가 웃으며 대꾸했다.

"그런 칭찬에 어울릴 만한 몇몇 위인을 상대해본 적이 있습니다. 담배 피우시겠습니까? 파이프 담배에 불을 좀 붙여도 될까요? 그자가 고인이 된 모리아티 교수나 아직 살아 있는 서배스천 모런 대령보다 위험하다면 만나볼 만하겠습니다. 이름이 뭔지 물어도 되겠습니까?"

"그루너 남작이라고 들어보셨습니까?"

"오스트리아의 살인범요?"

데이머리 대령은 새끼 염소 가죽 장갑을 낀 손을 내저으며 웃음을 터뜨렸다.

"모르시는 게 없군요, 홈스 씨! 대단하십니다! 그자를 이미 살인범으로 분류하신 겁니까?"

"유럽 대륙에서 벌어지는 범행을 낱낱이 파악하는 것이 제 일이니까요. 프라하에서 벌어진 사건의 기사를 읽은 사람이라면 누구든 그자를 유죄라고 생각할 겁니다. 목격자가 의문의 죽음을 당하는 바람에 법망을 교묘히 빠져나와서 목숨을 건졌죠! 장담컨대 슈플뤼겐 고갯길에서 이른바 사고가 벌어졌을 때 아내를 죽인 게 분명합니다. 이 두 눈으로 본 것이나 다름없죠. 그가 영국으로 건너왔다는 것도 알았고, 조만간 사고를 치겠다는 예감도 들었습니다. 그루너 남작이 무슨 짓을 저질렀습니까? 과거의 비극이 재현되었나요?"

"네, 실은 그보다 심각합니다. 범죄는 응징도 중요하지만 예방이 더 중요하죠. 흉악한 사건, 잔인무도한 일이 눈앞에서 펼쳐지려 합니다. 어떤 결말이 날지 알면서도 막을 수 없다면 얼마나 끔찍하겠습니까? 인간으로서 그 이상 괴로운 일이 있을까요?"

"없죠."

"그렇다면 제게 일을 맡긴 의뢰인의 심정을 이해하실 겁니다."

"제임스 경이 단순한 중개도 하시는 줄은 몰랐습니다. 일을 맡긴 분이 누구십니까?"

"홈스 씨, 그 부분은 더이상 묻지 말아주십시오. 저는 그분의 존함이 이 건에 얽히지 않게 하기로 약속했습니다. 그분은 고귀한 기사도 정신으로 사건에 관여하시며 이름이 알려지기를 원치 않으십니다. 보수는 분명히 지급될 테고 간섭은 전혀 없을 겁니다. 의뢰인의 이름을 꼭 아셔야 합니까?"

"죄송합니다. 저는 한쪽의 수수께끼만 해결하면 되는 일에 익숙해서 양쪽 다 정체를 알 수 없는 일은 당황스럽군요. 아무래도 이 일은 맡지 못하겠습니다, 제임스 경."

홈스가 말했다.

손님은 당황한 기색이 역력했다. 실망감으로 울컥한 나머지 큼지막하고 섬세한 얼굴이 어두워졌다.

"당신의 선택이 어떤 결과로 이어질지 전혀 모르시는군요, 홈스 씨. 덕분에 제가 곤혹스럽게 됐습니다. 진상을 말씀드리면 홈스 씨가 자랑스럽게 사건을 맡으실 게 분명하지만, 진상을 전부 공개하지 않겠다고 그분과 약속했습니다. 그래도 이야기를 들어보지 않겠습니까?"

"좋으실 대로 하시죠. 저는 아무 약속도 하지 않겠습니다."

"알겠습니다. 먼저 드메르빌 장군의 이름은 들어보셨겠죠?"

"유명한 '카이베르의 드메르빌' 말입니까? 네, 들어보았습니다."

"장군에게는 바이얼릿 드메르빌이라는 따님이 있으십니다. 젊고 부유하고 아름답고 다재다능한, 모든 면에서 나무랄 데 없는 여성이죠. 저희는 악마의 손아귀에서 이 사랑스럽고 순진한 아가씨를 구하려고 나선 겁니다."

"아가씨가 그루너 남작에게 잡혀 있습니까?"

"여성을 붙잡아두는 가장 강력한 방법이 뭡니까? 사랑의 포로로 만드는 것 아닙니까? 홈스 씨도 소문을 들으셨을지 모르겠습니다. 그자는 잘생긴데다 매력적이고 목소리가 부드러우며 여성에게 잘 통하는 낭만적이고 신비로운 분위기를 갖추었습니다. 듣자 하니 여성이라면 누구나 자신에게 속수무책이라는 걸 잘 알고 충분히 활용한다더군요."

"그런 자가 무슨 수로 바이얼릿 드메르빌 양처럼 지체 높은 아가씨를 만났습니까?"

"지중해 요트 여행중에 만났답니다. 엄선된 승객들이 각자 비용을 부담한 여행이었죠. 여행사에서 남작의 정체를 파악했을 때는 엎질러진 물이었습니다. 남작은 드메르빌 양에게 들러붙어 마음을 빼앗았죠. 현재 아가씨는 그를 사랑한다는 말로는 부족할 정도랍니다. 푹 빠져서 정신을 못 차리는 지경이에요. 남작 말고는 아무것도 안중에 없습니다. 안 좋은 소리는 한마디도 듣지 않으려고 하고요. 그 광기를 치료하려고 갖은 수단을 동원했지만 소용이 없었죠. 결국 다음달에 그자와 결혼을 하겠답니다. 성년이 된데다 의지가 강해서 막을 방법이 없습니다."

"오스트리아에서 있었던 사건을 아가씨도 압니까?"

"이 교활한 자가 과거의 불미스러운 추문을 이야기하면서 자기를 죄 없는 희생양으로 묘사했지 뭡니까. 드메르빌 양은 그자의 말을 철석같이 믿고 다른 사람의 이야기는 들으려 하지 않습니다."

"아이쿠! 그나저나 경께서 지금 의뢰인의 성함을 무심결에 공개한 거 아닙니까? 이 사건은 드메르빌 장군이 의뢰했을 수밖에 없으니까요."

손님은 의자에 앉은 채로 안절부절못했다.

"거짓으로 대답해서 홈스 씨를 속일 수도 있겠습니다만, 의뢰인은 장군이 아닙니다. 드메르빌 장군은 굉장히 상심하셨습니다. 강인했던 군인이 이 일로 이만저만 속상해하시는 게 아닙니다. 전장에서는 용감무쌍했던 분이 영리하고 강력한 오스트리아 악당에게는 절대적으로 역부족인 나약하고 비실비실한 노인이 되고 말았어요. 의뢰인은 오래전부터 장군과 가깝게 지낸 친구로 아가씨가 꼬마였던 시절부터 아버지처럼 지켜보았던 인물입니다. 비극이 일어나는 걸 손 놓고 지켜볼 수 없다고 하셨죠. 런던 경찰청에서는 손쓸 도리가 없습니다. 홈스 씨에게 도움을 청하자고 그분이 먼저 제안하셨습니다만, 본인은 이 문제에 관련되어서는 안 된다고 분명하게 조건을 명시하셨습니다.

홈스 씨는 능력이 출중하시니 저를 통해 얼마든지 의뢰인을 추적하실 수 있겠지만 그분의 명예를 생각해서 정체를 밝히지 말아주셨으면 합니다."

홈스는 종잡을 수 없는 미소를 지었다.

"그건 분명히 약속드리겠습니다. 듣고 보니 흥미진진한 사건이라 조사할 용의가 있다는 이야기도 덧붙이죠. 경과보고는 어떻게 하면 됩니까?"

"칼턴 클럽으로 연락하시면 됩니다. 하지만 급한 경우에는 집으로 전화를 주세요. 번호는 'XX.31.'입니다."

무릎에 올려놓은 펼친 수첩에 번호를 받아 적은 홈스는 여전히 미소 띤 얼굴이었다.

"남작의 현재 주소를 알 수 있을까요?"

"킹스턴 근처에 있는 버넌 로지입니다. 대저택이에요. 미심쩍은 투기사업으로 한몫 단단히 잡아서 재산이 두둑합니다. 그래서 더욱 위험한 인물이 되었죠."

"남작이 현재 집에 있습니까?"

"네."

"들려주신 내용 말고 남작에 대한 다른 정보를 말씀해주십시오."

"취향이 고급스럽습니다. 말을 좋아하고요. 헐링엄에서 폴로 선수로 활동한 적도 있지만 프라하 사건으로 시끄러워지는 바람에 금방 그만두어야 했죠. 책과 그림을 수집합니다. 대단한 예술 감각을 타고났습니다. 권위를 인정받는 중국 도자기 전문가이고 그 주제로 책도 썼습니다."

"복잡한 위인이로군요. 범죄의 대가들이 다 그렇죠. 제 오랜 친구나 다름없는 범죄자 찰리 피스는 바이올린의 거장이었습니다. 웨인라이트는 훌륭한 화가였고요. 그밖에도 많죠. 아무튼 제임스 경, 그루너 남작에 대해 알아보겠다고 의뢰인께 전해주십시오. 지금 드릴 수 있는 이야기는 그것뿐입니다. 저도 나름대로 정보원이 있으니 사건을 해결할 방법을 찾을 수 있을 겁니다."

손님이 나간 뒤로 깊은 생각에 잠긴 홈스가 어찌나 한참 동안 가만히 앉아 있었던지 내 존재를 잊은 것처럼 보일 정도였다. 마침내 그가 활기차게 현실로 돌아왔다.

"그래, 왓슨, 자네 생각은 어떤가?"

"아가씨를 직접 만나는 게 좋지 않을까 싶은데."

"이 친구야, 나이 먹은 가엾은 아버지 말에도 꿈쩍하지 않는데 생전 처음 보는 내 말을 듣겠나? 다른 방법이 모두 실패하면 자네 제안도 의미가 있겠지. 하지만 일단은 다른 방법으로 접근

해봐야겠어. 신웰 존슨의 도움을 받아야겠군."

친구가 탐정 생활 말미에 해결한 사건들을 공개한 적이 없다 보니 금세기 초부터 없어서는 안 될 조수가 된 신웰 존슨을 지금까지 소개할 기회가 없었다. 존슨은 원래 위험한 악당으로 명성이 자자했다. 그는 유감스럽게도 파크허스트 형무소에서 두 번 복역했지만 결국 회개하여 홈스와 손을 잡고 런던의 거대한 지하 세계에서 정보원으로 활약하며 결정적인 정보를 수집했다. 존슨이 경찰의 끄나풀이었다면 금세 들통났겠지만 법정으로 직행하지 않는 사건에 주로 관여했기 때문에 범죄자들은 그의 활약을 전혀 알아차리지 못했다. 그는 두 번의 화려한 전과가 있고 런던의 모든 나이트클럽, 싸구려 여관, 도박장을 제집처럼 드나들 수 있는데다 눈치가 빠르고 머리가 좋아서 정보원으로 안성맞춤이었다. 셜록 홈스는 바로 그 존슨에게 도움을 청하려는 것이었다.

나는 급한 병원 업무를 처리하느라 당장 친구를 따라나서지 못했지만 그날 저녁에 약속한 시간에 맞춰서 심프슨스 레스토랑으로 갔다. 스트랜드 대로의 인파가 내려다보이는 가게 전면의 창가 옆 조그만 탁자에서 진행 상황을 전해 들었다.

"존슨이 여기저기 수소문하고 있어. 지하 세계의 으슥한 곳에서 쓰레기를 뒤져 뭔가 물어 올지 몰라. 범죄의 검은 뿌리가 도사리고 있는 곳에 남작의 비밀이 숨겨져 있을 테니까."

"하지만 드러난 사실조차 믿지 않는 아가씨가 자네의 새로운 정보를 듣고 생각을 바꿀 가능성이 있을까?"

"혹시 모르잖은가. 남자에게 여자는 풀 수 없는 수수께끼지. 살인에 대해서는 뭐라 설명을 듣고 용납할 수 있을지 몰라도 사소한 것에 마음이 흔들릴 수 있어. 그루너 남작이 내게 말하길……."

"그자가 자네한테 말을 했다고?"

"아, 자네한테 계획을 설명하지 않았군! 왓슨, 내가 원래 표적을 가까이서 파악하는 것을 좋아하지 않나. 직접 보고 어떤 작자인지 눈으로 확인하고 싶었지. 존슨에게 지시 사항을 전달하고 나서 마차를 타고 킹스턴으로 찾아갔더니 남작이 상냥하게 맞아주더군."

"자네를 알아보던가?"

"그야 당연하지. 미리 명함을 보내두었으니까. 성격이 시원시원하고 목소리는 부유한 환자를 상대하는 의사같이 부드럽고 편안하면서도 코브라처럼 독을 품고 있더군. 겉으로는 차를 권하면서 속으로는 잔인한 속셈을 꾸미는 범죄계의 진정한 귀족이었어. 아델베르트 그루너 남작을 알게 돼서 기쁘다네."

"그런데 상냥하다고?"

"먹잇감을 발견한 고양이처럼 가르랑거리더군. 때로는 저급한 인간이 휘두르는 폭력보다 어떤 이의 상냥한 얼굴이 더 지독하고 위험한 법이거든. 인사가 상당히 남작다웠어.

'조만간 홈스 씨를 만나지 않을까 생각했습니다. 바이얼릿과 내 결혼을 막아달라는 드메르빌 장군의 부탁으로 찾아오셨지요? 안 그렇습니까?'

나는 순순히 인정했지.

'저런. 그간 쌓은 명성에 금이 가게 생겼네요. 이 일은 홈스 씨에게 승산이 없습니다. 위험을 자초할뿐더러 가망이 없어요. 당장 손을 떼라고 충고해드리고 싶네요.'

나는 이렇게 대꾸했지.

'이것참 신기한 일이로군요. 똑같이 충고하려던 참이었거든요. 나는 남작의 지적 능력을 존경하고, 남작의 인간적인 모습을 본 지금도 그 마음에 변함이 없습니다. 하지만 사람 대 사람으로서 말씀드리겠습니다. 누가 남작의 과거를 들쑤셔서 불화를 만들고 싶겠습니까? 다 지난 일이고 남작은 조용하게 지내고 있으니까요. 하지만 이 결혼을 고집하면 많은 사람들이 벌떼처럼 들고 일어나서 남작을 가만두지 않을 겁니다. 영국에 발붙이고 살 수 없을 지경에 이를 때까지 말입니다. 이게 그럴 만한 일입니까? 아가씨와의 관계를 그만두는 게 현명한 선택입니다.

아가씨가 남작의 과거를 알게 되면 좋아하지 않을 테니까요.'

남작은 끝부분을 밀랍으로 고정해 짧은 곤충 더듬이처럼 보이는 콧수염을 기르고 있었지. 이야기를 듣는 동안 수염을 실룩이며 재미있어하더니 마침내 빙그레 웃더군.

'웃어서 미안합니다. 뾰족한 수도 없으면서 덤비는 홈스 씨의 모습이 우스워서요. 홈스 씨보다 도발을 잘할 사람은 없겠지만 불쌍해 보이기는 마찬가지네요. 좋은 패 하나 없이 쭉정이 중에서 쭉정이만 들고 있으니 말이죠.'

'그렇게 생각하시는군요.'

'사실이 그렇잖습니까. 모든 패를 보여줘도 상관없을 만큼 막강한 패를 쥐고 있는 사람으로서 하나 알려드릴까요? 나는 드메르빌 양의 사랑을 한몸에 받는 행운아랍니다. 과거에 있었던 불운한 사건들을 전부 솔직하게 털어놓았는데도 말이죠. 못된 꿍꿍이가 있는 사람들이 있잖습니까? 그런 자들이 찾아와서 그때 이야기를 꺼내면 어떻게 대처해야 하는지도 알려주었죠. 최면 후 암시라고 들어보셨습니까, 홈스 씨? 이제 그 효과를 직접 확인하게 될 겁니다. 저처럼 뛰어난 사람은 천박한 손놀림이나 바보 같은 작태를 동원하지 않아도 최면을 걸 수 있거든요. 그녀는 당신을 상대할 준비가 되어 있고 분명 만나줄 겁니다. 아버지 말씀을 잘 듣거든요. 사소한 문제 하나만 빼면.'

뭐, 더이상 할 얘기도 없고 해서 최대한 냉정하고 품위 있게 작별을 고했지. 그런데 문고리를 잡았을 때 말을 걸더군.

'그나저나 홈스 씨, 르브룅이라는 프랑스인 탐정을 아십니까?'

'알죠.'

'어떻게 됐는지 아십니까?'

'몽마르트에서 조직폭력배에게 구타를 당해 평생 불구로 살아야 한다고 들었습니다.'

'맞습니다, 홈스 씨. 희한한 우연의 일치입니다만 그자는 사건이 벌어지기 불과 일주일 전까지 내 뒷조사를 하고 다녔단 말이죠. 그러지 마십시오, 홈스 씨. 이건 행운이 따르는 일이 아닙니다. 그걸 깨달은 사람이 한두 명이 아니에요. 마지막으로, 홈스 씨는 홈스 씨의 길을 가고 나는 내 길을 가겠다는 말씀을 드리고 싶군요. 안녕히 가십시오!'

여기까지일세, 왓슨. 가장 최근에 있었던 일까지 모두 들려준 거야."

"위험해 보이는 작자로군."

"아주 위험하지. 나는 엄포를 놓는 자는 믿지 않지만 이자는 생각 없이 말만 하는 부류가 아니야."

"꼭 개입해야겠나? 그자가 아가씨와 결혼한들 무슨 일이 생기겠나?"

"그자가 전부인을 살해한 것이 확실하니 큰 상관이 있지. 게다가 의뢰인이 누구인지 생각해보게! 아니, 아니, 그 얘기는 하면 안 되지. 커피 다 마시거든 같이 집으로 가세. 유쾌한 신웰이 보고할 거리를 들고 찾아올 테니."

과연 덩치가 크고 우락부락하며 얼굴이 벌건 괴혈병 환자가 우리를 기다리고 있었다. 강렬한 까만색 눈에서 비상한 두뇌가 엿보였다. 지하 세계를 헤집은 수확이 있었는지 호리호리하고 정열적으로 보이는 젊은 여자가 소파에 나란히 앉아 있었다. 진지한 표정의 얼굴은 창백했고, 나이는 어렸지만 지은 죄가 무겁고 고생을 많이 해 지쳐 보였으며, 나병의 흔적에서 모진 세월이 느껴졌다.

신웰 존슨이 투실투실한 손으로 여자를 가리키며 소개했다.

"이쪽은 키티 윈터 양입니다. 이 아가씨가 모르는 건…… 아니, 직접 이야기할 겁니다. 홈스 씨의 전갈을 받고 한 시간 만에 찾았어요."

"날 찾기가 어려운 일은 아니죠. 흥, 런던에 있는 한 빠져나갈 방법이 있어야지. 뚱보 신웰이랑 주소도 같아요. 오래된 친구라고요, 우리 둘은. 그런데 쳇! 세상에 정의라는 게 있다면 우리보다는 그놈이 지옥에서 살아야죠! 홈스 씨가 찾는 바로 그 남자요."

젊은 여자의 말에 홈스는 미소를 지었다.

"우리의 행운을 빌어주는군요, 윈터 양."

"그 인간에게 본때를 보일 수만 있다면 뭐든 시키는 대로 하겠어요."

격렬하게 외치는 그녀의 진지하고 새하얀 얼굴과 이글거리는 두 눈에서 엄청난 증오가 느껴졌다. 남자도 아니고 여자가 그 정도로 누군가를 증오하는 일은 좀처럼 드문데 말이다.

"제 과거는 뒤질 필요 없어요, 홈스 씨. 이 문제와는 상관없으니까요. 지금 이 꼴이 된 건 아델베르트 그루너 때문이죠. 그 인간을 끌어내릴 수만 있다면! 그가 지금까지 수많은 사람들을 밀어넣었던 구덩이 속으로 처박을 수만 있다면!"

그녀는 허공에 대고 미친듯이 양 주먹을 휘둘렀다.

"자초지종은 알고 있습니까?"

"뚱보 신웰한테 들었어요. 이번에는 어떤 가엾은 바보를 살살 꼬드겨서 결혼하려는 모양이더군요. 홈스 씨는 그걸 막으려는 거고요. 그 인간이 얼마나 사악한지 아시는 모양이네요. 제정신 박힌 참한 아가씨가 그 인간과 결혼하지 못하도록 막으시는 걸 보니."

"지금 그 아가씨는 제정신이 아니라더군요. 사랑에 눈이 멀었죠. 그자에 대해서 전부 들었는데도 상관없답니다."

"살인 사건에 대해 들었는데도요?"

"네."

"맙소사, 강심장이네요!"

"중상모략이라고 생각하는 모양입니다."

"그 멍청한 아가씨 앞에 증거를 들이대면 안 되나요?"

"그러도록 도와주겠습니까?"

"내가 바로 증거잖아요. 찾아가서 그 인간이 나를 어떤 식으로 이용했는지 이야기하면……."

"그래줄 수 있습니까?"

"그래줄 수 있겠느냐고요? 당연하죠!"

"흠, 시도해볼 만하지만 그가 벌써 죄를 고백하고 용서를 받았기 때문에 그녀는 그 문제를 다시 거론하지 않으려고 할 겁니다."

"전부 얘기하진 않았을걸요? 세상을 떠들썩하게 만든 사건 말고도 내가 어렴풋이 눈치챈 살인 사건이 한두 건 더 있거든요. 특유의 나긋나긋한 말투로 어떤 사람에 대해 이야기하고 나서 차분한 눈빛으로 나를 쳐다보며 이렇게 말하곤 했죠.

'그러곤 한 달도 안 돼서 죽었지.'

허풍이 아니었어요. 나는 당시에 그 사람을 사랑하고 있었기 때문에 신경쓰지 않았죠. 무슨 짓을 하건 다 이해했어요. 그 가엾은 바보 아가씨처럼! 그러다 충격받은 일이 하나 있었어요. 첫, 그래요! 거짓말밖에 모르는 독사 같은 혓바닥으로 나를 어르고 달래지 않았더라면 그날 밤에 당장 그 인간 곁을 떠났을 텐데. 그 사람은 책을 한 권 갖고 있어요. 자물쇠가 달려 있고 겉면에 가문의 상징이 금박으로 찍힌 갈색 가죽 장정 책요. 그날 밤에 살짝 취했던 것 같아요. 그랬으니까 그 책을 보여줬겠죠."

윈터 양이 말했다.

"무슨 책이었습니까?"

"홈스 씨, 나방이나 나비를 수집하는 사람들이 있듯이 이자는 여자를 수집해요. 수집품에 대한 자부심이 있고요. 수집 내역이 책에 기록되어 있더라고요. 스냅사진, 이름, 자세한 신상 정보, 기타 등등 그들에 대한 모든 것이요. 끔찍한 책이에요. 아무리 쓰레기 같은 인간이라도 그런 건 안 만들 텐데 아델베르트 그루너는 만들었더란 말이죠. 마음만 먹으면 '내가 망가뜨린 여자들', 뭐 이런 제목을 표지에 적을 수도 있었을 거예요. 부질없는 얘기죠. 그 책은 별 도움이 되지 못할 테고 도움이 된다 한들 입수할 방법이 없으니까요."

"어디에 있습니까?"

"지금 어디에 있는지 내가 무슨 수로 알겠어요? 그 인간과 헤어진 지 일 년이 넘었는데. 당시에는 어디 보관했는지 알아요. 여러모로 고양이처럼 꼼꼼하고 깔끔한 인간이라 서재 내실에 있는 낡은 책상 서랍 안에 보관했는데 어쩌면 지금도 거기 있을지 모르죠. 집 구조를 아세요?"

"서재에는 들어가봤습니다."

홈스가 말했다.

"그래요? 오늘 아침에 수사를 시작했다더니 빠르시네요. 사랑스러운 아델베르트가 이번에는 적수를 제대로 만난 모양인데요? 서재 외실에는 창문 사이의 큼지막한 유리 진열장에 중국 도자기를 보관해요. 책상 뒤쪽에 내실로 향하는 문이 있죠. 서류나 물건을 보관하는 작은 내실이 있어요."

"남작은 도둑이 들 걱정은 하지 않습니까?"

"아델베르트는 철천지원수라도 인정할 만큼 겁이 없어요. 제 몸 하나는 충분히 지킬 줄 아는 인간이거든요. 밤에는 도난 경보기가 작동되고요. 게다가 훔칠 물건도 없어요. 잘난 도자기를 훔쳐다 뭐하겠어요?"

"쓸데가 없죠. 녹이지도 못하고 팔지도 못하는 물건을 어느 장물아비가 받아주겠습니까?"

신웰 존슨이 전문가답게 딱 잘라 말했다.

"그렇군. 자, 윈터 양, 내일 오후 5시에 다시 여기로 와주십시오. 그전까지 윈터 양과 드메르빌 양이 직접 만날 수 있을지 알아보도록 하겠습니다. 협조해주셔서 감사합니다. 굳이 말씀드릴 필요도 없겠습니다만, 사건을 맡긴 의뢰인이 사례금은 넉넉히……."

"사례금은 필요 없어요, 홈스 씨. 돈 때문에 나선 게 아니니까요. 그 인간을 진창에 처박을 수만 있다면 그걸로 충분해요. 진창에 처박고 가증스러운 얼굴을 밟아줄 수 있다면요. 그게 나한테는 사례금이나 다름없어요. 그 인간의 꼬리를 잡기 위해서라면 언제라도 올게요. 여기 뚱보를 통해서 수소문하면 언제든 저를 찾을 수 있으실 거예요."

나는 계속 홈스를 만나지 못하다 다음날 저녁에 스트랜드 대로의 레스토랑에서 또다시 저녁 식사를 같이 했다. 아가씨를 만나서 얻은 소득이 있느냐고 묻자 그는 어깨를 으쓱했다. 그러고는 다음과 같은 이야기를 들려주었다. 딱딱하고 건조한 그의 말투를 내가 자연스럽게 다듬었다.

"약속을 잡는 데는 문제가 없었어. 아가씨가 약혼 선언으로 아버지의 뜻을 대놓고 어긴 걸 만회하느라 다른 것들은 전부 아버지가 시키는 대로 고분고분 따르거든. 장군이 전화로 준비를 마쳤다고 전했고 성격이 불같은 윈터 양이 약속 시간에 맞춰서 찾아와주었어. 마차를 타고 가서 5시 30분에 장군이 사는 버클리 스퀘어 104번지 앞에 내렸지. 교회가 초라해질 정도로 웅장하고 장엄한 잿빛 성채가 있더군. 안내하는 하인을 따라 노란색 커튼이 달린 응접실로 들어가니 산꼭대기에 쌓인 눈처럼 완강하고 차가운 분위기를 풍기는 숙녀가 창백한 얼굴로 침착한 침묵을 품고 우리를 기다리고 있더군.

그녀를 어떻게 묘사해야 좋을지 모르겠네, 왓슨. 우리가 맡은 일이 끝나기 전에 자네도 만날 기회가 생기겠지. 그럼 자네의 탁월한 글재주를 발휘해보게나. 그녀는 미인이야. 미의 기준이 높은 사람들이 꿈꿀 법한, 세속적이지 않고 현실을 초월한 분위기의 미인. 중세 거장들의 그림에서 볼 수 있는 얼굴처럼 말일세. 짐승 같은 아델베르트가 무슨 수로 그런 천상의 존재에게 더러운 앞발을 얹을 수 있었는지 모를 일이야. 자네도 알 테지만 상극은 서로 끌린다지. 영적인 존재는 짐승에게, 야만인은 천사에게. 이보다 더 심한 경우는 본 적이 없지만 말이네.

그녀는 당연히 우리가 찾아온 목적을 알고 있었지. 그 사악한 인간이 곧장 우리에 대한 험담을 그녀에게 했으니 말일세. 윈터 양의 등장에는 다소 놀랐겠지만, 그래도 나병에 걸린 두 명의 탁발 수도승을 맞이하는 대수녀원장처럼 손으로 자리를 권하더군. 왓슨, 감정이 격해지려고 하거든 바이얼릿 드메르빌 양에게 한 수 배우도록 하게.

그녀가 빙산에서 불어오는 바람 같은 목소리로 입을 열었지.

'당신의 성함은 들어보았습니다. 제 약혼자인 그루너 남작을 음해하려고 찾아오셨죠? 아버지의 부탁이라 만나기는 하지만 경고하건대 무슨 말을 하건 제 생각에는 조금도 변함이 없습니다.'

안쓰럽더군, 왓슨. 문득 아가씨가 내 딸아이처럼 느껴지기도 했고. 내가 원래 말주변이 뛰어난 사람은 아니지 않은가. 감정이 아니라 두뇌만 사용하는 인간이지. 그런데 그때만큼은 내가 아는 따뜻한 언사를 모조리 동원해서 애원했다네. 결혼한 다음에서야 남편의 본모습을 간파한다면, 피로 물든 손과 음탕한 입술에 몸을 맡겨야만 한다면 얼마나 끔찍할지 상상해보라고. 얼마나 수치스럽고 무섭고 괴롭고 절망적일지 낱낱이 이야기했지. 아무리 열변을 토해도 그녀의 상아색 뺨은 조금도 붉어지지 않고 정신을 다른 데 둔 사람처럼 눈빛에 일말의 동요조차 없더군. 악당이 최면 후 암시 운운했던 게 생각났다네. 그녀가 속세를 떠나 황홀한 꿈속에서 살고 있다고 해도 믿길 정도였어. 하지만 대답만큼은 똑 부러지더군.

'홈스 씨의 말씀을 귀담아들었습니다만 예상했던 대로 제 생각에는 조금도 변함이 없습니다. 제 약혼자 아델베르트가 한때 파란만장하게 살았기 때문에 여러 사람의 큰 증오를 사고 부당한 비난을 받았다는 건 알고 있습니다. 그이에 대한 비방은 홈스 씨 이전에도 여러 번 들었어요. 좋은 뜻에서 하시는 말씀이겠지만, 당신은 보수를 주는 사람에 따라 남작의 편에 설 수도 있고 남작의 반대편에 설 수도 있는 고용인에 불과하지 않나요? 다시 한번 분명히 말씀드리지만 저는 그이를 사랑하고 그이도 저를 사랑하기 때문에 다른 사람의 의견은 창밖에서 새들이 지저귀는 소리와 다를 바 없어요. 만약 그이의 고귀한 성품이 타락한 적이 있다면 처음처럼 고귀한 상태로 돌아갈 수 있도록 신께서 특별히 저를 만나게 하셨을 수도 있겠죠. 그런데…….'

그녀는 여기까지 말하고는 동행 쪽으로 시선을 돌렸다네.

'이 숙녀분은 누구신가요?'

내가 막 대답을 하려는데 윈터 양이 회오리바람처럼 끼어들었지. 불과 얼음이 만난다는 게 바로 그런 걸까 싶었다네.

'누군지 알려드리죠.'

그녀는 북받치는 감정에 입술을 실룩이며 의자에서 벌떡 일어났지.

'나는 얼마 전까지 그의 애인이었어요. 그가 유혹해서 단물을 빨아먹고 짓밟아서 쓰레기통에 처넣은 백 명 가운데 한 명이죠. 당신도 조만간 그렇게 되겠지만. 당신이 처박힐 쓰레기통은 무덤이 될 가능성이 큰데다 어쩌면 그게 나을 수도 있죠. 어리석은 아가씨, 장담컨대 그자와의 결혼은 죽음을 자초하는 일이에요. 상심으로 가슴이 찢어져서 죽거나 목이 부러져서 죽거나 둘 중 하나라고요. 당신을 위해서 하는 말이 아니에요. 당신이 죽건 말건 나는 전혀 상관없어요. 그를 증오하기 때문에, 그를 무너뜨리고 나에게 한 짓을 복수하고 싶기 때문에 이러는 거예요. 물론 그런다고 되돌아갈 수는 없겠죠. 귀한 집 아가씨, 그런 눈으로 나를 쳐다보지 마요. 단물 다 빨리고 나면 당신이 나보다 형편없어질 수도 있으니까.'

'이 문제에 대해서는 더이상 얘기하고 싶지 않네요. 마지막으로 말씀드리자면 약혼자가 과거에 여우 같은 여자 세 명을 잠깐 만난 적 있었다는 건 알아요. 그때 저질렀을지 모르는 악행에 대해 진심으로 뉘우치고 있다고 장담할 수 있어요.'

드메르빌 양이 냉랭하게 대꾸했지.

'세 명이라고요? 이런 바보 같으니라고! 천하의 둘도 없는 바보 같으니!'

윈터 양이 비명을 질렀지.

'홈스 씨, 이제 그만 자리를 정리해주셨으면 합니다. 저는 홈

스 씨를 만나달라는 아버지의 뜻에 따랐을 뿐, 이분의 헛소리를 들을 의무는 없으니까요.'

드메르빌 양이 얼음처럼 싸늘한 목소리로 말했다네.

윈터 양이 욕을 하면서 아가씨 쪽으로 뛰어갔어. 나한테 손목을 잡히지 않았더라면 아마 사람 미치게 만드는 그 아가씨의 머리채를 잡았을 거야. 다행히 윈터 양을 끌고 나가서 별다른 불상사 없이 마차에 태울 수 있었다네. 그녀가 노발대발하느라 제정신이 아니었는데도 말이지. 나도 속으로 화가 났다네, 왓슨. 우리가 수렁에서 구하려는 아가씨의 차분하면서 냉담하고 극도로 공손한 태도에는 뭐라고 형언할 수 없는 짜증나는 구석이 있었거든. 이제 정확하게 어떤 상황인지 자네도 알았을 테지. 이 작전은 소용이 없는 것 같으니 새로운 돌파구를 생각해야 한다네. 왓슨, 자네한테도 맡길 일이 있으니 나중에 다시 연락하겠네. 다음번에는 우리가 아니라 저쪽에서 움직일 가능성이 크지만."

과연 짐작이 맞아떨어졌다. 그녀가 이 일을 알고 있었다고는 도저히 믿을 수가 없으므로, 그의 일격이라고 보는 편이 맞을지 모르겠지만 어쨌든 그들이 일격을 가했다. 신문을 보았을 때 내가 어떤 포석을 밟고 있었는지 지금도 생생하게 기억이 난다. 격렬한 공포에 영혼이 쪼개지는 기분이었다. 외다리 노점상이 그랜드 호텔과 채링크로스 역 사이에서 석간신문을 팔고 있었다. 마지막 대화를 나누고 딱 이틀이 지났다. 한 장짜리 종이의 노란 바탕에 까만 글씨로 이렇게 적혀 있었다.

셜록 홈스가

목숨을 노린 습격을 당하다

나는 얼마 동안 멍하니 서 있었다. 그러다 신문을 낚아채 돈을 내라고 외치는 노점상을 무시하고 어느 약국 앞에 서서 운명의 신문을 펼친 기억이 어렴풋하게 난다. 기사에는 이렇게 적혀 있었다.

유명한 사설탐정 셜록 홈스 씨가 오늘 오전 목숨을 노린 괴한에게 습격을 당해 생사를 오간다는 안타까운 소식이 전해졌다. 자세한 정황은 아직 밝혀지지 않았지만 12시경 리전트 스트리트의 카페 로열 앞에서 벌어진 일인 듯하다. 범인은 곤봉으로 무장한 두 명의 남자였다. 의사의 이야기에 따르면 홈스 씨는 머리와 몸에 심각한 부상을 입었다. 그는 채링크로스 병원으로 이송되었다가 본인의 요청에 따라 베이커 스트리트의 자택으로 옮겨졌다. 그를 공격한 범인들은 차림새가 번듯했으며 카페 로열의 뒷문으로 빠져나가서 글래스하우스 스트리트 쪽으로 도주했다. 피해자의 활약과 비상한 두뇌 때문에 종종 헛물을 켰던 범죄 조직의 소행으로 보인다.

두말할 필요도 없겠지만 나는 기사를 훑어보자마자 이륜마차를 잡아타고 베이커 스트리트로 달려갔다. 복도에서 유명한 외과 의사인 레슬리 오크숏 경과 맞닥뜨렸다. 그가 타고 온 사륜마차가 길가에서 기다리고 있었다.

경이 말했다.

"위급한 상황은 아닙니다. 머리가 두 군데 찢어졌고 여러 군데 멍이 들었지만요. 몇 바늘 꿰매야 합니다. 모르핀을 투여했고 안정을 취해야 하지만 몇 분 정도 면회는 괜찮을 겁니다."

허락을 받은 나는 어두컴컴한 방안으로 살금살금 들어갔다. 멀쩡하게 깨어 있는 환자가 쉰 목소리로 내 이름을 불렀다. 블라인드가 4분의 3 정도 쳐져 있었다. 블라인드 아래로 들어온 한줄기 햇살이 붕대를 감은 환자의 머리를 비추었다. 하얀색 압박붕대에 스민 시뻘건 핏자국이 보였다. 나는 옆에 앉아서 고개를 숙였다.

그가 힘없이 중얼거렸다.

"괜찮아, 왓슨. 겁먹은 표정 지을 것 없어. 보기보다 심각하지는 않다네."

"하늘에 감사할 일이지!"

"자네도 알다시피 내가 지팡이를 좀 쓸 줄 알잖나. 공격을 대부분 막았어. 두 번째 사내가 감당하기 버거웠지."

"내가 어떻게 하면 되겠나, 홈스? 그 빌어먹을 작자가 꾸민 짓이겠지. 자네가 말만 하면 달려가서 그자를 비 오는 날 먼지 나도록 패주겠네."

"고마운 친구 같으니라고! 경찰이 범인들을 체포하지 못하는 한 우리로서는 어쩔 도리가 없다네. 놈들은 도주로를 치밀하게 준비해놓았어. 그건 분명해. 잠깐, 좋은 생각이 났어. 먼저 내 상태를 부풀려야 하네. 사람들이 소식을 들으러 자네를 찾아올 것 아닌가. 그러면 과장을 늘어놓게. 이번 주를 넘기면 다행이라는 둥, 뇌진탕, 섬망, 자네 마음대로 주워섬기면서! 그보다 심할 수 없을 정도로."

"레슬리 오크숏 경은 어쩌려고?"

"아, 그분에 대해서는 걱정할 필요 없다네. 진료 때 난동을 좀 부리지. 알아서 처리하겠네."

"내가 할 일이 또 있나?"

"음, 신웰 존슨에게 키티 윈터 양을 피신시키라고 전해주게. 흉악한 사내들이 이제 그녀를 노릴 거야. 함께 사건에 관여했다는 것을 알 테니까. 나도 해치려고 했는데 윈터 양을 가만둘 리 없지. 촌각을 다투는 일일세. 오늘 중으로 전달해주게나."

"당장 그러겠네. 그게 끝인가?"

"파이프를 탁자 위에 놓아주게. 그리고 담배가 든 슬리퍼도. 그렇지! 같이 작전을 짤 수 있게 아침마다 들러주게."

나는 윈터 양을 조용한 교외로 옮기고 안전해질 때까지 숨어 있게 하라고 그날 저녁 존슨에게 일렀다.

그 후 엿새 동안 대중은 홈스가 죽음의 문턱에 있는 줄 알았다. 의사는 그의 상태가 심각하다고 밝혔고 신문에는 불길한 기사가 실렸다. 나는 계속 병문안을 갔기 때문에 그 정도로 심각하지 않다는 것을 알았다. 그의 강인한 신체와 굳은 의지가 기적을 발휘했다. 어찌나 회복이 빠른지 사실은 보기보다 더 빠르게 회복되고 있는데 나에게도 거짓말을 하는 건 아닌지 의심스러울 지경이었다.

희한하게 비밀스러운 구석이 있는 홈스는 가장 친한 친구에게조차 정확한 계획을 알려주지 않은 채 극적인 효과를 노렸다. 제일 안전한 계획은 혼자서 세운 계획이라는 격언을 극단적으로 신봉했다. 나는 어느 누구보다 그와 가까웠지만 우리 둘 사이에 거리가 있음을 항상 느꼈다.

칠 일째가 되었을 때 홈스는 머리에 난 상처의 실밥을 풀었다. 내가 본 석간신문에는 세균 감염 운운하는 기사가 실렸다. 그 석간신문은 홈스의 상태가 어떻든 들고 가서 보여주어야 했다. 누구누구의 고명딸인 바이얼릿 드메르빌 양과 결혼을 앞둔 아델베르트 그루너 남작이 미국에서 중요한 재무 업무를 처리하기 위해 금요일에 리버풀에서 출발하는 커나드 해운 회사의 루리타니아호에 탑승한다는 기사가 실렸기 때문이었다. 소식을 들은 홈스의 창백한 얼굴에 냉정하고 결연한 표정이 떠올랐다. 그가 불의의 충격을 받았다는 것을 알 수 있었다.

"금요일이라고! 삼 일밖에 안 남았잖은가. 악당이 안전한 곳으로 피신하려는 모양일세. 그렇게는 안 되지! 절대 안 될 말씀이지! 자, 왓슨, 부탁을 들어주게."

"뭐든 말만 하게, 홈스."

"앞으로 스물네 시간 동안 중국 도자기를 열심히 공부해주게."

그는 이유를 설명하지 않았고 나도 묻지 않았다. 오랜 경험을 통해 그의 말을 따르는 것이 능사임을 터득했기 때문이다. 방에서 나와 베이커 스트리트를 걸어가면서 도대체 무슨 수로 그 희한한 명령을 실행에 옮길 수 있을까 하는 생각만 계속 했다. 결국 나는 세인트제임스 스퀘어에 있는 런던 도서관으로 찾아가서 부관장직을 맡고 있는 친구 로맥스에게 자초지종을 설명했다. 잠시 후 어마어마하게 두툼한 책을 겨드랑이께에 끼우고 집으로 향했다.

월요일에 전문가 증인 신문을 앞두고 주말 동안 엄청난 집중력을 동원해 벼락치기로 공부한 변호사는 억지로 구겨 넣은 지식을 그 주 안에 전부 잊어버린다고 한다. 나도 도자기 전문가가 될 생각은 없지만 그날 저녁과 밤, 다음날 아침까지 쉴 새 없이 지식을 흡수하고 이름을 외웠다. 위대한 작가들의 낙관, 신비로운 육십갑자, 홍무제의 인장과 영락제의 걸작, 당영의 서체, 송나라와 원나라의 눈부신 작품에 대해서 공부했다. 나는 많은 지식으로 무장하고 다음날 저녁에 홈스를 찾아갔다. 신문 보도와 딴판으로 이제 침대 밖을 걸어다니는 홈스는 붕대로 친친 감긴 머리를 손으로 괴고 가장 좋아하는 안락의자 깊숙이 몸을 묻고 앉아 있었다.

"이보게, 홈스. 신문 기사를 믿는 사람들은 자네가 죽어가는 줄 알 걸세."

"내 의도가 바로 그거지. 자, 왓슨, 공부 좀 하고 왔나?"

"노력은 했지."

"좋아. 그 주제로 지적인 대화를 나눌 수 있겠나?"

"가능할 거야."

"그럼 벽난로 선반 위에 놓인 조그만 상자를 들고 와주게."

그는 뚜껑을 열고 동양의 고급 비단 보자기로 정성껏 감싼 조그만 물건을 꺼냈다. 비단을 풀자 고운 진청색의 작고 우아한 받침 접시가 모습을 드러냈다.

"조심스럽게 다루어야 하네, 왓슨. 명나라 때 만들어진 진품 박태 자기거든. 크리스티 경매장에도 이보다 훌륭한 걸작이 나온 적이 없어. 베이징의 황궁에나 있을 완벽한 세트의 가격은 왕의 몸값에 버금갈 걸세. 진정한 전문가라면 보고 흥분을 주체하지 못할 걸세."

"이걸 가지고 뭘 어쩌면 되겠나?"

홈스는 명함을 건넸다. "힐 바턴 박사. 하프문 스트리트 369번지"라고 적혀 있었다.

"오늘 저녁의 자네 이름일세. 이걸 들고 그루너 남작을 찾아가게. 내가 그의 습관을 파악해놓았다네. 그는 8시 30분쯤이면 한가해지더군. 특별한 명나라 도자기 세트를 입수했는데 그 가운데 한 점을 들고 찾아가겠다고 미리 편지를 보내놓게나. 자네 직업을 의사라고 소개해도 좋아. 그러면 이중으로 연기할 필요가 없으니까. 도자기 수집가인 자네는 이 세트를 입수하게 됐어. 그리고 남작이 도자기에 관심이 많다는 이야기를 들었기에 적당한 가격에 파는 것도 나쁘지 않겠다고 생각했지."

"어느 정도 가격에?"

"좋은 질문일세, 왓슨. 본인이 소유한 작품의 가치를 모른다면 설득력이 전혀 없겠지. 이 받침 접시는 제임스 경이 구해다

주었는데 아마 의뢰인의 소장품일 걸세. 세상에 둘도 없는 작품이라 해도 과장이 아니야."

"그럼 전문가의 감정을 받아 가격을 책정해보면 어떻겠느냐고 해야겠군."

"훌륭해, 왓슨! 오늘 재기가 번득이는데? 크리스티나 소더비 경매를 운운하게. 조심스러워서 직접 가격을 정하지는 못하겠다고."

"그가 안 만나주면 어쩌나?"

"무슨 소리. 분명 만나줄 걸세. 엄청난 수집광이거든. 특히 중국 도자기를 수집하지. 그 분야에서는 권위자로 꼽히기도 한다네. 앉게, 왓슨. 불러주는 대로 편지를 쓰게나. 답신을 받아볼 필요도 없어. 찾아가겠다는 말과 함께 이유만 적으면 돼."

짧고 공손하면서도 전문가의 호기심을 자극하는 훌륭한 편지였다. 이 지역을 담당하는 연락 사무소 직원이 알맞게 편지를 전달했다. 나는 그날 저녁, 귀한 받침 접시를 들고 힐 바턴 박사의 명함을 주머니에 넣은 뒤 혼자 모험에 나섰다.

아름다운 저택과 정원을 보니 제임스 경 말마따나 그루너 남작의 재산이 상당하다는 것을 알 수 있었다. 양쪽으로 진귀한 관목이 심긴 길고 구불구불한 진입로를 따라가자 자갈을 깔고

석상들로 꾸민 넓은 마당이 나왔다. 이 저택은 남아프리카공화국의 금광으로 큰돈을 번 사람이 최고 전성기를 구가하던 시절에 지었다. 양쪽 귀퉁이에 작은 탑이 달린 길쭉하고 낮은 이 저택은 건축학적인 관점에서는 흉물일지 몰라도 압도적인 크기와 견고함을 자랑했다. 주교석에 앉아 있어도 이상하지 않을 만큼 위엄 있는 집사가 문을 열어주자 플러시 천으로 만든 옷을 입은 하인이 남작이 있는 곳으로 안내했다.

남작은 창문 사이에 놓인 큼지막한 장식장 앞에 서 있었다. 유리가 끼워져 있지 않은 장식장은 그의 소장품으로 채워져 있었다. 내가 들어서자 조그만 갈색 꽃병을 한 손에 들고 있던 남작이 고개를 돌렸다.

"앉으세요, 박사님. 내 보물들을 둘러보면서 이 진열장에 뭘 더 추가할 여유가 있는지 고민하고 있었습니다. 7세기에 제작된 이 당나라 작품에 관심이 있으실지 모르겠네요. 이보다 더 정교한 세공과 풍부한 광택은 보신 적 없을 겁니다. 말씀하신 명나라의 받침 접시는 가지고 오셨습니까?"

나는 조심스럽게 보자기를 푼 뒤 받침 접시를 건넸다. 날이 어두워져가고 있었기 때문에 책상에 앉은 그는 등불을 가까이 당겨서 접시를 살펴보기 시작했다. 그러는 동안 누런 불빛이 그를 비춘 덕분에 외모를 찬찬히 들여다볼 수 있었다.

남작의 외모는 눈에 띄게 준수했다. 미남으로 유럽에 명성이 자자할 만했다. 체구는 크지 않았지만 몸의 선이 우아하고 날렵했다. 피부색이 어두운 편이라 거무스름한 얼굴이었고, 큼지막하고 까맣고 느른해 보이는 눈은 여자들이 거부할 수 없는 매력을 발산했다. 머리카락과 꼼꼼하게 밀랍을 발라서 뾰족하게 만든 짧은 콧수염은 새까맸다. 이목구비는 반듯하고 호감형인데 일직선의 얇은 입술만 예외였다. 살인마의 입술 형태가 정해져 있다면 본보기라고 할 법한 입술이었다. 꾹 다물린 입술은 얼굴을 갈라 낸 가느다란 상처같이 냉혹하고 무시무시했다. 콧수염을 길러 입술을 덮지 않은 것은 패착이었다. 조물주가 남작의 희생양들에게 보내는 위험신호이자 경고였으니 말이다. 목소리는 매력적이고 몸에 밴 예의범절은 흠잡을 데 없었다. 서른 조금 넘은 나이로 보였는데 나중에 기록을 보니 마흔둘이었다.

"훌륭합니다……. 정말 훌륭하네요! 여섯 개짜리 세트를 가지고 계시다고요. 이렇게 근사한 작품이 있다는 소문을 들어본 적 없다니 어찌된 영문인지 모르겠습니다. 영국에 이런 작품이 한 점 있다는 건 알지만 매물로 나올 작품이 아니거든요. 외람된 질문이지만 어디에서 입수하셨는지 여쭤봐도 될까요, 힐 바턴 박사님?"

마침내 나온 그의 말에 나는 최대한 무심한 투로 되물었다.

"그게 중요합니까? 보시면 아시겠지만 진품이잖습니까. 가격에 대해서라면 전문가에게 감정을 맡겨 결정할 용의가 있습니다."

"그것참 희한한 일이로군요. 이런 물건을 거래할 때는 누구든 거래 내역에 대해서 시시콜콜 알고 싶어 하는데요. 진품인 건 맞습니다. 그 부분은 의심의 여지가 없습니다. 하지만 만에 하나 나중에 선생께서 물건을 팔 권리가 없었던 것으로 밝혀지면 어쩝니까? 모든 경우의 수를 고려해야 하지 않습니까."

그는 의심스럽다는 듯이 까만 눈을 번뜩였다.

"걱정할 필요 없다고 보증합니다."

"그렇다면 선생의 보증을 믿을 수 있는지가 문제시되는데요."

"그건 내 거래 은행에서 대답해줄 거요."

"그렇군요. 하지만 매매 과정이 아무래도 이상하게 느껴집니다."

"사든지 말든지 마음대로 하십시오. 남작을 맨 먼저 찾아온 이유는 전문가라는 걸 알기 때문입니다. 당신이 안 사면 다른 데서 팔면 그만이죠."

나는 관심 없다는 듯이 말했다.

"내가 전문가라는 걸 어찌 아셨습니까?"

"이걸 주제로 책까지 썼잖습니까."

"그 책을 읽어보셨습니까?"

"아뇨."

"맙소사, 점점 이해하기가 힘들어지는군요! 당신은 값진 물건을 소장한 전문가이자 수집가인데 소장한 작품의 진정한 의미와 진가를 알려줄 책을 들춰보지 않다니요. 그 이유를 어떤 식으로 설명하시겠습니까?"

"난 바쁜 사람이오. 개업의란 말이오."

"그건 대답이 될 수 없죠. 취미를 가진 사람은 본업이 뭐건 간에 파고들게 되어 있습니다. 박사님은 편지에서 본인이 전문가라고 하셨죠."

"전문가 맞습니다."

"그럼 시험 삼아 몇 가지 여쭈어봐도 되겠습니까? 박사님께는 죄송한 말씀이지만 갈수록 의심스러워지니 말입니다. 정말 박사가 맞는지도 모르겠군요. 쇼무 천황이 어떤 사람인지, 일본 나라奈良에 있는 쇼소인正倉院과 어떤 연관이 있는지 아십니까? 맙소사, 잘 모르시는군요? 그럼 북위 왕조란 무엇인지, 북위 왕조가 도자기의 역사에서 차지하는 위치에 대해서는 알고 계신가요?"

나는 화를 내며 의자에서 벌떡 일어섰다.

"보자 보자 하니 너무하는군요. 나는 남작에게 호의를 베풀러 온 사람이지, 시험을 치러 온 학생이 아닙니다. 내 지식이 남작에 비해 변변찮을지 몰라도 그런 질문은 모욕적이군요. 대답하지 않겠습니다."

그는 차분히 나를 쳐다보았다. 느른해 보였던 눈이 갑자기 이글거렸다. 잔인한 입술 사이로 치아가 번뜩였다.

"무슨 수작이야? 네놈 스파이 아닌가? 홈스가 보낸 사람이지? 지금 속임수를 쓰는 거로군? 그자는 시름시름 앓고 있다고 들었는데, 그래서 나를 감시하려고 수족을 보낸 모양이군. 당신은 무단으로 이 집에 침입했어. 들어왔을 때처럼 쉽게 나가지는 못할 거다, 절대로!"

그가 일어서자 나는 뒤로 물러서며 공격에 대비했다. 그는 분노로 제정신이 아니었다. 어쩌면 처음부터 나를 의심했을지 모른다. 신문하면서 확신을 했을 것이다. 애초에 그를 속일 수 있을 리 없었다. 그는 책상 서랍 안을 미친듯이 뒤지다가 무슨 소리를 들었는지 가만히 서서 귀를 기울였다.

"아니!"

남작이 외쳤다. 그는 다시 "아니!" 하고 외치며 내실로 달려 들어갔다.

나는 두 걸음 만에 내실 문 앞에 다다랐다. 열린 문 사이로 보인 광경을 죽을 때까지 잊지 못할 것이다. 정원과 연결된 내실 창문이 활짝 열려 있었다. 피로 물든 붕대를 머리에 감은 새하얗고 핼쑥한 얼굴의 셜록 홈스가 창가에 소름 끼치는 유령처럼 서 있었다. 이내 홈스가 열린 창문으로 몸을 날렸다. 그의 몸이 창밖의 월계수 덤불로 쿵 하고 떨어지는 소리가 들렸다. 집주인은 분노로 괴성을 지르며 창문 쪽으로 달려갔다.

그때였다! 눈 깜빡할 새 벌어진 일이었지만 나는 똑똑히 보았다. 팔 하나가, 여자의 팔 하나가 나뭇잎 사이로 불쑥 튀어나왔다. 그 순간 남작이 무시무시한 비명을 질렀다. 영원히 기억에 남을 비명이었다. 그는 양손으로 얼굴을 움켜쥐고 끔찍하게도 벽에 머리를 부딪혀가며 방안을 뛰어다녔다. 그러다 양탄자 위로 쓰러져서 데굴데굴 구르며 몸부림을 쳤다. 끊이지 않는 비명소리가 집안을 쩌렁쩌렁 울렸다.

"물! 제발 물 좀!"

그가 외쳤다.

나는 곁탁자에 있는 유리병을 들고 그에게 달려갔다. 집사와 하인 몇 명이 홀에서 달려 들어왔다. 내가 부상을 당한 남작 옆에 무릎을 꿇고 그의 처참한 얼굴을 등불 불빛이 비치는 쪽으로 돌렸을 때 그중 한 명이 기절했던 기억이 난다. 황산이 얼굴을 녹이며 귀와 턱을 따라 뚝뚝 흘러내렸다. 한쪽 눈은 허옇게 번

들거렸고 다른 쪽 눈은 뻘겋게 충혈되어 있었다. 불과 몇 분 전까지 아름다운 그림 같다 감탄하며 바라보았던 얼굴이 축축하고 더러운 스펀지로 문댄 초상화처럼 변해버렸다. 인간이라 할 수 없을 만큼 흉측하게 변색되고 뭉개졌다.

나는 어떤 식으로 황산 공격이 저질러졌는지 간단하게 설명했다. 몇 명은 창문을 넘고 또 몇 명은 잔디밭으로 달려나갔지만 이미 어두워진데다 비까지 내리고 있었다. 남작은 비명을 지르면서도 중간중간 복수를 감행한 상대에 대해 고래고래 악을 썼다.

"빌어먹을 고양이 같은 키티 윈터의 짓이지! 가증스러운 것! 대가를 치르게 할 테다! 대가를 치르게 할 테다! 아, 젠장, 너무 아파! 참을 수가 없어!"

나는 그의 얼굴을 기름으로 씻어내고 벗겨진 벌건 피부에 솜을 두껍게 얹은 다음 모르핀 주사를 놓았다. 죽은 생선 같은 눈을 나에게 향한 그는 충격으로 나에 대한 의혹을 모조리 잊은 듯했다. 내게 눈을 고칠 능력이 있기라도 한 것처럼 손을 붙잡고 매달렸다. 이런 끔찍한 사건을 유발한 그의 비열한 과거를 몰랐더라면 처참한 광경에 눈물을 흘렸으리라. 하지만 족쇄 같은 뜨끈한 손이 역겹기만 했기에 그의 주치의가 화상 전문가를 거느리고 등장했을 때 절로 안도의 한숨이 나왔다. 잇따라 등장한 경위에게는 내 진짜 명함을 주었다. 런던 경찰청에는 홈스 못지않게 내 얼굴도 알려져 있어서 다른 사람 행세를 한들 어리석고 부질없는 짓이었다. 이윽고 나는 암울한 공포의 현장을 나서 한 시간도 지나지 않아 베이커 스트리트에 도착했다.

홈스는 기진맥진하고 창백한 얼굴로 항상 앉는 의자에 앉아 있었다. 부상도 부상이지만 그날 저녁에 벌어진 사건으로 강심장인 홈스도 충격을 받은 듯했다. 남작이 어떻게 변했는지 나에게 전해 듣고는 경악을 금치 못했다.

"죄를 지은 대가로군, 왓슨. 죄를 지은 대가야! 시기의 문제일 뿐 언젠가는 대가를 치렀어야 했지. 지은 죄가 좀 많은가."

그는 탁자 위에 놓여 있던 갈색 책을 집으며 덧붙였다.

"이게 윈터 양이 얘기한 책일세. 이걸로도 약혼이 깨지지 않으면 어떤 걸로도 깨뜨릴 수 없어. 하지만 깨질 걸세, 왓슨. 깨져야지. 자존심이 있는 여자라면 견딜 수 없을 테니까."

"남작의 연애 일기인가?"

"욕정의 일기라고 할 수도 있겠고. 아무려면 어떤가. 윈터 양의 얘기를 듣는 순간 이 책을 입수할 수만 있다면 얼마나 강력한 무기가 될지 깨달았지. 그녀가 비밀을 누설할 가능성이 있어 당시에는 말하지 않았지만 곰곰이 생각해보았다네. 그러다 괴한들에게 공격을 당했어. 나에 대한 대비책을 준비할 필요가 없겠다고 남작을 착각하게 만들 기회가 생겼지. 거기까지는 훌륭하게 먹혔네.

다른 때 같았으면 더 기다렸겠지만 남작의 미국 방문 계획 때문에 무리하는 수밖에 없었다네. 그렇게 위험한 물증을 두고 갈 리가 없거든. 당장 조치를 취하는 수밖에 없지. 밤에 몰래 훔치는 건 불가능했어. 그가 예방 조치를 취할 테니 말일세. 하지만 저녁때 그의 관심을 다른 데로 돌려놓을 수만 있다면 승산이 있었지. 그걸 위해서 자네와 진청색 받침 접시가 투입된 걸세. 하지만 책의 위치를 정확하게 알지 못했고, 도자기에 관한 자네의 지식에 한계가 있다 보니 고작 몇 분밖에 벌 수 없을 거라는 걸 알았거든. 그래서 막판에 그 아가씨를 동원했다네. 그녀가 망토 안에 애지중지 들고 온 조그만 꾸러미 안에 뭐가 들었을지 짐작도 못 했네. 내 일에 협조하느라 따라나선 줄 알았더니 나름대로 속셈이 있었던 모양이야."

"남작은 자네가 날 보냈다는 걸 알아차렸어."

"그럴 줄 알았다네. 하지만 자네가 남작을 충분히 붙잡고 있어준 덕분에 책을 손에 넣었어. 들키지 않고 도망칠 수 있을 정도는 못 됐지만. 아, 제임스 경, 와주셔서 감사합니다!"

미리 해놓은 연락을 듣고 우리의 예의 바른 친구가 찾아왔다. 그는 홈스의 설명을 경청했다.

"놀라운 성과를 거두셨군요. 놀라운 성과를 거두셨어요! 하지만 남작의 부상이 왓슨 박사님의 진단처럼 심각하다면 끔찍한 책을 이용하지 않아도 파혼이라는 목적을 이룰 수 있겠습니다."

그의 말에 홈스는 고개를 저었다.

"드메르빌 양 같은 여자들은 절대 그런 식으로 처신하지 않습니다. 흉측해진 순교자로 떠받들며 한층 더 사랑할 테죠. 그의 육체가 아니라 도덕성을 파고들어야 합니다. 그 책을 보면 사랑에 눈먼 아가씨도 정신을 차리겠죠. 그걸로도 안 되면 다른 방법이 있을지 모르겠네요. 남작이 직접 쓴 책입니다. 드메르빌 양도 그것만큼은 무시하고 지나가지 못할 겁니다."

제임스 경은 책과 귀한 받침 접시를 들고 일어섰다. 나도 갈 시간이 지났기에 함께 밖으로 나왔다. 사륜마차가 기다리고 있었다. 훌쩍 올라탄 그가 모자에 꽂 모양 모표를 단 마부에게 황급히 지시를 내리자 마차가 빠르게 출발했다. 제임스 경이 마차 옆면에 새겨진 문장을 가리려고 외투 절반을 창밖으로 늘어뜨렸지만 채광창 불빛에 훤히 보였다. 깜짝 놀라 숨이 막혔다. 나는 몸을 돌려 홈스의 방으로 향하는 계단을 다시 올라갔다.

"의뢰인이 누군지 알아냈어. 아니 글쎄, 홈스, 누군가 하면……!"

나는 엄청난 소식에 어쩔 줄 몰라 하며 외쳤다. 홈스는 한 손을 들어서 내 말을 가로막았다.

“충직한 친구이자 기사도 정신으로 무장한 신사지. 그 정도면 충분하지 않겠나?”

남작의 유죄를 입증하는 책이 어떤 식으로 활용됐는지는 모르겠다. 제임스 경이 알아서 했을 것이다. 아니면 민감한 임무의 성격상 아가씨의 아버지가 맡았을 것 같기도 하다. 아무튼 효과는 만점이었다. 삼 일 뒤, 《모닝 포스트》에 아델베르트 그루너 남작과 바이얼릿 드메르빌 양의 결혼이 취소됐다는 단신이 실렸다. 키티 윈터 양이 황산 투척이라는 중죄로 일차 공판을 받았다는 기사도 같은 신문에 실렸다. 다들 기억하겠지만 공판 과정에서 정상참작 사유가 공개되자 가장 낮은 형량이 선고되었다. 셜록 홈스는 절도죄로 기소될 뻔했지만 목적이 선량한 데다 의뢰인이 워낙 유명했기 때문에 엄격한 영국 법도 인간적인 융통성을 발휘할 수밖에 없었다. 내 친구는 아직 한 번도 피고석에 선 적이 없다.

창백한 병사

친구 왓슨은 의견을 잘 내놓는 편은 아니지만 내놓았다 하면 끈질기다. 그는 스스로의 경험을 직접 써보라며 오래전부터 나를 괴롭혔다. 내가 종종 그의 이야기를 가리켜 깊이가 없다고 지적하고 사실과 수치에 충실하기보다 대중의 입맛에 영합한다고 비난했으니 고난을 자초한 셈이다.

"그럼 홈스 자네가 써보게!"

그는 이렇게 되받아쳤다. 고백하자면 펜을 잡아보니 독자들의 흥미를 유발하는 방향으로 사건을 소개해야 한다는 것을 알겠다. 이번 사건은 왓슨의 작품집에는 수록되지 않았지만 내가 관여했던 사건 중에서 신기하기로는 손에 꼽히기 때문에 여러분의 기대를 저버리지 않을 것이다. 내 오랜 친구이자 전기 작가인 왓슨의 이야기가 나왔으니 말인데, 내가 다양한 사건을 수사하면서 굳이 그와 동행한 이유는 단순한 감상이나 일시적인 변덕이 아니라 왓슨에게 몇 가지 훌륭한 장점이 있기 때문이라고 이 자리를 빌어 밝히고 싶다. 그가 나의 활약상을 과대 포장하느라 자신의 장점을 부각하지 않을 뿐이다. 내가 내리는 결론과 나의 행동을 예단하는 동맹군은 위험하다. 사건의 전개에 매번 놀라워하고 미래를 전혀 예측하지 못하는 사람이야말로 이상적인 동료라 할 수 있다.

수첩을 들추어보니 제임스 M. 도드가 찾아온 것은 1903년 1월, 보어전쟁이 끝난 직후였다. 그는 체구가 우람하고 얼굴은 햇볕에 그을린, 활기차고 정직한 영국인이었다. 내 좋은 친구 왓슨은 당시에 나를 버리고 아내를 선택했다. 기억하기로 우리 사이에서 그가 이기적인 모습을 보인 것은 그때 딱 한 번뿐이었다. 아무튼 그래서 나는 혼자였다.

나는 의뢰인이 찾아오면 습관적으로 창을 등진 자리에 앉아 의뢰인더러 햇빛이 정면에서 드는 맞은편 의자에 앉도록 권한다. 제임스 M. 도드 씨는 어떤 식으로 이야기를 시작하면 좋을지 몰라 쩔쩔매는 눈치였다. 그가 주저하는 동안 관찰할 시간을 벌 수 있으니 나는 말을 거들고 나서지 않았다. 의뢰인에게 강렬한 인상을 심어주어야 좋다는 것을 알고 있기에 관찰의 결론을 몇 가지 이야기했다.

"보아하니 아프리카에 계셨군요."

"네, 맞습니다."

그는 놀란 표정으로 대답했다.

"기마 의용군입니까?"

"네."

"미들섹스 부대였겠죠."

"맞습니다. 홈스 씨, 요술이라도 부리십니까?"

나는 그의 어리둥절한 표정을 보며 미소를 지었다.

"영국의 햇볕으로는 만들 수 없을 만큼 까무잡잡한 얼굴에 손수건은 주머니 대신 소맷부리에 꽂은 기운 넘치는 신사분을 보면 어디에 있었는지 금세 파악할 수 있죠. 수염이 짧은 걸 보면 정규군은 아닙니다. 머리 모양이 기병대답고요. 부대를 알아맞힌 것은 명함에 미들섹스 주, 스로그모턴 스트리트의 증권 중개인이라고 적혔기 때문입니다. 미들섹스에 살고 있으니 어느 부대에 입대했겠습니까?"

"뭐든 훤히 꿰뚫어 보시는군요."

"도드 씨보다 많이 보는 건 아닙니다. 보이는 걸 허투루 흘려보내지 않도록 훈련했을 따름이죠. 그런데 도드 씨, 오늘 아침에 관찰의 기술을 논의하러 나를 찾아온 게 아니잖습니까. 턱스베리 올드 파크에서 무슨 일이 벌어졌습니까?"

"홈스 씨……!"

"도드 씨, 이건 수수께끼랄 것도 없습니다. 선생의 편지에 발신지가 거기로 적혀 있었고 급하게 약속을 잡았으니 뭔가 갑작스럽고 중요한 일이 그곳에서 벌어진 거겠죠."

"네, 맞습니다. 편지를 보낸 후로도 많은 일이 벌어졌습니다. 엠스워스 대령님에게 쫓겨나지 않았다면……."

"쫓겨났다고요?"

"쫓겨난 셈입니다. 엠스워스 대령님은 인정사정없는 분이에요. 한창때 육군의 모든 부대를 통틀어서 엄격하기로 유명한 분이셨죠. 말이 험하기로도 유명했고요. 고드프리가 없었다면 저는 대령님을 견디지 못했을 겁니다."

나는 파이프에 불을 붙이고 의자에 몸을 묻었다.

"무슨 말씀인지 차근차근 설명을 해주십시오."

의뢰인은 장난꾸러기처럼 씩 웃었다.

"설명하지 않아도 홈스 씨가 모든 걸 알겠거니 하고 넘겨짚어버렸네요. 상황을 말씀드릴 테니 어찌된 영문인지 홈스 씨가 부디 설명해주셨으면 합니다. 밤새도록 머리를 쥐어짰지만 생각하면 할수록 믿기 어려워지더군요.

이 년밖에 지나지 않은 일입니다. 제가 1901년 1월에 입대했을 때, 고드프리 엠스워스도 같은 중대에 들어왔어요. 그 친구는 크림전쟁 때 빅토리아 십자 훈장을 받은 엠스워스 대령님의 외아들이었고 전사의 핏줄을 타고났으니 자원입대한 것이 놀랄 일은 아니었습니다. 연대에서 가장 훌륭한 대원이었죠. 우리는 친구가 되었습니다. 같은 일상을 보내며 동고동락할 때만 맺어질 수 있는 그런 친구요. 그는 제 단짝이었습니다. 군대에서는 단짝이라는 단어에 많은 의미가 부여되죠. 우리는 일 년 동안 혹독한 전투를 치르며 기쁠 때나 힘들 때나 함께 했습니다. 그러다 그 친구가 남아공 프레토리아 외곽의 다이아몬드힐 근처에서 작전을 수행하다 코끼리 잡는 총에 맞았다지 뭡니까. 그 후로 케이프타운의 병원에서 한 통, 사우샘프턴의 병원에서 한 통, 이렇게 편지를 두 통 받았어요. 그런데 그 뒤로 소식 한 자 없더군요. 가장 친했던 저에게 육 개월이 지나도록 말입니다, 홈스 씨.

뭐, 전쟁이 끝나자 다들 영국에 돌아왔습니다. 저는 고드프리의 아버님께 친구의 행방을 묻는 편지를 보냈죠. 답이 없었습니다. 며칠 기다렸다가 다시 편지를 보냈습니다. 이번에는 짧고 퉁명스러운 답장이 날아왔습니다. 고드프리가 세계 일주를 떠나 일 년 동안 돌아오지 않을 거라고요. 그게 전부였습니다.

찜찜하더군요, 홈스 씨. 모든 게 아주 이상했어요. 고드프리처럼 착한 녀석이 그런 식으로 친구와 연락을 끊을 리 있나요. 녀석답지 않은 행동이었죠. 그러다 그 친구가 막대한 재산의 상속인이고 아버님과 사이가 좋지 않았다는 사실을 우연히 알게 되었습니다. 노인네가 가끔 부리는 횡포를 고드프리가 젊은 혈기에 고분고분 받아넘기지 않았다죠. 그래요, 아무리 생각해도 찜찜해서 진상을 파악하기로 결심했습니다. 그런데 이 년 동안 자리를 비웠다 보니 제 일도 정리할 게 많아서 이번 주가 돼서야 고드프리에게 정신을 쏟을 수 있었습니다. 일단 시작한 이상, 만사 제쳐두고 끝장을 볼 작정입니다."

제임스 M. 도드는 적이 아니라 친구로 만나야 하는 사람이었다. 이야기를 하는 동안 파란 눈이 매섭게 빛나며 사각 턱에는 힘이 들어갔다.

내가 물었다.

"그래서 어떻게 했습니까?"

"맨 먼저 베드퍼드 근처의 턱스베리 올드 파크에 있는 그의 집으로 찾아가서 어떻게 된 일인지 직접 확인하기로 작정했습니다. 성격 괴팍한 아버님에게는 신물이 난 터라 그의 어머님께 편지를 보내서 정면 돌파를 감행했죠. 고드프리는 내 친구다, 둘이 함께 겪은 재미있는 사건을 잔뜩 이야기해드리겠다, 근처에 며칠 머무르려고 하는데 찾아가도 괜찮겠느냐 어쩌고저쩌고

하는 편지를요. 어머님은 상냥한 답장을 보내주셨고 하룻밤 자고 가라고도 하시더군요. 그래서 월요일에 그곳으로 내려가기로 했습니다.

고드프리의 집인 턱스베리 올드 홀은 대중교통으로 접근이 불가능합니다. 반경 십 킬로미터 안에 아무것도 없어요. 기차역에서 이륜마차를 잡지 못해서 여행 가방을 들고 걸어가는 바람에 해가 떨어질 무렵에야 도착할 수 있었습니다. 그 집은 넓은 정원이 딸린 복잡한 저택이라 길을 잃기 십상이더군요. 엘리자베스 여왕 시대 양식의 목재 토대에서부터 시작해서 빅토리아 여왕 시대 양식으로 현관을 만드는 등 온갖 시대의 양식을 망라한 저택이었습니다. 실내는 모두 벽널을 둘렀고 태피스트리와 오래되어 색이 날아간 그림들이 걸린, 어두침침하고 비밀스러운 분위기의 집이었어요. 랠프라는 집사는 그 집만큼 나이를 먹은 듯했고 집사의 부인은 그보다 나이가 더 많아 보였습니다. 이전에 고드프리가 그 부인이 자기 유모라 어머님 다음으로 좋아한다는 이야기를 한 적이 있어선지 기이한 외모에도 마음이 끌리더군요. 고드프리의 어머님도 좋았습니다. 순하고 아담하고 하얀 쥐처럼 생긴 분이었어요. 문제는 아버님뿐이었죠.

저는 그분을 만나자마자 언쟁을 벌였습니다. 그길로 뛰쳐나가 역으로 가고 싶은 마음이 굴뚝같았지만 어쩌면 그것이 그분의 노림수일지 모른다는 생각에 참았습니다. 집에 도착하고는 서재로 곧장 안내를 받아 들어갔습니다. 등이 굽고 피부는 칙칙하며 희끗희끗한 수염이 제멋대로 자란 거한이 어질러진 책상 뒤에 앉아 있었습니다. 딸기코가 독수리 부리처럼 불룩 튀어나왔고, 빽빽한 눈썹 아래에서 이글거리는 회색 눈이 저를 노려보았습니다. 고드프리가 아버님 이야기를 거의 하지 않은 이유를 알겠더군요.

대령님이 신경을 긁는 목소리로 운을 뗐습니다.

'그래, 여기까지 찾아온 진짜 이유를 알고 싶네만.'

저는 어머님께 편지로 설명했다고 대답했죠.

'그래, 그래. 아프리카에서 고드프리와 아는 사이였다고. 물론 자네 주장 말고 다른 증거는 없지만.'

'주머니에 그 친구한테서 받은 편지가 있습니다.'

'어디 보여주겠나?'

대령님은 제가 건넨 편지 두 통을 흘끗 쳐다보더니 돌려주었습니다.

'그래, 그래서?'

'저는 대령님의 아드님인 고드프리를 좋아했습니다. 같이 아는 사람도 많고 함께 한 추억도 많은 사이죠. 그러니 그 친구가 왜 갑작스럽게 연락을 끊었는지, 어디서 어떻게 지내는지 궁금

할 수밖에 없지 않습니까?'

'그 아이가 어떻게 지내는지 편지로 알려준 기억이 나네만. 세계 일주 여행을 떠났다고. 아프리카에서 복무한 이후에 건강이 안 좋아져서 아내와 나는 그 아이가 푹 쉬면서 기분 전환을 할 필요가 있다는 데 의견을 같이했지. 안부를 궁금해하는 다른 친구가 있으면 그렇게 전해주게.'

'알겠습니다. 어떤 배를 타고 어떤 경로로 언제 어디에 가는 일정인지 알 수 있을까요? 그러면 친구에게 편지를 부칠 수 있을 테니까요.'

대령님은 내 요구 사항에 당황한 동시에 짜증이 난 듯했습니다. 숱이 많은 눈썹을 찌푸리며 손가락으로 책상을 초조하게 두드리더군요. 그러다 체스 상대가 둔 치명적인 수에 어떤 식으로 응수할지 결정을 내린 표정으로 마침내 고개를 들었습니다.

'웬만한 사람이라면 자네의 끈질긴 고집을 불쾌하게 여기고 자네의 억지가 무례하다고 생각할 걸세.'

'아드님을 진심으로 아끼는 마음에 그러는 거라고 여겨주십시오.'

'그렇지. 그럴 거라 생각해서 지금까지 전부 받아주었던 것 아닌가. 하지만 더이상 아무것도 묻지 말게. 아무리 선한 의도에서 묻는다 해도 말일세. 아내는 자네가 들려주겠다고 한 고드프리의 이야기를 듣고 싶어 하지만, 현재와 미래 이야기는 들쑤시지 말고 넘어가주게. 그런 질문을 한들 좋을 것 하나 없고 우리만 난처하고 곤란해진다네.'

그래서 저는 막다른 골목에 다다랐습니다, 홈스 씨. 상황을 타개할 방법이 없더군요. 대령님의 말에 수긍하는 척하면서 친구의 운명을 확실히 알기 전에는 절대 물러나지 않겠다고 속으로 다짐하는 수밖에요. 지루한 저녁 시간이 흘러갔습니다. 저희 셋은 오래되어 어두침침하고 색이 바랜 식당에서 조용히 저녁을 먹었죠. 어머님이 열심히 아들에 대해 묻는 반면 대령님은 뚱하고 우울해 보였습니다. 처음부터 끝까지 어찌나 따분한 자리였던지 핑계를 대고 예의가 허락하는 한도 내에서 일찌감치 방으로 들어갔죠. 1층의 제 방은 넓고 휑했습니다. 집안의 다른 곳처럼 어두침침했지만 아프리카의 초원에서 일 년을 지내고 났더니 숙소의 질은 따지지 않게 되더군요. 커튼을 젖히고 정원을 내다보니 밤하늘에 휘영청 반달이 떠 있더군요. 이글거리는 벽난로를 마주하고 등불이 놓인 탁자 옆에 앉아서 소설로 만사를 잊으려 했습니다. 그때 나이 많은 집사 랠프가 석탄을 넣으러 들어왔습니다.

'밤중에 석탄이 떨어질 것 같아서요. 날이 차고 이 집은 방이 춥습니다.'

그가 나가지 않고 머뭇거리기에 고개를 돌려보니 주름진 얼굴에 아쉬워하는 표정을 지으며 저를 바라보고 있지 뭡니까.

'죄송하지만 저녁을 드시면서 고드프리 도련님에 대해서 하신 말씀을 우연히 들었습니다. 아시다시피 아내가 도련님을 키웠으니 제가 양아버지인 셈이죠. 그러니 마음이 쓰일 밖에요. 도련님께서 아프리카에서 맹활약을 하셨다고요?'

'저희 연대에서 그보다 용감한 병사는 없었습니다. 보어인의 소총 공격에서 저를 구출해준 적도 있었고요. 그 친구가 아니었다면 저는 이 자리에 있지 못했을 거예요.'

늙은 집사는 뼈가 앙상한 손을 서로 문지르더군요.

'네, 맞습니다, 맞아요. 고드프리 도련님은 그런 분이죠. 늘 용감하셨죠. 이 근처 나무 중에 도련님이 올라가보지 않은 나무가 없답니다. 어떤 것도 도련님을 막을 수 없었죠. 멋진 소년이었어요. 아니, 멋진 사나이였어요.'

저는 자리에서 벌떡 일어섰습니다.

'아니! 였다고요? 마치 죽은 사람 이야기하듯이 말씀하시는군요. 이렇게 쉬쉬하는 이유가 뭡니까? 고드프리 엠스워스는 어떻게 된 겁니까?'

제가 어깨를 붙잡자 노인은 몸을 움츠렸습니다.

'무슨 말씀을 하시는 건지……. 도련님에 대해서라면 주인님

께 여쭤보십시오. 주인님은 아시니까요. 제가 관여할 문제가 아닙니다.'

방을 나서려는 그의 팔을 잡았습니다.

'나가기 전에 한 가지만 대답해주십시오. 안 그러면 밤새도록 붙잡고 있을 겁니다. 고드프리는 죽었습니까?'

그는 제 눈을 쳐다보지 못했습니다. 혼이 나간 사람 같았어요. 그의 입술에서 대답이 튀어나왔습니다. 섬뜩하고 예기치 못했던 대답이요.

'차라리 그랬더라면 얼마나 좋겠습니까!'

집사는 손을 뿌리치고 밖으로 뛰쳐나갔습니다.

저는 다시 의자에 앉았지만 심란하기 그지없었습니다. 노인의 대답은 한 가지 뜻으로 해석할 수밖에 없겠더군요. 딱한 친구가 범죄나 불미스러운 사건에 연루되어 가문의 이름에 먹칠을 했다고요. 그래서 추문이 퍼지지 못하도록 엄한 아버님이 아들을 멀리 아무도 모르는 곳으로 보낸 거죠. 고드프리는 무모한 친구였습니다. 주변 사람의 영향을 크게 받는 친구였고요. 분명 나쁜 친구들과 어울리다 파멸의 길로 들어섰을 겁니다. 만약 그렇다면, 딱하게도 정말 그렇다면 저는 친구를 찾아내 어떻게든 도울 방법을 강구해야 합니다. 그렇게 걱정과 고민으로 괴로워하다 고개를 들어보니 고드프리 엠스워스 본인이 제 앞에 서 있지 뭡니까."

의뢰인은 감정이 북받쳤는지 하던 이야기를 멈추었다.

"말씀 계속하시죠. 특이한 사건이로군요."

내가 말했다.

"그가 유리창에 얼굴을 대고 밖에 서 있었습니다. 제가 창밖을 내다보았다고 말씀드렸잖습니까. 그러느라 커튼을 조금 젖혀놓았거든요. 커튼 사이로 친구가 보였습니다. 바닥까지 내려온 창문이라 전신이 다요. 얼굴이 시선을 사로잡았습니다. 죽은 사람처럼 창백했거든요. 제 평생 그 정도로 새하얀 사람은 본 적이 없습니다. 유령이 그렇지 않을까 싶더군요. 하지만 마주친 눈은 살아 있는 사람의 눈이었어요. 제가 쳐다보고 있다는 것을 알아차리자 펄쩍 물러서더니 어둠 속으로 사라져버리더군요.

그에게는 뭔가 기분 나쁜 분위기가 풍겼어요, 홈스 씨. 어둠 속에서 하얀 치즈처럼 어른거리던 유령 같은 얼굴 때문이 아니라, 뭔지 모르게 은밀하고 비밀스럽고 수상하고 죄를 지은 듯한 분위기를 풍기더란 말입니다. 내가 알았던 솔직하고 남자다운 친구가 아니었습니다. 충격이었죠.

보어인을 상대로 한두 해 전투를 치르다 보면 항상 신경을 곤두세우게 됩니다. 저는 고드프리가 사라지자마자 창문으로 달려갔죠. 걸쇠가 뻑뻑해서 어느 정도 시간을 쓰고서야 창문을 열

수 있었습니다. 창밖으로 뛰쳐나가 그가 사라졌음 직한 방향으로 정원 사잇길을 달렸습니다.

길은 길고 빛도 없었지만 앞에서 뭔가가 움직이는 듯했습니다. 달려가면서 이름을 불렀지만 소용이 없었습니다. 정원 사잇길이 끝나는 곳에 다다르자 여기저기에 있는 별채를 향해 길이 여러 갈래로 나뉘더군요. 머뭇거리고 있는데 문이 닫히는 소리가 분명하게 들리지 뭡니까. 뒤쪽이 아니라 앞쪽에서 난 소리였어요. 그 소리를 듣고 환영을 본 게 아니라고 확신했습니다, 홈스 씨. 저를 피해 달아난 고드프리가 어디론가 들어가서 문을 닫은 거라고요. 그것만큼은 분명했습니다.

더이상 어쩔 도리가 없었기에 방으로 돌아왔습니다. 밤새도록 뒤척이며 모든 사실에 딱 들어맞는 가설이 없을지 고민했죠. 다음날 일어나보니 대령님이 전날보다 누그러진 기미를 보이더군요. 마침 어머님이 근처에 볼 만한 곳이 몇 군데 있다는 얘기를 꺼내셔서 이때다 싶어 하룻밤 더 신세를 지면 안 되겠느냐고 허락을 구했습니다. 대령님이 마지못해 허락한 덕분에 하루 온종일 주변을 둘러볼 여유가 생겼죠. 고드프리가 근처 어딘가에 숨어 있는 건 확실하니 숨은 장소와 이유를 파악하는 게 관건이었습니다.

저택은 넓고 복잡해서 한 개 연대가 숨어도 모를 지경이었습니다. 저택 안에 비밀이 감추어져 있다면 파헤치기가 난감했겠죠. 하지만 제가 들은 문소리는 분명 정원에서 났습니다. 그래서 정원을 둘러보며 단서를 찾기로 했죠. 노부부는 자기 일로 바빠서 제가 뭘 하든 내버려두었기 때문에 정원을 둘러보는 데 별 어려움은 없었습니다.

작은 별채 몇 채가 눈에 띄었습니다. 정원이 끝나는 곳에는 제법 큰 단독 건물이 하나 있더군요. 정원사나 사냥터 관리인이 살아도 될 만큼 넓었습니다. 여기서 문 닫히는 소리가 난 걸까 싶어 저는 목적지를 정하지 않고 산책 나온 사람처럼 설렁설렁 걸어 그 건물로 다가갔습니다. 그런데 바로 그때 자그마한 체구에 수염을 기르고 까만색 외투에 중산모를 쓴 남자가 기세 좋게 안에서 나오지 뭡니까. 정원사로 보이지는 않는 사람이었어요. 놀랍게도 문을 잠그고 열쇠를 주머니에 넣더군요. 남자는 저를 보더니 놀란 표정을 지었습니다.

'이 댁에 오신 손님이세요?'

그가 물었습니다.

저는 고드프리의 친구라고 설명하고 덧붙였죠.

'저를 만나면 좋아했을 텐데 멀리 여행을 떠났다니 안타까운 노릇이죠.'

그는 뭔가 켕기는 듯한 말투로 이렇게 이야기하더군요.

'그러게요. 안타깝네요. 좀더 적절한 때 다시 오시면 되죠.'

그러고는 발걸음을 옮겼습니다. 하지만 고개를 돌려보니 정원 저쪽 끝에 심은 월계수 뒤에 숨어서 절 지켜보고 있더군요.

지나가면서 건물을 유심히 살폈지만 창문마다 묵직한 커튼이 드리워졌고 겉보기에는 안에 아무도 없었습니다. 남자가 계속 지켜보는 느낌이 들었습니다. 무모하게 행동하면 일을 그르치는 것도 모자라 당장 나가라는 말을 들을 것 같았습니다. 때문에 집으로 돌아가서 밤이 될 때까지 기다렸다가 수색을 재개하기로 마음먹었죠. 온 사방이 고요한 어둠으로 덮이자 창문으로 방을 빠져나와 수수께끼의 건물로 조용히 접근했습니다.

묵직한 커튼이 드리웠던 창문에 이제 덧문까지 닫혀 있더군요. 하지만 불빛이 흘러나오는 창문이 하나 있었습니다. 그쪽으로 시선을 돌리니 커튼이 살짝 벌어져 있고 덧문에 틈새가 있어서 안이 보였습니다. 등불이 환하고 벽난로가 이글거리는 쾌적한 공간이었습니다. 아침에 만난 작달막한 남자가 제 쪽을 향해 앉아 있더군요. 파이프 담배를 피우며 신문을 읽고 있었습니다."

"무슨 신문이던가요?"

내가 물었다.

의뢰인은 내가 끼어들어 짜증이 난 듯했다.

"그게 중요한가요?"

"중요합니다."

"유심히 들여다보지 않았습니다만."

"넓게 펼쳐서 보는 신문이었는지 주간지처럼 크기가 작았는지는 보셨겠죠."

"듣고 보니 크기가 작았네요. 《스펙테이터》였을 수도 있겠습니다. 세세한 부분까지 챙겨 볼 겨를이 없었습니다. 창문을 등지고 앉아 있던 또 다른 남자가 맹세코 고드프리였거든요. 얼굴은 보이지 않았지만 어깨선을 보고 알 수 있었죠. 팔꿈치를 무릎에 괴고 우울한 분위기를 풍기며 벽난로 쪽으로 몸을 숙이고 있더군요. 이제 어떻게 하면 좋을까 망설이는데 누가 어깨를 세게 치기에 고개를 돌려보니 엠스워스 대령님이 계시지 뭡니까.

'따라오게!'

대령님이 나지막이 중얼거리시고는 말없이 집 쪽으로 걸음을 옮겨 제가 묵던 방으로 들어가더군요. 대령님은 홀에 있던 열차 시간표를 들고 있었습니다.

'8시 30분에 런던으로 출발하는 열차가 있네. 8시에 마차가 집 앞으로 올 걸세.'

대령님은 분노로 얼굴이 하얗게 질렸더군요. 저는 참으로 난처해져서 친구가 걱정돼서 그랬다며 앞뒤가 안 맞는 사과를 더

듬거리며 늘어놓을 수밖에 없었습니다.

'그 이야기는 언급하지 말게. 자네는 우리 가족의 사생활에 대해 입도 벙긋하지 마. 손님으로 찾아와서는 염탐꾼으로 돌변하다니. 더이상 할말 없네. 두 번 다시 보고 싶지 않다는 말밖에는.'

대령님은 퉁명스럽게 대꾸하더군요.

그 소리에 발끈해서 흥분하고 말았습니다, 홈스 씨.

'저는 아드님을 보았습니다. 대령님이 비밀스러운 이유로 그 친구를 숨겨두고 있다고 확신하고요. 왜 그를 격리시켜놓았는지는 모르지만 그 친구는 자유로운 몸이 아닌 게 분명합니다. 엠스워스 대령님, 저는 친구의 안전과 행복을 위해서 이 수수께끼를 끝까지 파헤칠 작정이고 대령님이 무슨 말을 하고 무슨 짓을 하건 절대 물러서지 않을 겁니다.'

대령님의 표정이 어찌나 악마같이 변하는지 한 대 맞겠구나 싶더군요. 말씀드렸다시피 대령님은 무시무시하고 사나운 거구의 노인입니다. 몸싸움이 벌어진다면 약골이 아닌 저라도 맞서 싸우기 쉬운 상대는 아니죠. 하지만 대령님은 분노로 이글거리는 눈빛으로 한참 동안 절 노려보기만 하더니 몸을 돌려 방밖으로 나가버렸습니다. 저는 편지에 적은 대로 홈스 씨를 찾아가 조언과 도움을 청해야겠다는 의지를 불태우며 그 시각에 열차에 올랐고요."

이상이 의뢰인이 들고 온 사건의 내용이다. 예리한 독자라면 이미 간파했겠지만 경우의 수가 많지 않으니 진상을 파악하는 데 별다른 어려움은 없었다. 기초적인 수준의 사건이기는 해도 흥미롭고 참신한 구석이 있었기에 이렇듯 지면으로 소개한다. 나는 평소 하던 대로 논리적인 분석을 통해 가능한 가설을 추리기 시작했다.

내가 물었다.

"그 집에서 일하는 하인은 몇 명입니까?"

"제가 알기로는 나이 많은 집사 부부가 전부입니다. 아주 검소하게 사는 것 같더군요."

"정원의 외딴 건물에 하인이 살지는 않고요?"

"네, 수염을 기른 작달막한 남자가 하인이라면 모를까. 하지만 신분이 높아 보이던데요."

"의미심장하군요. 본채에서 건물로 음식을 나르는 기미는 없었습니까?"

"듣고 보니 바구니를 들고 정원 사잇길을 따라 그쪽으로 걸어가는 집사 랠프를 본 기억이 나네요. 그때는 음식을 나르는 거라고 생각도 못 했지만요."

"동네 주민들을 상대로 탐문은 해봤습니까?"

"네. 역장, 여관 주인과 이야기를 나누어보았습니다. 제 전우였던 고드프리 엠스워스에 대해 들은 소식이 있느냐고 물었죠. 두 사람 모두 친구가 세계 일주를 떠났다고 하더군요. 집에 왔다가 곧바로 떠났다고요. 다들 그렇게 알고 있었습니다."

"도드 씨가 품은 의혹에 대해서 이야기하셨고요?"

"전혀요."

"잘하셨습니다. 사건을 파헤쳐보아야겠군요. 같이 턱스베리 올드 파크로 다시 내려갑시다."

"오늘요?"

나는 그때 내 친구 왓슨이 '애비 스쿨 사건'이라고 소개한, 그레이민스터 공작이 깊이 연루된 사건을 수사하는 중이었다. 게다가 터키의 술탄이 즉각적인 조치를 요청한 사건도 있었다. 수수방관했다가는 정치적으로 심각한 결과가 야기될 수 있는 일이었다. 일지를 보니 그다음 주 초에야 제임스 M. 도드와 함께 베드퍼드로 향한 것으로 확인된다. 우리는 유스턴으로 가는 길에 머리끝에서 발끝까지 진회색으로 감싼 근엄하고 과묵한 신사를 한 명 태웠다. 만나기로 약속한 인물이었다.

"내 오랜 지인입니다. 이분이 전적으로 불필요할 수도 있고 반드시 필요할 수도 있습니다. 지금 당장은 이 정도만 말씀드리지요."

나는 도드에게 말했다.

왓슨의 기록을 접한 독자라면 내가 사건에 대해 결론을 내리기 전에는 쓸데없는 말을 하거나 생각을 밝히지 않음을 익히 알고 있을 것이다. 도드는 놀란 눈치였지만 더이상 아무 말도 하지 않았다. 우리 셋은 여행을 계속했다. 열차에 올랐을 때 나는 동행한 지인이 귀를 기울여주길 바라며 도드에게 한 가지를 더 물어보았다.

"창문 너머로 친구분의 얼굴을 확실히 보셨습니까? 친구가 맞는다고 분명히 알 수 있을 정도로 확실하게요."

"그 점에 대해서는 의심의 여지가 없습니다. 친구는 창문에 코를 박고 있었어요. 불빛이 전신을 비췄고요."

"닮은 다른 사람일 수도 있지 않습니까?"

"아뇨, 아뇨. 그 친구였습니다."

"하지만 그가 변했다면서요?"

"안색만요. 얼굴이…… 뭐라고 하면 좋을까요? 생선 배처럼 하얗게 변해 있었습니다. 표백된 것처럼요."

"다른 피부도 똑같이 하얗던가요?"

"그렇지는 않았습니다. 창문에 이마를 대고 있어서 얼굴만 분명하게 보긴 했지만요."

"친구를 불렀습니까?"

"그 순간에는 너무 놀란데다 충격으로 정신이 없었습니다. 말씀드렸던 것처럼 쫓아갔지만 헛수고였죠."

사건은 사실상 완벽하게 해결된 것이나 다름없었다. 한 가지 사소한 부분만 마무리한다면 말이다. 한참을 달려 의뢰인의 말처럼 헤메기 쉬운 묘한 분위기의 고택에 도착했을 때 문을 열어준 사람은 노년의 집사 랠프였다. 나는 나이 지긋한 내 지인에게 하루 종일 대여한 마차 안에서 부를 때까지 기다려달라고 했다. 주름진 얼굴의 랠프는 집사답게 까만 외투에 회색 바지를 입고 있었는데 주목할 점이 하나 있었다. 우리를 보자마자 끼고 있던 갈색 가죽 장갑을 벗더니 우리가 지나가자 서랍장 위에 내려놓는 것이었다. 내 친구 왓슨이 언급했을지 모르겠지만 후각이 비정상적인 수준으로 예민한 나는 코를 톡 쏘는 희미한 냄새를 맡았다. 서랍장에서 나는 냄새인 듯했다. 나는 몸을 돌려 서랍장 위에 모자를 내려놓으려 하면서 장갑을 쳐서 떨어뜨렸다. 그리고 허리를 숙여서 장갑을 주우며 장갑의 반경 삼십 센티미터 이내에서 냄새를 맡는 데 성공했다. 과연 묘한 타르 냄새의 진원지는 장갑이었다. 서재로 들어섰을 때 사건은 이미 해결된 셈이었다. 아아, 직접 사건을 소개하려니 어떤 패를 쥐고 있는지 공개해야 하는 점이 아쉽다! 왓슨이 피날레를 요란하게 장식할 수 있는 것도 내가 이런 연결 고리를 감추기 때문인데.

서재에 없던 엠스워스 대령은 랠프에게 소식을 전해 듣고 금세 달려왔다. 복도를 빠르게 달리는 묵직한 발소리가 들렸다. 문이 홱 하고 열리더니 그가 수염을 곤두세우고 일그러진 표정으로 들이닥쳤다. 그렇게 무시무시한 노인은 평생 처음이었다. 손에 쥐고 있던 우리 명함을 갈기갈기 찢어서 던지고 짓밟았다.

"지긋지긋하게 나대는 녀석 같으니라고. 근처에 얼씬도 하지 말라고, 낯짝을 들이밀지 말라고 경고했을 텐데? 또다시 허락 없이 이 집에 발을 들여놓으면 폭력을 쓸 수밖에 없다. 총으로 쏴버리겠어! 못 할 줄 알고? 그리고 당신……."

대령은 나를 돌아보았다.

"당신도 마찬가지야. 당신의 천박한 직업은 익히 알고 있다. 그 유명한 재능 따위는 다른 데 가서 활용해주시지. 여기서는 써먹을 데가 없으니까."

의뢰인은 딱 잘라 말했다.

"감금당한 게 아니라고 고드프리의 입으로 듣기 전에는 물러나지 않겠습니다."

대령은 어쩔 수 없이 종을 울렸다.

"랠프, 경찰서에 전화해서 순경을 두 명 보내달라고 하게. 집에 도둑이 들었다고."

내가 말했다.

"잠시만 기다리십시오. 도드 씨, 엠스워스 대령님에게는 우리를 쫓아낼 권리가 있고 우리는 그의 집에서 법적으로 아무 권리도 주장할 수 없음을 아셔야 합니다. 대령님은 도드 씨가 전적으로 아드님을 생각해서 이런 행동을 하고 있음을 알아주셔야 하고요. 감히 바라건대 딱 오 분만 대화를 허락해주시겠습니까? 제가 엠스워스 대령님의 생각을 바꿀 수 있습니다."

"나는 그리 쉽게 생각을 바꾸는 사람이 아닐세. 랠프, 시키는 대로 해야지. 도대체 뭘 꾸물대고 있는 건가? 경찰서에 전화를 하라니까!"

대령이 말했다.

"안 됩니다."

내가 문을 막아섰다.

"경찰이 개입했다가는 대령님이 두려워하는 사태가 벌어질 겁니다."

나는 수첩을 꺼내 속지 한 장을 뜯고 한 단어를 적어서 엠스워스 대령에게 건넸다.

"우리가 여기까지 온 이유입니다."

그는 분노가 가시고 놀라움만 남은 얼굴로 내가 적은 단어를 빤히 쳐다보았다.

"어찌 알았지?"

그는 숨이 막히는 듯한 소리를 내며 의자에 털썩 주저앉았다.

"이런 것을 알아내는 것이 제 일입니다. 그게 바로 제 직업이죠."

그는 여윈 손으로 제멋대로 자란 수염을 잡아당기며 깊은 생각에 잠겼다. 그러다 마침내 체념의 몸짓을 했다.

"그래, 고드프리를 만나고 싶거든 마음대로 하시오. 그러고 싶은 생각은 전혀 없지만 어쩔 수가 없군. 랠프, 고드프리와 켄트 씨에게 오 분 안으로 찾아가겠다고 전하게."

오 분 정도 지났을 무렵, 우리는 정원 사잇길을 따라 그 끝에 있는 수수께끼의 건물 앞에 섰다. 수염을 기른 작달막한 남자가 놀란 얼굴로 문 앞에 서 있었다.

"갑작스럽게 어쩐 일이십니까, 엠스워스 대령님. 이러면 계획이 틀어질 텐데요."

"어쩔 수가 없소, 켄트 씨. 속수무책인 상황이라. 고드프리를 만날 수 있소?"

"네, 안에서 기다리고 있습니다."

그는 몸을 돌려 우리를 안으로 안내했다. 가구가 몇 점 없는 넓은 응접실에 벽난로를 등지고 한 남자가 서 있었다. 의뢰인은 그를 보자마자 손을 뻗으며 앞으로 달려나갔다.

"고드프리, 이 친구야. 이렇게 만나서 정말 반갑군!"

"내 몸에 손대지 마, 지미. 멀찌감치 떨어져 있어. 그래, 그렇게 빤히 쳐다볼 만도 하지! B 중대의 멀끔하던 엠스워스 일병처럼 보이지 않을 테니까."

그의 외모는 정말이지 특이했다. 아프리카에서 탄 피부와 뚜렷한 이목구비를 보면 준수했을 예전의 외모를 짐작할 수 있었지만, 원인 모를 희끄무레한 반점이 까무잡잡한 얼굴을 얼룩덜룩하게 뒤덮고 있었다.

"이래서 내가 손님을 만나지 않은 거야. 지미, 너는 괜찮지만 데려온 분들은 사양할게. 너도 나름대로 이유가 있어서 그랬겠지만 덕분에 난처하게 됐어."

그가 말했다.

"네가 별일 없이 잘 지내는지 알고 싶었을 뿐이야, 고드프리. 그날 밤 창문 너머로 너를 보았는데 어떻게 된 영문인지 알아보지 않고 그냥 지나칠 수가 있나."

"네가 거기 있다는 랠프 할아범의 말을 듣고 몰래 보러가지 않을 재간이 있어야지. 날 보지 못했길 바랐지만 창문이 열리는 소리를 듣고 은신처로 도망쳐야 했어."

"도대체 어떻게 된 거야?"

"뭐, 긴 사연은 아니야. 동부 철도선이 지나는 프리토리아 근처의 버펠스푸르트에서 전투가 벌어졌던 날 아침 기억하지? 내가 총에 맞았다는 소식은 들었을 테고."

그는 담배에 불을 붙이며 말했다.

"응, 들었지. 하지만 자세한 정황은 듣지 못했어."

"세 명만 낙오되었어. 너도 기억할지 모르겠지만 거기가 기복이 심한 지역이었잖아. 대머리 심프슨이라고 불렸던 심프슨, 앤더슨, 나, 이렇게 셋이서 보어인 병사를 처리하러 나섰는데 보어인이 숨어 있다가 우리를 덮쳤어. 심프슨과 앤더슨은 죽었고 나는 어깨에 코끼리 사냥용 총을 맞았지. 그래도 악착같이 말을 타고 앉아서 몇 킬로미터를 달렸는데 기절하는 바람에 안장에서 굴러떨어졌지.

정신을 차리고 보니 밤이었어. 몸은 일으켰지만 기운이 하나도 없고 죽을듯이 아프더군. 운좋게도 바로 뒤편에 집이 한 채 있었어. 널따란 베란다와 수없이 많은 창문이 달린 제법 큰 집이. 그날은 끔찍하게 추웠어. 기억하겠지만 아프리카는 서리 주와 딴판이었잖아. 건조하고 산뜻하기는커녕 감각을 마비시키고 살이 에이는 것 같아 견디기 힘든 추위였어. 아무튼 뼛속까지 냉기가 사무쳐서 그 집이 유일한 희망으로 보였지. 나는 비틀거리며 일어나 정신이 혼미한 상태로 발을 질질 끌며 걸어갔어. 계단을 천천히 올라가서 활짝 열린 문을 지나니 침대가 여러 개 놓인 널찍한 방이 나왔어. 방으로 들어가서 이젠 됐다고 탄성을 지르며 침대로 쓰러졌던 기억이 어렴풋이 나. 나는 이불을 끌어당겨서 부들부들 떨리는 몸을 덮고 이내 곯아떨어졌지.

눈을 떠보니 아침이었어. 그런데 정신이 든 게 아니라 희한한 악몽을 꾸고 있는 것처럼 느껴지지 뭔가. 아프리카의 햇살이 커튼 없는 큼지막한 창문으로 쏟아져 들어와서 회반죽을 칠한 널찍하고 휑한 공동 침실이 구석구석 선명하게 눈에 들어오더군. 난쟁이처럼 키가 작고 머리만 알뿌리처럼 커다란 남자가 갈색 스펀지처럼 생긴 흉측한 손을 흔들며 내 앞에서 네덜란드어로 뭐라고 열심히 떠들어대고 있었어. 이 상황을 재미있어하는 것처럼 보이는 사람들이 그의 뒤에 서 있었고. 그들을 본 순간 온몸이 오싹해졌지. 평범한 모습을 한 인간이 단 한 명도 없었거든. 다들 얼굴이 이상하게 뒤틀렸거나 퉁퉁 붓거나 일그러졌더군. 흉물스런 인간들의 웃음소리에 얼마나 소름이 끼쳤던지.

영어를 할 줄 아는 사람은 아무도 없는 듯했지만 난 상황을 이해하려 노력했어. 그런데 머리만 커다란 인간이 점점 미친듯이 화를 내더니 짐승 같은 고함을 내뱉으며 흉측한 손으로 나를 붙잡아 침대 밖으로 끌어냈어. 상처가 벌어져서 다시 피가 나는데도 아랑곳없이 말이야. 그 조그만 괴물이 어찌나 힘이 세던지 높은 사람처럼 보이는 나이 지긋한 남자가 왁자지껄한 소리를 듣고 방으로 들어오지 않았더라면 나는 어떻게 되었을지 몰라. 남자가 네덜란드어로 단호하게 몇 마디 하자 나를 괴롭히던 인간이 움찔하더군. 남자는 그러고 나서 내 쪽으로 고개를 돌리더니 몹시 놀란 표정이 되어 나를 뚫어져라 바라보았지.

'도대체 어쩌다 여길 들어오게 된 건가? 잠깐! 굉장히 지쳐 보이는군. 어깨의 부상은 치료를 해야겠어. 나는 의사일세. 당장 붕대를 감아주지. 이를 어쩌나. 여기는 전쟁터보다 훨씬 위험한 곳이야. 여긴 나병원이고 자네는 나병 환자의 침대에서 잠을 잔 걸세.'

이제 어떻게 된 건지 알겠지, 지미? 전쟁이 벌어질 거라는 소식을 듣고 이 딱한 환자들이 전날 모두 대피했다가 영국군이 다른 곳으로 이동했단 이야기를 듣고 돌아온 거였어. 병원장이 말하길 병에 면역이 생겼다고 믿는 자기도 감히 나 같은 짓은 하지 않을 거라더군. 그는 나를 일인실로 옮겨서 친절하게 치료해주었고 나는 일주일 정도 지나서 프리토리아의 일반 병원으로 옮길 수 있었지.

그렇게 비극이 시작된 거야. 그때는 희망을 버리지 않았지만 집으로 돌아오자마자 얼굴에 끔찍한 증상이 나타났으니 가망이 없음을 알아차렸지. 내가 어떻게 해야 했겠나? 이 저택은 외딴집이고, 전적으로 믿을 수 있는 하인이 둘 있고, 내가 지낼 수 있는 별채도 있다네. 외과의인 켄트 씨가 비밀을 지키기로 맹세하고 나와 함께 지낼 준비를 했지. 그러는 게 퇴원할 기약 없이 평생 낯선 사람들과 함께 지내야 한다는 끔찍한 대안에 비하면 훨씬 나았어. 하지만 철저하게 보안을 유지해야 했어. 아무리 조용한 시골이라도 소문이 나면 격렬한 항의가 잇따를 테고 그럼 나는 어디론가 끌려가 끔찍한 운명 속에서 살 수밖에 없으니까. 심지어 지미 너한테도 비밀로 해야 했어. 우리 아버지가 무슨 일로 마음이 약해졌는지 모르겠지만……."

엠스워스 대령은 나를 가리켰다.

"이 양반 때문에 어쩔 수 없었다."

그는 내가 '나병'이라고 적은 종잇조각을 펼쳐 보였다.

"여기까지 알고 있다면 차라리 전부 알리는 게 안전하겠다는 생각이 들더구나."

"맞는 말씀입니다. 덕분에 오히려 잘될 수도 있으니까요. 환자를 진찰한 의사가 켄트 씨 한 분이라는 말씀이시죠? 켄트 씨, 죄송하지만 열대지방이나 아열대 지방에서 발병하는 질환의 전문가십니까?"

"의학 교육을 받은 사람으로서 지식을 갖추고 있습니다."

의사가 완고하게 대답했다.

"켄트 씨도 유능하시지만 이런 경우에는 다른 의사의 진단도 중요하다는 데 동의하시겠죠. 하지만 환자에게 격리 조치가 가해질까 두려워서 다른 의사에게 진찰을 받지 않으셨을 테고요."

"맞습니다."

엠스워스 대령이 대답했다.

"이런 상황을 예상했기에 절대적으로 믿을 만한 분을 모시고 왔습니다. 예전에 그분의 사건을 해결해드린 적이 있어서 이번에는 전문가라기보다 친구의 입장에서 조언을 해주기로 하셨죠. 제임스 손더스 경입니다."

로버츠 경■을 면담하게 된 신참 소위라 한들 켄트보다 놀라워하며 기뻐하는 표정을 짓지는 못했을 것이다.

"이것참 영광입니다."

그는 중얼거렸다.

"제임스 경에게 이쪽으로 오시라고 하겠습니다. 지금 문밖에 세워놓은 마차에 계시거든요. 엠스워스 대령님, 그동안 저희는 서재로 가 있는 게 어떻겠습니까? 거기서 설명을 하겠습니다."

이 대목에서 친구 왓슨이 그리워진다. 왓슨이라면 예리한 질문과 감탄사를 동원해, 체계화된 상식에 불과한 내 단순한 기술을 천재의 업적으로 그려낼 수 있을 것이다. 하지만 내가 사건을 소개할 때는 그런 도움을 받을 수 없다. 엠스워스 대령의 서

■ 제2차 아프간전쟁과 보어전쟁을 승리로 이끈 영국의 전투 지휘관.

재에서 고드프리의 어머니를 비롯해 몇 명 안 되는 청중에게 설명한 추론 과정을 이 자리에 고스란히 옮겨보겠다.

“저는 불가능한 것을 모두 제거하고 남아 있는 것은 아무리 믿기지 않더라도 진실일 수밖에 없다는 가정에서 추론을 시작합니다. 불가능한 것을 모두 제외했는데도 여러 가능성이 남는 경우가 있는데, 그렇다면 그중 하나가 상당한 설득력을 가질 때까지 차례로 검증해나가야죠. 이제 이 원칙을 이번 사건에 적용해보겠습니다. 아버지의 대저택 별채에 아들이 격리 혹은 감금되어 있다는 이야기를 맨 처음 들었을 때 세 가지 가능성이 떠올랐습니다. 범죄를 저질렀거나, 정신병에 걸렸는데 정신병원으로 보낼 생각이 없거나, 격리가 필요한 병에 걸렸거나. 세 가지 말고 다른 가능성은 떠오르지 않았습니다. 따라서 세 가지 가능성을 서로 비교해가며 걸러야 했죠.

범죄를 저질렀을 가능성은 조사할 필요도 없었습니다. 그 일대에서 보고된 미결 사건이 없었으니까요. 그건 확실했습니다. 그리고 아직 밝혀지지 않은 범죄를 저질렀다면 가족들은 죄인을 집안에 숨기느니 외국으로 보냈겠죠. 따라서 이쪽은 가능성이 낮습니다.

정신병은 좀더 그럴듯하죠. 별채에 있는 제2의 인물이 감시인이었을 수 있고요. 그가 나가면서 밖에서 문을 잠갔다는 사실로 보아 이 추측에 무게가 실리고 격리되었을 가능성이 제기됐습니다. 하지만 철저하게 격리당한 건 아니었습니다. 그렇지 않고서야 친구를 보러 빠져나올 수 없었을 테죠. 도드 씨도 기억하겠지만 제가 이 대목에서 몇 가지 짚고 넘어갔죠. 켄트 씨가 무슨 신문을 읽고 있었느냐고 물으면서 말입니다. 의학 잡지 《랜싯》이나 《영국 의학 저널》이었다면 추리에 도움이 될 테니까요. 하지만 자격을 갖춘 사람에게 간호를 맡기고 관계 당국에 정식으로 통보하면 정신병 환자를 집에서 돌보는 것이 불법은 아닙니다. 그렇다면 왜 필사적으로 보안을 유지하려고 했을까요? 이번에도 가설이 여러 정황과 맞아떨어지지 않았습니다.

이렇게 해서 세 번째 가능성이 남았습니다. 드문 일이라 가능성이 낮기는 해도 모든 게 맞아떨어지죠. 나병은 남아프리카에서 희귀한 질병이 아닙니다. 젊은 신사가 우연히 감염됐을 가능성이 없지 않았죠. 그렇다면 가족이 난감한 상황에 놓이게 됩니다. 그가 격리되는 걸 막고 싶을 테니까요. 소문이 퍼져서 관계 당국이 개입하는 것을 막으려면 철저한 보안이 필요했습니다. 보수만 충분히 제시하면 환자를 맡겠다는 의사는 쉽게 구할 수 있죠. 환자는 해가 떨어진 후에는 마음껏 돌아다닐 수 있었을 겁니다. 피부가 새하얗게 변하는 것이 이 병의 일반적인 증상이니까요. 이 가설이 유력했기에 저는 사건이 완전히 해결되었다고 간주하고 필요한 조치를 취하기로 했습니다. 집에 도착하니 식사를 들고 가던 집사가 살균제에 적신 장갑을 끼고 있더군요. 그때 마지막 의구심이 해소되었습니다. 그래서 한 단어로 대령님의 비밀이 밝혀졌다고 알리되, 말로 하기보다 글로 쓰면 저를 믿으셔도 된다는 증거가 되겠다 싶었습니다."

내가 간단하게 추론을 마쳤을 때 문이 열리고 근엄한 피부과 전문의가 안내를 받으며 들어왔다. 이번만큼은 스핑크스 같은 얼굴에 여유가 흘렀고 눈에서 따뜻한 인정이 느껴졌다. 그는 엠스워스 대령에게 뚜벅뚜벅 다가가 악수를 청했다.

"직업 탓에 비보를 전할 일은 많지만 반가운 소식을 전하는 경우는 거의 없지요. 그런데 이번은 반가운 정도가 아니군요. 나병이 아닙니다."

그가 말했다.

"네?"

"증상 때문에 유사 나병이라고도 하는 비늘증입니다. 피부가 비늘처럼 흉하게 벗겨지고 잘 낫지 않지만 불치병은 아니고 전염병 역시 절대 아닙니다. 네, 홈스 씨, 기가 막힌 우연의 일치죠. 하지만 단순히 우연의 일치일까요? 우리가 잘 모르는 신비로운 힘이 역사役事한 건 아닐까요? 이 청년은 병균에 노출된 이후로 마음고생이 이만저만이 아니었을 텐데, 그러다 보니 우려

하던 나병 증상이 나타난 건 아닐까요? 아무튼 제가 의사의 명예를 걸고 맹세하는데……. 아니, 부인께서 기절하셨군요! 행복한 충격에서 회복될 때까지 켄트 씨가 부인의 곁을 지키는 게 좋겠습니다."

마자랭 보석

Sherlock Holmes
THE CASE-BOOK OF SHERLOCK HOLMES

왓슨 박사는 수많은 놀라운 모험의 출발점이 되었던 베이커 스트리트 2층의 지저분한 응접실을 다시 찾아서 기분이 좋았다. 그는 벽에 걸린 과학 도표, 산성 물질로 까맣게 탄 화학약품 실험대, 한쪽 구석에 기대놓은 바이올린 케이스, 묵은 파이프와 담배가 들어 있는 석탄 통을 둘러보았다. 마지막으로 쾌활하게 웃고 있는 빌리의 얼굴에 눈길이 닿았다. 빌리는 어리지만 영리하고 눈치 빠른 사환이었다. 그 애는 위대한 탐정의 음울한 모습에 감도는 고독감과 외로움을 어느 정도 해소해주었다.

"예전하고 달라진 게 없구나, 빌리. 너도 똑같고. 그 친구도 마찬가지겠지?"

빌리는 약간 걱정스러운 눈빛으로 닫힌 방문을 쳐다보았다.

"지금 침실에서 주무시는 것 같아요."

기분 좋은 여름날의 저녁 7시였지만 왓슨 박사는 오랜 친구의 불규칙한 습관을 잘 아는 터라 놀라지 않았다.

"사건을 맡은 모양이로군?"

"네, 열심히 매달리고 계세요. 건강이 걱정이에요. 날이 갈수록 안색은 창백해지고 몸은 야위는데 아무것도 드시질 않네요. '저녁은 언제쯤 드시겠어요, 홈스 씨?' 하고 허드슨 아주머니가 묻잖아요? 그럼 '모레 7시 30분요' 하고 대답하세요. 사건에 푹 빠지면 어떠신지 아시잖아요."

"그래, 빌리. 알지."

"누군가를 미행하고 계세요. 어제는 일거리를 찾는 막노동꾼처럼 하고 나가셨어요. 오늘은 할머니였고요. 감쪽같이 속았지 뭐예요. 지금쯤이면 홈스 선생님의 수법에 익숙해질 때도 됐는데."

빌리는 소파에 기대어놓은 후줄근한 양산을 가리키며 씩 웃었다.

"할머니 변장하셨을 때 소품으로 쓰신 거예요."

"빌리, 도대체 무슨 사건이냐?"

빌리는 중대한 국가 기밀을 논하는 사람처럼 목소리를 낮추었다.

"박사님은 아셔도 괜찮겠지만 아무한테도 말씀하시면 안 돼요. 왕관 다이아몬드 사건이거든요."

"뭐? 도둑맞았다는 그 십만 파운드짜리 보석?"

"네. 꼭 찾아내야 하거든요. 총리님과 내무부 장관님이 찾아와서 저 소파에 앉으셨다니까요. 홈스 선생님이 친절하게 대해 드렸어요. 금세 안심시키고 수단과 방법을 가리지 않겠다고 약속했죠. 그러고 났더니 캔틀미어 경이……."

"아!"

"네, 박사님. 어떤 분인지 아시죠? 꽉 막힌 분이더라고요. 저는 총리님하고는 잘 지낼 수 있을 것 같고 예의 바르고 친절한 내무부 장관님도 괜찮아요. 하지만 캔틀미어 경은 못 견디겠어요. 홈스 선생님도 마찬가지일 거예요. 경은 홈스 선생님을 믿지 않고 홈스 선생님한테 사건을 맡기는 걸 반대해요. 실패하길 바랄걸요."

"홈스도 그걸 안다?"

"선생님이야 뭐든 다 아시죠."

"흠, 그 친구가 성공해서 캔틀미어 경의 코가 납작해지길 바라야겠구나. 그런데 빌리, 저쪽에 달린 휘장은 뭐냐?"

"홈스 선생님이 삼 일 전에 달아놓으신 거예요. 그 뒤에 재미난 물건이 있죠."

빌리가 다가가서 창문이 있는 벽감을 가린 휘장을 걷었다.

왓슨 박사는 놀라움에 탄성을 뱉었다. 오랜 친구와 똑같이 생긴 인형이 그의 실내복을 걸치고 안락의자 깊숙이 몸을 묻고 있었다. 눈에 보이지 않는 책을 읽기라도 하는 것처럼 얼굴의 4분의 3정도만 창문에서 보이도록 고개를 숙인 자세였다. 빌리가 머리를 분리해서 들어올렸다.

“좀더 사람 같아 보이게 각도를 조금씩 바꿔요. 창문의 커튼이 쳐져 있을 때만 건드려요. 커튼이 젖혀져 있으면 건너편에서 인형이 보이니까요.”

“전에도 비슷한 인형을 쓴 적이 있지.”

“제가 없었을 때 말씀이시죠? 저기에 감시하는 사람들이 있어요. 창가에 누가 서 있는 게 보이네요. 직접 확인해보세요.”

빌리는 커튼을 양옆으로 젖히고 길거리를 내다보았다.

왓슨이 한 발 앞으로 내디뎠을 때 방문이 열리면서 키가 크고 호리호리한 홈스가 걸어나왔다. 얼굴은 창백하고 핼쑥했지만 발걸음과 몸놀림은 여느 때처럼 민첩했다. 그는 한걸음에 창문으로 달려와 다시 커튼을 쳤다.

“그쯤 해둬라, 빌리. 하마터면 네 목숨이 위험할 뻔했어. 아직은 네가 없으면 안 돼. 왓슨, 이 집에서 다시 만나니 반갑군그래. 결정적인 순간에 잘 와주었네.”

"그런 모양일세."

"빌리, 이제 그만 가거라. 저 아이가 문제야, 왓슨. 이런 위험한 일에 저 아이를 노출시켜도 괜찮은지 모르겠군."

"위험한 일이라니, 홈스?"

"비명횡사 말일세. 오늘 저녁에 무슨 일이 생길 것 같거든."

"무슨 일?"

"내가 살해당하는 일."

"이런, 이런. 농담이겠지, 홈스!"

"내 아무리 유머 감각이 떨어진들 이런 농담을 하겠나. 하지만 그때까지 맘 편히 있어도 되겠지. 술 한잔하겠나? 탄산수 제조기와 시가는 예전 그 자리에 있다네. 늘 앉던 안락의자에 다시 앉은 자네를 보고 싶군. 내 파이프와 보잘것없는 담배를 경멸하게 된 건 아니겠지? 요즘은 이걸로 끼니를 대신하고 있거든."

"왜 식사를 하지 않고?"

"몸을 굶겨야 뇌 기능이 예리해지거든. 이 친구야, 자네도 의사로서 위장이 소화하는 데 혈액을 사용하면 머리로 가는 혈액은 그만큼 줄어든다는 걸 인정할 수밖에 없겠지. 나는 머리가 전부인 사람일세, 왓슨. 나머지는 단순한 부속물에 불과하고. 그러니 머리를 항상 최우선으로 생각해야지."

"그런데 지금 뭣 때문에 위험하다는 건가, 홈스?"

"아, 맞아. 우려하는 사태가 벌어진다면, 번거롭겠지만 자네가 범인의 이름과 집주소를 기억해주겠나? 내 사랑과 작별 인사를 곁들여서 런던 경찰청에 넘기게. 범인의 이름은 실비어스야, 니그레토 실비어스 백작. 적어야지, 이 친구야. 적어야지! 주소는 N.W. 무어사이드 가든스 136번지. 알겠나?"

왓슨의 솔직한 얼굴이 불안감에 씰룩거렸다. 홈스에게 어떤 위험이 닥쳤는지 알고도 남았고, 그의 이야기가 상황을 부풀리기보다 축소했다는 것도 너무나 잘 알았다. 행동파인 왓슨은 난국을 타개하러 나섰다.

"내가 돕겠네, 홈스. 어차피 하루이틀 동안 할 일도 없었어."

"자네 행실은 어째 늘 그 모양인가, 왓슨. 다른 나쁜 버릇에 이제 거짓말까지 추가하다니. 어딜 봐도 예약이 꽉 차 있는 바쁜 의사의 분위기를 솔솔 풍기는데."

"그렇게 중요한 환자는 없어. 그나저나 그자를 바로 체포하면 안 되는 건가?"

"그래도 되지, 왓슨. 체포할 수 있어. 그 친구도 체포될까 봐 전전긍긍하고 있지."

"왜 체포를 하지 않는가?"

"다이아몬드가 어디 있는지 모르기 때문이라네."

“아! 빌리한테 들었네. 왕관 다이아몬드가 없어졌다고.”

“그래, 그 커다랗고 샛노란 마자랭 보석이 없어졌지. 그물을 던져서 물고기를 가둬놓았지만 보석은 찾지 못했다네. 그러니 물고기를 잡은들 무슨 소용인가? 범인을 철창에 가두면 좀더 살기 좋은 세상이 되겠지. 하지만 내 목적은 그게 아닐세. 내가 원하는 건 보석이지.”

“실비어스 백작이라는 작자도 자네가 잡은 물고기 중 한 마리인가?”

“음, 상어라네. 무는 데 소질이 있어. 다른 한 마리는 샘 머턴이라는 권투 선수일세. 샘은 악질은 아닌데 백작에게 이용당하고 있지. 샘은 상어가 아니야. 머리가 엄청 크고 멍청한 모샘치지. 그물에 걸려서 펄떡거리는 건 마찬가지지만.”

“실비어스 백작은 지금 어디 있나?”

“오전 내내 그를 바짝 미행했지. 할머니로 분장한 나를 본 적 있지? 오늘이 제일 그럴듯했다네. 한번은 그가 양산까지 집어주었지 뭔가. ‘실례합니다, 부인’ 이러면서. 이탈리아인의 피가 반 정도 섞여서 기분이 내키면 남유럽인 특유의 우아한 몸가짐을 보이지만 어떨 때는 인간의 탈을 쓴 악마가 된다네. 인생이라는 게 종잡을 수 없는 일들로 가득하지 않은가, 왓슨.”

“하마터면 큰일날 뻔했군.”

"뭐, 그랬을 수도 있지. 미너리스에 있는 스트로벤지의 작업실까지 따라갔거든. 스트로벤지가 공기총을 만들었는데 제법 잘 만들었더군. 지금 맞은편 창가에서 그 총이 대기중일걸? 자네, 인형 보았나? 봤겠지, 빌리가 보여주었을 테니까. 그 예쁜 머리에 언제 총알이 박힐지 모른다네. 아, 빌리, 그게 뭐지?"

빌리가 명함이 놓인 쟁반을 들고 등장했다. 명함을 흘끗 확인한 홈스는 눈썹을 치켜 올리고 재미있다는 듯이 미소를 지었다.

"그 친구야. 전혀 예상치 못했던 일인걸? 왓슨! 정신 바짝 차리게. 백작은 참으로 강심장이로군. 그가 맹수 사냥꾼으로 유명하다는 건 자네도 알 테지? 나까지 사냥한다면 훌륭한 그의 전적에 빛나는 마침표를 찍는 셈이 되겠지. 자기 뒤를 바짝 쫓은 내 발끝을 느낀 모양이야."

"경찰을 부르게."

"언젠가는 그래야겠지. 아직은 아닐세. 왓슨, 길거리에서 어슬렁거리는 사람은 없는지 창밖을 슬쩍 확인해주겠나?"

왓슨은 커튼 가장자리를 들치고 조심스럽게 밖을 내다보았다.

"음, 이 집 문 근처에 험상궂게 생긴 친구가 한 명 있네."

"샘 머턴일 걸세. 충직하지만 어수룩한 샘. 빌리, 신사분은 지금 어디 계시나?"

"대기실에요."

"종을 울리면 모셔 오거라."

"네, 알겠습니다."

"내가 여기 없더라도 안으로 안내하도록."

"네, 알겠습니다."

왓슨은 문이 닫힐 때까지 기다렸다가 친구를 바라보았다.

"홈스, 이건 안 될 일일세. 이자는 지금 물불 안 가릴 만큼 절박한 상황 아닌가. 자네를 살해하러 온 것일 수도 있어."

"그럴 수도 있지."

"자네 옆에 있어야겠네."

"그러면 지독하게 방해가 될 텐데."

"그자한테?"

"아니지, 이 친구야. 나한테지."

"자네만 두고 갈 수는 없네."

"아니, 할 수 있다네, 왓슨. 그리고 내 말대로 하게 될 걸세. 자네는 결코 경기에 불참한 적이 없으니까. 이번 경기도 끝까지 잘 해낼 테고. 이 친구는 자기 주머니를 채우러 왔다가 내 주머니만 채워주게 될 걸세."

홈스는 수첩을 꺼내서 몇 줄 끼적였다.

"마차를 타고 런던 경찰청에 가서 범죄 수사과의 욜에게 이걸 전해주게. 그런 다음 경찰과 함께 여기로 와줘. 그 친구를 체포할 수 있게 말일세."

"기꺼이 그렇게 하겠네."

"자네가 돌아오기 전에 보석의 행방을 알아낼 수 있을 거야. 침실로 빠져나가는 게 좋겠어. 이 또 다른 출구가 쓸모가 있다네. 상어가 나를 못 보는 곳에서 나만 상어를 보고 싶을 때가 있지. 자네도 기억하겠지만 그러기에 좋은 방법이 있잖아."

홈스가 종을 울렸다.

잠시 후에 빌리가 아무도 없는 방으로 실비어스 백작을 안내했다. 그는 유명한 사냥꾼이자 운동선수, 사교계의 멋쟁이였다. 독수리 부리처럼 기다란 매부리코 아래로 까만 수염을 무성하게 길러 잔인해 보이는 얇은 입술을 덮은, 얼굴이 그을린 거구의 사나이였다. 잘 차려입었지만 화려한 넥타이와 반질반질한 넥타이핀, 반짝이는 반지가 지나치게 현란했다. 등뒤에서 문이 닫히자 그는 모퉁이마다 덫이 놓여 있지 않을까 의심하는 사람처럼 놀란 눈으로 험악하게 주위를 둘러보았다. 그러다 창가에 놓인 안락의자 위로 비죽 솟은 머리와 실내복 칼라를 보고 흠칫 놀랐다. 처음에는 그저 놀란 표정만 지었다. 잠시 후 살의가 담긴 까만 눈동자가 섬뜩한 희망으로 번뜩였다. 그는 보는 사람이 없는지 다시 한번 주위를 확인한 뒤 두툼한 지팡이를 반쯤 들어 올리고 묵묵히 앉아 있는 인물을 향해 까치발로 다가갔다. 그가 최후의 일격을 위해 몸을 웅크린 순간, 열린 침실 문 너머에서 냉소를 띤 목소리가 들렸다.

"부수지 마시오, 백작! 멈춰요!"

암살자는 놀란 얼굴을 씰룩이며 비틀비틀 뒷걸음질쳤다. 그러다 납을 박아 묵직한 지팡이를 다시 치켜들고 인형 대신 사람을 향해 휘두르려 했다. 하지만 흔들림 없는 회색 눈동자와 냉소 띤 얼굴에서 무언가를 느꼈는지 손을 내렸다.

"제법 잘 만들지 않았습니까? 타베르니에라는 프랑스 인형 제작자의 작품입니다. 백작의 친구 스트로벤지가 공기총의 대가이듯 그 친구는 밀랍 인형의 대가죠."

홈스가 인형을 향해 다가가며 말했다.

"공기총이라고? 무슨 소리를 하는 건지 모르겠군."

"모자와 지팡이는 곁탁자 위에 두시죠. 고맙습니다! 이제 앉으십시오. 리볼버도 꺼내시겠습니까? 아, 마음대로 하시죠. 깔고 앉는 게 좋다면. 안 그래도 대화를 나누고 싶은 마음이 굴뚝 같았는데 마침 잘 오셨습니다."

백작은 두툼하고 험상궂은 눈썹을 찡그렸다.

"나도 이야기를 나누고 싶었소, 홈스. 그래서 찾아온 거요. 방금 전에 공격하려 한 건 당신이 제대로 본 거요. 잡아떼지는 않겠소."

홈스는 결탁자 가장자리에 한쪽 다리를 올려놓았다.

"백작에게 그런 속셈이 있다는 건 전부터 짐작하던 바입니다. 친히 찾아온 이유가 뭡니까?"

"당신이 짜증스럽게 굴기 때문이오. 하수인을 동원해서 뒤를 밟기 때문이기도 하고."

"하수인이라고요! 그럴 리가요!"

"무슨 소리! 뒤를 밟는 작자들이 있었다니까. 이런 식으로 나오면 나도 가만있지 않겠소, 홈스."

"실비어스 백작, 사소한 문제입니다만 나를 부를 때는 경칭을 붙이십시오. 당신도 알겠지만 직업상 나는 불한당 인구의 절반과 가깝게 지냅니다. 누구에게만 예외를 두면 그 친구들에게 불공평하지 않겠습니까?"

"뭐, 알겠소, 홈스 씨."

"좋습니다! 그런데 하수인은 당신이 착각한 겁니다."

실비어스 백작은 업신여기는 태도로 껄껄 웃었다.

"남들은 당신과 같은 관찰력이 없는 줄 아는 모양인데, 어제는 노름꾼이였고 오늘은 할머니였소. 둘이 하루 종일 나를 따라다녔단 말이오."

"이런, 칭찬 감사합니다. 다우슨 남작이 교수형을 당하기 전날 밤에 나를 두고 이런 얘기를 했다지 뭡니까. 법원은 인재를 얻었지만 무대는 인재를 잃었다고요. 백작도 내 보잘것없는 분장 실력을 칭찬하는군요!"

"뭐? 당신이었다고?"

홈스는 어깨를 으쓱했다.

"당신이 의심도 못하고 미너리스에서 친절하게 주워준 양산이 저쪽 구석에 있잖습니까?"

"진작 알았더라면 당신은 절대……."

"절대 이 초라한 방을 두 번 다시 볼 수 없었겠죠. 압니다. 인간은 누구나 기회를 놓친 뒤에 땅을 치고 후회합니다. 백작이 못 알아본 덕분에 우리가 이렇게 만나지 않았습니까!"

백작은 위협적으로 뜬 눈 위로 미간을 심하게 찌푸렸다.

"당신이 무슨 말을 하건 상황만 더 꼬일 뿐이오! 하수인이 아니라 참견하기 좋아하는 당신이 분장한 거였다고? 미행했다고 인정하는 거로군. 이유가 뭐요?"

"왜 이러십니까, 백작. 예전에 알제리에서 사자 사냥을 했잖습니까."

"그렇소만?"

"사냥을 한 이유가 뭡니까?"

"이유? 재미있고 짜릿하고 아슬아슬하기 때문이지!"

"그 나라의 골칫거리를 없애기 위해서기도 했죠?"

"그렇지!"

"내 이유가 바로 그겁니다!"

백작은 일어나면서 자기도 모르게 손을 바지 뒷주머니로 가져갔다.

"앉으십시오, 백작. 앉으세요! 그보다 좀더 구체적인 이유도 있습니다. 왕관 다이아몬드를 갖고 싶어서였죠!"

실비어스 백작은 사악한 미소를 지으며 의자에 기대고 앉았다. 그가 외쳤다.

"나 원 참!"

"내가 보석 때문에 당신을 미행했다는 걸 알잖습니까. 당신이 오늘 저녁에 여기 찾아온 진짜 이유는 내가 다이아몬드에 대해서 얼마나 아는지, 제거할 필요가 있는지 알아내기 위해서고요. 뭐, 당신은 나를 반드시 제거해야 할 겁니다. 나는 모든 걸 알아냈고 마지막 한 가지는 이제 당신에게 들을 예정이니까요."

"저런! 아직까지 모른다는 한 가지가 뭐요?"

"왕관 다이아몬드가 있는 곳입니다."

백작은 날카로운 눈빛으로 상대방을 노려보았다.

"아, 그걸 알고 싶으시다? 다이아몬드가 어디 있는지 내가 도대체 어찌 아오?"

"알려줄 수 있을 겁니다. 곧 알려줄 테고요."

"과연 그럴까?"

"허세 부려도 소용없습니다, 실비어스 백작."

홈스가 백작을 물끄러미 쳐다보았다. 그의 두 동공이 작아지며 쇠꼬챙이의 뾰족한 끝처럼 위협적으로 반짝였다.

"당신은 지금 판유리나 마찬가지입니다. 무슨 생각을 하는지 훤히 들여다보이거든요."

"그럼 다이아몬드가 어디 있는지도 보이겠군!"

홈스는 재미있다는 얼굴로 손뼉을 치고 조롱의 뜻이 담긴 손가락질을 했다.

"백작은 아는 모양이로군요. 인정한 겁니다!"

"인정은 무슨."

"백작, 합리적으로 생각해보면 우리 둘이 거래를 하는 게 좋지 않겠습니까? 그렇지 않으면 당신은 화를 입게 됩니다."

실비어스 백작은 눈을 천장으로 치켜떴다.

"누가 누구한테 허세 운운하는 건지, 원!"

홈스는 결정적인 한 수를 고민하는 체스의 대가처럼 생각에 잠긴 얼굴로 백작을 쳐다보았다. 그러더니 탁자 서랍을 열어 조그만 공책을 꺼냈다.

"공책에 뭐가 들어 있는지 알겠습니까?"

"모르겠소만!"

"바로 당신입니다!"

"나?"

"네, 백작 말입니다! 지금까지 당신이 저지른 악덕 행위와 위험한 행적이 전부 여기 들어 있습니다."

"이런 망할, 홈스! 참아주는 것도 한계가 있소!"

백작이 눈을 이글거렸다.

"전부 들어 있습니다, 백작. 당신에게 블라이머 영지를 남긴 해럴드 부인의 죽음에 얽힌 진실도 있죠. 당신은 그 영지를 노름으로 금세 날려버렸지요?"

"잠꼬대를 늘어놓으시는군!"

"그리고 미니 워렌더 양의 일대기."

"쯧! 그걸로 뭘 어쩌겠다는 건지!"

"그것뿐만이 아닙니다, 백작. 1892년 2월 13일에 리비에라행 호화 열차에서 벌어진 강도 사건. 같은 해에 크레디리요네은행에서 발생한 위조수표 사건."

"아니, 그 부분은 잘못 아는 거요."

"그럼 나머지는 제대로 아는 거로군요! 자, 백작, 카드를 칠 줄 아시죠? 상대방이 좋은 패를 다 가지고 있으면 일찌감치 손을 털고 일어나는 편이 시간 절약도 되고 좋지 않습니까?"

"이런 이야기들이 당신이 말했던 보석과 무슨 상관이 있다는 거요?"

"진정하십시오, 백작. 초조해할 것 없습니다! 요점만 간단하게 얘기하죠. 나는 당신에게 불리한 증거를 몽땅 수집해놓았습니다. 무엇보다도 당신과 싸움꾼 친구가 왕관 다이아몬드 절도에 관여했다는 명백한 증거가 있죠."

"그렇단 말이지!"

"당신을 화이트 홀에 태워 가고 태워 온 마부 두 명을 증인으로 확보했습니다. 진열장 근처에서 당신을 보았다는 수위의 증언과 다이아몬드 절단 요청을 거부한 아이키 샌더스를 확보했습니다. 아이키가 증언했으니 게임은 끝난 거죠."

백작의 이마에서 핏줄이 튀어나왔다. 그는 분을 삭이느라 털이 북슬북슬하고 시커먼 두 손을 맞잡았다. 뭐라 말을 하려고 했지만 말문이 열리지 않았다.

"내가 든 패가 이겁니다. 내 패를 전부 보여드렸습니다. 하지만 카드 한 장이 없습니다. 다이아몬드 킹 카드요. 어디 있는지 모르겠단 말이죠."

"끝까지 알 수 없을 거다."

"그렇습니까? 잘 생각해보십시오, 백작. 지금 상황을 따져보세요. 당신은 앞으로 이십 년 동안 철창신세를 질 겁니다. 샘 머턴도 마찬가지고요. 다이아몬드를 가지고 있다 한들 무슨 소용이 있겠습니까? 아무 소용도 없죠. 하지만 그걸 내게 넘긴다면 사면을 보장해주겠습니다. 우리가 원하는 건 당신이나 샘이 아닙니다. 보석이죠. 넘기라고 할 때 넘기십시오. 그러면 앞으로 못된 짓을 저지르지 않는 한 자유롭게 지낼 수 있습니다. 다시 말썽을 일으키면……. 뭐, 그 길로 끝장이지만. 하지만 이번 내 임무는 당신을 잡는 게 아니라 보석입니다."

"내가 거부한다면?"

"그럼…… 아! 보석이 아니라 당신을 노리게 될 겁니다."

빌리가 종소리를 듣고 왔다.

"당신의 친구 샘도 이 자리로 부르는 게 좋을 것 같군요. 그의 의견도 반영이 되어야 하니까요. 빌리, 현관 앞으로 가면 덩치가 크고 못생긴 남자분이 서 있을 거다. 올라오시라고 해."

"안 오시겠다고 하면요?"

"폭력은 쓰지 마, 빌리. 함부로 대하지 마라. 실비어스 백작이 보잔다고 하면 분명 올라올 거다."

빌리가 사라지자 백작이 물었다.

"어쩌려는 거요?"

"내 친구 왓슨이 방금 전까지 여기 있었습니다. 그 친구에게 상어와 모샘치가 그물에 걸렸다고 했죠. 이제 그물을 끌어올려 둘을 한꺼번에 잡아야겠습니다."

백작은 자리에서 일어나 손을 뒤춤으로 가져갔다. 홈스도 실내복 주머니에서 뭔가를 반쯤 꺼내 들었다.

"너는 침대에서 편히 죽지 못할 거다, 홈스."

"나도 같은 생각을 종종 합니다. 그게 뭐 어떻습니까? 아무튼 당신 역시 침대가 아니라 교수대에서 세상을 하직할 가능성이 높습니다. 그런 미래를 상상하면 섬뜩하죠. 우리 둘 다 현재를 맘껏 즐기는 게 좋지 않겠습니까?"

희대의 악당이 어둠 속의 맹수처럼 눈을 위협적으로 번뜩였다. 촉각을 곤두세운 홈스는 몸집이 불어난듯 커 보였다. 그가 나지막이 이야기했다.

"리볼버를 만지작거려봐야 소용없어요. 총을 뽑아들 만한 틈이 생기더라도 써서는 안 된다는 걸 알지 않습니까. 소리가 큽니다, 백작. 리볼버는 소리가 커요. 공기총을 고수하는 편이 나을 겁니다. 아! 당신을 돕는 존경스러운 파트너의 우아한 발소리가 들리는군요. 안녕하십니까, 머턴 씨. 길바닥에 있으려니 지루하지 않던가요?"

아둔하고 고집이 세 보이는 길쭉한 얼굴에 체격이 건장한 프로 권투 선수가 어정쩡하게 방으로 들어와서 어리둥절한 표정으로 두리번거렸다. 홈스의 사근사근한 대접이 생소하다 보니 그 안에 감추어진 적의를 어렴풋이 느끼면서도 어떤 식으로 대응하면 좋을지 갈피를 못 잡는 듯했다. 그는 자기보다 좀더 약삭빠른 동지를 돌아보며 도움을 청했다.

"이게 무슨 일입니까, 백작님? 이자가 뭘 원한답니까? 무슨 속셈인뎁쇼?"

그의 목소리는 낮고 귀에 거슬렸다.

백작이 어깨만 으쓱하고 말은 않자 홈스가 대답했다.

"한마디로 간단하게 설명하자면 머턴 씨, 모든 게 끝장났습니다."

그래도 권투 선수는 계속 공범에게 말을 걸었다.

"이 작자가 농담을 하는 겁니까? 지금 농담을 들을 기분이 아닌뎁쇼."

"맞습니다, 그럴 기분이 아니겠죠. 시간이 갈수록 재미없어질 겁니다. 이것 보세요, 실비어스 백작. 나는 바쁜 몸이라 허송세월할 겨를이 없습니다. 잠깐 침실로 가 있겠습니다. 내가 자리를 비우더라도 두 분 다 편히 계시기 바랍니다. 그 동안 친구분에게 지금 어떤 상황인지 설명을 하시죠. 나는 바이올린으로 호프만의 〈뱃노래〉나 연주해볼까 합니다. 오 분 후에 돌아와서 두 분의 대답을 듣겠습니다. 무엇과 무엇 중에 택일해야 하는지 아시죠? 두 분을 넘기느냐 보석을 넘기느냐, 둘 중 하나를 선택하는 겁니다."

홈스는 한쪽 구석에 놓아두었던 바이올린을 집어 침실로 들어갔다. 좀처럼 잊히지 않을 처량한 흐느낌 같은 음률이 닫힌 침실 문 틈새로 희미하게 새어 나왔다.

머턴은 공범과 눈이 마주치자 불안한 목소리로 물었다.

"무슨 소립니까? 저자가 보석에 대해 알고 있습니까?"

"많은 걸 알고 있네. 전부 아는 것 같기도 하고."

"맙소사!"

안 그래도 창백하던 권투 선수의 얼굴이 한층 더 하얘졌다.

"아이키 샌더스가 우릴 찔렀더군."

"그래요? 그렇단 말이죠? 내가 만약 교수형을 당하게 되면 그 자식을 아작을 내버리겠어요."

"그래봐야 별 소용이 없을 거야. 이제 어떻게 해야 할지 결정해야 하네."

"잠깐만요. 저 여우 같은 놈이 어떻게든 지켜보려고 할 텐데. 설마 듣고 있는 건 아니겠죠?"

권투 선수는 의심스러워하는 눈빛으로 방문을 쳐다보았다.

"바이올린 소리가 저렇게 시끄러운데 무슨 수로 듣겠나?"

"하긴. 그래도 커튼 뒤에 누가 숨어 있을지 모르죠. 이 집엔 커튼이 너무 많네요."

주변을 두리번거리던 그는 창가에 앉아 있는 인형을 발견했다. 어찌나 놀랐는지 말도 못 한 채 움찔거리며 손가락질만 했다.

"쯧! 인형일 뿐이야."

백작이 말했다.

"인형이라고요? 어우, 깜짝이야! 마담 투소■가 만든 건 아니겠죠? 실내복이며 모두 감쪽같네. 저 커튼 좀 보십쇼, 백작님."

"아, 빌어먹을 커튼 타령은 집어치워! 얼마 있지도 않은 시간을 이런 식으로 낭비하다니. 저자가 보석을 빌미로 우릴 체포할 수도 있는 판국이야."

"설마요!"

"하지만 장물이 있는 곳을 알려주기만 하면 놓아주겠다는군."

"네? 그걸 포기하겠다고요? 십만 파운드짜리를?"

"둘 중 하나를 선택해야 해."

머턴은 짧게 깎은 머리를 긁적였다.

"저 자식이 방안에 혼자 있잖아요. 지금 해치웁시다. 저 자식 숨통만 끊어놓으면 걱정할 게 아무것도 없잖아요."

백작은 고개를 저었다.

■ 프랑스 태생의 밀랍 인형 제작자. 1835년 런던 베이커 스트리트에 밀랍 인형 박물관을 열었다.

"저자는 무기도 있고 방어 태세도 갖추고 있어. 이런 데서 저자를 쏴버리면 빠져나갈 방법이 없지. 게다가 저자가 가지고 있는 증거를 경찰에서도 알고 있을 가능성이 크고. 아니! 이게 무슨 소리지?"

창가에서 희미한 소리가 났다. 두 사람은 잽싸게 주위를 살폈지만 이내 사방이 잠잠해졌다. 의자에 앉아 있는 해괴한 인형 말고는 응접실에 분명 다른 사람은 없었다.

"길에서 난 소리인가 봐요. 이보쇼, 대장. 대장님이 머리가 좋잖아요. 빠져나갈 방법 하나 못 찾아요? 폭력은 쓸 수 없다면 대장님이 해결해야죠."

"나는 저자보다 훨씬 똑똑한 친구들도 속였어. 보석은 여기 비밀 안주머니에 들어 있지. 다른 데 두고 다닐 수가 있나. 오늘 저녁에 영국 밖으로 빼돌려서 일요일이 되기 전에 암스테르담에서 네 조각으로 쪼갤 거야. 저자는 판세다에 대해 아무것도 몰라."

백작이 대꾸했다.

"판세다는 다음주에 떠나는 줄 알았는데요."

"원래는 그럴 작정이었지. 이제는 바로 다음 배를 타고 떠나야겠어. 우리 중 한 명이 보석을 들고 빠져나가 라임 스트리트에 있는 그 친구한테 알려주어야 해."

"밑바닥이 이중으로 된 트렁크가 아직 준비가 안 됐잖아요."

"뭐, 어쩔 수 없어. 도박을 감행하는 수밖에. 머뭇거릴 시간이 없다고."

운동선수 특유의 본능으로 다시금 위기감을 느낀 백작은 말을 멈추고 창문을 뚫어져라 쳐다보았다. 희미한 소리가 분명 도로 쪽에서 났다.

그는 하던 이야기를 계속했다.

"홈스를 속이기는 식은 죽 먹기야. 보석을 입수하지 못하면 그 멍청이가 무슨 수로 우릴 체포하겠나? 보석을 넘기겠다고 약속하고 엉뚱한 장소를 알려줘야지. 엉뚱한 데를 찾고 있다고 알아차릴 무렵이면 보석은 이미 네덜란드로 건너갔고 우리도 이 나라를 빠져나갔을 테지."

"아주 그럴듯한데요!"

샘 머턴이 씩 웃으면서 말했다.

"자네가 가서 네덜란드 친구한테 움직이라고 해. 내가 여기서 빙충이를 붙잡고 허위 자백을 잔뜩 늘어놓을 테니까. 보석은 리버풀에 있다고 해야지. 낑낑대는 바이올린 소리 따위 못 들어 먹겠군. 어지간히 신경을 긁어야지! 저자가 리버풀에서 허탕 쳤다는 걸 알아차릴 무렵이면 보석은 목적지에 도착했고 우리는 바다를 건너고 있을 거야. 이쪽으로 오게, 열쇠 구멍에서 보이지 않도록. 보석 받아가야지."

"과감하게 들고 다니실 줄은 몰랐네요."

"이보다 더 안전한 데가 어디 있겠나? 우리가 이걸 화이트 홀에서 훔친 것처럼 다른 사람이 내 집에서 훔쳐가지 말란 법이 없으니까."

"어디 한번 구경이나 시켜주시죠."

실비어스 백작은 마뜩잖아하는 눈빛으로 공범을 쳐다보고는 자기 쪽으로 내민 지저분한 손을 못 본 체했다.

"아니, 내가 채가기라도 할깝쇼? 이것 보쇼, 대장님. 슬슬 넌더리가 나는데요."

"이런, 이런. 기분 상했다면 미안하네, 샘. 이제 와서 우리 둘이 싸우면 쓰나. 이 예쁜 녀석을 제대로 감상하고 싶으면 창가로 오게. 빛에 대고! 이렇게!"

"잘 받겠소!"

의자에서 인형이 벌떡 일어나 보석을 낚아챘다. 한 손에 보석을 들고 다른 손으로는 리볼버로 백작의 머리를 겨누었다. 두 악당은 놀라서 뒤로 휘청했다. 그들이 아직 정신을 차리지 못했을 때 인형인 척한 홈스가 사람을 부르는 종을 울렸다.

"싸울 생각은 마십시오, 신사분들. 부탁이니 싸움은 안 됩니다! 이 방에는 내 소중한 가구도 있으니 말입니다! 빠져나갈 방법이 없다는 걸 아실 테죠. 밑에서 경찰이 기다리고 있습니다."

백작은 놀라서 분노나 공포는 잊어버렸다.

"도대체 무슨 수로……?"

그는 입을 떡 벌렸다.

"당연히 놀라우시죠. 침실에 달린 또 다른 문을 열고 나오면 휘장 뒤편과 연결이 된다는 걸 몰랐을 테니까요. 인형을 옮길 때 소리가 분명 났을 텐데 내가 운이 좋았습니다. 덕분에 꽁꽁 감춰둔 짜릿한 이야기를 잘 들었습니다."

백작은 체념하는 기미였다.

"두 손 두 발 다 들었다, 홈스. 정말이지 악마가 따로 없군."

"무슨 소리냐고 딱 잡아떼지는 못하겠군요."

홈스는 깍듯하게 웃어 보였다.

머리가 둔한 샘 머턴은 상황 파악이 더뎠다. 바깥 계단을 올라오는 육중한 발소리가 들리고서야 그가 말문을 열었다.

"경찰인가! 하지만 저 고약한 깽깽이 소리는 뭐요? 지금도 들리는데."

"쯧, 쯧! 그럴 수밖에. 저 혼자 연주하는 걸세! 축음기는 참으로 놀라운 발명품이지."

홈스가 대꾸했다.

들이닥친 경찰이 죄인들에게 수갑을 채워서, 대기하고 있던 마차로 연행했다. 왓슨은 홈스의 곁에 남아서 월계관에 싱싱한 이파리가 하나 더 추가된 것을 축하해주었다. 좀처럼 흥분하는 법이 없는 빌리가 명함이 놓인 쟁반을 들고 차분하게 나타나 대화에 끼어들었다.

"캔틀미어 경이 오셨습니다."

"들어오시라고 해, 빌리. 이번에는 높은 분을 대변하는 고관대작이 납시었군. 충성스러운 위인이긴 하지만 조금 구시대적이지. 꼬장꼬장한 성미를 꺾어볼까? 대담한 장난을 치는 거지. 좀 전에 있었던 일을 전혀 모를 테니까."

홈스가 말했다.

문이 열리자 마르고 뾰족한 얼굴에 호리호리하고 근엄한 인물이 들어왔다. 둥그스름한 어깨나 힘없는 걸음걸이와 전혀 어울리지 않게 중기 빅토리아시대처럼 새까맣고 반들반들한 구레나룻을 기른 남자였다. 홈스는 공손하게 다가가서 반응 없는 그의 손을 잡고 악수했다.

"안녕하십니까, 캔틀미어 경? 요즘치고 쌀쌀한 날씨지만 안은 따뜻합니다. 외투를 받아드릴까요?"

"아니, 고맙지만 사양하겠소. 입고 있을 작정이오."

홈스는 고집스럽게 소맷부리에 손을 얹었다.

"주십시오! 제 친구 왓슨 박사도 기온의 변화가 건강에 가장 안 좋다고 할 겁니다."

경은 짜증 섞인 몸짓으로 손을 뿌리쳤다.

"괜찮다고 했잖소. 오래 있을 생각도 없소. 당신이 자청해서 떠맡은 일이 어떻게 돼가고 있는지 알아보러 잠깐 들른 거요."

"어렵네요……. 정말 어렵습니다."

"내 그럴 줄 알았지."

늙은 충신의 말투와 태도에서 비웃음이 느껴졌다.

"인간에게는 누구나 한계가 있기 마련이오, 홈스 씨. 덕분에 자기만족이라는 병폐가 고쳐지기는 하지요."

"맞습니다. 참 당혹스럽기 그지없습니다."

"그럴 수밖에."

"특히 한 가지 점에서 당혹스러운데요. 경의 도움을 빌릴 수 있을까요?"

"이제야 조언을 청하다니 늦은 감이 있군요. 당신 혼자서 해결할 수 있을 줄 알았더니. 그래도 무슨 일이든 돕겠소."

"캔틀미어 경, 다이아몬드를 훔친 절도범을 기소하는 데는 문제가 없을 것 같습니다."

"범인을 잡을 수만 있다면야."

"맞습니다. 그런데 문제는…… 장물 취득자는 어떻게 처리하면 좋겠느냐는 겁니다."

"다소 성급한 걱정 아니오?"

"계획을 세워놓는 편이 좋을 것 같아서 드리는 말씀입니다. 장물 취득의 결정적인 증거는 뭐라고 보십니까?"

"보석 소지겠지요."

"그럴 경우 그자를 체포하시겠습니까?"

"말이라고 하는 거요?"

홈스는 큰 소리로 웃는 일이 드물었다. 그렇더라도 오랜 친구 왓슨이 기억하기로 이번만큼 그가 큰 소리로 웃음을 터뜨린 적은 없었다.

"그렇다면 캔틀미어 경, 송구하지만 경을 체포하시라고 조언을 드릴 수밖에 없습니다."

캔틀미어 경은 화가 치밀어오르는 듯했다. 창백하던 두 뺨 위로 분노의 불길이 스쳐지나갔다.

"제멋대로 입을 놀리는군, 홈스 씨. 공직 생활을 오십 년간 해왔지만 이런 경우는 처음이오. 나는 중요한 일을 맡고 있는 바쁜 사람이오. 허튼 농담으로 시시덕거릴 시간 따위 없지. 솔직히 처음부터 홈스 씨의 능력은 믿지 않았소. 경찰에 제대로 맡기는 편이 안전할 거라고 생각했지. 홈스 씨의 행동을 보니 내 생각이 맞았군. 그럼 좋은 저녁 시간 보내시오."

홈스는 서둘러 귀족과 문 사이에 섰다.

"잠시만요. 마자랭 보석을 들고 영영 가버리시면 잠깐 소지하고 있는 것보다 더 엄청난 죄를 짓게 됩니다."

"정말이지 더이상 참을 수가 없군! 비키시오."

"외투 오른쪽 주머니에 손을 넣어보십시오."

"그게 무슨 말이오?"

"어서, 어서요. 말씀드린 대로 해보십시오."

잠시 후에 왕실 귀족은 부들부들 떨리는 손으로 큼지막한 노란 보석을 쥐고, 놀란 얼굴로 눈을 깜빡이며 말을 더듬었다.

"이런! 이런! 이게 어찌된 영문이오, 홈스 씨?"

"죄송합니다, 캔틀미어 경. 정말 죄송합니다! 여기 이 친구도 잘 알고 있지만 제가 장난을 좋아하는 짓궂은 성격입니다. 극적인 상황을 연출할 수 있는 기회를 절대 놓치지 않지요. 제가 대화를 시작하면서 경의 주머니에 보석을 넣는 장난을, 엄청난 장난을 치고 말았습니다."

홈스가 외쳤다.

노귀족은 보석에서 시선을 떼고 앞에서 미소를 짓고 있는 사람의 얼굴을 쳐다보았다.

"이것참, 이렇게 당황스러울 수가. 그래, 마자랭 보석이 맞군요. 홈스 씨에게 엄청난 빚을 졌습니다그려. 홈스 씨도 인정하다시피 비정상적인 유머 감각을 엉뚱한 타이밍에 발휘하는군요. 당신의 놀라운 능력에 대해서 품었던 의구심은 철회하는 바요. 하지만 무슨 수로……."

"사건은 아직 절반밖에 해결되지 않았습니다. 자세한 내막은 나중에 말씀드리도록 하지요. 캔틀미어 경, 돌아가 기쁜 소식을 전하게 되셨으니 작으나마 못된 장난에 대한 속죄가 되지 않을까 싶습니다.

빌리, 경을 배웅하고 허드슨 부인에게 최대한 빨리 2인분의 저녁 식사를 마련해주면 고맙겠다고 전해주겠니?"

스리 게이블스
저택 사건

셜록 홈스와 함께한 모험 중에서 스리 게이블스 저택에 얽힌 사건보다 갑작스럽게, 혹은 극적으로 시작된 사건이 있을까 싶다. 나는 그 무렵 며칠 동안 홈스를 만나지 못했기 때문에 그가 어떤 일을 맡았는지 모르고 있었다. 그날 아침엔 그가 어쩐 일로 수다를 떨고 싶은 마음이 동한 모양이었다. 벽난로 쪽에 놓인 낡고 야트막한 안락의자에 나를 앉히고 자기는 파이프를 물고 내 맞은편 의자에 웅크리고 앉았을 때였다. 갑자기 손님이 들이닥쳤다. 손님이 아니라 미친 소가 들이닥쳤다고 해야 정확한 표현일 것이다.

문을 벌컥 열고 들어온 사람은 덩치 큰 흑인이었다. 요란한 회색 체크무늬 정장에 미끈한 연주황색 넥타이를 매고 있어서

험상궂은 분위기를 풍기지 않았더라면 우스꽝스럽게 보였을 것이다. 그는 넓적한 얼굴과 납작한 코를 앞으로 내밀고서는 독기가 이글거리는 까만 눈으로 우리 둘을 번갈아 쳐다보았다.

"어느 쪽이 홈스 씨요?"

그가 물었다.

홈스가 느른한 미소를 지으며 파이프를 들었다.

"아! 그쪽이시로군."

그는 까치발을 들어 볼썽사나운 움직임으로 탁자를 돌아 다가왔다.

"이보쇼, 남의 일에 신경 끄시지? 남의 일은 당사자가 알아서 하도록 두란 말이오. 알겠소, 홈스 씨?"

"계속 얘기해보게. 재미있군."

홈스가 말했다.

"아! 재밌으시다? 내가 살짝 손봐주면 별로 재미있지 않을 텐데. 예전에도 당신 같은 족속을 상대해봤는데 손봐주고 나니까 재미없어했거든. 이걸 보라고, 홈스 씨!"

야만스러워 보이는 그가 으르렁거렸다.

남자는 마디가 불거진 큼지막한 주먹을 내 친구의 면전에 대고 흔들었다. 홈스는 상당한 관심을 보이며 주먹을 유심히 관찰했다.

"태어날 때부터 이랬나? 아니면 손이 점점 그런 모양으로 변한 건가?"

그가 물었다.

얼음처럼 차가운 친구의 태도 때문이었을까, 내가 덜거덕거리며 부지깽이를 집어 들었기 때문이었을까? 아무튼 요란하던 그의 태도가 누그러졌다.

"아무튼 나는 경고했수다. 내 친구 중 하나가 해로에 관심을 가지고 있어. 무슨 뜻인지 알겠지. 그 친구는 당신이 참견하도록 내버려둘 마음이 없거든. 알아들으셨소? 당신도 법관이 아니고 나도 법관이 아니잖소. 당신이 나서면 나도 가만있지 않겠소. 기억하쇼."

"전부터 만나고 싶었소만 영 마음에 안 드는 냄새를 풍겨서 앉으라고 권하지는 못하겠군. 권투 선수 스티브 딕시 맞지?"

"맞소, 홈스 씨. 그러니까 괜히 헛소리 지껄이면 큰코다칠 줄 아쇼."

홈스가 방문객의 흉한 입가를 물끄러미 쳐다보며 말했다.

"내가 그럴 리 있나. 하지만 홀본 바 앞에서 퍼킨스라는 청년을 죽인 건……."

흑인은 흙빛이 된 얼굴로 펄쩍 뒷걸음질을 쳤다.

"뭔가! 설마 가려는 건 아니겠지?"

"그런 얘기는 듣지 않겠수다. 내가 퍼킨스라는 녀석하고 무슨 상관이라는 거요, 홈스 씨? 그 꼬맹이가 골로 갔을 때 나는 버밍엄의 불 링에서 훈련중이었는데."

"치안판사 앞에서 똑같이 얘기해보지그래, 스티브. 내가 자네랑 바니 스톡데일을 지켜봤는데……."

홈스가 말했다.

"아이구야! 홈스 씨……."

"됐네, 그만 나가보게. 필요하면 내 쪽에서 연락할 테니."

"안녕히 계십쇼, 홈스 씨. 불쑥 찾아왔다고 마음에 담아두거나 하지는 마시고."

"누가 보내서 왔는지 얘기하면 생각해보지."

"아, 그야 비밀이고 말고 할 것도 없지요. 방금 홈스 씨가 얘기한 양반이니까."

"그자에게 일을 맡긴 사람은 누구고?"

"왜 이러십니까. 나야 모르지요. 그 양반이 '스티브, 홈스 씨를 찾아가서 해로 쪽을 파고들면 목숨이 위험할 거라고 전해'라고 한 게 전부인뎁쇼."

방문객은 더이상 질문을 받지 않으려는지 들어왔을 때와 마찬가지로 쌩하니 뛰쳐나갔다. 홈스는 말없이 빙그레 웃으며 파이프 재를 털었다.

"왓슨 자네가 그의 더벅머리를 박살낼 일이 없어서 다행이군. 자네의 부지깽이 휘두르는 솜씨는 나도 익히 아는 바이지. 하지만 저 친구는 별로 위험한 녀석이 아니야. 봤다시피 근육만 울퉁불퉁하고 머리를 쓸 줄 몰라. 큰소리만 뻥뻥 치다가 쉽게 주눅이 들어버리는 애송이거든. 스펜서 존의 조직에 가입해서 요즘 지저분한 일에 가담하고 있는 모양이야. 그쪽은 시간이 나면 깨끗하게 정리할 생각이라네. 스티브 바로 위에 있는 바니라는 자가 좀더 영악하지. 폭행, 협박 등이 둘의 전문 분야고. 나는 이번 사건의 배후가 궁금해."

"저들이 자네를 협박하는 이유가 뭔가?"

"해로 윌드 사건 때문이야. 아무래도 깊숙이 파고들어봐야겠군. 이렇게 협박까지 하는 사람이 있다는 것은 분명 뭔가 있다는 뜻이니까."

"무슨 사건인데?"

"마침 이야기를 하려던 참이었는데 막간 희극이 벌어진 거라네. 이게 메이벌리 부인의 편지일세. 자네도 동행할 생각이 있으면 부인에게 전보를 보내고 당장 가볼까 하는데."

친애하는 셜록 홈스 씨에게

이 집과 관련해 이상한 사건들이 잇따라 벌어지고 있어서 홈스 씨의 고견을 듣고 싶습니다. 내일 언제든 들러주세요. 저희 집은 윌드 역에서 몇 분만 걸어오시면 됩니다. 지금은 고인이 된 제 남편 모티머 메이벌리가 홈스 씨가 일을 시작한 지 얼마 안 되었을 때 사건을 의뢰한 적이 있었죠. 감사합니다.

메리 메이벌리 드림

주소가 '해로 윌드 스리 게이블스'였다.

"바로 이런 사연일세! 자네가 시간이 된다면 같이 출발해볼까?"

잠깐 기차를 탔다가 그보다 더 잠깐 마차를 타고 이동해 저택에 도착했다. 벽돌과 나무로 만든 저택이 개발되지 않은 목초지에 서 있었다. 2층 유리창 위에 달려 있는 세 개의 조그만 돌출 지붕이 이 저택 이름이 왜 스리 게이블스(세 박공)인지 알려주었다. 집 뒤편은 덜 자란 소나무 숲이 전체적으로 처량하고 우울한 분위기를 풍겼다. 그래도 집안에는 세간이 많았고 우리를 맞이한 노부인은 구석구석 세련미와 교양이 넘치는 매력적인 여인이었다.

"부군을 또렷하게 기억합니다, 부인. 부군께서 저를 통해 사소한 문제를 해결하신 지 여러 해가 지나기는 했지만요."

"제 아들 더글러스의 이름은 자주 들어보셨을 거예요."

홈스는 호기심이 동한 얼굴로 그녀를 쳐다보았다.

"아니, 이런! 더글러스 메이벌리의 모친되십니까? 아드님을 조금 알고 있습니다. 물론 런던에서 아드님을 모르는 사람은 없겠죠. 참으로 훌륭한 인물입니다. 아드님은 지금 어디 있습니까?"

"죽었답니다, 홈스 씨. 죽었어요! 공사 수행원으로 로마에 갔다가 지난달에 거기서 폐렴으로 그만……."

"아, 유감입니다. 아드님은 죽음이라는 단어와 전혀 어울리지 않는 청년이었는데요. 그렇게 활력이 넘치는 청년은 지금까지 본 적이 없습니다. 모든 에너지를 쏟으며 정말이지 열정적으로 살았지요!"

"너무 열정적으로 살았죠, 홈스 씨. 그게 원흉이었어요. 홈스 씨는 그 아이를 멋지고 당당한 성격으로 기억하실 거예요. 침울하고 시무룩하고 수심이 가득한 성격으로 변한 그 애를 보지 못했으니까요. 상심이 컸거든요. 씩씩했던 아이가 한 달 만에 고단한 냉소주의자로 변해버렸죠."

"연애…… 혹시 여자 문제 때문입니까?"

"악마 때문이었다고 할 수도 있겠고요. 아무튼 가엾은 저희 아들 이야기를 하려고 홈스 씨에게 찾아와주십사 청을 드린 건 아니에요."

"무슨 일이 있으셨습니까? 왓슨 박사와 제가 뭐든 돕겠습니다."

"이상한 일들이 벌어지고 있어요. 이 집에 살기 시작한 지는 일 년이 조금 넘었지요. 조용히 지내고 싶어서 이웃 사람들과 거의 왕래를 하지 않았어요. 그런데 삼 일 전에 부동산 중개업자라는 남자가 찾아왔어요.

자기 고객이 이 집을 마음에 들어 한다면서 팔기만 하면 돈은 달라는 대로 주겠다더군요. 못지않게 괜찮은 집 몇 채가 매물로 나온 것을 알고 있었기 때문에 참 이상하다는 생각이 들긴 했지만 귀가 솔깃했죠. 그래서 제가 산 가격에 오백 파운드를 더 얹어서 불렀어요. 그랬더니 흔쾌히 조건을 받아들이면서 고객이 가구도 같이 사고 싶어 한다며 그것도 값을 매겨달라고 하더군요. 가구 몇 점은 예전에 살던 집에서 가지고 온 건데 보시다시피 상당히 고급이에요. 그래서 제법 큰 액수를 불렀죠. 듣자마자 그 금액도 좋다고 하지 뭐예요. 예전부터 여행을 하고 싶었는데 계약 조건이 이렇게 후하다니 하고 싶었던 일들을 마음껏 하며 여생을 보낼 수 있겠다는 생각이 들더군요.

어제 남자가 계약서를 작성해서 들고 왔어요. 다행히 그걸 해로에 사는 제 변호사 서트로 씨에게 보여주었죠. 계약서를 보고

서트로 씨가 이러더군요.

'계약서가 특이하네요. 여기에 서명하면 법적으로 집안의 물건을 아무것도 들고 나올 수 없다는 걸 아십니까? 개인 소지품까지도요?'

그래서 저녁때 남자가 다시 찾아왔을 때 이 부분을 지적하면서 나는 가구만 팔 생각이라고 말했어요.

'아뇨, 아뇨. 모두 팔아야 합니다.'

남자가 그러더군요.

'하지만 옷은요? 보석도요?'

'아, 개인 소지품 몇 개는 양해해드릴 수 있을지도 모르겠습니다. 하지만 허락 없이는 아무것도 들고 나가실 수 없습니다. 제 고객은 인심이 상당히 후하지만 일을 처리하는 데에는 취향과 방식이 있어서요. 모 아니면 도, 이런 식이시죠.'

'그럼 이 계약은 없던 일로 해야겠네요.'

제가 말했죠. 사태가 일단락되었지만 하도 이상해서……."

이때 이야기가 특이한 방식으로 중간에 끊겼다.

잠시 말을 멈추라는 뜻에서 홈스가 손을 들었다. 그러고는 저벅저벅 걸어가 문을 벌컥 열더니 비쩍 마른 여자의 어깨를 붙잡아 질질 끌고 왔다. 여자는 닭장에서 끌려나온 덩치 큰 암탉처럼 꽥꽥거리며 볼썽사납게 버둥거렸다.

여자가 비명을 질렀다.

"이거 놓으세요! 뭐 하시는 거예요?"

"아니, 수전. 무슨 일이지?"

"글쎄, 마님, 손님들이 점심 식사를 하실 건지 여쭈어보려고 왔는데 이분이 저를 붙잡지 뭐예요."

"오 분 전부터 이 여자가 내는 소리를 듣고 있었지만 이야기가 흥미진진한 대목이라 끊지 않았습니다. 수전, 숨을 쉴 때 작게 쌕쌕거리는 소리를 내지 않나요? 이런 일을 맡기에는 숨소리가 너무 크군요."

수전은 화가 나서 샐쭉하면서도 놀란 얼굴로 그를 향해 고개를 돌렸다.

"도대체 누구시기에 무슨 권리로 날 이렇게 붙잡고 있는 거예요?"

"당신 앞에서 부인께 물어볼 게 있어서 그렇습니다. 메이벌리 부인, 나한테 편지를 보내서 상담을 의뢰할 생각이라고 아무한테라도 이야기하신 적 있습니까?"

"아뇨, 홈스 씨. 없어요."

"편지는 누가 부쳤습니까?"

"수전이요."

"그랬겠죠. 자, 수전, 부인께서 내게 조언을 구하려 한다고 누구한테 편지나 전보로 알렸습니까?"

"무슨 소리예요. 그런 거 보낸 적 없어요."

"수전, 당신도 알겠지만 숨쉴 때 쌕쌕거리는 소리를 내는 사람들은 오래 살지 못해요. 게다가 거짓말은 나쁜 짓이죠. 누구한테 얘기했습니까?"

"수전! 그런 배은망덕하고 못된 짓을 저지르다니. 그러고 보니 산울타리를 사이에 두고 어떤 사람이랑 얘기하는 걸 본 기억이 나네."

여주인이 외쳤다.

"그건 마님과 상관없는 일이었는데요."

수전이 뚱한 목소리로 말했다.

"바니 스톡데일과 이야기를 나누지 않았습니까?"

홈스가 물었다.

"알면 뭐 하러 물어보세요?"

"긴가민가했는데 이제 확실히 알겠군요. 바니의 배후 인물이 누군지 알려주면 십 파운드를 주겠습니다."

"당신이 십 파운드를 준다고 할 때마다 천 파운드를 내놓을 수 있는 사람이에요."

"그러니까 돈이 많은 남자다? 아니, 웃는 걸 보니 여자로군요. 이왕 여기까지 밝혀진 거, 이름을 얘기하고 십 파운드를 받지그래요?"

"개수작 부리고 있네."

"수전! 말조심하지 못해!"

"당장 이 집에서 나가겠어요. 당신들 모두 꼴도 보기 싫으니까. 내일 사람을 보내서 짐을 정리하죠."

그녀는 여봐란 듯이 문을 향해 걸었다.

"잘 가요, 수전. 진정제를 먹으면 도움이 될 거요……. 자."

문이 닫히고 분노로 얼굴이 시뻘게진 여자가 사라지자 생기 넘치던 홈스의 말투가 갑자기 심각하게 바뀌었다.

"일당이 작정하고 일을 벌이고 있습니다. 얼마나 서로 긴밀하게 움직이는지 보십시오. 부인이 내게 보낸 편지에는 오후 10시 소인이 찍혀 있었습니다. 그새 수전이 바니에게 말을 전하고 바니가 두목에게 알려서 지시를 받았어요. 흑인 스티브가 호출되고 다음날 오전 11시에 내가 협박을 받다니 일처리가 얼마나 빠른지 보십시오. 내가 착각한다고 생각하고 수전이 씩 웃었던 걸 보면 아무래도 여자인 것 같습니다만, 남자인지 여자인지 모를 모사꾼이 두목이겠지요."

"그들이 원하는 게 뭘까요?"

"그게 관건이죠. 부인 이전에는 집주인이 누구였습니까?"

"퍼거슨이라는 퇴직한 선장이었어요."

"그분에 관한 특이한 사항은 없었고요?"

"제가 들은 바로는 없었어요."

"전 주인이 집에 뭘 묻어놓은 건 아닐까 하는 생각이 듭니다. 물론 요즘은 보물을 묻지 않고 우체국 은행에 두죠. 하지만 특이한 사람들도 있기 마련입니다. 그런 사람들 덕분에 세상이 재미있어지죠. 어쨌든 처음에는 보물이 묻혀 있는 게 아닐까 싶었습니다. 하지만 왜 부인의 가구까지 사겠다고 했을까요? 집안에 부인도 모르는 라파엘로의 작품이나 셰익스피어의 2절판 초판본이 있거나 한 건 아니겠죠?"

"네, 귀한 물건이라고 해봐야 더비 도자기 찻잔 세트 정도인데요."

"그걸로는 설명이 안 됩니다. 사고 싶다고 대놓고 말하지 못할 물건도 아니고요. 만약 그렇다면 집을 통째로 사는 대신 탐나는 찻잔 세트에 대한 가격만 제시하면 될 것 아닙니까. 보아하니 부인 스스로도 가지고 있는 줄 모르는 물건, 가지고 있다는 걸 알면 절대 포기하지 않을 물건이 있는 게 분명합니다."

"나도 같은 생각일세."

내가 말했다.

"왓슨 박사도 동의하니 그런 걸로 결론을 내리죠."

"그렇다면 홈스 씨, 그게 뭘까요?"

"순전히 논리만으로 상황을 파악할 수 있을지 어디 한번 해봅시다. 이 집에 사신 지 일 년이 넘으셨다고요."

"이 년이 다 됐어요."

"더 좋습니다. 그 긴 기간 동안 부인에게 뭘 원했던 사람은 아무도 없었습니다. 그런데 사나흘 사이 그런 사람이 등장했습니다. 거기에 대해서 어떻게 생각하십니까?"

"뭔지 몰라도 최근에 집안에 들인 물건이 목적이라는 뜻이지."

내가 말했다.

"이번에도 결론이 나왔군. 자, 메이벌리 부인, 최근에 들인 물건이 있습니까?"

홈스가 말했다.

"아뇨, 올해에는 뭘 산 적이 없어요."

"그렇습니까? 뜻밖이로군요. 그렇다면 좀더 명확한 정보를 입수할 때까지 사건의 추이를 살피는 편이 좋겠습니다. 부인의 변호사는 유능하십니까?"

"서트로 씨는 유능한 변호사예요."

"좀 전에 문을 박차고 나간 어여쁜 수전 말고 다른 하녀가 있습니까?"

"여자애가 한 명 있어요."

"서트로 씨에게 하루이틀 밤을 이 집에서 보내줄 수 있느냐고 물어보십시오. 보안 조치가 필요할지 모르니까요."

"뭐에 대한 보안 조치요?"

"만약을 대비하는 겁니다. 이 사건은 정말이지 뭐가 뭔지 모르겠습니다. 저들의 목적을 알 수 없으니 거꾸로 치고 올라가 주범을 노리는 게 좋겠습니다. 부동산 업자가 자기 주소를 알려주던가요?"

"직업을 밝히고 명함만 주고 갔어요. 경매와 감정 전문가 헤인스 존슨이라고요."

"인명록에 없는 이름일 겁니다. 정직한 사업가는 사무실 주소를 숨기지 않는 법이죠. 아무튼 새로운 일이 벌어지면 알려주십시오. 제가 사건을 맡았으니 반드시 해결할 겁니다."

뭐든 놓치는 법이 없는 홈스가 복도를 걸어가다가 한쪽 구석에 쌓인 트렁크와 상자를 포착했다. 꼬리표가 눈에 띄는 곳에 달려 있었다.

"밀라노, 루체르네. 이탈리아에서 온 거로군요."

"가엾은 더글러스의 소지품이에요."

"아직 열어보지 않으셨습니까? 배달된 지 얼마나 됐습니까?"

"지난주에 왔어요."

"하지만 좀 전에……. 이런, 이게 단서일 수 있겠습니다. 저

안에 뭔가 값진 물건이 들어 있을지도 모르겠군요."

"그럴 리 없어요, 홈스 씨. 더글러스의 재산이라고는 연봉과 얼마 안 되는 연금뿐이었거든요. 무슨 수로 값나가는 물건을 샀겠어요?"

홈스는 한참 생각에 잠겼다가 말했다.

"메이벌리 부인, 지체 없이 이것들을 2층의 부인 방으로 옮기세요. 가능한 한 빨리 내용물을 확인하시기 바랍니다. 내일 다시 와서 부인의 이야기를 듣겠습니다."

스리 게이블스는 삼엄하게 감시를 당하던 모양이었다. 집을 나와 오솔길 끝에 있는 높다란 산울타리에 다다르자 흑인 권투 선수가 그늘 속에 서 있었다. 상당히 갑작스럽게 맞닥뜨린 셈이었는데, 으슥한 곳에서 보니 그가 더욱 으스스하고 위협적으로 느껴졌다. 홈스가 잽싸게 주머니 안에 손을 넣었다.

"총 찾는 거요?"

"아니, 향수병을 찾는데."

"재미있는 분이네요, 홈스 씨."

"나에게 쫓기는 몸이 되면 별로 재미가 없을 거다, 스티브. 오늘 아침에 분명히 경고를 했을 텐데."

"아침에 들었던 이야기를 곰곰이 생각해봤는데 퍼킨스 이야기는 더 듣고 싶어서요. 내가 도울 일이 있으면 말해주십쇼, 홈스 씨."

"그럼 사건의 배후가 누구인지 알려주게."

"아이구야! 홈스 씨, 얘기했잖습니까. 모른다고요. 바니 두목이 나한테 명령을 내리면 그뿐이에요."

"저 집에 사는 부인과 지붕 아래 있는 모든 것이 내 보호 아래 있다는 걸 명심해라, 스티브. 잊지 말라고."

"알겠습니다, 홈스 씨. 명심합죠."

걸어가면서 홈스가 말했다.

"녀석은 내 말을 듣고 겁을 먹었으니 두목이 누군지 알았으면 실토했을 거야. 내가 스펜서 존의 조직에 대해 알기에 망정이지. 스티브는 일개 조직원일세. 자, 왓슨, 이번 사건은 랭데일 파이크에게 제격인 사건이야. 이제 그를 만나러 갈 작정이라네. 만나고 나면 사태를 좀더 분명하게 파악할 수 있겠지."

나는 그날 홈스를 다시 만나지 못했다. 랭데일 파이크라면 사교계의 추문에 관한 한 걸어 다니는 백과사전과 같으니 그와 홈스가 어떤 식으로 시간을 보냈을지 짐작할 수 있었다. 잠자는 시간을 제외하고 세인트제임스 스트리트에 있는 클럽들 창가에 매달려 지내는 이 특이하고 허약한 인간은 런던을 떠도는 모든 소문의 수신소 겸 송신기였다. 일설에 따르면 오지랖 넓은 대중의 흥미에 영합하는 쓰레기 신문에 매주 기사를 기고해 벌어들이는 수입이 수천 파운드라고 한다. 런던의 탁한 심연 속에서 일어나는 묘한 소용돌이나 회오리바람은 수면 위에 떠 있는 이 인간 계기반에 자동적으로 입력됐다. 홈스는 정보를 신중하게 골라서 랭데일에게 흘렸고 가끔 그 대가로 도움을 받았다.

다음날 아침 일찍 랭데일의 집에서 내 친구를 만났다. 분위기를 보아하니 모든 게 잘 풀린 모양이었다. 하지만 뜻밖의 유쾌하지 않은 사건이 우리를 기다리고 있었다. 이런 전보가 날아온 것이다.

당장 와주기 바람. 어젯밤 고객의 집에 도둑이 들었음. 경찰 조사중.

서트로

홈스는 휘파람을 불었다.

"생각보다 훨씬 일찍 위기에 봉착했군. 얼마나 저돌적인 인물이 배후에 도사리고 있는지 들은 뒤라 놀랍지는 않지만. 서트로라는 사람은 부인의 변호사일 테지. 자네한테 야간 경비를 맡겼어야 했는데 아무래도 실수를 한 것 같네. 이 친구는 말하자면 '부러진 갈대'였던가 보군. 영 믿음직스럽지가 않아. 다시 한 번 해로 윌드로 가는 수밖에 없겠어."

평화롭던 스리 게이블스가 오늘은 영 딴판이었다. 할 일 없는 사람들 몇 명이 정문에 모여 있었고 순경 두세 명이 창문과 제라늄 화단을 살피고 있었다. 안으로 들어가 부인의 변호사라는 중후한 신사와, 오래전부터 알고 지낸 친구처럼 홈스를 맞이하는 수선스럽고 혈색 좋은 경감을 만났다.

"아, 홈스 씨. 아무래도 이번 사건에는 낄 자리가 없겠습니다. 단순한 절도 사건이라 어쭙잖은 경찰의 능력으로 해결할 수 있겠어요. 전문가를 부를 필요 없이요."

"어련히 알아서 잘 해결하시겠죠. 그나저나 단순한 절도 사건이라고요?"

홈스가 물었다.

"네, 범인이 누구이며 어디에 가면 그들을 찾을 수 있는지 확실합니다. 덩치 큰 흑인이 끼어 있는 바니 스톡데일 일당입니다. 근처에서 얼쩡거리는 걸 본 사람들이 있거든요."

"대단하십니다! 범인들이 뭘 훔쳐갔나요?"

"글쎄요, 별로 훔쳐간 건 없는 것 같은데요. 메이벌리 부인은 클로로포름으로 의식을 잃었고 이 집은……. 아! 부인께서 오시네요."

어제 만났던 부인은 환자처럼 창백한 얼굴이었다. 그녀는 아담한 하녀의 부축을 받으며 방안으로 들어왔다.

"홈스 씨는 제대로 충고를 하셨는데. 아아, 그런데 제가 한 귀로 듣고 한 귀로 흘렸네요! 서트로 씨에게 폐를 끼치고 싶지 않아서 무방비 상태로 있었어요."

그녀는 아쉬움이 담긴 미소를 지었다.

"오늘 아침에야 이야기를 들었습니다."

변호사가 설명했다.

"홈스 씨가 집으로 친구를 부르라고 충고했는데 그걸 무시했다가 대가를 치렀어요."

"안색이 끔찍하게 안 좋으십니다. 어떻게 된 일인지 설명하실 수 있겠습니까?"

"여기 전부 적혀 있습니다."

경감이 두툼한 수첩을 손가락으로 두드리며 말했다.

"그래도 부인께서 너무 피곤하지 않으시다면……."

"설명을 드리고 말고 할 것도 없어요. 못된 수전이 들어올 수 있는 방편을 마련해놓았겠죠. 도둑들은 집안 구석구석 모르는 데가 없었을 거예요. 클로르포름에 적신 천이 얼굴에 닿은 순간까지만 기억이 나고 얼마나 오랫동안 기절했는지는 모르겠어요. 정신을 차려보니 한 남자가 침대 옆에 있고 또 다른 남자가 아들의 가방에서 꾸러미 하나를 꺼내 들고 있더라고요. 가방은 반쯤 열려서 내용물이 바닥에 널브러져 있었고요. 남자가 달아나기 전에 제가 일어나 붙잡았죠."

"위험한 짓을 하셨군요."

경감이 말했다.

"잡고 늘어졌지만 남자가 저를 뿌리쳤어요. 다른 남자가 저를 때렸는지 그 이후로 기억나지 않아요. 소란을 들은 하녀 메리가 창밖으로 비명을 지르기 시작했어요. 그 소리에 경찰이 달려왔지만 악당들은 벌써 달아나고 없었죠."

"도난당한 물건은 뭡니까?"

"값나가는 물건은 아니었을 거예요. 아들의 트렁크에는 별 물건이 없었거든요."

"범인들이 남긴 단서는 없습니까?"

"저한테 붙잡힌 남자가 떨어뜨렸는지 심하게 구겨진 종이가 바닥에 있더라고요. 아들의 글씨가 적힌 종이였어요."

"그러니까 별 쓸모도 없는 물건이 떨어져 있었다는 거죠. 만약 그게 도둑의……."

홈스가 경감의 말허리를 잘랐다.

"그렇죠. 상식적으로 맞는 말씀입니다. 그래도 한번 보고 싶습니다만."

경감은 수첩에서 접은 풀스캡판(33×40cm) 종이를 꺼냈다.

"나는 아무리 사소한 거라도 그냥 지나치지 않습니다. 홈스 씨도 잘 새겨들으세요. 이십오 년 동안 이 일을 하면서 터득한 교훈이죠. 지문이나 다른 흔적이 남아 있을 수 있으니까요."

경감이 거들먹거리며 말했다.

홈스는 종이를 살폈다.

"이게 뭘까요, 경감님?"

"내가 보기에는 야릇한 소설의 마지막 부분 같은데요."

"경강님 말씀이 맞을 겁니다. 꼭대기에 적힌 번호 보입니까? 245라고 되어 있습니다. 한 짝이어야 할 244쪽은 어디 갔을까요?"

홈스가 말했다.

"뭐, 도둑이 들고 갔겠죠. 퍽이나 쓸모가 있겠습니다!"

"집안에 몰래 들어와서 이런 종이나 훔쳐가다니 이상하지 않습니까? 뭔가 짚이는 거 없습니까, 경감님?"

"있죠. 도둑이 급한 마음에 아무거나 손에 집히는 대로 들고 간 겁니다. 이왕 들고 갔으니 재미있게 읽으면 좋겠네요."

메이벌리 부인이 물었다.

"그 사람들이 왜 아들의 소지품을 뒤졌을까요?"

"1층에 값나가는 물건이 없으니까 2층을 뒤져봤겠죠. 제가 보기에는 그래요. 홈스 씨 생각은 어떻습니까?"

"좀더 생각해봐야겠습니다, 경감님. 왓슨, 창가로 와주겠나?"

나와 홈스는 창가에 섰다. 홈스가 종이에 적힌 글을 읽었다.

문장의 중간부터 시작되었다.

……베이고 얻어맞은 얼굴에서 피가 제법 많이 흘렀지만 그 사랑스러운 얼굴을 본 순간 심장에서 흐른 피에 비하면 아무것도 아니었다. 그가 목숨까지 바치려고 했던 그녀가 고통과 굴욕감에 몸부림치는 그를 쳐다보며 웃고 있었다. 그렇다! 자기를 올려다보는 그를 향해 피도 눈물도 없는 악마처럼 웃고 있었다. 바로 그 순간 사랑이 스러지고 증오가 싹텄다. 남자에게는 삶의 목적이 있어야 한다. 그대의 품에 안길 수 없다면 그대의 파멸과 나의 완벽한 복수를 위해서 살아야겠지.

"구성이 특이합니다! '그'가 난데없이 '나'로 바뀌는 부분 알아채셨습니까? 작가가 자기 이야기에 흠뻑 빠져들어서 결정적인 순간에 이르자 주인공에게 빙의하는군요."

홈스는 웃으며 경감에게 종이를 돌려주었다.

"형편없는 작품 같던데요. 아니! 가시려고요, 홈스 씨?"

경감은 종이를 다시 수첩에 넣었다.

"워낙 유능한 분께서 수사를 맡고 계시니 더이상 할 일이 없겠다 싶어서요. 그나저나 메이벌리 부인, 여행을 떠나고 싶다고 하셨죠?"

"예전부터 그게 꿈이었어요, 홈스 씨."

"어디에 가고 싶으십니까? 카이로, 마데이라, 리비에라?"

"아! 돈만 있다면 세계 일주를 하고 싶네요."

"그러시군요, 세계 일주라. 안녕히 계십시오. 저녁때 연락드리겠습니다."

창문 앞을 지나는데 웃으며 고개를 젓는 경감의 모습이 언뜻 내 눈에 들어왔다.

'똑똑한 인간들은 살짝 제정신이 아니라니까.'

내가 느끼기에 경감의 미소는 이런 뜻이었다.

시끌벅적한 런던 도심으로 돌아왔을 때 홈스가 말했다.

"왓슨, 우리 모험이 막바지에 다다랐군. 사건을 마무리할까 하는데 자네도 같이 가주면 좋겠네. 이사도라 클라인 같은 여자를 상대할 때는 증인이 있어야 안전하니까."

우리는 마차를 타고 그로브너 스퀘어의 모처로 달렸다. 홈스는 생각에 잠겨 있다가 퍼뜩 정신을 차렸다.

"그나저나 왓슨, 어떻게 된 일인지 파악했겠지?"

"아니, 모르겠는데. 이 모든 사건을 꾸민 여자를 만나러 간다는 것 말고는."

"그건 맞네! 이사도라 클라인이라는 이름을 듣고 생각나는 것 없나? 유명한 미인이지. 세상 어떤 여자와도 비교가 안 될 만큼. 순수 스페인 혈통에 거만한 정복자의 직계 후손이고 그녀의 가문 사람들이 몇 대에 걸쳐서 페르남부쿠를 다스리고 있다네. 클라인이라는 나이 많은 독일의 설탕 왕과 결혼했다가 현재 지구상에서 가장 부유하고 빼어난 미모를 자랑하는 과부가 되었지.

그 이후로 마음 내키는 대로 드문드문 불장난을 저지르며 지내고 있다네. 몇 명의 애인을 사귀었는데 런던에서 미남으로 손꼽히던 더글러스 메이벌리가 그중 한 명이었지. 그런데 사람들의 증언에 따르면 메이벌리에게는 그 관계가 단순한 불장난이 아니었다네. 그는 사교계의 바람둥이가 아니라 모든 것을 주고 그만큼 받기를 원했던, 도덕적이고 자존심이 강한 남자였던 거야. 하지만 그녀는 시나 소설에 등장하는 잔인한 미녀였지. 변덕이 식으면 그것으로 끝이고 상대방이 받아들이지 못하면 억지로 정신 차리게 만드는 그런 여자."

"그렇다면 소설은 더글라스의 자전적인……."

"음! 이제 상황을 제대로 파악했군. 듣자 하니 그녀가 아들뻘인 로몬드 공작과 결혼을 앞두고 있다더군. 공작의 모친이 나이는 상관하지 않을지 몰라도 이런 추문은 차원이 다른 문제라 다급하게……. 아! 여기일세."

도착한 곳은 웨스트엔드에서도 손꼽히는 저택이었다. 기계적인 태도의 하인이 우리의 명함을 들고 가더니 돌아와서 집주인이 안 계신다고 했다.

"그럼 돌아오실 때까지 기다리겠소."

홈스가 명랑한 목소리로 말하자 기계 같던 하인의 태도에 금이 갔다.

"집에 안 계신다는 대답은 손님들을 만날 생각이 없으시다는 뜻입니다."

"좋소, 그럼 기다릴 필요가 없겠군. 이 쪽지를 주인께 전해주겠소?"

홈스가 대답했다.

그는 수첩 한 장을 찢어서 서너 단어를 끼적이더니 접어서 하인에게 주었다.

"뭐라고 썼나, 홈스?"

내가 물었다.

"간단하게 '그럼 경찰을 부를까요?'라고 썼네. 들어오라고 하지 않을까 싶은데."

홈스의 방법은 효과가 있었다. 잠시 후에 우리는 아라비안나이트 분위기의 넓고 근사한 응접실로 안내됐다. 군데군데 분홍색 전등으로 불을 밝혀서 어두침침했다. 제아무리 절세미인이었다고는 하나 이제는 어두운 조명이 반가운 나이가 된 모양이었다. 우리가 들어서자 여자가 소파에서 일어섰다. 키가 크고 여왕 같은 완벽한 자태를 자랑하는 여인이었다. 가면처럼 아름다운 얼굴에 박힌 스페인 혈통의 황홀한 두 눈이 우리를 잡아먹을 듯이 노려보고 있었다.

"갑자기 쳐들어오신 것 하며…… 이 모욕적인 쪽지는 뭐죠?"

그녀가 쪽지를 들어 보이며 물었다.

"내가 굳이 설명할 필요는 없겠죠, 부인. 부인이 명석하시단 건 잘 알고 있습니다. 하지만 요즘은 명석한 두뇌를 잘못 쓰고 계시는 것 같더군요."

"어떻게요?"

"깡패를 동원해서 협박하면 내가 이 일에서 손을 떼겠다고 생각하시다니요. 위험한 일에 매력을 느끼는 나 같은 사람만이 이런 직업을 선택하는 법이죠. 나는 부인의 협박 때문에 어쩔 수 없이 메이벌리의 사건을 수사하게 되었습니다."

"무슨 말씀을 하시는지 모르겠네요. 내가 뭐하러 깡패를 동원하겠어요?"

홈스는 맥 빠진 얼굴로 몸을 돌렸다.

"내가 부인의 지적 능력을 잘못 가늠했군요. 그럼 안녕히 계십시오!"

"잠깐만요! 어디 가시려고요?"

"런던 경찰청에 가려고 합니다."

문까지 얼마 가지 못했을 때 그녀가 달려와서 앞을 가로막으며 그의 팔을 잡았다. 쇠막대처럼 뻣뻣하던 태도가 순식간에 비단처럼 나긋나긋해졌다.

"와서 앉으세요, 두 분. 우리 대화로 풀어요. 홈스 씨하고는 솔직한 대화가 될 것 같네요. 점잖으시다는 느낌이 오거든요. 여자들이 그런 걸 얼마나 금세 파악하는지 아세요? 앞으로 친구처럼 대할게요."

"똑같이 친구처럼 대하겠다는 약속은 드리지 못하겠습니다, 부인. 내가 비록 법관은 아니지만 보잘것없는 능력이 허락하는 한도 내에서 정의를 대변하고 있어서요. 이야기라면 얼마든지 들을 용의가 있습니다. 이야기를 듣고 나서 내가 어떻게 할 생각인지 말씀드리죠."

"홈스 씨처럼 용감한 분을 협박할 생각을 하다니 내가 어리석었네요."

"정말로 어리석은 일은 언제든지 부인을 협박하거나 부인의 정체를 폭로할 수 있는 악당들을 신뢰했다는 겁니다."

"아니, 아니에요! 나는 그렇게 단순하지 않아요. 솔직하게 얘기하겠다고 약속했으니 말씀드리죠. 바니 스톡데일과 그의 아내 수전 말고는 자기들을 누가 고용했는지 몰라요. 그리고 두 사람으로 말할 것 같으면 뭐, 이번이 처음도 아니고……."

그녀는 교태 어린 미소를 지으며 고개를 끄덕였다.

"그렇군요. 두 사람은 예전에 시험을 통과했군요."

"소리 없이 달리는 훌륭한 사냥개예요."

"그런 사냥개들은 먹이를 주는 사람을 물게 되어 있습니다. 이번 절도 사건으로 두 사람은 체포될 겁니다. 경찰에서 추적에 나섰거든요."

"그들은 어떤 대가라도 감수할 거예요. 그렇게 하라고 돈을 줬으니까요. 나는 도마에 오르지 않아요."

"내가 나서면 이야기가 달라집니다."

"아니, 아니죠. 홈스 씨가 왜 나서겠어요. 점잖으신 분인데. 여자의 비밀인걸요."

"먼저 원고부터 돌려주시죠."

그녀는 깔깔 웃으며 벽난로 앞으로 걸어갔다. 그러더니 딱딱하게 굳은 재를 부지깽이로 헤집었다.

"이걸 드릴까요?"

그녀가 물었다. 도발적인 미소를 지으며 우리 앞에 서 있는 모습이 어찌나 장난기 넘치고 눈부시게 아름다운지 지금까지 홈스가 상대한 범죄자를 통틀어서 가장 상대하기 어렵다는 생각이 들었다. 하지만 그는 눈 하나 깜빡하지 않았다.

홈스가 싸늘한 목소리로 이야기했다.

"그것으로 부인의 운명은 결정되었습니다. 부인의 빠른 대처가 이번만큼은 도를 넘었군요."

그녀가 부지깽이를 던지자 쨍그랑하는 소리가 났다.

"어쩌면 그렇게 잔인하세요! 내 입으로 다 얘기해야겠어요?"

그녀가 외쳤다.

"그러지 않으셔도 됩니다. 내가 직접할 수도 있을 만큼 잘 알고 있으니까요."

"하지만 내 이야기를 들어보세요, 홈스 씨. 평생 소원이 막판에 무너지게 된 여자의 시점에서 생각해보라고요. 그런 이유로 자기방어에 나선 게 욕먹을 짓인가요?"

"잘못을 먼저 저지른 쪽은 부인이었죠."

"맞아요, 맞아요! 인정해요. 처음에는 더글러스가 얼마나 귀여웠는지 몰라요. 하지만 생각과 다르게 변하더라고요. 결혼을 하고 싶어 하지 뭐예요. 땡전 한푼 없는 평민과 결혼이라니요! 결혼이 아니면 안 된다는 듯이 굴면서 집요해지는 거예요. 내가 조금 베풀었더니 계속 베풀어야 한다고, 자기한테만 그래야 한다고 생각하는 눈치였어요. 더이상 받아줄 수 없었죠. 결국 혼쭐을 내는 수밖에 없었어요."

"깡패를 동원해서 당신의 집 창문 아래에서 두들겨 패는 수법으로요."

"정말 다 아는 모양이네요. 뭐, 맞아요. 바니와 부하들의 수법이 거칠기는 했죠. 그랬더니 그는 어떻게 했죠? 점잖은 신사가 그런 짓을 벌이다니 차마 믿기지가 않더군요. 자기 이야기를 글로 썼잖아요. 두말하면 잔소리지만 내가 늑대였고 그는 순진한 양이었고요. 물론 이름은 바꿨죠. 하지만 런던의 어느 누가 눈치를 못 채겠어요? 거기에 대해서는 뭐라고 하시겠나요, 홈스 씨?"

"글을 쓰고 말고는 그 사람의 자유죠."

"그는 이탈리아에서 지내는 동안 그곳 사람들에게 물이 들었는지 잔인하기가 꼭 이탈리아 사람 같더라고요. 나더러 마음 졸이며 괴로워하라고 편지와 원고를 보내줬어요. 그 사람 말로는 원고가 두 부라고 했어요. 하나는 나한테 보냈고 다른 하나는 출판사에 보낼 거라고."

"원고가 아직 출판사에 넘어가지 않은 걸 무슨 수로 알아냈습니까?"

"더글러스가 거래하는 출판사를 알고 있었거든요. 이번이 첫 작품이 아니었어요. 출판사에 수소문해보니 이탈리아에서 받은 것이 없다더군요. 그러더니 느닷없이 그가 죽었다는 소식이 전해졌죠. 하지만 난 원고가 세상에 존재하는 한 마음을 놓을 수가 없었어요. 원고는 당연히 유품 속에 들어 있을 테고 유품은 그의 어머니에게 전달되지 않았겠어요? 그래서 깡패들을 동원했죠. 그중 한 명이 그 집에 하녀로 취직했어요. 나는 일을 떳떳하게 처리하고 싶었어요. 진심으로 그랬어요. 집이랑 집안의 모든 것을 매입할 용의가 있었다고요. 그녀가 얼마를 부르건 달라는 대로 줄 생각이었어요.

하지만 그 방법이 실패하는 바람에 훔칠 수밖에 없었던 거예요. 자, 내가 더글러스에게 심하게 굴었던 건 인정해요. 하늘에 맹세코 그 점에 대해서는 미안하게 생각해요! 하지만 내 미래가 위태로워지게 생겼는데 달리 무슨 방법이 있었겠어요?"

홈스는 어깨를 으쓱했다.

"흠, 이번에도 내가 합의를 유도해야겠군요. 최고급으로 세계 일주를 하려면 비용이 얼마나 듭니까? 오천 파운드 정도 들겠지요?"

그녀는 놀란 눈빛으로 빤히 쳐다보았다.

"네, 아마 그럴걸요! 맞아요!"

"좋습니다. 그 금액의 수표를 써주시면 내가 메이벌리 부인에게 전달하겠습니다. 그분도 바람을 좀 쐬는 게 좋지 않겠습니까? 그나저나……."

그는 경고하는 뜻에서 집게손가락을 흔들었다.

"조심, 또 조심하세요! 날카로운 도구를 함부로 가지고 놀다가는 고운 손을 베일 수밖에 없으니까요."

서식스의 흡혈귀

홈스는 하루의 마지막 집배원이 들고 온 편지를 꼼꼼히 읽었다. 그러더니 그로서는 웃음에 가장 가까운 피식 소리를 내며 내게 건넸다.

"현대와 중세, 현실과 상상의 결합이야. 나의 인내심을 시험하는군. 어떻게 생각하나, 왓슨?"

나는 편지를 읽었다.

올드 쥬리 46번지

11월 19일

흡혈귀에 관하여

선생님,

저희 고객이자, 민싱 레인에서 퍼거슨 앤드 뮤어헤드라는 홍차 상회를 운영하는 로버트 퍼거슨 씨가 흡혈귀와 관련해서 동일자로 저희에게 문의를 하셨습니다. 오로지 기계 사정 평가를 전문으로 하는 저희 회사는 해결할 수 없는 분야라 선생님께 의논을 드리도록 퍼거슨 씨에게 추천드렸습니다. 마틸다 브릭스 사건 때 선생님께서 눈부신 활약을 보여주셨기 때문입니다. 이만 줄입니다.

모리슨, 모리슨 앤드 도드

E.J.C. 올림

"마틸다 브릭스는 아가씨 이름이 아니라네, 왓슨."

홈스가 회상에 잠긴 목소리로 말했다.

"수마트라의 거대한 쥐와 관련된 선박 이름이지. 이 이야기는 아직 공개할 수 없다네. 아무튼 우리가 흡혈귀에 대해서 아는 게 뭐가 있나? 우리도 해결할 수 없는 분야이지 않을까? 가만히 있느니 뭐든 하는 게 낫겠지만 이거야 원, 그림 형제의 동화도 아니고. 왓슨, 팔을 쭉 뻗어서 자료집을 꺼내 V 항목을 펼쳐주겠나? 거기 뭐라고 적혀 있을지 궁금한데."

나는 의자에 기대서 그가 말한 큼지막한 색인 자료집을 꺼냈다. 홈스는 무릎 위에 색인 자료집을 올려놓고 평생 축적한 정보와 예전 사건들의 기록을 애정 어린 눈빛으로 천천히 훑었다.

"글로리아 스콧호의 항해. 몹쓸 사건이었지. 왓슨, 최종 결과물을 칭찬할 수는 없지만 자네가 이 사건을 기록한 기억이 나는데? 빅터 린치, 이건 됐고. 독 도마뱀. 이건 엄청난 사건이었지! 서커스단의 미녀 빅토리아. 밴더빌트와 금고털이. 독사. 해머스미스의 명물 보거. 오오! 이렇게 훌륭한 색인 자료집이 있나. 이것 좀 들어보게, 왓슨. 헝가리의 흡혈귀. 그리고 또, 트란실바니아의 흡혈귀."

그는 열심히 책장을 넘기며 정독하더니 실망감에 고함을 터뜨리며 커다란 책을 내동댕이쳤다.

"말도 안 돼, 왓슨. 말도 안 돼! 심장에 말뚝을 박지 않으면 무덤에서 나와 걸어 다닌다는 시체를 어쩌란 말인가? 순전히 미친 짓거리지."

"흡혈귀라고 해서 꼭 죽은 사람이어야 한다는 법은 없잖은가. 산 사람도 흡혈 습관이 있을 수 있지. 예를 들어 젊음을 유지하려고 어린아이의 피를 빨아먹는 노인 이야기를 읽은 적이 있다네."

"자네 말이 맞아. 자료집에도 그런 전설에 대해 적혀 있더군. 하지만 그런 데 진지하게 관심을 기울여야 할까? 탐정이란 현실을 굳게 딛고 서 있어야 하며 쭉 자리를 지켜야 하지 않는가. 이 세상만으로도 충분히 넓은데 저 세상의 귀신까지 상대할 필요가 있을까? 로버트 퍼거슨 씨의 이야기를 심각하게 받아들일 필요는 없겠군. 본인이 쓴 편지인 모양인데 읽어보면 걱정거리가 뭔지는 알 수 있겠어."

그는 첫 번째 편지에 신경쓰는 동안 탁자 위에 방치해두었던 두 번째 편지를 집었다. 처음에는 우습다는 듯 조소를 짓던 얼굴이 차츰 흥미진진하게 집중하는 표정으로 바뀌었다. 다 읽고 난 뒤 홈스는 편지를 손에 쥔 채 잠깐 생각에 잠겼다. 그러다 움찔하며 몽상에서 깨어났다.

"램벌리, 치즈먼스 저택. 램벌리가 어디지, 왓슨?"

"서식스 주에 있지. 호섬 남쪽."

"별로 멀지 않지? 치즈먼스 저택은?"

"내가 그 일대를 좀 알아. 몇백 년 전에 집을 지은 사람의 이름을 딴 고택들이 즐비하지. 오들리스도 있고 하비스도 있고 캐리턴스도 있어. 사람은 잊혔지만 이름은 저택 이름으로 남아 있지."

"그렇군."

홈스는 냉랭한 목소리로 말했다. 자존심이 강하고 말수가 적은 그는 새로운 정보를 알려줘도 아주 빠르고 정확하게 분류해서 머릿속에 저장하면서도 고마운 티를 내지 않는 기벽이 있었다.

"사건에 뛰어들기 전이지만 램벌리의 치즈먼스에 대서 많이 알게 될 거란 예감이 드는군. 생각했던 대로 로버트 퍼거슨이 쓴 편지였어. 그나저나 자네를 안다는데?"

"나를?"

"직접 읽어보게."

그가 편지를 건넸다. 맨 위에 그가 말했던 주소가 적혀 있었다.

친애하는 홈스 선생님께

변호사들에게 선생님을 추천받았습니다만 워낙 미묘한 문제라 설명하기가 난처하네요. 친구 대신 말씀드리는 거라서요. 친구는 질산 비료 수입 일을 하다 알게 된 페루 상인의 딸과 오 년 전쯤에 결혼을 했습니다. 부인은 대단한 미인입니다. 하지만 외국 태생인데다 종교도 이질적이라 부부 간에 관심사가 다르다 보니 이내 사이가 서먹해졌습니다. 어느 정도 시간이 흐르고 열정이 식자 제 친구는 부인과의 결혼을 실수로 생각하기 시작했습니다. 부인의 성격 중에 절대 알 수 없고 이해하지 못할 부분이 있는 듯한 느낌이었답니다. 부인은 다른 남자들이 부러워할 만큼 남편을 사랑하고 헌신적이었기 때문에 괴로움이 더욱 클 수밖에 없었죠.

나중에 만나뵈면 가감 없이 말씀드리겠지만 일단 간단하게 설명드리겠습니다. 사실 편지를 보내는 목적은 오로지 선생님께 전반적인 상황을 알리고 사건에 관심이 있으신지 알아보기 위해서입니다. 다정하고 상냥하던 부인이 희한한 모습을 보이기 시작했거든요. 친구는 재혼이었던 터라 전부인이 낳은 아들이 하나 있습니다. 이제 열다섯 살인 아들은 귀엽고 다정다감한 성격이지만 어렸을 때 사고를 당해서 몸이 불편합니다. 그런데 부인이 이 딱한 아이를 이유 없이 폭행하다 두 번이나 들켰지 뭡니까. 한 번은 막대기로 아이를 찔러서 팔에 큰 흉터가 남았다더군요.

하지만 친아들에게 한 짓에 비하면 이건 약과입니다. 한 달 전, 아직 돌도 지나지 않은 귀여운 아이를 혼자 두고 유모가 몇 분 동안 자리를 비운 적이 있었습니다. 그런데 아이가 고통에 차서 우는 요란한 소리가 들리더라는 겁니다. 유모가 허둥지둥 돌아가 보니 부인이 몸을 숙여 아이의 목을 깨물고 있었습니다. 목에 난 조그만 상처에서 피가 줄줄 흐르고 있었죠. 유모는 깜짝 놀라서 아이 아버지를 부르려고 했지만 부인이 애원하며 입을 다무는 조건으로 오 파운드를 줬답니다. 왜 그랬는지 해명도 없이 유야무야 넘어갔죠.

엄청난 충격을 받은 유모는 그때부터 부인을 감시하는 한편 아이를 곁에서 떼어놓지 않고 보호하기 시작했습니다. 그런데 유모가 부인을 감시하는 만큼 부인도 유모를 감시하는지 불가피하게 자리를 비워야 할 때마다 부인이 그 순간을 놓치지 않고 달려드는 것 같답니다. 유모는 밤낮으로 아이를 지켰고 하루이틀은 별일 없이 지나갔습니다. 하지만 아이의 엄마는 어린양을 노리는 늑대처럼 숨어서 기다리는 눈치였답니다. 믿기지 않으실 테지만 진지하게 받아들여주시기 바랍니다. 한 아이의 목숨과 한 남자의 정신이 달린 문제니까요.

마침내 남편이 진상을 알게 된 끔찍한 날이 찾아오고야 말았습니다. 더이상 중압감을 견딜 수 없었던 유모가 전부 폭로해버린 겁니다. 지금 선생님이 그러시듯 제 친구의 귀에도 황당한 이야기로 들렸겠죠. 전부인의 아들을 폭행한 적이 있긴 하지만 다정한 아내이자 다정한 엄마였으니까요. 그런 여자가 자기가 낳은 사랑스러운 아이를 해칠 이유가 어디 있겠습니까? 그는 유모에게 잠꼬대하는 거냐, 그런 의심을 하다니 정신이 이상한 거 아니냐, 아내를 모함하다니 용납하지 않겠다고 했죠. 그런데 두 사람이 대화를 나누는 동안 느닷없이 비명소리가 들렸습니다. 유모와 제 친구는 아이 방으로 달려갔죠. 아기 침대 옆에 무릎을 꿇고 앉아 있던 아내가 고개를 들었는데 아이의 목과 시트에 핏자국이 남아 있었습니다. 놀란 친구가 공포의 비명을 지르며 아내의 얼굴을 빛이 드는 곳으로 돌려보니 입 주변이 온통 피투성이더랍니다. 아내가 가엾은 아이의 피를 마시고 있었던 거죠.

이런 상황입니다. 아내는 방에 들어가 아무 해명도 하지 않습니다. 친구는 반쯤 정신이 나갔고요. 친구도 그렇고 저도 그렇고 흡혈이란 걸 들어보기만 했을 뿐입니다. 외국의 황당한 전설에나 등장하는 일인 줄 알았죠. 그런데 영국의 서식스 한복판에서 이런 일이 벌어지다니……. 자세한 이야기는 내일 오전 중에 선생님을 만나서 하도록 하겠습니다. 저를 만나주시겠습니까? 선생님의 특출한 능력으로 넋을 잃은 친구를 도와주시겠습니까? 만약 그러신다면 램벌리의 치즈먼스에 사는 퍼거슨 앞으로 전보를 보내주십시오. 10시까지 댁으로 찾아뵙겠습니다.

이만 줄입니다.

로버트 퍼거슨

추신. 친구분이신 왓슨 박사님이 블랙히스 럭비팀에서 럭비 선수로 활약했을 때 저는 리치먼드 럭비팀의 스리쿼터백이었습니다. 제가 내세울 수 있는 인맥이라고는 이것밖에 없네요.

"물론 기억하지. 거구 로버트 퍼거슨, 리치먼드 역사상 가장 걸출했던 스리쿼터백. 성격도 좋았어. 친구의 일을 이렇게 걱정하다니 그 친구다워."

내가 편지를 내려놓으며 말했다. 홈스는 생각에 잠긴 표정으로 나를 쳐다보다가 고개를 저었다.

"왓슨, 자네의 한계는 과연 어디까지일까? 자네에 대해 모르는 것들이 아직 너무 많아. 믿음직한 친구로서 전보를 받아 적어주게나.

'귀하의 사건을 기꺼이 맡도록 하겠습니다.'"

"귀하의 사건이라고?"

"이 탐정 사무소에 능력이 부족한 사람만 있다고 착각하게 만들면 쓰나. 누가 봐도 이건 본인의 사건 아닌가. 전보를 보내고 이 문제는 잠시 접어두기로 하지."

다음날 오전 10시 정각에 퍼거슨이 우리 방으로 뚜벅뚜벅 들어왔다. 내가 기억하는 그는 키가 크고 호리호리한 몸과 유연한 팔다리와 순식간에 방향을 전환해 상대 선수를 제압하는 친구였다. 왕년의 모습이 사라진 명선수를 다시 만나는 것만큼 괴로운 일은 없을 것이다. 건장했던 체구는 왜소해졌고 붉은빛이 도는 금발은 숱이 줄어들었고 어깨는 굽었다. 그도 나를 보고 똑같은 심정이었을지 생각해보면 두려울 따름이다.

"여어, 왓슨. 내가 올드디어 공원에서 밧줄 너머 관중석으로 던져버렸을 때의 모습이 아닌걸? 나도 조금 변했을 테지만. 요며칠 새 폭삭 늙었지 뭔가. 보내신 전보를 보니 다른 사람의 사건인 척해도 소용이 없더군요, 홈스 씨."

그의 목소리는 여전히 굵고 화통했다.

"당사자와 직접 만나는 쪽이 훨씬 편하죠."

홈스가 말했다.

"물론 그렇죠. 하지만 보호하고 돌봐야 하는 여인의 좋지 않은 이야기를 남에게 하기가 얼마나 난감합니까. 제가 뭘 어쩔 수 있겠습니까? 이런 사연을 들고 경찰서에 찾아갈 수도 없고요. 어찌되었든 아이들을 보호해야 하지 않습니까. 정신병일까요, 홈스 씨? 유전병일까요? 비슷한 경우를 접한 적 있으십니까? 제발 도와주십시오. 정말이지 어찌할 바를 모르겠습니다."

"당연히 그러시겠죠, 퍼거슨 씨. 여기 앉아서 진정하십시오. 그리고 내 질문에 분명하게 대답해주시기 바랍니다. 대응 방법과 해결책을 찾아드리겠습니다. 먼저 퍼거슨 씨가 어떤 조치를 취했는지 말씀해주십시오. 부인께서 여전히 아이들 곁에 있나요?"

"얼마나 난리가 났는지 모릅니다. 아내는 정말 사랑이 넘치는 여자예요, 홈스 씨. 온 마음과 영혼을 바쳐서 한 남자를 사랑하는 여자가 바로 제 아내입니다. 끔찍하고 믿기지 않는 비밀이 들통나자 아내는 무척 상심했습니다. 말도 하지 않으려고 해요. 제가 아무리 나무라도 자포자기한 사나운 눈빛으로 물끄러미 쳐다보기만 할 뿐 대꾸를 하지 않더군요. 그러더니 자기 방으로 들어가 문을 잠가버렸습니다. 그 이후로 저를 만나주지 않아요. 아내에게는 결혼 전부터 같이 지냈던 돌로레스라는 하녀가 있습니다. 하녀라기보다 친구에 가깝죠. 돌로레스가 식사를 챙기고 있어요."

"그럼 일단 아이는 안전하겠군요."

"유모인 메이슨 부인이 밤낮으로 아이를 지키겠다고 맹세했습니다. 메이슨 부인은 전적으로 믿을 수 있는 사람이에요. 저는 가엾은 잭이 더 걱정입니다. 편지에서 말씀드렸다시피 아내에게 두 번 폭행을 당했거든요."

"다치지는 않았고요?"

"네, 하지만 아내에게 심하게 얻어맞았어요. 맞설 엄두도 못 낼 아이라 더 끔찍합니다."

아들 이야기가 나오자 뻣뻣하게 굳어 있던 퍼거슨의 표정이 풀렸다.

"그 아이를 보면 누구든 마음이 약해질 수밖에 없습니다. 어렸을 때 높은 데서 떨어지는 바람에 척추를 다쳤어요. 그렇지만 누구보다 사랑스럽고 애정이 넘치는 아이입니다."

홈스는 어제 받은 편지를 집어서 다시 읽었다.

"같이 사는 사람이 또 누가 있습니까, 퍼거슨 씨?"

"최근에 하인을 둘 들였습니다. 마부 마이클도 집안에서 숙식을 해결하고요. 나머지는 아내, 저, 큰아들 잭, 갓난아이, 돌로레스와 메이슨 부인이 전부입니다."

"결혼 당시에는 부인에 대해서 잘 모르셨겠습니다."

"알고 지낸 지 몇 주밖에 안 됐었죠."

"돌로레스라는 하녀는 부인과 함께 지낸 지 얼마나 됐습니까?"

"몇 년 됐습니다."

"그럼 선생보다 돌로레스가 부인을 더 잘 알겠군요?"

"그렇다고 볼 수 있죠."

홈스는 메모를 했다.

"내가 램벌리로 건너가는 게 낫겠습니다. 아무리 봐도 직접 찾아가서 조사해야겠다는 생각이 듭니다. 부인께서 방안에만 계신다면 우리가 있어도 귀찮거나 불편할 일이 없겠죠. 물론 우리는 여관에서 묵겠지만요."

퍼거슨은 안도하는 마음을 몸으로 드러냈다.

"그래주시면 고맙겠습니다, 홈스 씨. 오시려면 빅토리아 역에서 2시에 출발하는 특급열차를 타면 됩니다."

"당연히 갈 수 있고말고요. 마침 급한 일도 없고 해서 이 사건에 전력을 쏟아부을 수 있습니다. 왓슨도 물론 함께할 겁니다. 수사를 시작하기 전에 한두 가지 확실히 짚고 넘어가고 싶은 게 있습니다. 딱한 부인께서 친아들과 의붓아들을 둘 다 폭행했다고 하셨죠?"

"그렇습니다."

"공격의 형태는 달랐죠? 전부인이 낳은 아들은 때렸고요."

"한 번은 막대기로 또 한 번은 손으로 아주 심하게 때렸습니다."

"왜 때렸는지는 밝히지 않았습니까?"

"네, 그냥 그 아이가 싫답니다. 몇 번이고 그렇게 말했어요."

"흠, 계모들이 그런 경우가 있긴 하죠. 죽은 부인을 질투하는 겁니다. 부인이 원래 질투심이 많은 성격입니까?"

"네, 아주 많습니다. 열대지방 특유의 격렬한 열정을 담아서 온 마음으로 질투하죠."

"아드님은…… 열다섯 살이고 몸이 불편한 대신에 정신적으로 훨씬 성숙하겠지요. 폭행당한 이유에 대해 아이 역시 아무 소리도 않던가요?"

"네, 이유가 없다고 했습니다."

"평소 아드님과 부인은 사이가 좋았습니까?"

"아뇨, 애정이 전혀 없습니다."

"아드님이 다정다감한 성격이라면서요?"

"그렇게 아버지밖에 모르는 아들은 세상에 없을 겁니다. 제 삶이 그 아이의 삶이에요. 제 말이나 행동을 하나도 놓치지 않으려고 하죠."

홈스는 또다시 메모를 하고 한동안 골똘히 생각에 잠긴 채로 앉아 있었다.

"재혼을 하기 전에는 퍼거슨 씨와 아드님의 사이가 좋았겠습니다. 아주 가까웠겠죠?"

"맞습니다."

"다정다감한 성격인 아드님은 분명 어머니와의 추억을 소중히 여겼을 테고요."

"소중히 여겼죠."

"아드님에게 흥미가 가는군요. 부인의 폭행에 대해서 또 한 가지 궁금한 점이 있습니다. 갓난아이를 희한하게 공격했던 시기와 퍼거슨 씨의 아드님을 폭행한 시기가 일치합니까?"

"첫 번째는 그랬습니다. 잠깐 이성을 잃고 두 아이에게 분풀이라도 하는 듯했어요. 두 번째에는 잭만 맞았어요. 메이슨 부인이 갓난아이에 대해서는 얘기하지 않았거든요."

"문제가 복잡해지는군요."

“무슨 말씀을 하시는 건지 잘 모르겠습니다.”

“그렇겠죠. 나는 가설을 여러 개 만들어놓고 뜸을 들이거나 아니면 더 많은 정보가 수집되길 기다렸다가 공개합니다. 나쁜 습관이지만 인간은 빈틈이 많은 존재이니까요. 여기 앉아 있는 퍼거슨 씨의 옛 친구는 내 과학적인 수사 방식을 과대평가하는 성향이 있습니다만. 아무튼 지금 단계에서는 퍼거슨 씨의 문제를 해결할 수 있을 것 같습니다. 2시에 빅토리아 역에서 만나자는 말씀을 드리죠.”

안개로 흐린 십일월의 어느 저녁에 우리는 램벌리의 체커스라는 여관에 짐을 맡기고 구불구불한 서식스의 진흙길을 달려 퍼거슨이 사는 농장 지역의 오래되고 외딴 저택에 도착했다. 오래된 본채에 부속 건물이 복잡하게 증축되어 있는 커다란 저택이었다. 튜더왕조풍의 굴뚝이 우뚝 서 있고 호셤 슬라브를 얹은 높은 지붕은 이끼로 듬성듬성 덮여 있었다. 현관 앞 계단은 닳아서 파였고 현관에 깔린 오래된 타일에는 처음 이 집을 건축한 남자와 치즈의 그림이 새겨져 있었다. 안으로 들어가보니 묵직한 오크 들보가 골이 진 천장을 받쳤다. 바닥은 군데군데 푹 내려앉아서 고르지 않았다. 전체적으로 쇠퇴의 냄새가 배어 쓰러져가는 저택이었다.

퍼거슨은 널찍한 가운뎃방으로 우리를 안내했다. 뒤편에 쇠살대가 달렸고 1670년대에 만들어졌다는 구식 벽난로에서 장작불이 탁탁 소리를 내며 타오르고 있었다.

시공간이 독특한 조화를 이룬 방이었다. 벽널이 절반만 덮인 벽은 원래 주인이었던 17세기 자유 농민이 남긴 것이었다. 벽의 아랫부분에는 엄선한 현대 수채화가 일렬로 늘어섰고 오크 벽널 대신 누런 회반죽이 칠해진 윗부분에는 남아메리카의 도구와 무기들이 걸려 있었다. 2층에서 칩거중인 페루 출신의 부인이 들고 온 물건이 분명했다. 홈스는 호기심이 동했는지 잠시도 가만있지 못하는 성격답게 부인의 전시품을 꼼꼼하게 살폈다. 그러고는 생각에 잠긴 눈빛으로 원래의 자리로 돌아왔다.

"이런! 이런!"

홈스가 외쳤다.

스패니얼 한 마리가 한쪽 구석에 놓인 바구니 안에 누워 있었다. 자리에서 일어난 녀석은 힘겹게 걸음을 옮기며 천천히 주인에게로 다가갔다. 뒷다리를 절었고 꼬리는 땅에 끌렸다. 녀석이 퍼거슨의 손을 핥았다.

"왜 그러십니까, 홈스 씨?"

"그 개는 어디가 아픕니까?"

"수의사도 모르겠답니다. 일종의 마비 증상이랍니다. 척수막

염인 것 같다더군요. 잠깐 이러다 말겠죠. 금세 괜찮아질 겁니다. 그렇지, 카를로?"

맞장구를 치듯 축 늘어진 꼬리가 부르르 떨렸다. 녀석이 처량해 보이는 눈으로 우리를 한 사람씩 쳐다보았다. 자기 이야기를 하고 있다는 것을 아는 눈치였다.

"갑자기 이런 증상이 나타났습니까?"

"하룻밤 만에요."

"언제부터요?"

"네 달쯤 됐습니다."

"흥미롭고 의미심장하군요."

"뭘 발견하셨습니까, 홈스 씨?"

"내 짐작이 맞았다는 증거를 발견했습니다."

"도대체 무슨 생각을 하고 계십니까, 홈스 씨? 홈스 씨에게는 단순한 수수께끼일지 몰라도 저에게는 생사가 걸린 문제란 말입니다! 아내는 살인을 저지르게 생겼고, 아이는 끊임없는 위협에 시달리고! 장난치지 마십시오, 홈스 씨. 정말 심각합니다."

거구의 스리쿼터백이 온몸을 부들부들 떨었다. 홈스는 달래듯 그의 팔에 손을 얹었다.

"문제가 어떤 식으로 해결되든 퍼거슨 씨는 가슴이 아플 수밖에 없습니다. 아픔을 줄일 수 있도록 최선을 다하겠습니다. 지금으로서는 더이상 드릴 말씀이 없지만 집을 나서기 전에 결정적인 단서를 포착할 수 있을 겁니다."

"그렇게 된다면 소원이 없겠습니다. 괜찮으시다면 잠깐 아내의 방으로 올라가서 달라진 게 없는지 확인하고 오겠습니다."

그가 자리를 비운 동안 홈스는 벽에 걸린 진기한 도구와 무기들을 살펴보았다. 자리에 돌아온 집주인의 풀 죽은 얼굴을 보니 성과가 없었던 모양이었다. 그는 키가 크고 늘씬하며 얼굴색이 까무잡잡한 아가씨를 데려왔다.

"차가 준비됐다, 돌로레스. 마님한테 더 필요한 건 없는지 잘 살피고."

퍼거슨이 말했다.

"마님 많이 아픕니다. 아무것도 안 먹습니다. 많이 아픕니다. 의사 있어야 해요. 의사 없이 마님이랑 단둘이 있기 무서워요."

그녀는 분개한 눈빛으로 주인을 쳐다보며 말했다.

퍼거슨은 도움을 청하는 눈빛으로 나를 쳐다보았다.

"내가 도움을 줄 수 있다면 기쁘기 한량없겠네."

"마님이 왓슨 박사님의 진찰을 받을까?"

"모셔갈게요. 허락 없어도 돼요. 의사 있어야 해요."

"그럼 당장 같이 가마."

나는 감정에 북받쳐서 몸을 부들부들 떠는 하녀를 따라서 계단을 올라 오래된 복도를 지났다. 복도 끝에 금속 잠금장치가 달린 큼지막한 문이 있었다. 퍼거슨이 억지로 문을 열고 들어가려고 한들 쉽지 않겠다는 생각이 들었다. 하녀가 주머니에서 열쇠를 꺼내서 자물쇠에 넣고 돌리자 낡은 경첩에 달린 육중한 참나무문이 삐걱이며 열렸다. 내가 먼저 들어가자 하녀가 잽싸게 따라 들어오며 등뒤로 빗장을 걸었다.

부인이 침대에 누워 있었다. 고열에 시달리는 게 분명해 보였다. 의식이 흐릿했지만 내가 들어가자 겁에 질린 아름다운 눈을 들어서 불안에 찬 눈빛으로 쳐다보았다. 낯선 사람을 보았는데도 안도의 한숨을 쉬며 베개 위로 고개를 묻었다. 나는 안심시키는 말을 몇 마디 중얼거리며 다가갔다. 맥박과 체온을 재는 동안 그녀는 가만히 누워 있었다. 둘 다 수치가 높았지만 느낌상으로는 정말 몸에 문제가 있다기보다 정신적인 흥분이 원인인 듯했다.

"저렇게 하루를, 이틀을 누워 있어요. 돌아가실까 봐 겁나요."

하녀가 말했다.

부인은 붉게 상기된 아리따운 얼굴을 내 쪽으로 돌렸다.

"남편은 어디 있나요?"

"1층에요. 부인을 보고 싶어 합니다."

"보지 않을 거예요. 보지 않을 거예요."

그러더니 헛소리를 늘어놓기 시작했다.

"마귀야! 마귀! 그 악마를 어쩌면 좋지?"

"제가 도울 방법이 있을까요?"

"아뇨, 아무도 도울 수 없어요. 다 끝났어요. 전부 무너졌어요. 내가 어떻게 해도 소용없어요."

부인은 망상에 빠진 듯했다. 정직한 로버트 퍼거슨에게서 마귀나 악마 같은 부분은 찾아볼 수 없다.

"부인, 부군은 부인을 끔찍이 사랑합니다. 이런 일이 벌어진 것에 대해서 무척 괴로워하고 있어요."

그녀는 눈부시게 아름다운 눈을 들어 나를 쳐다보았다.

"그이는 나를 사랑하죠. 맞아요. 그렇지만 나는 그이를 사랑하지 않는 줄 아세요? 그이의 억장을 무너뜨리느니 차라리 나를 희생하는 편을 택했지요. 이것이 내가 그이를 사랑하는 방식이예요. 그런데도 나를 그렇게 생각하다니. 나한테 그런 식으로 말하다니."

"부군은 몹시 괴로워하면서도 부인을 이해하지 못하고 있습니다."

"그래요, 이해하지 못하겠죠. 하지만 나를 믿어줘야죠."

"부군을 만나지 않으시겠습니까?"

"싫어요, 싫어요. 끔찍한 말과 표정을 잊을 수가 없어요. 보지 않을 거예요. 나가주세요. 선생님이 할 수 있는 일은 아무것도 없으니까. 그이한테 이 말만 전해주세요. 아이는 내가 키울 것이고 나는 그럴 권리가 있다고. 그이한테 할말은 이것뿐이에요."

그녀는 벽 쪽으로 고개를 돌리고 더이상 아무 말도 하지 않았다.

1층으로 다시 내려가니 퍼거슨과 홈스가 여전히 난롯가에 앉아 있었다. 퍼거슨은 우울한 얼굴로 내가 전하는 말을 들었다.

"어떻게 아내에게 아이를 맡길 수 있겠나? 또 이상한 충동을 느낄지 모르는데. 입술에 피를 묻히고 아이 옆에서 일어나던 모습을 잊을 수가 없다네. 아이는 메이슨 부인에게 맡겨야 안전해. 계속 부인에게 맡기겠네."

그는 그때 기억이 나는지 몸서리를 쳤다.

이 집에서 유일하게 현대적인 느낌의 싹싹한 하녀가 차를 들고 왔다. 그녀가 차 시중을 들고 있을 때 문이 열리더니 남자아이 하나가 들어왔다. 하얀 얼굴에 금발머리라 눈에 확 띄었다. 아버지를 발견하자 감정이 북받치며 행복이 몰려오는지 신난 듯한 파란 눈이 반짝였다. 아이가 달려와서 사랑에 빠진 여자아이처럼 아버지의 목에 매달렸다.

"아, 아빠. 벌써 오신 줄 몰랐어요. 진작 이 방에 와볼걸. 아, 아빠 얼굴을 보니까 정말 좋아요!"

아이가 외쳤다.

퍼거슨은 살짝 당황하며 아이의 팔을 풀었다.

"우리 예쁜 아들, 아빠 친구인 홈스 씨와 왓슨 박사님이 손님으로 오셨단다. 저녁 시간을 함께 보내려고 일찍 돌아왔지."

그는 아이의 붉은빛이 도는 금발을 다정하게 토닥였다.

"홈스 탐정님?"

"그렇단다."

아이는 날카롭고 쌀쌀맞은 눈빛으로 우리를 쳐다보았다.

"다른 아이는 어디 있습니까, 퍼거슨 씨? 그 아이도 볼 수 있을까요?"

홈스가 물었다.

"메이슨 부인에게 아이를 데리고 내려와달라고 전해주겠니?"

퍼거슨이 말했다. 아이는 다리를 희한하게 절뚝거리며 밖으로 나갔다. 의사인 내가 보기에는 척추가 다쳐서 생긴 문제인 듯했다. 잠시 후에 아이가 키가 크고 수척한 여자와 함께 왔다. 여자는 색슨족과 라틴족이 기가 막히게 조합된 까만 눈에 금빛 머리의 예쁘장한 아기를 안고 있었다. 퍼거슨은 아기에게 푹 빠졌는지 안아서 다정하게 얼렀다.

"이런 아기를 해치려는 사람이 있다니."

그는 천사 같은 목에 남은 조그맣고 빨간 상처를 흘끗 내려다보며 중얼거렸다.

이 순간 나는 우연히 홈스 쪽으로 눈길을 돌렸다가 무언가에 집중했을 때 나타나는 표정을 포착했다. 오래된 상아를 깎아 만든 조각처럼 얼굴은 딱딱하게 굳었고, 아버지와 어린 아기에게로 향했다가 이제 방 저편의 무언가에 고정된 눈길에서는 엄청난 호기심이 느껴졌다. 시선을 따라가보았지만 창문 너머 비에 젖어서 을씨년스러운 정원을 바라본 건가 싶었다. 바깥쪽 덧문이 반쯤 닫혀 있어서 풍경이 가려졌는데도 여전히 홈스는 창밖을 뚫어져라 쳐다보고 있었다. 그러더니 미소를 지으며 아기에게로 시선을 돌렸다. 통통한 목에 조그맣게 뜯긴 흔적이 남아 있었다. 홈스는 말없이 상처를 조심스럽게 들여다보았다. 그러다 앞에서 꼼지락거리는 한쪽 고사리 손을 잡고 흔들었다.

"안녕, 꼬맹아. 인생을 특이하게 시작했구나. 유모, 단둘이서 얘기 좀 나눌 수 있을까요?"

그는 유모를 한쪽 옆으로 데리고 가서 몇 분 동안 열띤 대화를 나누었다. 내 귀에는 그의 마지막 말만 들렸다.

"조만간 걱정을 내려놓을 수 있을 겁니다."

무뚝뚝하고 말수가 적어 보이는 유모는 아기를 데리고 물러났다.

"메이슨 부인은 어떤 사람입니까?"

홈스가 물었다.

"보시다시피 친근한 인상은 아니지만 마음씨는 비단결 같고 아이를 끔찍이 아낍니다."

"잭, 너는 메이슨 부인을 좋아하니?"

홈스는 느닷없이 아이를 돌아보며 물었다. 표정이 풍부하고 움직임이 많은 얼굴에 그늘이 졌고 아이는 고개를 저었다.

"잭은 호불호가 아주 뚜렷합니다. 저는 좋아해주니 다행이죠."

퍼거슨이 아이를 한쪽 팔로 감싸 안으며 말했다.

아이가 기뻐하며 아버지의 가슴팍에 고개를 묻었다. 퍼거슨은 부드럽게 아이를 떼어냈다.

"이제 그만 나가려무나, 우리 아들."

그는 이렇게 말하고, 나가는 아들을 사랑스럽다는 눈으로 지켜보았다. 아들이 사라지자 하던 이야기를 계속했다.

"이제 와 생각해보니 쓸데없는 일로 홈스 씨를 부른 게 아닌가 싶군요. 안타까워하는 것 말고 뭘 어쩔 수 있겠습니까? 홈스 씨가 보기에도 까다롭고 복잡한 사건일 텐데요."

"분명 까다롭긴 하죠. 하지만 아직까지 복잡하다는 생각은 들지 않습니다. 논리적인 추론으로 해결 가능한 사건입니다. 개별적인 사건을 각각 논리적으로 검증하고 나면 나만의 주관은 객관적 사실이 됩니다. 그러면 결론을 도출했다고 단언할 수 있습니다. 사실 나는 베이커 스트리트를 나서기 전부터 결론을 냈습니다. 이제 남은 건 관찰하고 확인하는 과정뿐이죠."

내 친구는 재미있다는 듯이 미소를 머금고 대답했다.

퍼거슨은 큼지막한 손으로 찡그린 이마를 덮고 쉰 목소리로 말했다.

"맙소사, 홈스 씨. 진상을 파악하셨다면 제 마음고생을 덜어주십시오. 제가 어떻게 감당해야 하겠습니까? 어떻게 해야 할까요? 사건을 해결해주신다면 어떤 방법을 쓰시는지는 전혀 상관없습니다."

"당연히 설명을 해야 도리겠죠. 나중에 다 설명하겠습니다. 지금은 내 방식대로 사건을 해결할 수 있도록 허락해주십시오. 왓슨, 부인이 우리를 만날 만한 상태인가?"

"몸이 안 좋기는 하지만 정신은 멀쩡해."

"다행이로군. 부인이 옆에 있어야 상황을 제대로 정리할 수 있거든. 부인을 만나러 가세."

"저는 만나려 하지 않을 겁니다."

퍼거슨이 외쳤다.

"아니요, 만나줄 겁니다."

홈스가 종이 위에 몇 자를 적었다.

"왓슨, 출입이 가능한 자네가 이 쪽지를 부인에게 전해주겠나?"

나는 다시 2층으로 올라가 조심스럽게 문을 연 돌로레스에게 쪽지를 건넸다. 잠시 후에 안에서 탄성이 들렸다. 기쁨과 놀라움이 섞인 탄성이었다. 돌로레스가 고개를 내밀었다.

"만나시겠대요. 얘기 들으시겠대요."

그녀가 말했다.

나의 부름을 듣고 퍼거슨과 홈스가 2층으로 올라왔다. 방안으로 들어간 퍼거슨이 침대에 일어나 앉은 부인을 향해 한두 걸음 다가갔지만 부인이 손을 들어서 제지했다. 그는 안락의자에 털썩 주저앉았다. 놀라서 눈을 휘둥그레 뜨고 자신을 쳐다보는 부인에게 꾸벅 인사한 홈스는 퍼거슨의 옆에 앉았다.

홈스가 말했다.

"돌로레스는 내보내도 되지 않을까 싶은데요. 아, 좋습니다, 부인. 돌로레스가 같이 있어주길 바라신다면 그렇게 하죠. 자, 퍼거슨 씨, 나는 찾는 사람이 많아서 바쁜 몸이라 간결하고 단도직입적인 방법으로 처리하겠습니다. 수술이 신속하게 이루어질수록 통증도 적을 테니까요. 먼저 퍼거슨 씨의 마음이 가벼워질 만한 소식부터 전하죠. 부인은 착하고 자상한 분인데 대단히 부당한 대우를 받고 있습니다."

퍼거슨은 기쁨의 탄성을 터뜨리며 자세를 바로 했다.

"왜 그렇게 생각하는지 말씀해주시면 그 은혜를 평생 잊지 않겠습니다."

"그러죠. 하지만 내 이야기를 들으면 퍼거슨 씨가 다른 쪽으로 마음에 깊은 상처를 입습니다."

"아내의 누명을 벗길 수만 있다면 어떻게 되든 상관없습니다. 그보다 중요한 일은 세상에 없으니까요."

"그럼 베이커 스트리트에서 내가 어떤 추리를 했는지 말씀드리겠습니다. 흡혈귀라는 발상은 황당했습니다. 영국의 범죄 세계에서 그런 일은 벌어지지 않아요. 하지만 퍼거슨 씨가 본 광경은 틀림이 없었죠. 아기 침대 옆에서 몸을 일으킨 부인의 입술에 피가 묻어 있었다고 하셨잖습니까."

"그랬습니다."

"마시려는 목적이 아니라 다른 이유로 피를 빨아냈다는 생각은 들지 않던가요? 잉글랜드 역사에도 십자군전쟁에 참여한 에드워드 1세의 화살을 맞은 부위에서 독을 빨아낸 왕비가 등장하지 않습니까?"

"독이라고요!"

"부인이 남미 출신이잖습니까. 나는 이 집에 오기 전부터 남미에서 온 무기들이 벽에 걸려 있을 거라고 예상했습니다. 다른 곳에서 온 독일 수도 있습니다. 하지만 독이 묻어 있는 무기가 있을 거란 확신이 들었죠. 조그만 사냥용 활 옆에 걸린 화살통이 비어 있는 것을 보았을 때 예상이 맞아떨어졌음을 알 수 있었습니다. 쿠라레■나 다른 독을 묻힌 화살에 아이가 찔렸다면 독을 빨아내야 아이를 살릴 수 있지 않겠습니까.

그리고 개! 화살에 묻은 독을 쓸 작정이라면 약효가 남아 있는지 먼저 실험을 해보겠죠. 독에 당한 개가 있을 거라 예상하지 못했지만 개가 왜 그렇게 됐는지는 알 수 있었고, 어느 모로 보나 생각한 그림과 맞아떨어졌습니다.

이제 이해가 되십니까? 부인은 공격을 두려워하고 있었습니다. 공격을 목격하고 아기의 목숨을 구했지만 진실을 밝히지는 않았죠. 퍼거슨 씨가 아들을 얼마나 사랑하는지 알고 있으니 남편의 억장이 무너지지 않을까 걱정했기 때문입니다."

"잭이!"

"좀 전에 퍼거슨 씨가 아기를 어르고 있을 때 그 아이를 유심히 지켜보았습니다. 유리창은 덧문으로 뒤가 막혀 있어서 아이

■ 남미 원주민들이 화살촉에 칠하는 독약.

의 얼굴이 선명하게 비쳤죠. 그토록 격렬한 질투심과 잔인한 증오로 얼룩진 인간의 얼굴을 본 적이 없습니다."

"우리 잭!"

"현실을 인정하셔야 합니다. 아버지에 대한 사랑과 돌아가신 어머니에 대한 사랑이 왜곡되고 비정상적으로 증폭돼서 그런 짓을 저지르게 되었으니 더욱 가슴이 아프죠. 유약한 자신과 전혀 다른, 건강하고 예쁜 동생에 대한 증오심이 아이의 영혼을 갉아먹었어요."

"맙소사! 그럴 리가!"

"내 이야기가 맞습니까, 부인?"

베개에 얼굴을 묻고 흐느껴 울던 부인은 남편에게로 고개를 돌렸다.

"내가 어떻게 당신한테 얘기할 수 있었겠어요? 얼마나 충격을 받을지 아는데. 다른 누가 대신 알려줄 때까지 참고 기다리는 게 낫죠. 마법사 같은 이분께서 다 알고 있다는 쪽지를 보냈을 때 얼마나 기뻤는지 몰라요."

"잭을 일 년 동안 바다로 내보내는 게 어떻습니까?"

홈스가 자리에서 일어나며 제안했다.

"아직 미심쩍은 부분이 한 가지 남았습니다, 부인. 부인이 잭을 때린 건 충분히 이해가 됩니다. 어머니의 인내심에도 한계가 있으니까요. 하지만 어떻게 지난 이틀 동안 아기를 내버려둘 수 있었나요?"

"메이슨 부인에게는 사실대로 얘기했어요. 부인은 알아요."

"그렇군요. 그럴 거라고 짐작했습니다."

퍼거슨은 목이 메어서 아무 말도 하지 못한 채 침대 옆에 서서 부들부들 떨리는 손을 아내에게 내밀었다.

홈스가 나지막이 속삭였다.

"이제 자리를 비킬 때가 된 것 같군, 왓슨."

"자네가 지나치게 충직한 돌로레스의 한쪽 팔꿈치를 맡으면 내가 다른 쪽 팔꿈치를 맡겠네. 자, 지금이야."

그는 등뒤로 문을 닫으며 덧붙였다.

"남은 앙금은 둘이서 해결하도록 해야지."

사건과 관련해서 덧붙일 사족은 하나뿐이다. 이야기의 맨 처음에 등장한 편지에 홈스가 이런 답장을 보냈다는 것이다.

베이커 스트리트

11월 21일

흡혈귀에 관하여

19일에 주신 편지와 관련하여, 민싱 레인에서 퍼거슨 앤드 뮤어헤드라는 홍차 상회를 운영하는 로버트 퍼거슨 씨가 의뢰한 사건을 수사하고 만족스럽게 해결하였음을 알립니다. 저를 추천해주신 데 감사의 뜻을 전합니다.

건승을 빌며

셜록 홈스 올림

삼 인의 개리데브

개리데브 사건은 희극일 수도 있고 비극일 수도 있다. 어떤 남자는 이 일로 이성을 잃었고 나는 피를 흘렸으며 또 다른 남자는 죗값을 치렀다. 한편 희극적인 요소도 있다. 판단은 여러분의 몫이다.

의뢰가 들어온 날짜는 또렷하게 기억한다. 훗날 소개할 기회가 있을 임무를 해결한 대가로 수여된 기사 작위를 홈스가 거절한 바로 그 달이었기 때문이다. 내가 그 임무를 자세하게 언급하지 않는 이유는 그의 동료이자 절친한 친구로서 경거망동을 삼가야 하기 때문이다. 어찌되었든 덕분에 남아프리카 전쟁이 끝난 직후인 1902년 6월 말이었다고 확실하게 기억함을 강조하는 바이다. 홈스는 종종 그랬던 것처럼 며칠 동안 침대에서 뒹

굴다가 그날 아침에는 기다란 풀스캡판 서류를 손에 들고 근엄한 회색 눈동자를 흥미진진하게 반짝이며 침대 밖으로 나왔다.

"왓슨, 자네한테 돈을 벌 기회가 생겼어. 개리데브라는 성씨를 들어봤나?"

나는 들어본 적 없다고 했다.

"흠, 개리데브를 찾으면 돈이 생기는데."

"어째서?"

"아, 얘기하자면 길다네. 엉뚱하기도 하고. 지금껏 인간을 둘러싼 복잡한 사건을 여러 건 탐구했지만 이보다 더 독특한 사건이 있었을까 싶어. 이자가 면담을 하러 여기로 찾아올 테니 그 전까지는 어떤 사건인지 함구하겠네. 아무튼 우리가 찾아야 할 사람의 성이 개리데브일세."

내 옆 탁자 위에 전화번호부가 놓여 있었기에 별 기대 없이 페이지를 넘겼다. 그런데 놀랍게도 이 특이한 성씨가 떡 하니 목록에 있었다. 나는 환희의 탄성을 질렀다.

"여기 있네, 홈스! 여기 있어."

홈스는 전화번호부를 건네받아 읽었다.

"'개리데브, N. 웨스트 리틀라이더 스트리트 136번지.'

왓슨, 실망시켜서 미안하지만 이 사람이 조금 있으면 찾아올 친구라네. 편지에 이 주소가 적혀 있었거든. 다른 개리데브가 필요한데."

허드슨 부인이 명함이 놓인 쟁반을 들고 들어왔다. 나는 명함을 집어서 흘끗 확인했다.

"아니, 여기 있네! 다른 사람이야. '존 개리데브, 변호사, 미국 캔자스 주 무어빌.'"

내가 놀라서 외쳤다. 홈스는 웃으며 명함을 살폈다.

"미안하지만 다시 한번 찾아봐줘. 이분도 각본 속에 들어 있거든. 오늘 아침에 만나게 될 줄은 몰랐지만. 아무튼 내가 알고 싶은 이야기를 상당 부분 들려줄 수 있는 사람이긴 하지."

잠시 후에 그가 응접실로 들어왔다. 변호사인 존 개리데브는 키가 작고 체구가 탄탄했다. 미국의 직장인답게 말쑥하고 깨끗이 면도한 동그란 얼굴에서 전체적으로 순진한 인상을 풍겼다. 거기다 함박웃음까지 머금고 있어 어려 보였다. 하지만 눈빛은 강렬했다. 나는 그보다 치열한 내면세계를 고스란히 반영하는 눈은 본 적이 없었다. 그의 눈동자는 밝고 초롱초롱하며 생각의 변화를 민감하게 드러냈다. 억양은 미국식이었지만 미국식 단어를 쓰지는 않았다.

"홈스 씨가……? 아, 그쪽이시군요! 이렇게 말씀드려도 될지 모르겠지만 사진과 별반 다르지 않으시네요. 저와 성이 같은 네이선 개리데브 씨가 보낸 편지는 받으셨죠?"

그는 우리 둘을 번갈아 쳐다보며 물었다.

"우선 앉으십시오. 할 얘기가 많으니까요."

홈스가 풀스캡판으로 된 문서를 집어들며 말했다.

"서류에 나오는 존 개리데브 씨 맞습니까? 영국에 오신 지 제법 되신 모양입니다."

"왜 그렇게 생각하십니까, 홈스 씨?"

속마음을 고스란히 드러내는 그의 눈이 갑작스럽게 의심하는 눈빛으로 바뀌었다.

"옷차림이 전부 영국식이라서요."

개리데브는 억지웃음을 지었다.

"홈스 씨의 수법은 익히 알고 있었지만 제가 거기에 당할 줄은 몰랐네요. 어디서 단서를 찾으셨습니까?"

"외투의 어깨 마름질과 신발 앞코. 누가 봐도 알 수 있습니다."

"이런, 이런, 제가 영락없는 영국인이 되었을 줄은 몰랐네요. 사업차 이곳으로 건너온 지 제법 되었고, 말씀하신 것처럼 대부분 런던에서 구입한 물품이 맞습니다. 하지만 우리가 제 양말 마름질 방식을 의논하려고 만난 건 아니잖습니까? 바쁘실 텐데 들고 계신 서류 이야기로 넘어가죠."

심기가 불편해졌는지 손님의 통통한 얼굴이 딱딱하게 굳었다.

"왜 이렇게 서두르십니까, 개리데브 씨! 이런 식의 여담이 종종 본 사건과 연관이 있는 것으로 밝혀질 때도 있습니다. 왓슨 박사가 잘 알고 있죠. 그나저나 네이선 개리데브 씨하고는 어쩐 일로 따로 오셨습니까?"

내 친구가 달래는 투로 말했다.

"그분이 홈스 씨를 끌어들인 이유를 모르겠습니다. 홈스 씨가 이 일과 도대체 무슨 상관입니까? 남자들끼리 사무적으로 처리해야 할 문제에 탐정을 부르다니! 오늘 아침에 만났더니 이런 한심한 짓거리를 저질렀더군요. 그래서 찾아온 겁니다. 아무튼 기분이 좋지 않네요."

손님은 벌컥 성을 냈다.

"당신의 명예를 깎아내리려는 의도는 없었을 겁니다. 그저 목적을 함께 이루려는 의도에서 편지를 보냈겠죠. 이 일은 두 분 모두에게 중요한 일이잖습니까. 내가 정보를 수집하는 수완이 좋다는 것을 아니까 그 때문에 연락을 한 겁니다."

성을 내던 손님의 얼굴이 차츰 밝아졌다.

"뭐, 그렇다면 얘기가 달라지겠군요. 오늘 아침에 그분을 만나러 갔더니 탐정에게 의뢰를 했다기에 주소를 물어서 당장 달려온 겁니다. 사적인 문제에 경찰이 개입하는 건 원치 않으니까요. 하지만 홈스 씨가 저희를 도와서 그 사람을 찾는 데 만족하신다면 나쁠 것 없겠죠."

"네, 바로 그겁니다. 이왕 오셨으니 당사자의 입장에서 알기 쉽게 설명해주시겠습니까? 여기 이 친구는 자초지종을 전혀 모릅니다."

홈스가 말했다.

개리데브는 그다지 다정하달 수 없는 눈빛으로 나를 훑어보았다.

"이분도 아셔야 합니까?"

"저희는 수사를 함께 진행합니다."

"그렇다면 숨길 이유가 없겠네요. 최대한 간단하게 말씀드리겠습니다. 두 분이 캔자스 출신이라면 알렉산더 해밀턴 개리데브가 누군지 설명할 필요도 없을 겁니다. 처음에는 부동산으로, 나중에는 시카고에서 밀 매매업으로 큰돈을 벌었던 그는 포트도지 서부의 아칸소 강 일대를 매입하는 데 돈을 다 쏟아부었죠. 거의 영국의 한 주만한 면적일 겁니다. 목초지, 벌목지, 경작지, 광산 등 돈이 되는 모든 종류의 땅을 가졌죠.

그는 친척이 없습니다. 제가 아는 한은 그렇습니다. 그런데 본인의 특이한 성씨에 일종의 자부심 같은 것을 가지고 있었습니다. 그래서 우리 둘이 알게 된 겁니다. 제가 토피카에서 변호사로 일하던 어느 날 그분이 찾아왔습니다. 자기랑 성이 같은 사람을 간절하게 만나고 싶다더군요. 그 열망이 점점 커져서 이 세상에 개리데브가 또 있는지 알아내고 싶어서 죽겠다는 겁니다. '개리데브를 더 찾아와주게!'라더군요. 저는 바쁜 몸이라 개리데브를 찾아 세상을 돌아다니며 허송세월할 수는 없다고 얘기했습니다.

'내 계획대로라면 자네는 개리데브를 찾아 세상을 돌아다니게 될 걸세.'

저는 처음에 농담인 줄 알았습니다. 하지만 그 말에 엄청난 의미가 담겨 있다는 것을 이내 알게 되었죠.

그분이 일 년도 안 돼서 세상을 떠나면서 유언장을 남겼거든요. 캔자스 주에 접수된 유언장 중에서 그보다 특이한 유언장은 없었을 겁니다. 제가 두 명의 개리데브를 발견하면 자기 재산을 삼 등분해서 셋이 나누어 가지라는 겁니다. 그가 가진 땅의 가치는 셋이서 나누어 가져도 미국 돈으로 오백만 달러는 되는데 셋이 동시에 수령하러 가기 전에는 손도 댈 수 없습니다.

워낙 엄청난 금액이라 변호사 일을 접고 개리데브라는 성을 쓰는 사람을 찾아 나섰죠. 미국에는 한 명도 없습니다. 이잡듯 샅샅이 뒤졌지만 한 명도 찾지 못했어요. 그래서 영국에서 찾아보기로 했습니다. 과연 런던 전화번호부에 개리데브가 있더군요. 이틀 전에 그를 찾아가 자초지종을 설명했습니다. 하지만 그분도 저처럼 혈혈단신이라 여자 형제는 있지만 남자 형제는 없는 겁니다. 유언장에는 세 명의 성인 남자라고 명시되어 있어요. 그래서 한 자리가 비어 있습니다. 홈스 씨께서 남은 한 자리를 채워주신다면 기꺼이 사례를 하겠습니다."

"어때, 왓슨. 내가 좀 엉뚱하다고 했지? 개리데브 씨, 신문 개인 광고란에 광고를 싣는 게 가장 확실한 방법이지 않을까요."

홈스가 웃으며 말했다.

"그래봤죠, 홈스 씨. 연락이 없었습니다."

"이런! 재미있는 사건이로군요. 남는 시간에 한번 훑어보겠습니다. 그나저나 토피카에서 오셨다니 묘한 인연이로군요. 예전에 연락을 주고받았던 분이 있었습니다. 지금은 돌아가셨지만 라이샌더 스타 박사님이라고 1890년에 시장을 역임하셨던 분이죠."

"스타 박사님요! 아직도 그분을 존경하는 사람들이 많습니다. 그나저나 홈스 씨, 저희로서는 홈스 씨에게 일의 경과를 보고하는 것 말고 할 일이 없겠는데요. 하루이틀 안으로 소식을 전할 수 있을 겁니다."

이런 장담을 끝으로 미국인은 인사를 하고 떠났다.

홈스는 파이프 담배에 불을 붙이고 묘한 미소를 머금은 채 한참 동안 가만히 앉아 있었다.

"왜 그러나?"

한참 만에 내가 물었다.

"별것 아니라네, 왓슨. 그냥 좀 궁금해서."

"뭐가?"

홈스는 입에 물고 있던 파이프를 뺐다.

"이 남자가 우리 앞에서 장황한 거짓말을 늘어놓는 이유가 뭔지 궁금하단 말이지. 가차없는 정면공격이 가장 좋은 작전일 때도 있지 않나. 하마터면 대놓고 물어볼 뻔했어. 하지만 우리를 속였다고 착각하도록 내버려두는 편이 낫다는 판단을 내렸지. 이자는 소맷부리가 닳은 영국제 외투와 일 년쯤 입어서 무릎이 튀어나온 바지를 입고 있는데, 서류에 적힌 바로도 그렇고 그가 밝힌 바로도 그렇고 얼마 전에 런던으로 건너온 미국인이라고 했단 말이지. 개인 광고란에 개리데브를 찾는 광고가 실린 적도 없어. 자네도 알다시피 나는 개인 광고란을 꼼꼼히 챙겨 보지 않나. 좋아하는 새 사냥터에 그런 장끼가 떴으면 못 보고 지나쳤을 리 없지. 토피카의 라이샌더 스타 박사는 지어낸 이야기야. 이 친구는 입만 열면 거짓말을 늘어놓는군. 미국 태생이긴 한데 오랫동안 런던에서 지내면서 미국식 억양이 사라진 것 같아. 이 친구의 속셈은 무엇이며, 이런 얼토당토않은 이야기를 꾸며 개리데브를 찾는 이유가 뭘까? 복잡하고 기발한 수를 쓰는 이 악당을 지켜보아야겠어. 이제 나머지 한 명도 사기꾼인지 알아봐야겠군. 연락해보게, 왓슨."

전화를 걸자 얇게 떨리는 목소리가 전화선을 타고 들려왔다.

"네, 네, 제가 네이선 개리데브입니다. 홈스 씨가 거기 계십니까? 홈스 씨와 통화하고 싶은데요."

내 친구가 전화를 받았고 군데군데 생략된 전화 대화가 이어졌다.

"네, 왔다 갔습니다. 잘 모르는 분이라고요. ……기간은 얼마나? ……겨우 이틀요! ……네, 네, 물론이죠. 얼마나 귀가 솔깃합니까. 오늘 저녁에 댁에 계십니까? 성이 같은 그분은 같이 계시지 않을 테죠? ……좋습니다, 그럼 찾아가죠. 그분 없이 독대를 하고 싶어서요. ……왓슨 박사도 같이 갈 겁니다. ……편지를 보니 외출을 자주 하지 않으신다고. ……그럼 6시경에 찾아가겠습니다. 미국인 변호사에게는 아무 말씀 마십시오. ……좋습니다. 그럼 이만!"

기분 좋은 봄날의 저녁이 막 시작되려는 찰나였다. 리틀라이더 스트리트는 에지웨어 로드에서 뻗어나와 끔찍한 추억이 깃든 옛 교수대가 있던 자리에서 엎어지면 코 닿을 거리였다. 비스듬히 내리쬐는 석양에 거리가 황금빛으로 물들었다. 우리의 목적지는 조지 왕조 초기에 지어진 넓고 고풍스러운 건물이었다. 1층에 돌출된 내닫이창 두 개 말고는 전면이 벽돌로 평평하게 덮여 있었다. 의뢰인은 1층에 살았다. 그가 낮 동안 머무는 널찍한 공간의 정면에 야트막한 창문이 달려 있었다. 특이한 성이 적힌 조그만 황동 명패 앞을 지나가며 홈스가 손가락질했다.

"족히 몇 년은 된 거야, 왓슨. 성이 진짜 개리데브라는 뜻인데, 기억해두어야 할 만한 대목이로군."

그가 변색된 표면을 가리키며 말했다.

건물에는 공용 계단이 있고 현관에 세입자들의 이름이 적혀 있었다. 사무실도 있고 셋방도 있었다. 공동주택이라기보다 독신자들의 자유분방한 거주지에 가까웠다. 우리 의뢰인은 직접 문을 열어주면서 관리인이 네 시에 퇴근했다고 미안해했다. 키가 커서 흐느적거리는 느낌의 네이선 개리데브 씨는 등이 굽고 깡마르고 머리가 벗어진 육십 대였다. 운동이라고는 모르는 사람처럼 피부가 칙칙해서 얼굴이 송장 같았다. 커다랗고 동그란 안경과 뾰족한 염소수염, 굽은 등이 전체적으로 호기심이 많아 보이는 인상이었다. 특이하기는 해도 호감이 가는 노인이었다.

주인 못지않게 남다른 그의 방은 조그만 박물관 같았다. 지질학과 해부학 표본들로 가득한 선반과 진열장이 온 사방에 있었다. 나비와 나방이 입구 양쪽의 진열대를 채웠다. 정중앙에 놓인 큼지막한 탁자 위의 온갖 잡동사니 사이에 고배율 현미경의 황동 경통이 우뚝 솟아 있었다. 나는 사방을 둘러보고는 이 남자의 광범위한 관심사에 깜짝 놀랐다. 한쪽에는 옛날 동전을 모아 놓은 진열대가, 저쪽에는 부싯돌을 모아 놓은 진열대가 있었다. 정중앙에 놓인 탁자 뒤에는 솔방울화석이 진열된 큼지막한 장이 있었다. 그 위에는 '네안데르탈', '하이델베르크', '크로마뇽' 같은 라벨이 달린 두개골 석고 모형이 일렬로 놓여 있었다. 그는 여러 학문을 공부하는 사람이었다. 우리 앞에 서 있는 지금도 동전에 광을 낼 때 쓰는 섀미 가죽을 오른손에 쥔 채였다.

"시라쿠사 동전입니다. 최고 전성기 시절에 만들어진 거죠."

그가 동전을 들어 보이며 설명했다.

"말기로 접어들면서 질이 상당히 떨어졌어요. 저는 전성기 시절의 시라쿠사 동전을 최고로 치지만 알렉산드리아의 동전을 더 좋아하는 사람들도 있습니다. 여기 의자에 앉으세요, 홈스 씨. 뼈를 치워드릴게요. 그리고 친구분은, 아, 왓슨 박사님이시죠, 일본 꽃병을 한쪽으로 치워주시겠습니까? 주변을 보면 제 보잘것없는 관심사가 뭔지 아시겠죠. 의사가 저더러 밖에 좀 나가라며 잔소리를 늘어놓지만 재미있는 게 이렇게 많은데 뭐 하러 외출을 하겠습니까? 진열장 하나의 진열품 목록을 제대로 작성하는 일만 해도 족히 세 달은 걸릴 텐데요."

홈스는 흥미로워하는 눈빛으로 주위를 둘러보고는 물었다.

"외출을 하지 않으신다고요?"

"가끔 마차를 타고 소더비나 크리스티 경매에 참여할 때는 있죠. 그게 아니면 밖으로 거의 나가지 않아요. 기운도 없고 연구가 워낙 재미있어서. 그런데 막대한 유산 이야기를 들었을 때 제가 얼마나 엄청난 충격을 받았겠어요. 기쁘면서도 정말 엄청난 충격이었죠. 개리데브가 한 명만 더 있으면 문제가 해결되는데 찾을 수 있겠죠? 제겐 형이 한 명 있었지만 죽었고 여자 친척은 조건에 맞지 않으니……. 그래도 뒤져보면 분명 있겠죠. 홈스 씨가 특이한 사건을 다룬다고 하기에 연락을 드린 거예요. 물론 미국 친구 말도 맞아요. 먼저 그 친구한테 의논했어야 하는 건데. 그래도 다 잘되라고 그런 거지."

"현명한 판단을 내리셨다고 생각합니다. 미국의 땅을 상속받고 싶으십니까?"

홈스가 말했다.

"아니요, 천금을 준다 해도 소장품을 두고 떠날 생각은 없어요. 그 친구가 상속이 개시되는 대로 제 땅을 사겠다고 하지 뭡니까. 오백만 달러를 부르더군요. 소장품의 부족한 부분을 메워줄 표본 몇 개가 매물로 나와 있는데 몇백 파운드가 부족해서 사지 못하고 있어요. 오백만 달러가 있으면 뭘 할 수 있을지 생각을 해봐요. 전국의 소장품 중에서도 알짜배기가 수중에 들어

올 거예요. 이 시대의 한스 슬론■이 되는 거지요."

안경 뒤에서 눈이 반짝였다. 자기와 성이 같은 사람을 찾을 수만 있다면 어떤 수고도 마다하지 않겠다는 결연한 의지가 느껴졌다.

홈스가 말했다.

"저는 그냥 선생님을 한번 뵈려고 연락을 드린 겁니다. 연구에 방해가 되면 안 되죠. 의뢰인과 개인적으로 만나는 걸 좋아해서요. 물어볼 것도 별로 없습니다. 주머니 안에 선생님께서 자세하게 적어주신 편지를 갖고 있고 미국에서 오신 친구분이 부족한 부분을 메워주었으니까요. 지난주까지는 그분의 존재를 전혀 모르셨다고요."

"맞아요. 지난 화요일에 그 친구가 전화를 했어요."

"그분이 오늘 저희와 만났다는 이야기를 했습니까?"

"네, 곧장 여기로 왔어요. 화가 머리끝까지 났더군요."

"어째서요?"

"자기에 대한 모욕이라고 생각하는 눈치였어요. 하지만 돌아갈 때는 다시 명랑해졌죠."

"특정한 행동 방침 같은 걸 제안했습니까?"

■ 영국의 내과 의사 겸 박물학자. 그의 소장품이 영국 박물관의 기반이 되었다.

"아뇨."

"선생님께 돈을 빌리거나 요구한 적은 있습니까?"

"아뇨, 그럴 리가!"

"다른 목적이 있지는 않던가요?"

"네, 그 친구가 말한 게 전부였어요."

"전화로 우리와 만날 약속을 잡았다고 이야기하셨습니까?"

"네, 했어요."

홈스는 생각에 잠겼다. 당황한 기색이었다.

"소장품 중에 값나가는 물건이 있습니까?"

"아뇨, 저는 부자가 아니에요. 소장품이 훌륭하기는 하지만 금전적으로 대단한 가치가 있지는 않아요."

"도둑이 들까 걱정이 되지는 않으십니까?"

"전혀."

"여기서 사신 지 얼마나 됐습니까?"

"오 년쯤 됐죠."

누가 다급하게 문을 두드리는 소리에 홈스의 면담이 중단됐다. 의뢰인이 문을 열자마자 미국 변호사가 흥분한 얼굴로 달려 들어왔다.

그가 머리 위로 신문을 흔들며 외쳤다.

"찾았습니다! 여기 계실 줄 알았죠. 네이선 개리데브 씨, 축

하를 받으시죠! 이제 부자가 되셨습니다. 아무 탈 없이 일이 잘 끝났네요. 그나저나 홈스 씨에게 쓸데없이 폐를 끼친 건 아닌지 죄송할 따름입니다."

신문을 받은 네이선은 표시가 된 광고를 선 채로 빤히 쳐다보았다. 홈스와 나도 고개를 빼고 그의 어깨 너머로 신문을 들여다보았다. 이런 광고였다.

하워드 개리데브

농기구 제작자

바인더, 수확기, 증기와 수동 쟁기, 조파기,

써레, 농업용 손수레, 사륜 짐마차, 기타 등등

피압 우물 견적 시공

애스턴의 그로브너 빌딩으로 문의하세요.

"쾌거로군요! 이제 세 명이 모였어요."

의뢰인은 입을 떡 벌렸다.

"버밍엄의 정보원에게 문의해놓았더니 지역 일간지에 실린 광고를 보내왔지 뭡니까. 어서 일을 마무리지어야죠. 이 사람에게 전보를 보내서 선생님이 내일 오후 4시에 사무실로 찾아갈 거라고 알려놓았습니다."

미국인이 말했다.

"나더러 이 사람을 만나러 가라고요?"

"홈스 씨 생각은 어떻습니까? 그러는 편이 낫지 않을까요? 저는 믿지 못할 이야기를 늘어놓는 떠돌이 미국인이잖습니까. 제 말을 그 사람이 무슨 수로 믿겠어요? 신원이 확실한 영국인인 선생님이 하는 얘기는 귀담아들을 겁니다. 원하시면 같이 가 드릴 수 있지만 내일 워낙 해야 할 일들이 많아서요. 선생님에게 무슨 문제가 생기면 곧바로 따라 내려갈 수는 있지만요."

"몇 년 동안 그렇게 먼길을 나서본 적이 없는데."

"별것 아닙니다, 개리데브 씨. 차편은 이미 다 알아놨어요. 12시에 출발하면 2시 직후에 거기 도착할 겁니다. 갔다가 당일 밤에 돌아오시면 되고요. 가서 이 남자를 만나 상황을 설명하고 존재를 입증하는 서류를 받아오시면 됩니다. 어휴!"

그는 흥분한 목소리로 덧붙였다.

"저는 미국 한복판에서 여기까지 왔는데 일을 마무리지으러 백육십 킬로미터쯤 가는 거야 아무것도 아니잖습니까."

"그렇죠, 이분 말씀이 맞다고 생각합니다."

홈스가 동의했다.

네이선 개리데브는 체념 조로 어깨를 으쓱했다.

"가라면 가야죠. 제 인생에 한줄기 희망을 선사한 사람이 하는 이야기니 거절하지 못하겠네요."

"그럼 이야기가 끝난 겁니다. 가능한 한 빨리 제게도 진행 상황을 알려주시리라 믿습니다."

홈스가 말했다.

"알겠습니다."

미국인이 손목시계를 확인하며 덧붙였다.

"가봐야겠습니다. 내일 연락드리고 버밍엄까지 배웅해드릴게요, 네이선 씨. 같이 나가시나요, 홈스 씨? 아, 그럼 저는 이만. 홈스 씨에게 내일 밤에 기쁜 소식을 전해드릴 수 있으면 좋겠네요."

미국인이 나가자 친구의 얼굴이 당황스러워하던 기색이 사라지고 환해졌음을 느낄 수 있었다.

"소장품을 구경할 수 있을까요, 개리데브 씨? 직업상 온갖 특이한 지식이 유용하게 쓰이는데 선생님의 방이야말로 그런 지식의 창고로군요."

의뢰인은 반가워하며 얼굴을 환히 빛냈고 큼지막한 안경 뒤로 눈을 반짝였다.

"전부터 홈스 씨가 방대한 지식의 소유자라는 이야기는 들었어요. 시간 괜찮으시면 한 바퀴 구경시켜드리죠."

"안타깝게도 지금은 시간이 없네요. 하지만 표본마다 필요한 정보들이 잘 적혀 있어서 따로 설명을 듣지 않아도 되겠습니다. 만약 내일 시간이 나면 와서 둘러봐도 되겠습니까?"

"그럼요. 대환영이죠. 방문은 잠가놓겠지만 관리인인 손더스 부인이 4시까지 지하실에 있을 테니 부인에게 열어달라고 하면 됩니다."

"마침 내일 오후에 시간이 빕니다. 손더스 부인에게 미리 말씀해주시면 좋겠습니다. 그나저나 어느 중개 업체를 통해서 이 집을 계약하셨습니까?"

의뢰인은 갑작스런 질문에 의아해했다.

"에지웨어 로드에 있는 올로웨이 앤드 스틸입니다. 왜 궁금해하시죠?"

"고고학적인 관점에서 집을 분석하는 습관이 있어서요. 이 건물이 앤 여왕 시대 양식인지 조지 왕조 양식인지 궁금해서 그랬습니다."

홈스가 웃으며 말했다.

"당연히 조지 왕조 양식이죠."

"그렇습니까. 진작 알아봤어야 하는 건데. 그래도 여쭈어봐서 금세 확인이 되었군요. 그럼 이만 가보겠습니다, 개리데브 씨. 버밍엄에서 좋은 성과 거두시길 바랍니다."

부동산 중개 업체는 가까웠지만 영업이 끝난 시각이라 우리는 베이커 스트리트로 돌아갔다. 홈스는 저녁 식사를 마친 다음에야 이야기를 다시 꺼냈다.

"우리의 깜찍한 사건도 막바지를 향해가고 있군. 자네도 윤곽을 파악했을 테지."

"도무지 뭐가 뭔지 모르겠네."

"발단이야 누가 봐도 뻔하고 내일이면 결말도 밝혀지겠지. 광고를 봤을 때 이상한 것을 눈치채지 못했나?"

"쟁기Plough의 철자가 잘못됐더군."

"오, 그걸 알아차렸단 말인가? 이야, 자네도 계속 발전하는군. 신문사에서는 받은 문구 그대로 조판을 했겠지. 사륜 짐마차Buckboard. 그것도 미국식 단어지. 피압 우물은 영국보다 미국에서 더 흔히 볼 수 있고. 전형적인 미국 광고인데 영국에서 게재된 광고인 척했어. 이걸 어떻게 생각하나?"

"미국인 변호사가 직접 낸 광고라는 것밖에 모르겠네. 왜 그랬는지 도통 짐작이 가지 않아."

"여러 가지 가능성이 있지. 아무튼 그는 순진한 노인장을 버밍엄으로 보내고 싶은 거야. 그것만큼은 분명하지. 괜한 짓이라고 말릴 수도 있었지만 다시 생각해보니 노인장을 보내 무대를 비우는 편이 낫겠다 싶더군. 내일일세, 왓슨. 내일이면 진실이 저절로 밝혀질 걸세."

홈스는 일찌감치 일어나 외출했다. 점심시간에 돌아온 그의 얼굴을 보니 표정이 심각했다.

"생각했던 것보다 심각한 사건이야. 자네한테는 알려주어야 맞겠지. 그래봐야 물불 안 가리고 뛰어들 이유를 제공할 따름이겠지만. 이제는 자네가 어떤 친구인지 알거든. 위험할 수 있으니 조심하게."

"우리가 위험한 사건을 함께한 게 어디 한두 번인가, 홈스. 이게 마지막도 아닐 테고. 이번에는 어떻기에 위험하다는 건가?"

"우리는 까다로운 사건을 맡았어. 변호사라는 존 개리데브의 뒷조사를 해보았지. 다름 아니라 잔인하고 사악하기로 유명한 살인마 에번스더군."

"미안하지만 누군지 전혀 모르는데."

"아, 자네야 직업상 뉴게이트 캘린더를 머릿속에 넣고 다닐 필요가 없지. 레스트레이드를 만나러 런던 경찰청에 다녀왔다네. 가끔 창의적인 직관력이 부족하지만 철저하고 체계적인 수사에 있어서는 세계 최고인 친구 아닌가. 경찰 기록을 뒤져보면 미국인 친구의 흔적을 찾을 수 있지 않을까 싶더군. 아니나 다를까, 범죄자 사진을 붙여놓은 자료집에 미소를 머금은 그 통통한 얼굴이 있지 뭔가. 제임스 윈터, 일명 모어크로프트, 혹은 살인마 에번스는 다음과 같은 인물일세."

홈스는 주머니에서 봉투를 하나 꺼냈다.

"신상 정보를 몇 가지 적어 왔지.

'나이는 마흔여섯. 시카고 출생. 미국에서 세 명을 총살한 것으로 알려짐. 정계 인맥을 동원해 교도소에서 탈출. 1893년에 런던 입성. 1895년 1월에 워털루 로드의 나이트클럽에서 같이 카드를 치던 남자를 총으로 쏨. 남자는 사망. 서로 다투던 와중에 그쪽에서 먼저 공격한 것으로 판정이 내려짐. 죽은 남자는 시카고의 유명한 주화 및 지폐 위조범 로저 프레스콧으로 밝혀짐. 살인마 에번스는 1901년에 석방. 그 후로 경찰의 감시를 받고 있으나 현재까지는 모범적인 생활을 해온 것으로 알려짐. 항상 무기를 휴대하고 언제든 무기를 쓸 준비가 되어 있는 아주 위험한 인물.'

이런 자가 우리 사냥감일세, 왓슨. 솔직히 만만치 않은 사냥감이지."

"속셈이 뭔가?"

"무슨 속셈인지 밝혀지기 시작했다네. 부동산 중개 업체에 다녀왔거든. 중개업자의 말에 따르면 의뢰인은 그 집에 살기 시작한 지 오 년이 되었다네. 그전에는 일 년 동안 빈집이었고. 이

전에는 월드론이라는 무직자가 세 들어 살았어. 중개업자는 월드론의 인상착의를 똑똑히 기억하더군. 어느 날 갑자기 사라져서 감감무소식이더래. 키가 크고 수염을 길렀고 피부가 그을렸다고 했어. 런던 경찰청에 따르면 살인마 에번스의 총에 맞아서 죽은 프레스콧이 키가 컸고 수염을 길렀고 피부색이 어두웠다고 하거든. 이것으로 아무것도 모르는 의뢰인이 박물관으로 꾸민 집에 예전에는 프레스콧이라는 미국 범죄자가 살았을지 모른다는 유력한 가설이 성립되는 걸세. 마침내 연결 고리가 등장한 거지."

"다음 연결 고리는 뭔가?"

"이제 나가서 찾아봐야지."

그는 서랍에서 리볼버를 꺼내 내게 건넸다.

"나는 예전에 쓰던 걸 들고 가겠네. 망나니 친구가 자기 별명에 걸맞은 짓을 저지를지 모르니 만반의 준비를 하고 있어야지. 한 시간 동안 눈 좀 붙이게, 왓슨. 그런 후에 라이더 스트리트로 모험을 떠나자고."

우리는 4시 정각에 네이선 개리데브의 흥미로운 방에 도착했다. 관리인 손더스 부인은 막 퇴근하려던 참이었지만 문이 용수철 잠금장치로 저절로 잠기는데다 홈스가 문단속을 철저히 하겠다고 약속하자 주저 없이 문을 열어주었다. 건물 현관문이 닫히고 내닫이창 밖으로 그녀의 보닛이 보였다. 이제 1층에는 우리 둘뿐이었다. 홈스는 사방을 잽싸게 훑어보았다. 어두컴컴한 한 쪽 구석에 벽과 살짝 떨어진 진열장이 하나 있었다. 우리는 그 뒤에 숨었다. 홈스가 대강의 계획을 나지막이 알려주었다.

"에번스가 의뢰인을 집밖으로 내보내고 싶어 했다는 것만큼은 분명해. 수집가가 여간해서는 외출을 하지 않기 때문에 계획이 필요했지. 개리데브 이야기를 만들어낸 목적이 그거야. 의뢰인의 특이한 성이 뜻밖의 단초를 제공했겠지. 사악하게 기발한 구석이 있단 말이지. 교활하게 잘 구성한 계획이었어."

"그의 속셈이 뭔가?"

"그걸 파악하려고 여기로 온 것 아니겠나. 짐작컨대 의뢰인하고는 전혀 상관없어. 그가 살해한 인물, 공범이었을지 모르는 인물과 연관이 있지. 방안에 떳떳하지 못한 비밀이 숨겨져 있는 게 아닐까. 내가 보기에는 그렇다네. 처음에는 의뢰인의 소장품 중에 생각보다 값나가는 물건이 있는 게 아닌가 싶었지. 거물 범죄자가 관심을 보일 만한 물건 말일세. 하지만 끔찍한 사건과 연관된 로저 프레스콧이 이 집에 살았다고 하니 그보다 심각한 이유가 있을지 모르지. 아무튼 결정적인 순간이 올 때까지 끈질기게 기다리는 수밖에."

머지않아 결정적인 순간이 찾아왔다. 건물 현관문이 열렸다가 닫히는 소리가 들리자 우리는 어두컴컴한 구석으로 더욱 몸을 웅크렸다. 곧바로 열쇠를 돌리는 소리가 들린 후 미국인이 들어왔다. 조용히 문을 닫은 그는 이상은 없는지 날카롭게 주위를 살핀 뒤 외투를 벗어던지고 뭘 어떻게 할지 정확히 아는 사람처럼 정중앙에 놓인 탁자로 기세 좋게 걸어갔다. 탁자를 옆으로 밀고 자리에 깔린 양탄자를 정사각형으로 자른 다음 돌돌 말아서 완전히 젖혔다. 그러더니 무릎을 꿇고 앉아 안주머니에서 꺼낸 쇠막대를 바닥에 대고 열심히 끙끙거렸다. 이윽고 마룻장이 밀리는 소리가 들리더니 마루에 네모난 구멍이 뚫렸다. 살인마 에번스는 성냥을 그어 꼬마 양초에 불을 붙인 후 시야에서 사라졌다.

기다리던 순간이 드디어 찾아왔다. 홈스가 내 손목을 건드려 신호했다. 우리는 구멍이 난 곳까지 살금살금 다가갔다. 조심스럽게 걸었지만 낡은 마룻바닥에서 소리가 났는지 미국인 친구가 구멍 밖으로 고개를 내밀고 불안해하는 눈빛으로 주위를 둘러보았다. 우리를 발견한 순간 얼굴이 당혹감과 분노로 벌겋게 달아올랐다가 머리를 겨누고 있는 권총 두 개를 보고서는 표정을 풀고 겸연쩍다는 듯이 씩 웃었다.

"이런, 이런! 홈스 씨가 나보다 한 수 위인 모양이오. 속셈을 간파하고 처음부터 속아넘어간 척했군. 뭐, 항복하겠소. 졌다는 걸 인정하고…….”

그는 침착하게 중얼거리며 지상으로 올라오더니 눈 깜빡할 새 가슴팍에서 리볼버를 꺼내 두 발을 쏘았다. 뜨겁게 달군 인두를 갖다 댄 것처럼 허벅지가 화끈거렸다. 홈스가 권총으로 그의 머리를 내리치자 요란한 소리가 났다. 그가 머리에서 피를 흘리며 대자로 쓰러지자 홈스가 다른 무기가 없는지 찾느라 몸을 뒤지는 게 보였다. 잠시 후 친구가 억센 팔로 나를 끌어안아 의자에 앉혔다.

“다친 건 아니겠지, 왓슨? 제발 아니라고 대답해주게!”

그의 냉정한 가면 뒤로 깊숙이 숨겨져 있던 의리와 사랑을 느낄 수 있다면 다친들, 그것도 여러 번이라 한들 두려울 게 없었다. 또렷하고 냉정하던 그의 눈빛이 순간 흔들리고 굳은 입술이 떨렸다. 그때만큼은 위대한 지성과 견줄 만한 위대한 가슴까지 한꺼번에 느낄 수 있었다. 변변찮게나마 일편단심으로 봉사한 오랜 세월이 깨달음을 얻은 한순간에 꽃을 피웠다.

“괜찮아, 홈스. 살짝 스친 거야.”

그는 주머니칼로 바지를 찢었다.

“그렇군.”

홈스가 한도의 한숨을 쉬었다.

“스치기만 했어. 에번스, 네 입장에서도 다행인 줄 알아라.

만약 왓슨이 죽었으면 너도 살아서 방을 나가지 못했을 테니까. 자, 뭐라고 변명할 텐가?"

차돌처럼 딱딱하게 굳은 얼굴의 홈스는 멍하니 일어나 앉은 포로를 노려보았다.

포로는 아무 변명도 하지 않았다. 오만상을 쓰고서는 앉아 있기만 했다. 나는 홈스의 부축을 받아가며 비밀 뚜껑 아래로 드러난 조그만 지하실을 내려다보았다. 에번스가 들고 내려간 촛불이 아직까지 주변을 밝히고 있었다. 녹이 슨 큼지막한 기계, 산더미 같은 종이 두루마리, 여기저기서 나뒹구는 유리병, 조그만 탁자 위에 가지런히 놓인 종이 다발이 눈에 들어왔다.

"인쇄기……. 지폐 위조 장비로군."

홈스가 말했다.

"네, 네."

포로가 비틀거리며 천천히 일어나더니 의자에 주저앉았다.

"런던 역사상 가장 훌륭한 위조 장비죠. 프레스콧이 쓰던 기계고 탁자 위에 있는 종이 다발은 프레스콧이 만든 백 파운드짜리 지폐 이천 장이에요. 어디서든 쓸 수 있으니 마음대로 집어가세요. 그걸로 서로 주고받은 셈치고 나는 풀어주시죠."

홈스는 껄껄 웃었다.

"우린 그런 식으로 일을 하지 않아, 에번스. 이 나라에서는 빠져나갈 구멍이 없을 거야. 네가 쏜 남자가 프레스콧이었지?"

"네, 맞습니다. 그걸로 오 년 동안 감방에서 썩었죠. 먼저 덤빈 쪽은 그 자식이었는데. 수프 접시만 한 훈장을 받아도 모자랄 판국에 오 년형이라니. 프레스콧이 만든 위조지폐는 영국 은행에서 발행된 지폐와 구분하지 못할 정도로 똑같아서 내가 그 자식을 처치하지 않았더라면 런던이 위조지폐로 넘쳐났을 거요. 어디서 위조지폐를 찍어냈는지 아는 사람은 나 하나뿐이니 여기 몰래 들어오고 싶을 만도 하지 않겠어요? 벌레에 미친 희한한 성을 가진 얼간이가 깔고 앉아서 집밖으로 나갈 생각도 하지 않는데 뭔 수를 내야 하지 않겠어요? 그 인간을 없애버렸더라면 차라리 나았을 거요. 식은 죽 먹기로 해치울 수 있었을 텐데. 하지만 나는 마음씨가 비단결 같은 사람이라 상대방에게 총이 없는 한 먼저 총질을 하진 못한단 말이지. 말해봐요, 내가 뭘 잘못한 거요? 나는 기계를 쓴 적이 없어요. 이 집에 사는 노인네를 해치지도 않았고. 무슨 죄목으로 나를 집어넣을 거요?"

"내가 알기로는 살인미수 하나뿐이지. 하지만 그걸 알아내는 건 우리 일이 아니야. 다음 단계에서 경찰이 할 일이지. 지금 당장은 네 신변만 확보하겠다. 런던 경찰청에 연락 부탁하네, 왓슨. 그쪽에서도 깜짝 놀라진 않을 거야."

이것이 살인마 에번스와 삼 인의 개리데브라는 기발한 음모의 진상이었다. 나중에 전해들은 바에 따르면 가엾은 노인장은 꿈이 날아가버린 충격을 영영 극복하지 못했다. 무너진 공중누각의 잔해에 깔린 것이다. 브릭스턴의 요양원에 입소했다는 것이 마지막으로 들은 소식이었다. 여하튼 프레스콧의 장비가 있다는 건 알았지만 당사자가 죽어버리는 바람에 찾지 못했던 런던 경찰청으로서는 축포를 터뜨릴 만한 날이었다. 덕분에 경찰청 범죄 수사과 형사 몇 명이 단잠을 잘 수 있게 되었으니 에번스가 정말로 큰 공을 세운 셈이었다. 솜씨 좋은 위조범은 사회에 심각한 해악을 끼치기 때문이다. 그들이라면 수프 접시만 한 훈장을 수여하자는 말에 기꺼이 찬성할 생각이 있었겠지만 고마워할 줄 모르는 법원은 호의적으로 받아들이지 않았다. 살인마는 나온 지 얼마 되지 않은 감옥으로 다시 돌아갔다.

소어 브리지 사건

Sherlock Holmes
THE CASE-BOOK OF SHERLOCK HOLMES

채링 크로스의 콕스은행 금고 어딘가에는 뚜껑에 "의학박사 존 H. 왓슨, 전 인도 육군"이라고 내 이름이 적힌 양철 서류함이 있다. 여기저기 들고 다니느라 낡고 찌그러진 서류함은 종이로 가득차 있다. 셜록 홈스가 다양한 시기에 해결한 기이한 사건들을 기록한 원고가 대부분이다. 그 가운데 흥미진진하기 짝이 없는 사건 기록도 몇 개 있다. 하지만 최종 결론을 내리지 못했고 그럴 가능성도 없는 완벽한 실패작이라 지면으로 소개하기 적합하지 않다. 연구자들은 해답이 없는 문제에 호기심을 느낄지 몰라도 일반 독자들은 십중팔구 짜증이 날 것이다. 미결로 남은 이야기 중에는 우산을 가지러 집으로 돌아갔다가 이 세상에서 영영 사라진 제임스 필모어 사건도 있다. 못지않게 놀라운 사건으로는 살짝 안개가 낀 어느 날 아침 바다로 나섰다가 선원들과 함께 종적을 감춘 소형 쾌속정 앨리시아호 사건이 있다. 세 번째로, 유명한 기자 겸 싸움꾼이었던 이사도라 페르사노가 어떤 과학자도 본 적 없었던 특이한 벌레가 담긴 성냥갑과 함께 완전히 실성한 상태로 발견된 사건도 주목할 만하다. 이처럼 해결되지 않은 사건들 외에도, 가문의 비밀이 얽혀 있어 출간 가능성만 제기되어도 고위층 여기저기서 펄쩍 뛰며 반대할 사건이 있다. 두말하면 잔소리지만 그런 기밀을 공개하는 건 상상도 할 수 없다. 이제 친구에게 신경쓸 여유가 생겼으니 관련 자료는 따로 분리해서 폐기할 예정이다. 그 밖에도 정도의 차이는 있지만 흥미진진한 사건이 상당히 많이 있다. 식상한 사건으로 독자들을 실망하게 만들어서 존경하는 친구의 명성에 누가 되지 않을까 걱정하는 마음이 없었더라면 진작 출간했을 것이다. 내가 관여했기 때문에 목격자의 관점에서 이야기를 풀어나갈 수 있는 사건들이 있는가 하면, 내가 아예 관여하지 않았거나 맡은 역할이 미미했기 때문에 삼인칭 시점으로 전달할 수밖에 없는 사건들도 있다. 이제 소개하려는 사건은 함께 수사한 것이다.

광풍이 몰아치던 시월의 어느 날, 나는 뒷마당에 외롭게 서 있는 플라타너스의 마지막 남은 이파리들이 어지럽게 흔들리는 광경을 바라보며 옷을 갈아입었다. 우수에 젖어 있는 홈스를 보게 될 거라 짐작하며 차려진 아침을 먹으러 내려갔다. 위대한 예술가들이 그렇듯 그 역시 주변 분위기에 쉽게 동화되었기 때문이다. 이미 식사를 거의 마친 그는 뜻밖에도 유난히 밝고 기분이 좋아 보였다. 그가 평소보다 들떠 있고 명랑하면 나는 늘 불길한 기분이 들었다.

"자네, 사건을 맡은 모양이로군?"

"추론 능력은 분명 전염이 되는 모양이야, 왓슨. 덕분에 자네가 내 비밀을 탐지할 수 있게 되었군. 맞아, 사건을 맡았어. 한 달 동안 시시한 일이나 하며 지지부진하게 지내다 멈춰 있던 바퀴를 돌리게 되었지."

"어떤 사건인지 알 수 있을까?"

"얘기할 거리는 별로 없지만 새로 온 요리사가 내놓은 너무 오래 삶은 달걀 두 개를 자네가 다 해치우면 말하기로 하지. 어제 현관 옆 탁자에 놓여 있던 《패밀리 헤럴드》와 달걀 상태가 무관하지 않을 거야. 달걀 삶기라는 사소한 일을 할 때도 시간이 얼마나 흘렀는지를 집중해야 하는 법인데, 멋진 잡지에 실린 러브스토리를 읽으면서 그럴 수 있었겠나."

십오 분 뒤에 우리는 아침상을 치우고 마주앉았다. 그는 주머니에서 편지를 꺼냈다.

"황금왕 닐 깁슨이라고 들어봤나?"

그가 물었다.

"미국의 상원 의원 말인가?"

"서부 어느 주의 상원 의원을 역임한 적도 있지만 지금은 세계적으로 손꼽히는 금광계의 큰손으로 더 유명하지."

"음, 그 사람이라면 알지. 영국에서 살기 시작한 지 꽤 됐을걸. 이름도 귀에 익는데."

"맞아. 오 년쯤 전에 햄프셔에 상당한 면적의 땅을 매입했지. 끔찍한 죽음을 맞이한 아내에 대해서는 들어보았겠지?"

"물론이지. 듣고 보니 생각이 나는군. 그래서 이름이 귀에 익은 거였어. 자세한 내막은 모르네만."

홈스는 의자 위에 놓인 신문을 손으로 가리켰다.

"내가 이 사건을 맡을 줄은 몰랐지 뭔가. 알았더라면 신문을 스크랩해놓았을 텐데. 사실 세간이 발칵 뒤집히기는 했지만 해결하는 데 별다른 어려움은 없는 사건이었어. 용의자의 성품이 아무리 올곧다 한들 분명한 증거가 어디 가겠나. 검시 배심 때도 즉결심판 때도 대부분의 사람들이 그렇게 생각했지. 사건은 이제 윈체스터의 즉결심판으로 넘어갔네. 자칫 잘못하다가는 보람 없는 일이 될 수도 있겠어. 사실관계란 파악할 수는 있어도 바꿀 수는 없잖은가. 아예 뜻밖의 새로운 사실이 밝혀지지 않는 한, 의뢰인에게는 가망이 없어 보인다네."

"의뢰인?"

"아, 깜빡하고 그 이야기를 하지 않았군. 결론부터 이야기하는 자네의 버릇에 물들어가고 있어. 먼저 이 편지부터 읽어보게."

그가 건넨 편지지에는 굵고 당당한 글씨체로 이렇게 적혀 있었다.

10월 3일, 클래리지 호텔

셜록 홈스 씨에게

조물주께서 창조한 피조물 가운데 가장 훌륭한 여인이 사지로 끌려가게 생겼습니다. 노력을 다하지도 않고 이렇게 떠나보낼 수는 없습니다. 이유를 설명할 수는 없지만, 감히 이유를 설명하려는 시도조차 할 수 없지만, 던바 양은 결백합니다. 홈스 씨는 관련 사건을 아시겠죠. 누군들 모르겠습니까? 전 국민이 수군대고 있으니까요. 하지만 소리 높여 그녀를 대변하는 사람은 아무도 없습니다! 그 부당함에 미칠 것 같습니다. 그녀는 파리 한 마리도 죽이지 못할 심성의 소유자란 말입니다. 내일 11시에 찾아뵙고 홈스 씨가 어둠 속으로 한줄기 서광을 비출 수 있을지 여쭈어 보려 합니다. 어쩌면 내가 단서를 쥐고 있으면서 알아차리지 못했을 수도 있으니까요. 아무튼 그녀를 살릴 수만 있다면 내가 아는 모든 것과 가진 모든 것, 내 전부를 바치겠습니다. 홈스 씨가 여태껏 보여주신 능력을 이번 사건에도 발휘해주시길 바라마지않겠습니다. 잘 부탁드립니다.

J. 닐 깁슨 드림

"이제 알겠지?"

홈스가 식후에 피운 담뱃재를 털어내고 파이프를 천천히 다시 채우며 말했다.

"내가 기다리는 의뢰인이 이 사람이야. 사건의 사실관계에 대해서 신문을 섭렵할 시간이 없을 테지. 어떤 상황인지 관심이 있다면 간단하게 요약해서 알려주겠네. 이 남자는 전 세계적으로 막강한 재력가이며 내가 알기로는 폭력적이고 무시무시한 성격의 소유자라네. 비극적인 사건에 희생된 아내에 대해서는 한창때를 넘긴 나이라는 것밖에 모르네. 이 가정에 아리따운 아가씨가 두 아이의 가정교사로 들어온 것이 불행의 시작이지. 주인공은 이렇게 세 사람, 무대는 잉글랜드의 어느 유서 깊은 영지 한가운데 자리잡은 웅장하고 고풍스러운 영주의 저택. 이제 비극의 내막을 소개하겠네. 의뢰인의 아내가 집에서 팔백 미터쯤 떨어진 곳에서 한밤중에 발견되었는데, 야회복에 숄을 걸쳤고 총알이 머리를 관통한 상태였다네. 시신 근처에 무기는 없었어. 왓슨, 그걸 반드시 기억해야 하네! 범행은 늦은 저녁에 저질러진 듯했고 시신을 11시쯤에 사냥터 관리인이 발견했지. 시신은 경찰과 의사의 검사를 거친 뒤 집안으로 옮겨졌다네. 내가 이야기를 너무 축약하고 있나? 분명하게 이해할 수 있겠나?"

"분명하게 이해했네. 그런데 가정교사가 의심받는 이유가 뭔가?"

"결정적인 증거가 있었거든. 약실이 한 칸 비었고 범행에 쓰인 총알과 구경이 일치하는 권총이 가정교사의 옷장 바닥에서 발견되었어."

그는 나를 똑바로 쳐다보며 또박또박 끊어서 다시 말했다.

"가정교사의, 옷장, 바닥에서, 말이지."

그는 이 말을 끝으로 침묵 속으로 빠져들었다. 생각이 꼬리에 꼬리를 물고 이어지기 시작한 것이다. 내가 훼방을 놓은들 부질없는 노릇일 게 뻔했다. 홈스는 갑자기 움찔하더니 다시 정신을 바짝 차렸다.

"그래, 왓슨. 거기서 발견됐어. 상당히 결정적이지? 두 배심원의 생각도 같았지. 거기다 그 장소에서 만나자고 가정교사가 보낸 쪽지를 죽은 여자가 쥐고 있었거든. 어때? 마지막으로 동기도 있어. 깁슨 상원 의원은 매력적인 인물이야. 아내가 죽으면 누가 그 자리를 대신하겠나? 누가 봐도 주인에게 과도한 관심을 받고 있던 가정교사 말고는 없지. 사랑, 돈, 권력, 이 모든 것을 가진 중년 남자. 추한 사건이지, 왓슨. 정말 추한 사건이야!"

"그렇군, 홈스."

"게다가 가정교사는 알리바이도 없다네. 오히려 그 시각에 비극의 현장인 소어 브리지 근처에 갔었다고 실토할 수밖에 없었지. 지나가던 동네 사람이 보았기 때문에 아니라고 잡아뗄 수가 없었거든."

"정말 결정적이로군."

"하지만, 왓슨. 하지만! 이 다리는 좌우에 난간이 달린 넓은 돌다리라네. 길고 깊고 갈대로 우거진 연못에서 가장 좁은 부분을 관통한다네. 연못의 이름은 소어미어. 다리 바로 근처에 시신이 쓰러져 있었어. 주요 사항은 여기까지라네. 내가 잘못 들은 게 아니라면 의뢰인이 약속 시간보다 일찍 온 모양이군."

문을 연 빌리가 뜻밖의 이름을 전했다. 우리 둘 다 초면인 말로 베이츠라는 사람이었다. 비쩍 마르고 신경질적인 분위기를 풍기며 겁에 질린 눈으로 실룩대며 머뭇거렸다. 의사인 내게는 신경쇠약증을 일으키기 직전으로 보였다.

"불안해 보이시네요, 베이츠 씨. 일단 앉으십시오. 죄송하지만 시간을 많이 내드릴 수는 없겠습니다. 11시에 손님이 오기로 되어 있어서요."

홈스가 말했다.

"압니다. 깁슨 씨가 오기로 되어 있죠? 저는 깁슨 씨를 모시는 사람입니다. 그의 토지 관리인이죠. 홈스 씨, 그는 악당이에요, 극악무도한 악당."

그는 숨이 찬 사람처럼 헐떡이며 짧게 끊어서 내뱉었다.

"말씀이 지나치시네요, 베이츠 씨."

"시간이 없어서 강하게 말씀드릴 수밖에 없습니다, 홈스 씨. 여기 왔다는 걸 절대 들키면 안 되거든요. 이제 거의 도착했을 겁니다. 상황이 상황이다 보니 더 일찍 오지 못했어요. 홈스 씨와 약속을 잡았다는 이야기를 오늘 아침에서야 비서인 퍼거슨 씨에게 들었거든요."

"그분의 토지 관리인이시라고요?"

"그만두겠다고 했습니다. 이삼 주 안으로 염병할 노예살이에서 벗어날 거예요. 그는 가혹한 사람이에요, 홈스 씨. 모든 것에 가혹한 사람입니다. 자선사업은 몰래 저지른 죄를 은폐하기 위한 수단이죠. 가장 큰 희생자는 부인이었어요. 얼마나 잔인하게 대했다고요. 네, 잔인하기 짝이 없었죠! 어쩌다 돌아가셨는지야 모르겠지만 남편 때문에 비참하게 사셨습니다. 브라질에서 태어난 열대지방 출신인 건 알고 계시죠?"

"아뇨, 몰랐습니다만."

"태생도 열대지방 출신이었고 성격상으로도 열대지방의 기질을 갖추었죠. 태양의 후손이며 열정의 후손이죠. 그런 분답게 남편을 열정적으로 사랑했습니다. 한때는 엄청난 미인이었다고 들었습니다만 미모가 시들자 남편의 마음을 붙잡을 길이 없었죠. 우리는 모두 부인을 좋아했고 안타까워했으며 부인에게 잔인하게 구는 깁슨 씨를 증오했습니다. 그는 말주변이 좋고 교활합니다. 드릴 수 있는 말씀이 이것뿐이네요. 그자의 말을 곧이곧대로 믿지 마세요. 뒤에 많은 걸 숨기고 있으니까요. 이제 가야겠습니다. 아뇨, 아뇨, 잡지 마십시오! 그가 올 시간이 거의 다 됐으니까요."

특이한 손님은 겁에 질린 눈빛으로 손목시계를 확인하더니 말 그대로 부리나케 달려나갔다.

"이런! 이런! 깁슨 씨는 착하고 충직한 하인을 두었군그래. 유익한 경고였어. 이제 당사자가 등장할 때까지 기다리는 수밖에 없겠군."

잠깐 정적이 흐른 뒤 홈스가 말했다.

약속 시간 정각에 계단을 올라오는 묵직한 발소리와 함께 유명한 백만장자가 안내를 받으며 응접실로 들어섰다. 그를 본 순간, 관리인이 느낀 공포와 혐오뿐 아니라 수많은 업계 경쟁자들이 여태껏 그에게 퍼부은 저주까지 이해할 수 있었다. 만약 내가 성공했지만 뻔뻔하고 비양심적인 사업가의 전형을 빚고 싶은 조각가라면 닐 깁슨을 모델로 삼을 것이다. 키가 크고 수척하며 으스스한 외모에서 허기와 탐욕이 느껴졌다. 고귀한 목적이 아니라 비천한 목적에만 열을 올리는 에이브러햄 링컨을 떠올리면 생김새를 짐작할 수 있을 것이다. 화강암을 깎아서 만든 듯한 얼굴은 딱딱하고 우락부락하고 냉혹하며, 많은 위기에서 얻은 흉터가 여기저기 깊이 파여 있었다. 그는 숱이 많고 뻣뻣한 눈썹 아래에 자리잡은 차가운 회색 눈으로 약삭빠르게 우리 둘을 번갈아 훑었다. 홈스가 나를 소개하자 건성으로 꾸벅 인사하고, 오만 방자한 태도로 의자를 내 친구 옆으로 끌고 가 무릎뼈가 거의 맞닿을 만큼 바짝 다가앉았다.

그가 말문을 열었다.

"이 자리에서 분명히 얘기하지만 돈은 얼마가 들건 전혀 상관없소, 홈스 씨. 돈을 태워서 사건의 진상을 밝히는 데 도움이 된다면 그래도 좋소. 결백한 여성의 누명을 벗기는 게 당신이 할 일이오. 원하는 액수를 불러보시오!"

"보수는 정해져 있습니다. 아예 받지 않는다면 모를까, 보수는 달라지지 않습니다."

홈스가 냉랭하게 응수했다.

"자, 돈에 관심이 없다면 이 일로 얻을 명예를 생각해보시오. 사건을 해결하면 영국과 미국의 모든 신문이 당신을 찬양하지 않겠소? 양쪽 대륙의 화젯거리가 되는 거지."

"깁슨 씨, 말씀은 감사합니다만 찬양은 필요 없습니다. 들으면 놀라실지 모르겠습니다만 나는 원래 익명으로 움직이기를 좋아하고 사건 자체의 매력이 얼마나 되는지를 따지죠. 시간 낭비할 이유가 있습니까? 당장 본론으로 들어가죠."

"신문 기사를 보면 중요한 사실은 전부 알 수 있소. 내가 도움이 될 만한 정보를 더할 수 있을지 모르겠군. 자세하게 알고 싶은 부분이 있으면 물어보시오."

"딱 한 가지 있습니다."

"뭐요?"

"깁슨 씨는 던바 양과 정확히 어떤 관계입니까?"

황금왕은 크게 움찔하고 의자에서 일어나려다가 잠시 후에 냉정을 되찾고 다시 앉았다.

"그런 질문은 당신의 권리이자 어쩌면 의무일 수도 있겠지요, 홈스 씨."

"우리는 그렇게 생각합니다."

홈스가 말했다.

"우리는 아이들과 함께 있을 때 말고는 대화를 나눈 적도, 심지어 마주친 적도 없는 고용주와 가정교사의 관계라고 단호하게 말할 수 있소."

홈스가 자리에서 일어났다.

"내가 좀 바쁜 사람이라서요, 깁슨 씨. 의미 없는 대화는 사절입니다. 이만 나가주시죠."

손님도 따라 일어났다. 그는 다부진 몸매는 아니지만 우뚝 서서 홈스를 내려다볼 정도로 키가 컸다. 숱이 많고 뻣뻣한 눈썹 아래로 노기가 번뜩였고 누르스름하던 뺨이 붉어졌다.

"도대체 그게 무슨 소리요, 홈스 씨? 사건을 맡지 않겠다는 거요?"

"적어도 깁슨 씨는 상대하지 않겠다는 뜻입니다. 알아듣기 쉽게 말씀드릴걸 그랬군요."

"알아들었지만 저의가 뭐냐는 거요. 몸값을 올려보겠다는 거요, 사건을 맡기가 두렵다는 거요, 아니면 뭐요? 나는 분명한 대답을 들을 권리가 있소."

"그럴지도 모르겠군요. 대답해드리죠. 안 그래도 충분히 복잡한 사건을 잘못된 정보로 더 까다롭게 만들 필요가 있습니까?"

홈스가 말했다.

"내가 거짓말을 한다는 거로군."

"나름대로 완곡하게 뜻을 전하려 했습니다만 대놓고 말씀하시니 아니라고 하지 않겠습니다."

나는 벌떡 일어섰다. 백만장자가 격하게 얼굴을 일그러뜨리며 악마 같은 표정을 하고 마디가 진 굵은 주먹을 들어올렸던 것이다. 홈스는 귀찮다는 듯이 미소를 지으며 파이프를 향해 손을 내밀었다.

"진정하십시오, 깁슨 씨. 경험상 아침 식사 후에는 사소한 언쟁에도 마음이 크게 불편해지더군요. 아침 공기를 쐬면서 걸으면 상당히 도움이 될 겁니다."

황금왕은 애써 노여움을 누그러뜨렸다. 분노로 이글거리던 사람이 냉담하고 무관심하게 상대방을 업신여기는 사람으로 한순간에 돌변했으니 그의 엄청난 자제력에 박수를 보내지 않을 수 없었다.

"뭐, 그러시다면야. 사업을 할 줄 아는군. 싫다는데 억지로 사건을 맡길 수는 없겠지. 실수하는 거요, 홈스 씨. 나는 당신보다 더한 강적을 여럿 꺾었거든. 내 성질을 건드리고 멀쩡한 사람은 없었소."

홈스는 웃는 얼굴로 말했다.

"그렇게 얘기하던 사람들이 많았지만 나는 멀쩡하잖습니까. 아무튼 안녕히 가십시오, 깁슨 씨. 아직 배워야 할 게 많으시군요."

손님은 큰 소리를 내며 나갔다. 홈스는 몽롱한 눈빛으로 천장을 바라보며 말없이 태연하게 담배를 피웠다.

"할말 없나, 왓슨?"

마침내 그가 물었다.

"글쎄, 방해물이 있으면 반드시 제거할 사람 같아. 베이츠라는 사람이 딱 잘라 말한 것처럼 부인이 방해물이자 혐오의 대상이었다면, 내가 보기에는……."

"정확하네. 동감이야."

"그런데 가정교사하고는 어떤 사이이며 자네는 그걸 어떻게 알았나?"

"허세였어, 왓슨. 허세! 자제력으로 똘똘 뭉친 외모나 태도와 달리 편지 속 말투가 열정적이고 파격적이며 사무적이지 않았던 것을 감안했지. 분명히 희생자가 아니라 용의자에게 깊은 감정을 품고 있어. 진상을 밝히려면 세 사람의 관계를 정확히 파악해야 하네. 정면공격을 감행했을 때 그가 얼마나 침착하게 대응했는지 보았지? 그래서 확실히 뭔가 아는 척 허세를 부렸지. 사실은 긴가민가했지만."

“깁슨 씨가 다시 올까?”

“반드시 올 거야. 올 수밖에 없지. 이대로 둘 수 없으니까. 하! 이거 초인종 소리 아닌가? 그래, 그 사람 발소리가 들리는군. 아, 깁슨 씨, 왓슨 박사에게 깁슨 씨가 늦는다고 얘기하던 참이었습니다.”

황금왕은 방금 전보다 누그러진 모습으로 다시 들어왔다. 분해하는 눈빛을 보니 자존심에 상처를 입은 게 분명했다. 그래도 원하는 것을 얻기 위해서는 무릎을 꿇어야 한다는 상식 정도는 갖고 있는 듯했다.

“곰곰이 생각해봤는데 내가 홈스 씨의 말을 섣불리 오해한 것 같소. 당신은 실제로 있었던 일을 파헤쳐야 하지. 그게 뭐든 말이오. 당신이 더 대단하게 느껴지는구려. 하지만 장담하건대 던바 양과 나의 관계는 사건과 전혀 관련이 없소.”

“내가 판단할 문제죠. 그렇지 않습니까?”

“그래요, 그렇겠지요. 증상을 다 들은 다음에서야 진단을 내리는 의사 선생 같구려.”

“정확히 보셨습니다. 그리고 환자가 의사를 기만하려는 의도가 아니고서는 증상을 속일 리 없죠.”

“그럴지도 모르죠. 하지만 홈스 씨도 인정할 거요. 어떤 여자와 무슨 관계냐고 대놓고 물어보면 뒷걸음질을 치지 않을 남자가 있겠소. 정말 진지한 감정이 있는 사이라면 말이오. 남자라면 누구나 가슴 한구석에 침범당하고 싶지 않은 자기만의 공간이 있을 거요. 당신이 그 공간에 불쑥 들어온 거지. 하지만 그녀를 구하기 위해서이니 용서하겠소. 빗장을 풀고 나만의 공간을 공개할 테니 마음대로 둘러보시오. 알고 싶은 게 뭐요?"

"진실을 알고 싶습니다."

황금왕은 생각을 정리하는 사람처럼 하던 이야기를 잠깐 멈추었다. 주름살이 깊게 파인 우락부락한 얼굴이 서글프고 진지해졌다.

"짧게 끝내겠소, 홈스 씨."

마침내 그가 입을 열었다.

"말하기 어려울뿐더러 고통스러운 부분도 있으니 필요 이상 자세히 이야기하지는 않겠소. 브라질에서 금광을 찾아다니던 시절에 아내를 만났소. 마리아 핀토는 마나우스 정부 관리의 딸이었고 엄청난 미인이었지. 내가 젊고 열정적이었던 시절에도 미인으로 보였고 좀더 냉정해진 지금에 와서 비판적인 시각으로 돌이켜봐도 그녀는 보기 드문 눈부신 미인이었소. 성격이 강하고 감정 표현이 다채로워서 내가 알던 미국 여자들과 다르게 열정적이고 화끈하고 적극적이고 극단적이었지. 뭐, 간단하게 요약하자면 나는 그녀와 사랑에 빠져서 결혼을 했소. 몇 년이 지나 열정이 식은 다음에서야 우리 사이에 공통점이 전혀 없다는 걸 깨달았고 내 사랑은 식었어요. 아내도 그랬더라면 일이 간단했을 거요. 그런데 여자들이 얼마나 대단한지 알잖소! 무슨 짓을 해도 날 버리지 않더군. 내가 아내에게 심하게, 혹자가 보기에 잔인하게 굴었던 건 나름의 이유가 있소. 아내의 사랑을 꺼뜨리고, 그 사랑을 증오로 바꿀 수 있다면 우리 둘 다 마음 편하게 지낼 수 있겠다고 생각했기 때문이오. 하지만 무슨 짓을 해도 아내는 변하지 않았지. 이십 년 전에 아마존 강변에서 그랬던 것처럼 영국의 숲속에서도 나를 사랑했소. 내가 무슨 짓을 해도 변함없이 지극정성을 바치며.

그러던 중에 그레이스 던바 양이 우리집에 들어왔소. 우리가 낸 광고를 보고 찾아와서 두 아이의 가정교사로 채용되었지요. 신문에 실린 던바 양의 사진을 봤을 거요. 미인이라고 온 세상 사람들이 입을 모았지요. 도덕군자인 척하지 않고 솔직히 시인하리다. 세상의 어느 남자가 그런 여자와 한 지붕 아래 살며 매일 만나는데 아무 감정도 없을 수 있겠소? 내가 잘못한 거요, 홈스 씨?"

"감정을 느끼는 것 자체는 잘못이 아니죠. 하지만 감정을 표현하는 건 잘못입니다. 아가씨는 깁슨 씨의 지붕 아래 있는 사람 아닙니까."

"뭐, 그럴지도 모르겠소만."

그는 홈스의 책망에 화가 나서 눈을 잠깐 번뜩였다.

"미화하지는 않겠소. 나는 원하는 걸 반드시 손에 넣어야 직성이 풀리는 성격입니다. 그녀와 그녀의 사랑만을 원했소. 그래서 그녀에게 얘기를 했지요."

"아니, 얘기를 하셨다고요?"

홈스도 흥분하면 표정이 험악해졌다.

"결혼을 하고 싶겠지만 그건 능력 밖의 일이라고 했소. 돈은 얼마가 들어도 상관없으니 그녀에게 행복하고 편안한 삶을 선물할 수만 있다면 뭐든 하겠다고 했다오."

"아주 마음씨가 좋으십니다."

홈스가 비아냥거렸다.

"이봐요, 홈스 씨. 내가 부탁하려는 건 사건 수사지 도덕적인 평가가 아니잖소. 비난은 사절이오."

"내가 사건을 맡는다면 오로지 그 아가씨를 위해서입니다. 깁슨 씨가 저지른 죄에 비하면 아가씨의 혐의 내용이야 악질이라고 할 수도 없어요. 한집에 사는 무방비 상태의 아가씨를 망가뜨리려고 한 거 아닙니까. 깁슨 씨처럼 돈이 많은 사람들은 온 세상을 돈으로 매수하면 잘못을 용서받을 수 있다고 생각하는데 그게 아니라는 걸 알아야 해요."

홈스가 딱 잘라서 말했다.

놀랍게도 황금왕은 책망에 흥분하지 않았다.

"맞는 얘기요. 계획대로 되지 않아서 얼마나 다행인지 모르겠소. 그녀는 나의 뜻을 거절하면서 당장 나가겠다고 했소."

"그런데 왜 나가지 않았습니까?"

"그녀는 부양가족이 있어서 일자리를 포기하기가 녹록치 않은 상황이었소. 두 번 다시 그녀를 괴롭히는 일은 없을 거라는 나의 맹세를 듣고 남기로 한 거요. 나는 맹세를 지켰소. 또 다른 이유도 있었소. 그녀는 나에게 세상 어느 누구보다 강한 영향력을 행사할 수 있다는 것을 알고는 그 힘을 좋은 데 쓰고 싶어 했소."

"어떤 식으로요?"

"그녀는 내 사업에 대해서 조금 알았소. 내 사업은 굉장히 거대합니다, 홈스 씨. 평범한 사람은 믿지도 못할 만큼. 나는 뭐든 만들 수 있고 무너뜨릴 수도 있소. 보통은 무너뜨리는 쪽이지만. 사람을 무너뜨린단 게 아니오. 마을, 도시, 심지어 나라까지 무너뜨릴 수 있어요. 사업은 냉혹한 게임이라 약한 자는 수세에 몰릴 수밖에 없소. 나는 악착같은 선수였소. 절대 우는소리 하지 않았고 다른 사람이 우는소리를 하더라도 아랑곳하지 않았지. 그런데 그녀의 관점은 달랐소. 그녀의 생각이 아마 옳을 거요. 만 명의 생계 수단을 결딴내가며 필요 이상의 재산을 축적하면 안 된다고 했다오. 그게 그녀의 관점이었소. 돈에서 돈보다 영원한 무언가를 본 거요. 그녀는 내가 자기 이야기를 귀담아듣는다는 것을 깨닫고 내 행동을 교정해서 세상을 위해 좋은 일을 하겠다는 생각을 하게 되었소. 그래서 남기로 결정했다가 이런 사건이 벌어진 거요."

"해결에 도움이 될 만한 단서는 없습니까?"

황금왕은 두 손에 얼굴을 묻고 잠시 깊은 생각에 잠겼다.

"지금 상황은 그녀에게 불리하죠. 그건 분명해. 그리고 여자는 자기만의 세계가 있어서 남자의 판단 범주를 넘어서는 행동을 저지르곤 하잖소. 처음에는 하도 놀라고 충격을 받아서 그녀가 평소와 다르게 어마어마한 탈선을 저질렀나 의심할 뻔했소. 내가 생각한 가설이 하나 있으니 진위야 어떻든 한번 들어보시오, 홈스 씨. 아내는 질투심이 대단했소. 정신적인 교류에 대한 질투도 육체적인 교류에 대한 질투만큼 광적일 수 있다오. 육체적인 면에 대해서는 질투할 이유가 없다는 것은 아내도 눈치챘을 거요. 하지만 정신적인 면에 있어서는 영국 아가씨가 자기하고는 차원이 다르게 내 생각과 행동을 쥐락펴락한다는 걸 알아차렸겠죠. 물론 좋은 쪽으로 그랬지만 아내에게는 같은 얘기지요. 아내는 증오심으로 이성을 잃었소. 아내의 몸속에는 아마

존의 뜨거운 피가 흐르고 있소. 그래서 던바 양을 총으로 협박해서 내쫓거나 살해하려 했을 거요. 그러다 실랑이가 붙어 총이 발사되고 말았는데 그걸 들고 있던 아내가 맞은 거요."

"내가 이미 생각해본 가설입니다. 사실 고의 살인을 대체할 대안은 그것밖에 없습니다."

홈스가 말했다.

"하지만 던바 양이 절대 그러지 않았다고 하지 뭐요."

"뭐, 그것뿐만은 아니겠죠? 여자가 그렇게 끔찍한 일을 겪으면 놀라서 리볼버를 들고 허둥지둥 집으로 돌아올 수도 있습니다. 생각 없이 총을 옷 사이에 던져놓았다가 발각되자 전면 부인으로 상황을 모면하려는 것일 수도 있죠. 어떻게 설명할 수 없으니까요. 이 가설의 걸림돌은 뭡니까?"

"바로 던바 양이오."

"흠, 그렇겠죠."

홈스는 손목시계를 확인했다.

"오늘 오전 중으로 면회 허가를 받고 저녁 열차로 윈체스터의 구치소에 가봐야겠습니다. 아가씨를 직접 만나보면 사건 해결에 좀더 도움을 드릴 수 있을 겁니다. 내가 내린 결론이 깁슨 씨가 원하는 방향과 일치할지는 장담할 수 없지만요."

면회 허가를 받는 데 시간이 걸려서 우리는 윈체스터 대신 닐 깁슨의 집이 있는 햄프셔의 소어 플레이스로 내려갔다. 깁슨 씨는 우리와 동행하지 않았다. 이 사건을 맨 처음 수사한 지역 담당 경찰인 코번트리 경사의 주소를 알고 있어서 그를 찾아갔다. 경사는 키가 크고 호리호리하며 안색이 파리했다. 많은 것을 알고 있거나 의심 가는 것이 있지만 감히 말은 못 한다는 듯이 비밀스럽고 수상하게 굴었다. 누구나 아는 이야기를 하면서 중요한 정보를 제공하는 것처럼 느닷없이 언성을 낮추고 속삭이는 습관이 있었다. 하지만 거드름 피우지 않고 이 사건이 자기 능력 밖이라고 실토하며, 도움을 준다면 언제든 환영이라고 하는 것을 보면 제법 훌륭하고 솔직한 친구였다.

"어쨌든 런던 경찰청보다야 홈스 씨가 낫죠. 런던 경찰청이 개입해서 사건을 해결하면 모든 공을 빼앗기고, 사건을 해결하지 못하면 지역 경찰이 욕을 바가지로 먹으니까요. 홈스 씨는 공과에 명확하시다고 들었습니다."

"나는 전면에 나설 이유가 없습니다. 사건을 해결했을 때 이름을 거론해달라고 요구할 생각도 없고요."

우울해하던 경찰관은 홈스의 말을 듣고 안심하는 기색이 역력했다.

"아, 그렇게 해주시면 저희야 감사하죠. 홈스 씨의 친구인 왓슨 박사님도 믿을 수 있는 분이라고 알고 있습니다. 자, 홈스 씨와 사건 현장으로 걸어가면서 한 가지 여쭈어보고 싶은 게 있습니다. 지금까지 아무한테도 하지 않은 이야긴데요."

그는 말하기가 겁나는 사람처럼 사방을 두리번거렸다.

"닐 깁슨 씨가 범인일 가능성도 있다고 보십니까?"

"가능성을 생각해보지 않은 건 아닙니다."

"홈스 씨는 던바 양을 몰라서 그렇습니다. 모든 면에서 얼마나 훌륭하고 착한 아가씨라고요. 깁슨 씨가 부인이 없어지길 바란 것도 무리가 아니에요. 그리고 미국인들은 걸핏하면 권총을 쓰잖습니까. 그건 깁슨 씨의 권총이었어요."

"확실합니까?"

"네, 깁슨 씨가 가지고 있던 쌍둥이 권총 중 한 자루예요."

"그중 한 자루라고요? 그럼 나머지 한 자루는 어디 있습니까?"

"글쎄요, 그분은 다양한 총기를 많이 가지고 있거든요. 다른 한 자루는 찾지 못했습니다. 하지만 상자는 두 개를 보관하도록 만들어졌더군요."

"한 쌍으로 제작된 권총이라면 나머지 한 자루가 분명 있을 텐데요."

"직접 확인하고 싶으시면 집안에 있는 총기를 몽땅 꺼내서 보여드릴 수 있습니다."

"나중에요. 비극의 현장부터 봅시다."

여기까지는 마을의 지구대 본부이자 코번트리 경사의 소박한 시골집 응접실에서 나눈 대화다. 시들어가는 양치류가 바람을 타고 황금빛과 구릿빛으로 너울대는 황야를 팔백 미터 정도 걸어가자 소어 플레이스와 연결된 쪽문이 나왔다. 오솔길을 따라서 쾌적한 수렵 금지 구역을 지나 빈터에 다다르자 언덕마루에 우뚝 선 널따란 저택이 보였다. 튜더 왕조풍과 조지 왕조풍이 반씩 섞였고 절반이 목조로 이루어진 저택이었다. 근처에 갈대가 우거진 길쭉한 연못이 있었다. 마차가 지나다닐 수 있는 돌다리가 놓인 허리 부분은 잘록한데 그 양옆은 조그만 호수라고 해도 될 만큼 폭이 넓었다. 돌다리 바로 앞에 다다랐을 때 경사가 걸음을 멈추고 땅바닥을 가리켰다.

"깁슨 부인의 시체가 발견된 지점이 여깁니다. 돌멩이로 표시해놨죠."

"시신을 옮기기 전에 현장에 도착하셨다고요."

"네, 바로 불려왔죠."

"누가 부르러 왔습니까?"

"깁슨 씨가 직접 왔습니다. 소식을 듣자마자 다른 사람들과 함께 집밖으로 뛰쳐나왔고 경찰이 올 때까지 아무것도 건드리지 말라고 했다더군요."

“적절한 조치를 취했군요. 신문 보도로는 가까이서 총알이 발사됐다고 하던데요.”

“네, 아주 가까이서 발사됐어요.”

“오른쪽 관자놀이 가까이요?”

“관자놀이 바로 뒤에서요.”

“시신이 어떤 자세로 쓰러져 있었습니까?”

“똑바로 누워 있었습니다. 몸싸움을 벌인 흔적은 없었어요. 발자국이나 무기는 없었습니다. 던바 양이 보낸 짧은 편지만 왼손에 움켜쥐고 있었죠.”

“움켜쥐고 있었다고요?”

“네, 손가락을 떼어내기 힘들 정도였습니다.”

“중요한 사실이로군요. 누가 엉뚱한 단서를 제공하기 위해 사후에 편지를 쥐여주었을 가능성은 없군요. 그것참! 그나저나 편지가 상당히 짧았던 걸로 기억하는데요.

‘9시에 소어 브리지로 나가겠습니다. G. 던바.’

이게 전부 아니었습니까?”

“맞습니다.”

“던바 양이 편지를 썼다고 시인하던가요?”

“네.”

“무슨 이유에서 썼다고 했습니까?”

“순회심판 때 변론을 제기하겠답니다. 그러고는 입을 다물어 버렸어요.”

“그 문제야말로 흥미진진하군요. 쪽지를 쓴 이유가 정말이지 알쏭달쏭하지 않습니까?”

“글쎄요. 이런 말씀을 드려도 될지 모르겠습니다만, 사건을 통틀어 딱 한 가지 확실한 부분이 바로 그 대목 아닐까 싶은데요.”

경사의 말에 홈스는 고개를 저었다.

“편지가 진짜고 던바 양이 썼다면 사건 발생 이전에 부인에게 전달됐을 겁니다. 한 시간이나 두 시간 전에요. 부인이 왜 그걸 왼손에 계속 쥐고 있었을까요? 왜 그렇게 애지중지 들고 있었을까요? 던바 양과 만났을 때 편지 얘기를 할 필요는 없었을 텐데 말입니다. 이상하지 않습니까?”

“뭐, 듣고 보니 그럴 수도 있겠네요.”

“잠깐 앉아서 조용히 생각해봐야겠습니다.”

홈스는 다리에 달린 돌난간에 걸터앉아서 의문을 품은 회색 눈을 이리저리 움직였다. 그러다 벌떡 일어나더니 주머니에서 돋보기를 꺼내 반대편 난간으로 달려갔다. 그는 난간을 들여다보기 시작했다.

“희한한 일이로군.”

홈스가 말했다.

"네, 저희도 난간의 이가 나간 것을 봤습니다. 지나가던 행인의 소행이겠죠."

회색 돌난간에서 육 펜스 동전만 하게 떨어져나간 부분만 하얗게 보였다. 자세히 들여다보니 날카로운 물건으로 내리친 자국임을 알 수 있었다.

"이 정도면 꽤 세게 친 건데."

홈스가 생각에 잠긴 투로 혼잣말을 했다. 그가 지팡이로 난간을 몇 번 때렸지만 아무 흔적도 나지 않았다.

"그래, 이렇게 단단하잖아. 위치도 희한하단 말이지. 위가 아니라 아래에서 쳤네. 난간의 아래쪽 모서리가 나갔잖아."

"그래도 시신하고는 거리가 사오 미터됩니다."

"그렇죠, 사오 미터는 되죠. 사건과 상관없을 수도 있지만 기억해둘 부분입니다. 여기서 더 볼 건 없는 듯한데요. 발자국은 없습니까?"

"땅바닥이 돌처럼 단단하거든요. 전혀 흔적이 없었습니다."

"그럼 갑시다. 먼저 저택으로 올라가서 아까 얘기한 총기들을 둘러봅시다. 그런 다음 윈체스터 구치소로 가야겠네요. 수사를 진행하기 전에 던바 양을 만나고 싶습니다."

닐 깁슨은 런던에서 아직 돌아오지 않았다. 아침에 우리를 찾아왔던 성마른 베이츠가 집을 지키고 있었다. 그는 악의에 찬 미소를 지으며 집주인이 다사다난한 인생을 살면서 수집한 각양각색의 어마어마하게 많은 총기들을 보여주었다.

"그분의 됨됨이와 수법을 아는 사람이라면 예상할 수 있듯이 깁슨 씨에게는 적이 많습니다. 잠을 잘 때도 침대 옆 곁탁자 서랍에 장전된 권총을 넣어두죠. 성격이 포악해서 저희 모두 벌벌 떨었던 때도 있어요. 돌아가신 가엾은 사모님도 종종 그랬을 겁니다."

"깁슨 씨가 부인에게 폭력을 행사하는 현장을 목격한 적 있습니까?"

"아뇨, 그렇지는 않습니다. 하지만 폭행 못지않은 폭언을 하는 건 들었죠. 하인들이 있을 때도 부인을 무시하며 가슴에 못을 박는 말들을 거침없이 내뱉었거든요."

지구대로 돌아가는 길에 홈스가 말했다.

"우리의 백만장자가 사생활 면에서는 빵점인 것 같군. 새로운 정보를 비롯해서 여러 가지 정보를 입수했지만 아직 결론을 내리기엔 일러. 베이츠가 주인을 끔찍하게 싫어하긴 하지만 소식이 전해졌을 때 주인이 서재에 있었다고 알리바이를 대주었지. 저녁 식사는 8시 30분에 끝났고 그때까지 아무 일이 없었어. 소식은 밤늦게 전해졌지만 사건은 분명 편지에 적힌 그 시각 무렵에 벌어졌을 거야. 깁슨 씨는 런던에 나갔다가 5시에 돌아온 뒤로 외출을 했다는 증거는 없네. 반면에 던바 양은 다리에서 깁슨 부인을 만나기로 했다고 시인했지. 변호사가 조언한 대로 그 외에는 함구하고 있고. 젊은 숙녀에게 물어볼 중요한 질문이 몇 가지 있는데 만날 때까지 마음이 편치 않을 것 같군. 한 가지만 빼고는 상황이 너무 불리하니 말일세."

"한 가지가 뭔데?"

"그녀의 옷장에서 발견된 권총 말일세."

"아니, 홈스! 그게 가장 불리한 증거로 보이는데?"

내가 외쳤다.

"아니지, 왓슨. 처음에 기사를 대충 읽었을 때부터 이상하다 싶었는데 사건을 가까이서 들여다보니 그것이 내 유일한 희망이 되었다네. 일관성을 따져야 해. 일관적이지 않은 곳에 속임수가 숨어 있기 마련이니까."

"무슨 말인지 모르겠군."

"왓슨, 자네가 냉정하고 계획적으로 연적을 제거하러 나선 여자가 됐다고 상상해보게. 미리 계획을 세우고 편지도 썼다네. 상대가 도착했어. 손에는 무기가 들려 있지. 범행을 전문가처럼 완벽하게 저질렀네. 범행은 깔끔하게 완수했으니 바로 옆 갈대밭에 권총을 던지면 감쪽같을 텐데, 깜빡하고 집까지 들고 가서 경찰이 가장 먼저 수색할 게 뻔한 자기 옷장에 던져놓는 자충수를 두겠나? 친구들 사이에서 모사꾼은 못 된다는 평가를 받는 자네라도 그렇게 한심한 실수는 저지르지 않을 걸세."

"정신이 없다 보면……."

"아니야, 아니야, 왓슨. 있을 수 없는 얘기야. 사전에 계획한 범행이라면 무기를 은폐할 방법도 계획에 포함되어 있겠지. 우리는 뭔가 끔찍한 착오를 저지르고 있다네."

"하지만 설명이 필요한 부분이 너무 많은데."

"이제 하나씩 설명해나가야지. 관점을 바꾸면 불리한 증거가 진실에 이르는 단서가 되기도 한다네. 예를 들어 권총이 있지. 던바 양은 그 권총에 대해서 전혀 모른다고 했어. 우리의 새로운 가설에 따르면 전혀 모른다는 그녀의 말은 진실이야. 따라서 다른 누가 그녀의 옷장에 넣은 거지. 누가 그랬을까? 누명을 뒤집어씌우고 싶은 사람이 넣었겠지. 그 사람이 실제 범인 아닐까? 이렇게 유익한 질문들이 벌써부터 줄줄이 이어지잖은가."

면회 신청 수속이 아직 진행중이라 우리는 윈체스터에 붙잡혀 하룻밤 머물렀다. 다음날 아침에 변호를 맡은 법조계의 떠오르는 샛별, 조이스 커밍스를 대동하고 구치소에서 그녀를 만날 수 있었다. 그때까지 들은 이야기가 있었으니 미인일 줄은 예상했지만 던바 양을 보았을 때 받은 인상은 잊지 못할 것이다. 거

만한 백만장자가 그녀에게서 자기보다 강력한 힘, 그를 통제하고 주도할 만한 힘을 느낀 것도 무리가 아니었다. 강인하고 윤곽이 뚜렷하면서도 섬세한 얼굴에 깃든 성품을 보면 그녀가 설령 충동적으로 어떤 짓을 저지르더라도 좋은 결과로 이어질 것 같다는 생각이 들었다. 그녀는 흑갈색 머리카락에 키가 크고 우아한 자태와 당당한 분위기가 돋보이는 여성이었다. 까만 눈이 그물에서 빠져나갈 방법을 찾지 못한 사냥감처럼 애처로운 매력을 풍겼다. 유명한 내 친구를 만나 그의 도움을 받게 되었다는 소식을 듣자 창백했던 뺨에 살짝 화색이 돌면서 우리를 쳐다보는 눈에 희망의 빛이 떠올랐다.

"저희 둘 사이에 있었던 일은 닐 깁슨 씨에게 들으셨겠죠?"

그녀가 불안한 목소리로 나지막이 물었다.

"네, 그 부분에 대해서 번거롭게 설명하실 필요 없습니다. 직접 만나고 보니 깁슨 씨가 당신의 말이라면 꼼짝하지 못한다는 말도, 두 분이 순수한 사이라던 주장도 선뜻 믿을 마음이 생기는군요. 하지만 법정에서 전말을 밝히지 않고 함구한 이유가 뭡니까?"

홈스가 대답했다.

"이런 얼토당토않은 누명으로 기소가 유지될 줄 몰랐거든요. 시간을 가지면 한 가족의 가슴 아픈 속사정을 공개하지 않아도 저절로 정리가 될 거라고 믿었어요. 그런데 정리가 되기는커녕 더 심각해졌네요."

"아, 던바 양. 이 문제에만큼은 환상을 버리길 바랍니다."

홈스가 진지하게 말했다.

"여기 커밍스 씨도 동의하겠지만 현재로서는 정황이 우리에게 불리합니다. 혐의를 벗으려면 모든 방법을 동원해야 하죠. 별로 위험하지 않은 상황이라고 생각하는 건 잔인한 자기기만이에요. 던바 양이 열심히 도와주어야 진실을 밝힐 수 있습니다."

"아는 대로 전부 말씀드릴게요."

"깁슨 부인과 어떤 관계였는지 이야기해주시죠."

"부인은 저를 미워했어요. 열대지방 출신답게 격렬하게 미워했죠. 부인은 뭐든 어중간하게 하지 않는 성격이었고 남편을 사랑하는 만큼 저를 미워했어요. 저희 둘의 관계를 오해했을 수도 있어요. 부인을 험담하기는 싫지만 그분은 사랑은 육체로 연결되는 거라 생각했죠. 깁슨 씨와 저의 정신적인, 어쩌면 영적인 관계를 이해하지 못했습니다. 제가 그 집에 남은 유일한 이유가 깁슨 씨의 능력을 좋은 데 쓰기 위해서라는 것을 상상조차 못 했죠. 제가 잘못 판단했다는 걸 이제는 알겠어요. 그 집에 눌러앉아 불행의 씨앗이 된 것에는 어떤 변명도 용납될 수 없겠죠.

하지만 그 집에서 나왔더라도 불행은 가시지 않았을 거예요."

"던바 양, 그날 밤 있었던 일을 정확하게 이야기해주십시오."

홈스가 말했다.

"아는 대로 솔직하게 말씀드리겠지만 저는 아무것도 증명할 수 없는 입장이고, 몇 가지 결정적인 부분을 무슨 수로 설명할 수 있을지 막막하네요."

"던바 양이 사실대로 밝히기만 하면 설명할 방법은 다른 사람들이 찾아낼 겁니다."

"그날 밤에 소어 브리지에 갔던 이유를 말씀드릴게요. 그날 아침에 깁슨 부인이 쓴 편지를 받았어요. 공부방 책상 위에 놓여 있었죠. 부인이 직접 가져다놓았을 수도 있어요. 긴히 할 말이 있다고 저녁 식사 후에 만나자며 모두에게 비밀로 하고 싶으니 정원의 해시계 위에 답장을 남겨달라고 적혀 있더군요. 쉬쉬할 이유가 뭐가 있을까 싶었지만 약속에 응하면서 부탁한 대로 했죠. 저더러 편지를 없애달라고 하기에 공부방 벽난로에 넣어서 태웠고요. 부인은 남편을 무서워했어요. 제가 여러 번 나무랐지만 깁슨 씨가 부인에게 모질게 굴었기 때문이죠. 깁슨 씨에게 비밀로 하고 싶어서 그러나 보다고 생각했어요."

"그런데 부인은 던바 양의 답장을 애지중지 간직하고 있었던 거로군요?"

"네, 죽었을 때 제 답장을 손에 쥐고 있었다는 얘기를 듣고 놀랐어요."

"좋습니다. 그런 다음에는 무슨 일이 일어났습니까?"

"약속한 대로 나갔어요. 다리 쪽으로 걸어가는데 부인이 저를 기다리고 있더군요. 저는 그 순간까지 딱한 분이 얼마나 저를 미워하는지 몰랐어요. 그때 보니 미친 여자 같았어요. 아니, 정말 정신이 이상해졌을지도 몰라요. 남을 골탕 먹이는 간교한 음모를 꾸밀 정도로 정신이 이상해졌을지도요. 속으로는 그렇게 저를 미치도록 증오하면서 어떻게 날마다 아무렇지 않은 얼굴로 대할 수 있었을까요? 부인이 무슨 얘기를 했는지는 말씀드리지 않겠어요. 낯뜨겁고 험한 소리를 있는 대로 퍼부으면서 분통을 터뜨리셨거든요. 저는 대꾸도 못 했어요. 할 수가 없었어요. 보고 있기만 해도 끔찍했습니다. 그래서 손으로 귀를 막고 도망쳤죠. 제가 도망칠 때까지 부인은 다리 입구에 꼼짝 않고 서서 저를 향해 욕을 퍼붓고 있었어요."

"나중에 시신으로 발견된 자리에서 말입니까?"

"거기서 몇 미터 떨어지지 않은 곳에서요."

"던바 양이 자리를 피하고 얼마 안 있어서 부인이 죽었다면 총성이 들렸을 텐데요. 못 들었나요?"

"네, 아무 소리도 듣지 못했어요. 사실 홈스 씨, 끔찍한 폭언을 듣고 났더니 가슴이 요동칠 정도로 놀라서 조용한 제 방으로 허둥지둥 달려갔기 때문에 무슨 일이 벌어졌더라도 알아차리지 못했을 거예요."

"방으로 돌아갔다고요. 다음날 아침이 될 때까지 방을 비운 적이 있습니까?"

"네, 그 딱한 분이 돌아가셨다는 소식이 전해졌을 때 다른 사람들과 함께 달려나갔거든요."

"그때 깁슨 씨와 마주쳤습니까?"

"네, 저와 마주쳤을 때 깁슨 씨는 다리까지 갔다가 돌아오는 길이었어요. 의사와 경찰을 부른 참이었고요."

"당황스러워하던가요?"

"깁슨 씨는 강단이 있고 자제심이 뛰어난 분이에요. 속내를 겉으로 드러낸 적이 한 번도 없을 거예요. 하지만 저는 깁슨 씨를 알기 때문에 걱정스러워하고 있다는 걸 알 수 있었죠."

"이제 중요한 대목에 이르렀습니다. 던바 양의 방에서 발견된 권총 말입니다. 전에도 그 권총을 본 적 있습니까?"

"본 적 없어요. 맹세할 수 있어요."

"권총이 발견된 시점이 언제였죠?"

"다음날 아침, 경찰이 수색을 시작했을 때요."

"옷장에서 발견됐고요?"

“네, 걸려 있는 원피스 아래에, 옷장 바닥에 있었어요.”

“언제부터 거기 있었는지는 모르시고요?”

“전날 아침에는 없었어요.”

“그걸 어떻게 아십니까?”

“옷장 청소를 했거든요.”

“그렇다면 확실합니다. 누가 던바 양에게 누명을 씌우기 위해 방에 권총을 놓고 간 겁니다.”

“그랬을 거예요.”

“언제 그랬을까요?”

“식사 시간이나 제가 공부방에서 아이들을 가르치는 시간에요.”

“던바 양이 편지를 발견한 방이 공부방이죠?”

“네, 그때부터 오전 내내 공부방에 있었거든요.”

“고맙습니다, 던바 양. 수사에 도움이 될 만한 다른 정보 없을까요?”

“생각이 안 나네요.”

“다리 난간을 누가 내리친 흔적이 있었어요. 시신이 마주보는 위치의 난간에 최근 흠집이 생겼더군요.”

“우연의 일치겠죠.”

“희한한 일이죠, 던바 양. 아주 희한해요. 왜 하필 비극이 벌어진 그때, 그 장소에 그런 자국이 생겼을까요?"

"뭣 때문에 그렇게 됐을까요? 어지간히 세게 내리치지 않고서는 흠집이 생기지 않을 텐데요."

홈스는 대꾸하지 않았다. 창백하고 열의에 찬 얼굴이 문득 굳고 넋이 나간 표정으로 바뀌었다. 천재적인 능력이 발휘될 때 나오는 표정임을 나는 잘 알았다. 머릿속이 얼마나 복잡한지 눈에 보일 정도였기 때문에 우리 셋은 감히 아무 말도 건네지 못하고 침묵 속으로 빠져든 그를 쳐다보기만 했다. 갑자기 그가 얼른 조치를 취해야겠다는 듯이 초조하게 몸을 떨며 자리에서 일어났다.

"가세, 왓슨, 가자고!"

그가 외쳤다.

"왜 그러세요, 홈스 씨?"

"신경쓰지 마십시오, 던바 양. 나중에 연락하겠습니다, 커밍스 씨. 정의의 여신의 도움 아래 영국 전역을 떠들썩하게 만들고도 남을 사건을 안겨드리죠. 내일이면 소식을 들을 수 있을 겁니다, 던바 양. 그때까지 저를 믿고 마음 푹 놓으세요. 구름이 걷히고 진실의 빛이 고개를 내밀 가능성이 보이니까요."

윈체스터에서 소어 플레이스까지는 먼길이 아니었지만 조바심에 멀게 느껴졌다. 특히 홈스에게는 영원처럼 느껴지는지 초조해하며 가만히 앉아 있지 못하고 객차 안을 왔다갔다하거나 길고 섬세한 손가락으로 옆에 놓인 쿠션을 두드렸다. 일등칸 승객은 우리 둘뿐이었다. 그러다 목적지에 가까워지자 맞은편 자리에 앉아 내 양쪽 무릎에 손을 얹더니 묘하게 짓궂은 눈빛으로 내 눈을 바라보았다. 개구진 일을 계획할 때 등장하는 눈빛이었다.

"왓슨, 이렇게 먼길을 나설 때면 자네가 무기를 챙겼던 걸로 기억하는데."

그를 위해 챙기는 것이기도 했다. 그는 사건에 몰입했다 하면 자신의 안위에는 관심이 없어서 내 권총이 적재적소에 쓰인 적이 여러 번 있었다. 나는 그에게 그 사실을 지적했다.

"맞아, 맞아, 내가 그런 부분에 생각이 짧지. 아무튼 권총은 챙겨 왔나?"

나는 뒷주머니에서 한 손에 쏙 들어오는 크기의 작지만 쓸모 있는 무기를 꺼냈다. 그는 안전장치를 풀고 탄창을 꺼내서 꼼꼼히 살폈다.

"무겁군. 제법 묵직해."

"음, 견고하게 만들어졌으니까."

그는 탄창을 물끄러미 바라보았다.

"그거 아나, 왓슨? 나는 자네의 권총이 우리가 수사중인 사건과 밀접한 연관이 있다고 생각한다네."

그가 말문을 열었다.

"무슨 그런 농담을."

"왓슨, 농담이 아니라네. 실험을 하고 나면 모든 게 밝혀질 걸세. 실험의 결과는 이 조그만 무기의 반응에 따라 달라질 거야. 총알 하나는 제외하고 나머지 다섯 발을 넣고 안전장치를 걸겠네. 자! 이러면 무게가 늘어서 더 완벽한 재현이 되겠지."

홈스는 자기 속셈을 짐작조차 못 하는 내게 알려줄 생각은 없는 듯 아담한 햄프셔 역에 도착할 때까지 묵묵히 생각에 잠겼다. 우리는 금방이라도 주저앉을 것 같은 이륜마차를 타고 십오 분을 달려 믿음직한 친구인 경사의 집을 찾아갔다.

"단서라고요, 홈스 씨? 어떤 단서요?"

"왓슨 박사의 권총이 보이는 반응에 따라 달라집니다. 여기 이 권총이죠. 자, 경사님, 십 미터짜리 끈을 구할 수 있습니까?"

마을 가게에서 튼튼한 노끈 뭉치를 팔고 있었다.

"이거면 준비가 끝난 것 같습니다. 이제 출발해볼까요? 그곳이 이번 여행의 종착지이길 바라면서 말이죠."

홈스가 말했다.

지는 해가 바람에 굽이치는 햄프셔의 황야를 근사한 가을빛으로 물들였다. 경사는 내 친구의 정신 상태가 의심스러운지 못마땅한 눈빛으로 계속 흘끗거리며 허위허위 따라왔다. 나는 사건 현장으로 다가가는 동안 겉보기에 평소처럼 차분한 내 친구가 사실은 불안해하고 있다는 것을 느낄 수 있었다.

내가 그 점을 지적하자 홈스가 답했다.

"맞아, 왓슨. 자네는 내가 헛다리짚는 걸 예전에도 본 적 있지 않은가. 나는 사건의 진실을 직감하곤 하지만 가끔은 그 직감이 틀릴 때도 있긴 하니까. 맨 처음에 윈체스터의 구치소에서 이 생각이 퍼뜩 떠올랐을 때는 이거다 싶었지. 그런데 두뇌회전이 빠른 사람의 한 가지 문제점이 뭔가 하면 항상 제2의 시나리오가 생각난다는 거야. 그렇다 하더라도, 그렇다 하더라도……. 왓슨, 시도해봐야지."

홈스는 걸어가는 동안 끈의 한쪽 끝을 권총 손잡이에 단단히 묶었다. 이제 우리는 비극의 현장에 도착했다. 그는 경사의 도움을 받아 시신이 쓰러져 있었던 위치를 공들여 표시했다. 그런 다음 헤더와 양치류 틈바구니에서 큼지막한 돌멩이를 주워 왔다. 돌멩이를 끈의 다른 쪽 끝에 묶고 다리 난간 아래로 늘어뜨리되 수면과 어느 정도 거리를 두었다. 이제 그가 권총을 손에 쥐고 다리에서 조금 떨어진 시신이 발견된 지점에 서자 양쪽 끝에 총과 묵직한 돌을 매단 줄이 팽팽해졌다.

"간다!"

홈스는 이렇게 외치고는 권총을 머리 가까이 들었다가 손에서 놓았다. 돌멩이의 무게 때문에 순식간에 날아간 총이 날카로운 소리를 내며 난간을 때리고는 물속으로 사라졌다. 홈스는 총이 사라지자마자 난간 옆에 무릎을 꿇고 환호성을 터뜨렸다. 예상했던 결과가 나온 것이다.

"이보다 정확한 시연이 있을 수 있을까? 봤지, 왓슨? 자네의 권총이 사건을 해결했다네!"

홈스가 소리치면서 돌난간 아래쪽 모서리에 난 두 번째 흠집을 가리켰다. 첫 번째 흠집과 크기와 모양이 똑같았다.

"오늘밤에는 여관에 묵겠습니다."

그는 일어나서 실험 결과의 놀라움이 가시지 않은 경사를 보며 말을 이었다.

"갈고리 가지고 계시죠? 그걸로 연못 바닥을 훑으면 제 친구의 권총을 꺼낼 수 있을 겁니다. 그 옆에 끈과 추가 달린 총이 하나 더 있을 겁니다. 앙심을 품은 부인이 무고한 사람에게 살인 누명을 씌우려고 쓴 총요. 깁슨 씨에게 내일 아침에 만나서 던바 양 구출 작전을 시작하자고 전해주십시오."

느지막한 저녁 무렵, 우리는 마을 여관방에 앉아 파이프 담배를 피웠다. 홈스가 사건의 전말을 요약해서 알려주었다.

"소어 브리지 사건을 자네 작품집에 추가해도 내 명성을 높이는 데에 아무 도움이 안 될 것 같아. 두뇌 회전이 빠르지 못했고 일의 기본이라 할 수 있는 상상력과 현실감각이 잘 조화되지 못했거든. 솔직히 난간에 난 흠집이면 사건 해결의 단서가 되기에 충분했는데 왜 진작 알아차리지 못했는지 자책감이 든다네.

불행했던 여인이 철저하고 교묘하게 머리를 잘 써서 음모를 밝히기가 쉽지 않았어. 우리가 지금까지 해결한 사건 중에서 비정상적인 사랑의 말로를 더 극단적으로 보여주는 사례가 있을까? 던바 양이 자기 남편과 육체적인 관계를 맺었든 정신적인 관계만 맺었든 그녀가 보기에는 똑같이 용서할 수 없는 문제였던 거지. 남편이 노골적으로 애정을 표현하는 부인을 떼어내기 위해서 던진 모진 말과 행동을 아무 죄 없는 던바 양의 탓으로 돌렸을 테고. 부인은 결국 자살을 결심했어. 그런 다음 희생양을 죽음보다 끔찍한 운명으로 몰고 갈 작전을 궁리했지.

부인이 어떤 방법을 택했는지는 금세 파악이 된다네. 그걸 보면 그녀가 얼마나 교묘한 사람이었는지 알 수 있어. 범행 장소를 던바 양이 선택한 것처럼 보이게 편지를 쓰도록 유도해서 받아내지 않았나. 편지가 반드시 발견되어야 한다는 일념으로 끝까지 손에 쥐는 무리수를 두기도 했지. 이것만으로도 진작부터 부인을 의심하기에 충분했다네.

이후에 부인은 남편의 권총을 하나 슬쩍했지. 자네도 봤다시피 집안에 총기실이 있지 않던가. 그런 다음 약실 한 칸을 비운 쌍둥이 총을 그날 아침에 던바 양의 옷장에 숨겨두었다네. 총알 빼는 거야 숲속에서 아무도 모르게 뚝딱 해치울 수 있었지. 그런 다음 무기를 없앨 기발한 방법을 마련해놓은 다리로 향했지. 약속대로 던바 양이 나타나자 부인은 그녀를 향한 증오를 쏟아내는 데 생의 마지막 순간을 할애했어. 그리고 그녀가 소리를 듣지 못할 만큼 멀어지자 끔찍한 계획을 실행에 옮겼다네. 이제 모든 연결 고리가 제자리를 찾았고 사슬이 완성되었어. 신문에서는 왜 처음부터 연못을 뒤지지 않았느냐고 할 테지만 어디에서, 뭘 찾아야 하는지 정확하게 알지도 못하는 상태에서 갈대로 덮인 넓은 연못을 무슨 수로 뒤지겠나. 자, 왓슨, 우리가 이렇게 해서 던바 양이라는 비범한 여인과 만만찮은 남자를 도왔군. 그 둘이 힘을 합친다면 닐 깁슨이 속세의 교훈을 가르치는 교실에서 슬픔에 대해 뭔가 배우고 달라졌다는 것이 재계에 알려질 거야."

기어다니는 남자

Sherlock Holmes
The Case-Book of Sherlock Holmes

셜록 홈스는 예전부터 나더러 프레스베리 교수와 얽힌 괴이한 사건을 발표하라고 이야기했다. 이십 년 전쯤 한 대학을 술렁이게 만들고 런던의 학계에 파문을 일으켰던 추문을 뿌리 뽑기 위해서라도 말이다. 하지만 몇 가지 걸림돌이 있어서 이 특이한 사건은 내 친구의 모험담이 담긴 양철 서류함에서 잠자고 있었다. 이제야 관계자의 허락 아래, 홈스가 현업에서 은퇴하기 직전에 해결했던 사건 중 하나인 이 사건의 진상을 공개하고자 한다. 물론 아직도 세상에 소개하기에 부적절한 부분이 남아 있지만 말이다.

내가 홈스의 간결한 전보를 받은 것은 1903년 9월 초의 어느 일요일 저녁이었다.

별일 없으면 당장 와주게. 별일 있어도 와주고.

S.H.

말년으로 접어들었을 때 우리 둘은 특이한 관계로 발전했다. 그는 몇 가지 버릇이 농축된 남자라 할 수 있는데, 내가 그의 버릇 가운데 하나처럼 되어버렸다. 나는 그에게 바이올린이나 싸구려 담배, 오래된 까만색 파이프나 색인 자료집, 그 밖의 없으면 안 되는 몇 가지 물건과 같았다. 수사중에 믿음직한 동지가 필요할 때 내 역할은 누가 봐도 분명했다. 그렇지 않은 때라도 쓸모가 있었다. 나는 그의 정신을 벼리는 숫돌이자 자극제였다. 그는 내 앞에서 중얼거리며 생각을 정리하는 것을 좋아했다. 나보다 침대에 대고 말한다는 편이 알맞은 경우가 대부분이었지만 그 일이 습관으로 굳어지자 내가 제기하는 의견과 말참견이 어느 면에서는 도움이 되었다. 내가 특유의 둔한 머리로 짜증을 돋우면 섬광처럼 반응하는 그의 직관과 감각이 더욱 거세게 타올랐다. 그것이 우리의 동맹 관계에서 내가 맡은 보잘것없는 역할이었다.

베이커 스트리트로 찾아가보니 그는 안락의자에 무릎을 세우고 앉아서 파이프를 물고 미간을 찌푸린 채 생각에 잠겨 있었다. 문제가 잘 풀리지 않아 골머리를 앓는 것이다. 그는 내가 애용하는 안락의자를 가리킨 것을 끝으로 삼십 분 동안 나의 존재를 알은척하지 않았다. 그러다 상념에서 깨어났는지 움찔하더니 평소처럼 의미를 알 수 없는 미소를 지으며 한때 내 집이기도 했던 곳으로 돌아온 나를 맞이했다.

"넋이 빠져 보이더라도 이해해주게. 스물네 시간 전에 특이한 사건을 의뢰받았는데 생각하다 보니 사색으로 발전했지 뭔가. 탐정 업무에서 개의 쓰임새를 주제로 짧은 논문이라도 쓸까 심각하게 고민중이야."

"그건 이미 연구가 끝나지 않았나. 사냥개, 수색견……."

"아냐, 아냐, 왓슨. 그 분야야 당연히 빤하지. 그보다 훨씬 교묘한 분야가 있단 말일세. 기억할지 모르겠지만 자네가 자극적으로 포장해 발표한 '코퍼비치스의 비밀' 사건에서 내가 어린아이의 심리 관찰을 통해 모범적이고 존경할 만한 점잖은 아버지의 범죄를 추리해냈잖은가."

"그래, 분명하게 기억하지."

"개도 비슷할 거라고 생각하네. 개는 가족의 삶을 비추는 거울과 같지 않은가. 가족은 우울한데 개는 팔팔하고, 가족은 행복한데 개는 우울해하는 경우를 본 적 있나? 으르렁거리는 사람이 사는 집에는 으르렁거리는 개가 있고, 위험한 사람이 사는 집에는 위험한 개가 있지. 개의 일시적인 기분 변화가 가족 구성원의 일시적인 기분 변화를 반영하기도 하고."

나는 고개를 저었다.

"홈스, 설득력이 떨어지는데?"

파이프를 채우고 다시 자기 자리로 돌아간 홈스는 내 말에 아랑곳하지도 않고 말을 이었다.

"방금 말한 이론을 실제로 적용하는 문제는 내가 수사중인 사건과 큰 관련이 있다네. 뒤죽박죽으로 엉킨 실타래 속에서 실마리를 찾고 있거든. 가능성 있는 실마리 하나는 이런 거야. 프레스베리 교수의 울프하운드 견종 로이는 왜 주인을 물려고 할까?"

실망한 나는 의자에 몸에 기댔다. 이런 시시한 질문이나 듣자고 업무 도중에 불려왔단 말인가? 홈스가 나를 흘끗 쳐다보더니 말했다.

"자네는 예나 지금이나 똑같군그래! 가장 사소한 부분이 가장 중요한 문제를 좌우할 수 있다는 걸 아직도 모르다니. 캠퍼드 대학교의 유명한 생리학자인 프레스베리 교수를 자네도 들어봤지? 고리타분한 그 노교수가 친구처럼 아낀 충직한 울프하운드에게 두 번이나 물리다니 언뜻 듣기에도 이상하지 않나? 자네 생각은 어때?"

"개가 아픈 모양이지."

"음, 그럴 가능성도 배제할 수는 없지. 하지만 다른 사람을 공격하는 개가 아니었어. 특별한 경우 아니고는 주인도 괴롭히지 않았던 개거든. 특이해, 왓슨. 아주 특이해. 그나저나 초인종 소리가 들리는군. 베넷 씨가 일찍 도착한 모양이야. 베넷 씨가 오기 전에 자네와 오랫동안 대화를 나누고 싶었는데."

계단을 달려 올라오는 소리와 문을 날카롭게 두드리는 소리에 이어서 잠시 후 의뢰인이 등장했다. 키가 크고 서른 살쯤 되어 보이는 잘생긴 청년으로 차림새가 단정하고 우아했다. 세상 물정에 밝은 사람의 침착한 태도보다는 어딘지 모르게 부끄러워하는 학생 같은 수줍음이 느껴졌다. 홈스와 악수를 한 그는 놀란 눈빛으로 나를 쳐다보았다.

"민감한 문제입니다, 홈스 씨. 저는 대내외적으로 프레스베리 교수님을 대변하고 있습니다. 다른 분 앞에서 이 문제를 말하기가 곤란합니다."

"걱정 마십시오, 베넷 씨. 왓슨 박사는 입이 무거운 친구인데다 이번 사건은 아무래도 조수가 필요할 것 같거든요."

"그러시다면 알겠습니다, 홈스 씨. 제가 조심스러워할 수밖에 없는 점을 양해해주시리라 믿습니다."

"왓슨, 이분은 위대한 과학자의 담당 조교이자 고명딸의 약혼자이기도 한 트레버 베넷 씨라네. 베넷 씨, 당신이 교수에게 충심을 다해야 한다는 데에는 공감합니다. 그리고 이 특이한 사건을 해결할 수 있도록 발 빠르게 조치를 취하는 것으로 충심을 표현하면 더 좋을 테고요."

"저도 발 빠르게 조치하고 싶습니다, 홈스 씨. 저의 목표이기도 하고요. 왓슨 박사님도 자초지종을 아십니까?"

"시간이 없어서 설명을 하지 못했습니다."

"그럼 새로운 소식을 말씀드리기 전에 기본적인 사실부터 다시 설명하는 게 좋겠네요."

그러자 홈스가 말했다.

"내가 하겠습니다. 사건의 순서를 제대로 기억하고 있는지 점검도 할 겸. 왓슨, 프레스베리 교수는 유럽에서 명성이 자자한 분이라네. 평생을 학계에서 보내면서 단 한 번도 어떤 물의조차 일으킨 적이 없었지. 부인과 사별하고 외동딸인 이디스와 살고 있어. 호전적이라고 할 수 있을 만큼 박력 있고 적극적인 성격으로 알려져 있네. 불과 몇 달 전까지만 해도 그랬지.

그러다 삶의 흐름이 바뀌었어. 예순한 살의 이 교수가 같은 학교의 비교해부학 학과장인 모피 교수의 딸과 약혼을 했지 뭔가. 나이든 신사의 이성적인 연애가 아니라 젊은이처럼 격정적인 연애였어. 교수보다 물불 안 가리는 애인은 찾아볼 수 없을 정도였거든. 상대인 앨리스 모피는 정신적으로나 육체적으로나 나무랄 데가 없어서 교수가 반할 만한 숙녀였다네. 그래도 교수의 가족이 환영하지는 않았어."

"저희가 보기에는 나이 차가 지나쳤거든요."

손님이 말했다.

"그렇죠. 지나치고, 극단적이고, 부자연스럽습니다. 하지만 프레스베리 교수는 재산이 많았고 약혼녀의 아버지는 반대를 하지 않았지. 하지만 교수의 딸은 생각이 달랐어. 딸은 마음에 드는 후보자를 몇 명 정해두었었다네. 세속적인 관점에서 보면 조건이 떨어질지 몰라도 연령 면에서는 잘 어울리는 후보들을 말일세. 앨리스 모피 양은 교수의 특이한 성격까지 좋아했던 모양이야. 문제가 되는 건 나이뿐이었어.

이 무렵 평화롭던 교수의 일상에 먹구름을 드리우는 기이한 사건이 느닷없이 터졌다네. 교수가 어디 간다는 얘기도 없이 집에서 사라진 걸세. 이 주 만에 돌아온 교수는 여행으로 지친 기색이었어. 평소에는 솔직한 분이었는데 어디 다녀왔는지 얘기도 하지 않았고. 그런데 여기 베넷 씨 앞으로 프라하의 동창이 편지를 보냈다네. 이야기는 나누지 못했지만 프레스베리 교수를 뵈어서 반가웠다는 편지였지. 가족은 그제야 교수가 어디에 다녀왔는지 알게 되었어.

이제 중요한 대목에 이르렀군. 그때부터 교수에게 희한한 변화가 생겼어. 음흉하고 교활한 성격으로 바뀐 거야. 주변 사람들은 자기가 알던 교수가 아닌 것 같다고 했다더군. 본래의 훌륭했던 품성 위로 그림자가 드리워진 느낌을 받을 정도로. 지적인 능력은 달라지지 않았어. 강의도 여전히 훌륭했지. 하지만 왠지 모르게 분위기가 달라졌다지. 사악하고 종잡을 수 없는 분위기의 가면을 쓴 것 같았다네. 아버지 일이라면 물불 안 가리는 딸은 예전 관계를 회복하고 아버지가 쓴 가면을 찢으려고 계속 노력했다네. 베넷 씨도 그랬지만 소용없었고. 자, 베넷 씨, 이제 편지 이야기를 들려주시죠."

"왓슨 박사님께 미리 말씀드리자면, 교수님은 제게 비밀이 없었습니다. 제가 아들이나 남동생인 것처럼 있는 얘기 없는 얘기 다 하셨죠. 저는 비서 일도 하다 보니 교수님 앞으로 배달 오는 모든 서류를 처리합니다. 편지는 개봉해서 분류하고요. 그런데 교수님이 사라졌다가 돌아오신 뒤부터 달라졌어요. 우표 아래에 십자 표시가 있는 편지가 런던에서 배달되면 당신만 볼 수 있게 따로 챙겨달라고 하시는 겁니다. 그래서 제 손으로 편지 몇 통을 챙겨드렸습니다. 전부 런던 동중앙 우편국 소인이 찍혀 있었는데 글씨를 알아볼 수가 없었습니다. 교수님이 답장을 쓰셨는지 모르겠지만, 보내셨더라도 제가 보지 못했고 보낼 편지들을 모아놓는 바구니에 들어 있지도 않았습니다."

"그리고 상자요."

홈스가 거들었다.

"아, 그렇죠, 상자. 교수님이 사라졌다가 돌아오셨을 때 조그만 나무상자를 들고 오셨습니다. 독일풍의 예스러운 조각이 새겨져 있어서 유럽 여행 기념품 같은 분위기를 풍기는 상자죠. 교수님은 실험 기구들을 놓아두는 장에 보관하셨어요. 어느 날 제가 캐뉼라■를 찾다가 상자를 건드렸습니다. 그랬더니 교수님이 노발대발하면서 제게 험한 말을 퍼부으시는 겁니다. 호기심에 건드려본 것뿐이었는데 말이죠. 그런 일은 처음이었습니다. 전 크게 상처를 받았습니다. 일부러 그런 게 아니라 어쩌다 건드렸다고 아무리 설명을 해도 저녁 내내 저를 대하는 눈빛이 어찌나 매몰차던지 화가 풀리지 않으시는 모양이더군요."

베넷은 주머니에서 조그만 일기장을 꺼냈다.

"7월 2일의 일이었어요."

"훌륭한 증인이로군요. 적어놓으신 날짜가 필요할 수도 있겠습니다."

■ 체내로 약물을 주입하거나 체액을 뽑을 때 꽂아서 쓰는 관.

홈스가 말했다.

"위대한 스승님께 배운 여러 가지 중 하나가 체계적인 기록입니다. 교수님의 행동에서 이상한 낌새를 느낀 순간부터 이를 기록하는 것이 도리라는 생각이 들었습니다. 일기를 보니까 같은 날, 그러니까 7월 2일에 로이가 서재에서 복도로 나온 교수님을 물었네요. 7월 11일에도 똑같이 그랬고, 7월 20일에도 그랬다고 적었고요. 그날 이후 로이를 마구간으로 보냈습니다. 귀엽고 애교도 많은 아이였는데. 아, 이야기가 지루하신 모양이네요."

베넷 씨가 나무라는 투로 얘기했다. 누가 봐도 홈스는 딴생각을 하고 있었기 때문이다. 그는 딱딱하게 굳은 얼굴로 멍하니 천장을 올려보다가 가까스로 정신을 차렸다.

"이상한 일이군! 정말 이상한 일이야!"

그가 중얼거렸다.

"제가 몰랐던 부분들이네요, 베넷 씨. 기본적인 사실은 이 정도 설명이면 충분한 것 같습니다. 새로운 소식이 있다고요?"

암울한 기억이 떠올라서 그런지 의뢰인의 친근하고 솔직한 얼굴이 어두워졌다.

"그저께 밤에 있었던 일입니다. 새벽 2시쯤에 뜬눈으로 누워 있는데 복도에서 둔탁한 소리가 들리더군요. 문을 열고 내다보았죠. 교수님은 원래 복도 끝 방에서 주무시기 때문에……."

"정확한 날짜가?"

홈스가 물었다.

의뢰인은 쓸데없는 질문으로 하던 이야기가 끊기자 짜증난 기색이 역력했다.

"그저께 밤이라고 말씀드렸잖습니까. 그러니까 9월 4일이죠."

홈스는 고개를 끄덕이며 미소를 지었다.

"계속하십시오."

"교수님은 원래 복도 끝 방에서 주무시기 때문에 계단까지 가려면 제 방문 앞을 지나가야 하거든요. 그런데 정말이지 오싹했습니다, 홈스 씨. 저도 남들 못지않은 강심장인데 그 광경을 목격하고 얼마나 충격을 받았는지 모릅니다. 복도에 달린 창문 너머로 비치는 한줄기 빛 말고는 사방이 어두컴컴했습니다. 그런데 시커멓고 몸을 웅크린 무언가가 복도를 기어가다 불현듯 빛이 비치는 곳으로 들어서더군요. 교수님이었습니다. 교수님이 기어가고 있었던 겁니다, 홈스 씨. 기어가고 있었어요! 손과 무릎으로 기는 게 아니었습니다. 팔 사이로 고개를 숙인 채 손과 발로 기어갔다고 해야 정확한 표현일 겁니다. 그런데 움직임이 안정적이더군요. 저는 충격으로 굳어 있다가 교수님이 제 방문 앞에 도착했을 때서야 다가가서 '도와드릴까요' 하고 물었습니다. 그러자 교수님이 이상한 반응을 보이지 뭡니까. 벌떡 일어나서 욕을 하고는 허둥지둥 저를 지나서 계단을 내려가신 겁니다. 한 시간 정도 기다렸지만 돌아오지 않으셨습니다. 아마 동이 튼 다음에서야 방으로 돌아가셨을 겁니다."

"흠, 왓슨, 어떻게 생각하나?"

희귀한 표본을 소개하는 병리학자 같은 분위기를 풍기는 홈스가 물었다.

"요통 아닐까? 요통이 심하면 그렇게 움직일 수밖에 없다는데. 그보다 더 성격을 망치는 질환이 없지."

"훌륭해, 왓슨! 자네 덕분에 굳건하게 현실을 딛고 서 있을 수 있다니까. 하지만 벌떡 일어났다고 하니 허리가 아파서 그랬을 가능성은 없지."

"교수님의 건강은 좋습니다. 사실 요 몇 년 동안 뵌 중에 제일 정정하세요. 아무튼 이게 새로운 소식입니다, 홈스 씨. 경찰에 의뢰할 만한 사건은 아닌데 어쩌면 좋을지 도무지 알 길이 없고 묘하게 불길한 예감이 들어서요. 이디스, 그러니까 프레스베리 양도 저처럼 가만히 두고 볼 수만은 없다는 생각이고요."

베넷이 말했다.

"특이하고 의미심장한 사건입니다. 자네 생각은 어떤가, 왓슨?"

"의사의 관점에서 얘기하자면 정신과에 상담할 사건 같은데? 열애가 뇌 기능을 교란시킨 거지. 외국으로 떠난 이유는 열정을 식히기 위해서였고. 편지와 상자는 사건과 무관한 사적인 거래와 관련이 있을 거야. 차용증이나 주권이 들어 있지 않을까?"

"울프하운드는 금전 거래를 못마땅해하는 거고? 아니지, 아니지, 왓슨. 그렇게 간단한 문제가 아니야. 내가 딱 한 가지 짐작하는 게 있다면……."

셜록 홈스의 짐작이 뭐였는지 들을 기회는 오지 않았다. 바로 그 순간 문이 열리면서 젊은 아가씨가 방에 들어섰기 때문이었다. 그녀가 등장하자 베넷 씨가 탄성을 지르며 일어나더니 두 손을 내밀고 달려가 그녀의 손을 맞잡았다.

"이디스! 무슨 일이 생기거나 그런 건 아니지?"

"아무래도 따라와야 할 것 같더라고요. 잭, 너무 무서웠어요! 집에 혼자 있으려니 끔찍했어요."

"홈스 씨, 이쪽은 제가 말씀드린 아가씨입니다. 제 약혼자요."

"아무래도 그럴 거라는 결론을 내리려던 참입니다. 그렇지, 왓슨?"

홈스가 웃으며 대답하고는 아가씨에게 물었다.

"새로운 사건이 터져서 저희한테 알리는 게 좋겠다고 생각하신 거죠, 프레스베리 양?"

새로 등장한 생기발랄한 손님은 전형적인 영국 미인이었다. 그녀는 베넷의 옆자리에 앉으며 미소로 화답했다.

"베넷 씨가 호텔에서 나갔다기에 여기 오면 만날 수 있겠다고 생각했어요. 홈스 씨에게 상의할 거라는 얘기를 들었거든요. 아, 홈스 씨, 불쌍한 저희 아버지를 도와주실 수 있나요?"

"사건은 아직 오리무중입니다만 저는 희망을 가지고 있습니다. 프레스베리 양의 이야기가 사건을 해결하는 데 도움이 될지도 모르겠습니다."

"어젯밤의 일이었어요, 홈스 씨. 아버지가 하루 종일 이상하시더라고요. 이상한 꿈나라에서 살고 계시는 것처럼 당신이 뭘 했는지 전혀 기억을 못 하시는 날이 며칠 있었어요. 어제가 그런 날이었죠. 그 사람은 제 아버지가 아니었어요. 껍질은 그대로이지만 실제로는 아버지가 아니었어요."

"무슨 일이 있었는지 얘기해보시죠."

"개가 미친듯이 짖는 소리를 듣고 한밤중에 깼어요. 가엾은 로이가 이제는 쇠사슬에 묶인 채로 마구간에서 지내거든요. 요즘 저는 방문을 잠그고 자요. 잭, 그러니까 베넷 씨도 그렇다고 하겠지만 조만간 무슨 일이 생길 것 같은 불길한 예감이 들어서요. 제 방은 3층이에요. 창문에 블라인드를 치지 않아서 쏟아지는 달빛으로 방안이 환했죠. 네모난 창문으로 들어오는 달빛을 쳐다보며 누워서 개가 미친듯이 짖는 소리를 듣는데 저를 쳐다보는 아버지의 얼굴이 보이는 거예요. 놀라고 무서워서 하마터면 숨이 넘어갈 뻔했지 뭐예요. 유리창에 얼굴을 대고 창문을 밀어 열려는 것처럼 한쪽 손을 창에 대고 계시더라고요. 창문이 열렸더라면 저는 미쳐버렸을 거예요.

헛것을 본 게 아니에요, 홈스 씨. 그렇게 생각하시면 곤란해요. 이십 초 정도 온몸이 얼어붙은 채로 그 얼굴을 쳐다봤어요. 얼굴이 사라지고 난 뒤에도 자리에서 일어날 수가 없었어요. 일어나서 어디로 사라졌는지 확인도 못 하겠더라고요. 아침까지 누워서 부들부들 떨기만 했어요. 아침을 먹는 자리에서 아버지는 신경질적이고 험악하게 저를 대하셨고 간밤의 사건에 대해서는 일언반구도 없었어요. 저도 그 일에 대해 아무 말도 하지 않다가 런던에 다녀오겠다는 핑계를 대고 이렇게 찾아온 거예요."

홈스는 프레스베리 양의 이야기를 듣고 상당히 놀란 듯했다.

"아니, 프레스베리 양, 방이 3층이라면서요. 앞마당에 사다리라도 있습니까?"

"없어요, 홈스 씨. 그래서 놀라운 거죠. 창문까지 올라올 방법이 없는데 거기 계시더라고요."

"9월 5일의 일이겠군요. 그러면 문제가 복잡해지는데."

홈스의 말에 이번에는 프레스베리 양이 놀란 표정을 지었다.

베넷이 말했다.

"두 번째로 날짜 이야기를 하시네요, 홈스 씨. 이번 사건과 무슨 연관이라도 있는 겁니까?"

"가능성이 상당히 높은데 아직은 증거가 부족합니다."

"달의 크기와 정신착란의 관계를 생각하십니까?"

"아뇨, 전혀 다른 쪽으로 생각하고 있습니다. 일기장을 두고 가시면 날짜를 확인해볼까 합니다. 자, 왓슨, 우리의 다음 할 일이 완벽하게 정해졌네. 나는 프레스베리 양의 직감을 믿네. 프레스베리 양이 말하길 아버지가 특정 날에는 벌어진 일을 전혀, 혹은 거의 기억하지 못한다고 하지 않는가. 그러니까 그 날짜에 만날 약속을 잡은 것처럼 교수를 찾아가보는 걸세. 교수는 기억을 못 하는 걸로 간주하지 않겠나. 그러면 교수를 가까이서 자세히 관찰하며 작전을 개시할 수 있지."

"좋은 생각입니다만 조심하셔야 합니다. 교수님이 느닷없이 화를 내면서 난폭하게 구실 때가 있어요."

베넷의 말을 들은 홈스는 미소를 지었다.

"지금 당장 달려가야 할 이유가 있습니다. 제 가설이 맞는다면 타당한 이유죠. 베넷 씨, 내일 캠퍼드에서 저희를 만날 수 있을 겁니다. 체커스라는 여관의 포트와인이 평균 이상이고 침구가 참을 만한 수준이었던 걸로 기억합니다. 왓슨, 그래도 앞으로 며칠 동안은 다소 불편함을 감수해야 할지 몰라."

월요일 아침에 우리는 유명한 대학촌으로 출발했다. 홈스야 혈혈단신이라 아무 문제 없었겠지만 나는 이 무렵 진찰하는 환자 수가 적지 않았기 때문에 미친듯이 일정을 조정하고 동분서주해야 했다. 홈스가 앞서 추천한 오래된 여관에 여행 가방을 내려놓았을 때야 그는 사건 이야기를 꺼냈다.

"왓슨, 아마 점심시간 직전에 교수를 만날 수 있을 거야. 11시에 강의를 마치고 집에서 잠깐 쉴 테니까."

"무슨 일로 찾아왔다고 하지?"

홈스는 수첩을 흘끗 확인했다.

"8월 26일에 난동을 부린 적이 있어. 그런 날 한 일에 대해서 기억을 잘 못한다고 하니 약속을 하고 찾아왔다고 하면 반론을 제기하지 못할 거야. 자네, 뻔뻔하게 우길 수 있겠나?"

"한번 해봐야지."

"훌륭해, 왓슨! '부지런한 꿀벌'과 '더욱더 높이'■의 조합. 이 회사의 사훈은 '한번 해봐야지'일세. 친절한 동네 주민이 길을

■ 각각 와츠와 롱펠로의 시 제목이다.

안내해줄 거야."

그런 친절한 동네 주민이 정말 나타나 길을 안내해주었다. 우리는 말쑥한 이륜마차를 타고 오랜 역사를 자랑하는 대학 건물을 줄줄이 지나 가로수가 늘어선 진입로로 꺾어 들어갔다. 잔디밭으로 둘러싸이고 자주색 등나무로 뒤덮인 근사한 저택의 문 앞에 마차를 세웠다. 프레스베리 교수는 어느 모로 보나 부족한 것 없이 편안하게 살고 있었다. 마차가 멈춰 서자 저택의 전면 유리창 뒤에서 희끗희끗한 머리가 보였다. 텁수룩한 눈썹 아래 걸친 큼지막한 뿔테안경 너머로 날카롭게 뜯어보는 시선을 느낄 수 있었다. 잠시 후에 그의 성소로 진입하자 괴팍한 언행으로 우리를 불러들인 수수께끼의 과학자가 맞이해주었다. 태도나 외모에 특이한 구석은 없었다. 풍채가 좋고 이목구비가 큼직큼직하며 큰 키에 프록코트를 입은 교수는 심각한 표정을 짓고 있었으며 교수직에 어울리는 위엄을 갖추고 있었다. 예리하고 빈틈없으며 교활하다 싶을 정도로 영리해 보이는 두 눈이 인상적이었다.

그는 우리의 명함을 확인했다.

"일단 앉으시오. 무슨 일로 도움이 필요하신지요?"

홈스는 사근사근하게 미소를 지었다.

"저희가 여쭤보려던 참이었는데요, 교수님."

"나한테 말이오?"

"무슨 착오가 있었던 모양입니다. 캠퍼드의 프레스베리 교수님이 의뢰하실 사건이 있다고 다른 분께 전해 듣고 온 길입니다만."

"아, 그래요?"

그의 강렬한 회색 눈이 사악하게 반짝였다.

"전해 들었다고요? 누구한테 전해 들었는지 이름을 물어봐도 되겠소?"

"죄송하지만 교수님, 그건 기밀 사항입니다. 착오가 있었다 해도 괜찮습니다. 그냥 유감스러울 따름이죠."

"천만에. 나는 이 사태를 좀더 파고들고 싶소만. 호기심이 동해서 말이오. 주장을 입증할 만한 편지나 전보 같은 서면 자료가 있습니까?"

"아뇨, 없습니다."

"설마하니 내가 호출했다고 주장하려는 건 아니겠지요?"

"그 질문에는 대답하지 않겠습니다."

홈스가 말했다.

"그래요, 그러시겠지. 이 질문의 대답은 그쪽의 도움 없이도 금세 알아낼 수 있다오."

교수가 퉁명스럽게 쏘아붙였다.

그는 거실을 가로질러 가서 벨을 눌렀다. 런던에서 만났던 베넷이 부름을 듣고 달려왔다.

"들어오게, 베넷 군. 여기 두 분이 내 호출을 받았다며 런던에서 오셨다네. 내 편지는 자네가 다 처리하지 않나. 홈스라는 분에게 보낸 편지라든가 뭐 그런 게 있었나?"

"아뇨, 없었습니다."

베넷이 얼굴을 붉히며 대답했다.

"결정적인 증언이로군."

교수가 내 친구를 노려보며 말했다.

"자, 홈스 씨."

그는 두 손을 테이블에 대고 몸을 앞으로 숙였다.

"당신의 의도가 상당히 미심쩍소만."

홈스는 어깨를 으쓱했다.

"괜히 폐를 끼쳐서 죄송하다는 것 말고는 드릴 말씀이 없군요."

"그러면 다인 줄 아시오?"

얼굴을 표독하게 일그러뜨린 노교수가 날카롭게 소리를 질렀다. 그러면서 우리와 문 사이를 가로막고 격하게 두 손을 흔들었다.

"그렇게 쉽게 빠져나갈 수 있을 거라고 생각하면 안 되지!"

그는 경련이 일어나는 얼굴로 씩 웃었다. 분노로 이성이 마비되었는지 횡설수설했다. 베넷이 중재에 나서지 않았더라면 완력을 동원해서 빠져나오는 수밖에 없었을 것이다.

"교수님. 체통을 지키셔야죠! 학교에 뭐라고 소문이 나겠습니까? 홈스 씨는 유명한 분입니다. 그런 분을 이렇게 함부로 대하시면 되겠습니까?"

그가 큰 소리로 외쳤다.

엄밀히 말해 그의 초대를 받고 온 것은 아니니 이렇게 표현해도 될지 모르겠지만, 우리를 불러들인 남자는 뚱하게 길을 비켜주었다. 저택에서 탈출해 가로수가 늘어선 조용한 길가로 나올 수 있어서 다행이었다. 홈스는 재미있다는 표정이었다.

"이 고매하신 분의 정신 상태가 정상이 아니로군. 우리의 무단 침입 작전이 무례했을지 몰라도 개인적인 접촉이라는 목적은 달성했네. 그런데 왓슨, 그가 우리를 따라 나온 모양이야. 교수가 우리를 잡으려고 하고 있어."

뒤에서 달려오는 발소리가 들렸다. 하지만 진입로 모퉁이를 돌아 나온 사람은 다행히 무시무시한 교수가 아니라 조교였다. 베넷이 숨을 헐떡이며 우리 쪽으로 달려왔다.

"정말 죄송합니다, 홈스 씨. 사과드리고 싶어서요."

"아, 천만에요. 직업상 늘 겪는 일입니다."

"저렇게 위협적인 모습은 처음입니다. 점점 험악해지시네요. 프레스베리 양과 제가 불안해하는 이유를 아시겠죠? 그런데 정신은 더할 나위 없이 명료하세요."

"너무 말짱하죠! 내가 그 부분을 오판했습니다. 생각했던 것보다 기억력이 좋은 게 분명합니다. 그나저나 프레스베리 양의 방 창문을 보고 갈 수 있을까요?"

홈스가 말했다.

베넷이 덤불을 헤치며 앞장섰다. 잠시 후 저택의 측면이 눈에 들어왔다.

"저깁니다. 왼쪽에서 두 번째 창문요."

"맙소사, 외부에서 접근이 불가능한 곳이네요. 아래쪽에 담쟁이덩굴이나 발판이 될 만한 수도관이 있긴 해도 말입니다."

"저라면 올라가지 못할 겁니다."

베넷이 말했다.

"그렇죠. 정상적인 인간에게는 위험하죠."

"드릴 말씀이 하나 더 있습니다, 홈스 씨. 교수님이 편지를 보내는 사람의 런던 주소를 알아냈어요. 오늘 아침에 편지를 쓰셨는지 압지에 자국이 남았더군요. 신뢰받는 조교에게 어울리지 않는 비열한 짓이지만 달리 도리가 없잖습니까?"

홈스는 압지를 흘끗 확인하고 주머니에 넣었다.

"도랙이라, 성이 특이하군요. 슬라브 출신인가 봅니다. 아무튼 중요한 연결 고리를 발견했습니다. 우리는 오후에 런던으로 돌아갑니다, 베넷 씨. 계속 여기 있을 이유가 없어서요. 교수가 범행을 저지른 것도 아니니 체포할 수 없고, 정신이상을 입증할 수 없으니 감금할 수도 없잖습니까. 취할 수 있는 조치가 없군요."

"그럼 저희는 어떻게 하면 좋습니까?"

"조바심 내지 마십시오, 베넷 씨. 조만간 수사에 진전이 있을 테니까요. 짐작이 맞는다면 다음주 화요일에 위기가 찾아올 겁니다. 그날 저희가 캠퍼드를 다시 찾아오겠습니다. 그나저나 상황이 전반적으로 좋지 않습니다. 프레스베리 양이 런던에 머무를 수 있다면……."

"그건 문제없습니다."

"그럼 안전하다고 할 때까지 런던에 있으라고 전해주십시오. 그리고 교수님이 뭘 하든 내버려두시고 참견하지 마세요. 심기를 거스르지 않는 한 괜찮을 겁니다."

베넷이 놀란 목소리로 속삭였다.

"교수님이세요!"

키가 크고 허리를 꼿꼿이 세운 인물이 현관문 밖으로 나와서 주위를 두리번거리는 모습이 나뭇가지 사이로 보였다. 그는 상체를 앞으로 숙인 채 양손을 늘어뜨려서 흔들며 고개를 좌우로 젓고 있었다. 우리에게 손을 흔들고 나무 사이로 사라진 조교가 잠시 후 교수 옆에 등장했다. 두 사람은 언뜻 보기에 활기차고 열띤 대화를 나누며 다시 집안으로 들어갔다.

여관으로 걸어가는 길에 홈스가 말했다.

"노인장이 주변 상황을 끼워 맞춰서 진상을 눈치챈 모양이야. 잠깐 만난 바로는 남다르게 냉철하고 논리적인 두뇌의 소유자던데. 다혈질이긴 하더군. 그의 시각에서 보자면 탐정이 자기 뒤를 캐는데 집안 식구의 소행이 아닐까 의심스러우니 욱할 만도 하지. 우리 친구 베넷의 앞날이 가시방석이겠어."

홈스는 가는 길에 우체국에 들러서 전보를 쳤다. 저녁때 도착한 답신을 내게도 보여주었다.

커머셜 로드로 가서 도랙을 만나보았음. 점잖은 보헤미아 출신의 노신사. 대규모 잡화점을 운영함.

머서

"머서는 자네가 떠난 뒤에 알게 된 친구야. 잡다한 것을 알아봐주는 만능 정보원이지. 교수와 은밀하게 편지를 주고받는 사람이 어떤 인물인지 알아봐야 했거든. 국적을 보니 교수가 보헤미아의 프라하에 다녀온 것과 연관이 있겠군."

홈스가 말했다.

"연관이 있는 걸 발견했다니 다행일세. 지금까지는 서로 연관성도 없는 이해할 수 없는 사건이 줄줄이 이어졌잖은가. 예를 들어 성이 난 울프하운드와 보헤미아 여행은 어떤 관계이며, 한밤중에 복도를 기어다니는 남자하고는 또 무슨 관계인가? 그리고 자네가 집착하는 날짜, 그게 가장 알 수 없는 수수께끼야."

내 말에 홈스는 웃으며 양손을 마주대고 비볐다. 우리는 홈스가 말한 적 있는 유명한 와인을 테이블 위에 올려놓고 구닥다리 여관의 해묵은 응접실에서 마주보고 앉아 있었다.

"자, 그럼 날짜부터 짚고 넘어가볼까?"

그는 손가락 끝을 마주대고 교실에서 강의하는 듯한 말투로 말문을 열었다.

"이 본받을 만한 청년의 일기장을 보면 7월 2일에 첫 소동이 벌어진 후 딱 한 번을 제외하고 모두 구 일 간격으로 똑같은 일이 벌어졌다네. 마지막으로 사건이 터진 날짜가 9월 3일 금요일이었는데 그 바로 전이 8월 26일이었으니 이번에도 주기가 맞아떨어지지. 이 정도면 우연의 일치일 수 없지 않은가."

나는 동의하는 수밖에 없었다.

"그렇다면 교수가 시간이 지나면 효과가 사라지긴 하지만 독성이 강한 약물을 주기적으로 복용한다고 가정해볼 수 있지. 그렇지 않아도 난폭한 성격이 약물 때문에 더 심해지는 거라고. 프라하에서 약물의 존재를 알게 됐고 이제는 런던에 있는 보헤미아 출신 중개업자를 통해서 약물을 공급받고 있어. 어때, 왓슨, 여기까지는 앞뒤가 딱 들어맞지?"

"하지만 개, 창문 너머로 보인 얼굴, 복도를 기어다니는 행동은 어쩌고?"

"자, 자, 첫술에 배부를 수 있나. 다음주 화요일까지는 아무 일 없을 걸세. 그때까지 우리 친구 베넷과 연락을 주고받으면서 이 마을의 매력을 마음껏 즐겨보자고."

그다음 날 슬그머니 빠져나온 베넷이 새로운 소식을 알려주었다. 홈스가 예상했던 대로 그는 쉽지 않은 시간을 보내고 있었다. 우리를 불러들였다며 대놓고 나무라지는 않았지만, 교수의 말투가 거칠고 퉁명스러워졌고 노여워하는 기색이 역력했다고 했다. 그런데 날이 밝자 예전의 모습으로 돌아가서 평소처럼 많은 학생들을 상대로 근사하게 강의를 마쳤다.

"가끔 괴팍하게 성질부리시는 것만 빼면 요즘같이 정력적이고 활기 넘치는 교수님의 모습은 본 적이 없습니다. 그 어느 때보다 총기가 넘치시고요. 하지만 예전의 교수님이 아니에요. 전에 뵈었던 그분은 사라져버렸어요."

베넷이 말했다.

"앞으로 최소 일주일 동안은 걱정할 일이 없을 겁니다. 나는 바쁜 몸이고 왓슨 박사도 진찰해야 할 환자가 있어서요. 다음주 화요일 이 시각에 여관에서 만나기로 합시다. 그때 만나면 내가 베넷 씨의 고충을 완전히 해결할 수는 없더라도 자초지종은 설명할 수 있을 겁니다. 그전까지 계속 소식 전해주십시오."

나는 그 뒤로 며칠 동안 친구의 코빼기도 보지 못했다. 그러다 다음주 월요일 저녁에 다음날 기차역에서 만나자는 짧은 전보를 받았다. 캠퍼드로 가는 동안 교수의 집안에 무사히 평화가 유지됐고, 교수의 행동도 더할 나위 없이 정상적이었다는 이야기를 들었다. 저녁때 체커스의 해묵은 객실로 찾아온 베넷도 똑같이 이야기했다.

"오늘 런던에서 교수님에게 또 기별이 왔습니다. 편지와 조그만 소포가 배달됐는데 건드리지 말라는 뜻에서 우표 아래에 십자 표시가 그려져 있더군요. 그것 말고는 별일 없었습니다."

"그걸로 증명된 사실이 제법 많군요. 베넷 씨, 우리는 오늘밤에 결론을 내리게 될 겁니다. 추리가 맞는다면 사건을 해결할 기회가 생기겠죠. 기회를 잡으려면 교수를 계속 감시하고 있어야 합니다. 그러니 불침번을 서세요. 교수가 베넷 씨의 방문 앞을 지나가는 소리가 들리면 아는 체하지 말고 조용히 뒤를 밟으세요. 왓슨 박사와 내가 근처에서 대기하고 있을 겁니다. 그나저나 예전에 얘기한 조그만 상자의 열쇠는 어디 있습니까?"

홈스가 단호하게 물었다.

"교수님의 시곗줄에 달려 있습니다."

"그럼 그쪽을 수색해야겠군요. 최악의 경우에는 자물쇠를 뜯을 각오를 해야 합니다. 집에 건장한 남자가 있습니까?"

"맥페일이라는 마부가 있습니다."

"잠은 어디서 잡니까?"

"마구간에서요."

"동원할 일이 생길 수도 있습니다. 아무튼 상황이 어떤 식으로 전개될지 알 수가 없으니 지금 당장은 할 일이 없네요. 그럼 안녕히 가십시오. 날이 밝기 전에 다시 만나죠."

자정이 가까운 시각, 우리는 교수의 저택 현관문 바로 맞은편에 있는 덤불 속에 진지를 구축했다. 날은 맑지만 싸늘해서 따뜻한 외투를 입고 나오길 잘했다는 생각이 들었다. 산들바람이 불었고 구름이 빠르게 지나가면서 가끔 반달을 가렸다. 우울한 철야 잠복근무가 될 수도 있었지만 우리를 여기까지 끌고 온 기대와 흥분, 흥미진진하고 이상야릇했던 일련의 사건이 끝을 향해 달려가고 있다는 친구의 확신을 믿었기에 버틸 수 있었다.

"구 일 주기가 맞아떨어진다면 오늘밤에 교수가 난동을 부릴 거야. 이상한 증상이 프라하에 다녀온 뒤부터 시작됐다는 것, 프라하에 있는 누군가를 대리하는 듯한 런던의 보헤미아 출신 중개업자와 몰래 연락을 주고받는다는 것, 오늘도 소포를 받았다는 것, 모든 증거가 한 방향을 가리키고 있어. 어떤 약물을 왜 복용하는지는 모르지만 프라하에서 공수되는 것만큼은 분명해. 철저한 지침 아래 구 일 주기를 꼬박꼬박 지키고 있다는 점이 가장 먼저 포착되었지. 증상이 특이해. 교수의 손마디를 자네도 보았나?"

나는 보지 못했다고 고백하는 수밖에 없었다.

"지금까지 본 적 없을 만큼 두툼하고 불룩했어. 사람을 만나면 항상 손을 먼저 보아야 하네, 왓슨. 그다음에는 커프스단추, 바지 무릎, 신발 순이지. 그런 손마디는 어떤 증상의 특징인가 하면……."

홈스는 하던 말을 멈추고 난데없이 이마를 쳤다.

"아, 왓슨, 왓슨, 내가 이런 바보짓을 하다니! 믿기지 않지만 진실은 그것일 수밖에 없어. 모든 증거가 한 방향을 가리키고 있어. 어떻게 연결 고리를 보지 못하고 지나쳤을까? 손마디, 그 손마디를 허투루 넘기다니! 개! 담쟁이덩굴! 이제 내가 꿈꾸던 조그만 농장으로 은퇴할 때가 되었나 보군. 조심해, 왓슨! 교수가 나와! 두 눈으로 똑똑히 확인할 수 있겠군."

현관문이 천천히 열렸다. 불빛을 등지고 선 프레스베리 교수의 우뚝한 모습이 눈에 들어왔다. 그는 실내복을 입고 있었다. 문 앞에 두 발로 서 있기는 하지만 지난번에 보았을 때처럼 팔을 늘어뜨리고 상체를 앞으로 내민 자세였다.

그는 집 앞 진입로로 나서자마자 격렬하게 움직이기 시작했다. 쭈그리고 앉더니 넘치는 기운을 주체할 수 없는 듯 펄쩍펄쩍 뛰거나 손과 발로 땅을 짚으며 기어다니기 시작했다. 저택의 전면을 따라 움직인 그가 모퉁이를 돌았다. 그가 사라지자 베넷이 현관문을 빠져나와서 살금살금 뒤를 밟았다.

"가세, 왓슨. 가자고!"

홈스가 외쳤다. 우리는 최대한 조용히 덤불을 헤치고 나와서 저택의 반대편이 보이는 지점에 섰다. 달빛이 쏟아지는 곳이었다. 담쟁이덩굴로 덮인 벽 아래에 웅크리고 있는 교수의 모습이 선명하게 보였다. 그는 우리가 지켜보는 가운데 믿기지 않을 만큼 날렵하게 벽을 타고 오르기 시작했다. 확실하게 발을 딛고 손으로 단단하게 움켜쥐어가며 이 덩굴에서 저 덩굴로 폴짝폴짝 이동하는데, 아무 목적 없이 순수하게 자신의 능력을 즐기는 게 분명했다. 실내복 자락이 양쪽으로 펄럭이자 시커멓고 커다란 정사각형의 박쥐가 달빛이 비추는 벽에 붙어 있는 것처럼 보였다. 이내 벽 타기에 싫증이 났는지 이 덩굴에서 저 덩굴로 이동해가며 내려와서 좀 전처럼 몸을 웅크린 이상한 자세로 마구간을 향해 기어갔다. 마구간에서 나와서 미친듯이 짖고 있던 울프하운드가 주인을 보고 더욱 흥분했다. 개는 사슬을 끊을 기세로 맹렬히 잡아당기며 분노로 격렬하게 온몸을 떨었다. 교수는 일부러 닿을락 말락 한 거리를 두고 울프하운드 앞에 쭈그리고 앉아서 온갖 방법을 동원해 녀석을 자극하기 시작했다. 진입로에 깔린 자갈을 한 움큼 집어서 얼굴에 던지는가 하면 막대기를 주워서 쿡쿡 찌르고, 쩍 벌린 녀석의 입 바로 앞에서 손을 흔드는 등 갖가지 수법으로 통제 수위를 넘어선 개의 화를 돋우었다. 그때까지 홈스와 온갖 사건을 겪었지만 그보다 해괴한 광경을 본 적이 있는지 모르겠다. 평소에는 냉랭하고 근엄하던 인물이 개구리처럼 땅바닥에 납작 엎드린 채, 광분해서 사납게 날뛰는 울프하운드를 자극해 더 격렬히 몸부림치게 만들고 있다니. 교수의 잔인한 짓거리는 교묘하고 기발했다.

바로 그때 눈 깜빡할 사이에 일이 터졌다! 사슬은 그대로 묶여 있었지만 목걸이가 빠지고 말았다. 목이 두툼한 뉴펀들랜드용 개 목걸이가 울프하운드 견종에 맞지 않았기 때문이다. 쇳덩어리가 쨍그랑하며 떨어지는 소리가 들리고 바로 다음 순간, 개와 남자가 한덩어리로 땅바닥을 굴렀다. 한쪽은 미친듯이 으르렁거렸고 다른 쪽은 공포에 질려 날카로운 가성으로 기괴한 비명을 질렀다. 교수는 하마터면 목숨을 잃을 뻔했다. 흉악한 짐승이 목을 발로 누르고 송곳니로 깊숙이 무는 바람에 우리가 달려가서 둘을 떼어놓았을 때 교수는 이미 의식이 없었다. 둘에게 다가가는 것이 우리에게도 위험한 일이었지만 다행히 베넷의 모습과 목소리에 집채만 한 울프하운드가 정신을 차렸다. 마구간 다락방에서 자고 있다가 시끌벅적한 소리에 놀라서 깬 마부가 졸린 얼굴로 나왔다.

"내 이럴 줄 알았지. 전에도 이러는 걸 본 적 있거든요. 녀석한테 조만간 당할 줄 알았어요."

그는 고개를 절레절레 흔들었다.

우리는 울프하운드를 다시 매놓고 힘을 합쳐서 교수를 방으로 옮겼다. 내가 상처를 소독하고 붕대로 감싸는 동안 의과대학을 졸업한 베넷이 거들어주었다. 날카로운 송곳니가 아슬아슬하게 경동맥을 비껴갔지만 출혈이 심했다. 삼십 분 뒤에 고비를 넘긴 환자에게 모르핀을 투여하자 그는 깊은 잠 속으로 빠져들었다. 그제야 비로소 우리는 서로를 쳐다보며 상황을 정리할 수 있었다.

내가 말했다.

"일류 외과 의사를 불러야겠는데."

"절대 안 됩니다!"

베넷이 외쳤다.

"지금은 이 충격적인 사건을 아는 사람이 집안 식구들뿐입니다. 그래서 안심할 수 있어요. 만약 소문이 집밖으로 새어 나가기 시작하면 걷잡을 수 없이 번질 겁니다. 대학교에서의 교수님 지위, 유럽에서 쌓은 명성, 따님의 심정을 생각해보세요."

"그렇군요. 그럼 우리 선에서 해결하죠. 우리 재량으로 재발을 방지할 수 있을 거라고 봅니다. 시곗줄에 달린 열쇠를 주세요, 베넷 씨. 마부 맥페일에게 환자를 맡기고 일말의 변화라도 있으면 알려달라고 합시다. 교수님이 받은 미지의 상자 안에 뭐가 들어 있는지 확인하죠."

홈스가 말했다.

별건 없었지만 그것만으로 충분했다. 빈병, 거의 꽉 찬 병, 피하주사기, 외국인이 깨알같이 적은 편지 몇 통이 전부였다. 봉투에 적힌 십자 표시로 보건대 조교의 일상을 어지럽힌 문제의 편지들이었다. 발신지는 전부 커머셜 로드이고 발신인은 'A. 도락'이었다. 안에 든 것은 프레스베리 교수에게 새 물건을 보냈다는 송장이나 돈을 받았다는 영수증이었다. 오스트리아 우표에 프라하 소인이 찍힌 봉투도 하나 있었다. 그 봉투에는 고등

교육을 받은 사람의 필체가 적혀 있었다.

"우리가 찾던 게 이거로군!"

그가 봉투를 열며 외쳤다.

존경하는 동료 교수님께

귀한 발걸음을 해주신 이래 귀하의 경우를 심사숙고하였습니다. 이런 정황이라면 치료를 받을 만한 특별 사유가 된다고 결론을 내렸습니다. 하지만 실험 결과에 따르면 부작용이 없지 않으므로 조심해주시기 바랍니다.

인간에게는 유인원의 혈청이 더 알맞을 겁니다. 하지만 얼굴이 까만 랑구르를 쓴 이유는 설명드린 대로 좀더 접근성이 뛰어났기 때문입니다. 랑구르는 기어다니고 나무를 타는 반면 유인원은 직립보행을 하기에 인간과 더 가깝습니다.

이 일이 발각되지 않도록 각별히 유념해주시기 바랍니다. 영국에 고객이 한 분 더 계시는데, 두 분 모두에게 저의 대리인은 도랙입니다.

반드시 매주 소식을 전해주시기 바랍니다.

H. 로벤슈타인 올림

로벤슈타인! 이름을 듣고 보니 한 과학자가 미지의 회춘 비법과 불로장생의 묘약을 만들고 있다던 신문 기사가 생각났다. 프라하의 로벤슈타인! 마법의 자양 강장제를 개발했지만 출처 공개를 거부했기 때문에 학계에서 추방당한 로벤슈타인! 나는 생각난 내용을 몇 마디로 간단하게 설명했다. 베넷이 책꽂이에서 동물학 편람을 꺼내 읽었다.

"'랑구르. 히말라야 기슭에서 서식하는 얼굴이 까만 원숭이. 나무를 타는 원숭이 중에서 가장 몸집이 크고 인간과 유사하다.' 그 뒤로 자세한 설명이 길게 이어지네요. 아무튼 감사합니다, 홈스 씨. 악의 근원을 확실히 파헤쳤네요."

"진정한 악의 근원은 뒤늦은 연애입니다. 젊어져야만 모피 양과 결혼할 수 있을 거라는 교수의 섣부른 생각이죠. 자연의 섭리를 거스르면 추락하게 되어 있잖습니까. 주어진 정도正道에서 벗어나면 아무리 고매한 인간도 짐승으로 변할 수 있습니다."

그는 조그만 병을 손에 쥐고 앉아서 안에 든 투명한 액체를 바라보며 잠깐 생각에 잠겼다.

"내가 이자에게 편지를 보내 그가 유통한 독극물의 법적 책임을 묻겠다고 하면 더이상 문제가 없을 겁니다. 하지만 반복될 수 있어요. 다른 누군가가 나은 방법을 찾을 수도 있고요. 그게 위험한 겁니다. 정말 위험하죠. 왓슨, 물질적이고 음란한 속물들이 모두 가치 없는 목숨을 연장한다고 생각해보게. 깨달음을 얻은 사람들은 저세상으로의 부름을 피하지 않을 테니 결국에는 가치 없는 목숨만 남을 거야. 그러면 이 딱한 세상이 시궁창이 되어버리지 않겠나?"

몽상가의 얼굴이 사라지고 행동파로 돌변한 홈스가 벌떡 일어섰다.

"더이상 드릴 말씀이 없군요, 베넷 씨. 벌어진 일들이 이제는 전체 그림에 들어맞을 겁니다. 울프하운드 로이가 베넷 씨보다 일찍 주인의 변화를 알아차렸죠. 냄새로요. 로이가 문 것은 교수가 아니라 원숭이였어요. 로이를 괴롭힌 녀석이 원숭이였던 것처럼 말이죠. 원숭이에게는 벽 타기가 재미있었을 테고 한껏 즐기다 보니 우연히 딸의 창문 앞까지 가게 됐을 겁니다.

새벽에 런던으로 떠나는 열차가 있어, 왓슨. 하지만 열차를 타기 전에 체커스에서 차를 한잔 마실 시간은 있겠지."

사자 갈기

오랜 탐정 생활 동안 맡았던 어떤 사건 못지않게 터무니없고 묘한 사건이 은퇴 후에, 그것도 내 집 바로 앞에서 일어난 것은 참으로 신기한 일이다. 그 사건은 내가 서식스 주의 아담한 집으로 낙향해서 살던 때에 벌어졌다. 나는 음울한 런던 한복판에서 기나긴 세월을 보내는 동안 여유로운 전원생활을 늘 동경해왔다. 이 시기에 왓슨은 내가 모르는 곳에서 시간을 보내며 가끔 주말에 내려와 만나는 것이 고작이었다. 따라서 내가 직접 전기를 적어야 한다. 아! 그 친구가 같이 있었더라면 기묘한 사건과 온갖 어려움을 딛고 거둔 나의 성공을 얼마나 멋지게 담아냈을까! 하지만 사정이 이렇다 보니 눈앞의 험난한 길을 한 걸음 한 걸음 걸어가며 사자 갈기 사건을 해결한 과정을 나만의 소박한 방식으로 직접 소개해야 하겠다.

언덕의 남쪽 비탈에 위치한 내가 사는 집에서는 근사한 영국 해협이 한눈에 내려다보인다. 이 근방은 해안선이 전부 백악질의 절벽으로 덮여 있기 때문에 해변에 가려면 가파르고 미끄러우며 길고 구불구불한 좁은 길을 따라 내려가야 한다. 내리막길의 끝에 다다르면 밀물 때도 물이 차지 않는 백 미터 너비의 자갈밭이 펼쳐진다. 자갈밭의 군데군데 굽이지고 움푹 들어간 곳은 밀물 때마다 물이 차서 근사한 수영장이 된다. 썰물 때에는 자갈밭 양쪽으로 몇 킬로미터나 되는 멋진 바닷가가 절벽을 따라 이어지다가 풀워스라는 마을이 있는 작은 만에서 끊긴다.

내 집은 고적하다. 가족이라고 해봐야 나, 늙은 가정부, 내가 키우는 꿀벌들이 전부다. 하지만 팔백 미터만 걸어가면 해럴드 스택허스트가 운영하는 유명한 직업훈련소인 게이블스가 나온다. 수십 명의 젊은이들이 여러 교사의 지도 아래 다양한 직업훈련을 받는 제법 규모가 큰 훈련소다. 한때 조정 선수로 명성을 날렸던 스택허스트는 박학다식하고 훌륭한 학자다. 나는 이 마을에 왔던 날부터 그와 친하게 지냈다. 그와 나는 약속을 잡지 않고 저녁때 집으로 불쑥 찾아가도 될 만큼 허물없는 사이이다.

1907년 7월 말에 강풍이 몰아치자 영국해협의 바닷물이 절벽 기슭에 모여서 썰물 때마다 석호潟湖가 생겼다. 내가 이야기하려는 그날 아침에는 강풍이 잦아들어 온 사방이 깨끗하고 상쾌했다. 이렇게 쾌적한 날에 일을 할 수는 없는 노릇이라 아침을 먹기 전에 산뜻한 바람이라도 쐴 겸 산책에 나섰다. 가파른 내리막길로 향하는 절벽 오솔길을 따라서 걷는데 뒤에서 누가 부르는 소리가 들렸다. 해럴드 스택허스트가 손을 흔들며 반갑게 인사했다.

"정말 기분 좋은 아침이죠, 홈스 씨! 홈스 씨도 산책 나오실 줄 알았습니다."

"수영을 하러 가는 모양이로군요."

"또 옛날 버릇이 나온 겁니까?"

그는 불룩한 자기 주머니를 두드리며 웃으며 말을 이었다.

"수영하러 갑니다. 맥퍼슨도 아침 일찍 수영을 하러 나갔으니 거기 가면 만날 수 있을 거예요."

피츠로이 맥퍼슨은 과학 교사이자 강직하고 번듯한 청년인데, 류머티즘성 열병으로 심장에 문제가 생겨 인생의 위기를 맞았다. 하지만 타고난 운동신경 덕에 심장에 무리가 가지 않는 운동이라면 뭐든 뛰어난 실력을 보였다. 여름과 겨울에는 수영을 즐겨서 수영을 좋아하는 나도 종종 어울리곤 했다.

이때 맥퍼슨의 모습이 눈에 들어왔다. 오솔길이 끝나고 내리막길이 시작되는 지점의 절벽 가장자리로 그의 머리가 보였다.

잠시 후에 그가 취객처럼 비틀거리며 절벽 위로 완전히 올라왔다. 그러더니 두 손을 번쩍 들고 끔찍한 비명을 지르며 앞으로 쓰러졌다. 스택허스트와 나는 오십 미터쯤 되는 거리를 단숨에 달려가 그를 뒤집었다. 가망이 없음을 한눈에 알 수 있었다. 움푹 들어간 게슴츠레한 눈과 시커멓게 변한 두 뺨을 달리 해석할 방법이 없었다. 마지막으로 그의 얼굴에 핏기가 조금 돌아오더니 경고하는 투로 두세 마디를 열심히 중얼거렸다. 발음이 분명치 못해서 잘 알아들을 수 없었지만 비명처럼 내뱉은 마지막 말은 "사자 갈기"였다. 정말이지 이상하고 얼토당토않은 단어였지만 아무리 생각해도 그 말이었다. 잠시 후에 몸을 반쯤 일으킨 그가 두 팔을 허공으로 뻗고는 옆으로 고꾸라졌다. 그렇게 눈을 감았다.

내 동행은 갑작스럽게 들이닥친 참극에 그대로 얼어붙었지만 나는 모든 감각을 곤두세웠다. 그래야만 하기도 했다. 기이한 사건이 눈앞에서 벌어졌다는 증거가 곧바로 발견되었기 때문이다. 맥퍼슨은 트렌치코트에 바지만 입고 끈이 달리지 않은 캔버스 천 운동화를 신고 있었다. 쓰러지면서 어깨에 걸치고 있었던 외투가 벗겨지는 바람에 상체가 드러났다. 우리는 놀란 눈으로 멍하니 쳐다보았다. 얇은 전선으로 매질이라도 당한 것처럼 등 전체가 자주색 줄무늬로 처참하게 뒤덮여 있었다. 체벌 기구가 낭창낭창했는지 벌겋게 부어오른 자국이 어깨와 갈비뼈로까지 길게 이어졌다. 고통으로 발작을 일으키다 아랫입술을 깨문 탓에 턱을 타고 핏줄기가 흘렀다. 일그러진 채로 굳은 얼굴을 보면 얼마나 고통이 끔찍했는지 짐작되었다.

나는 시신의 옆에 무릎을 꿇고 앉아 있고 스택허스트는 서 있을 때 그림자 하나가 다가왔다. 이언 머독이었다. 머독은 직업훈련소의 수학 교사로 키가 크고 까무잡잡하며 마른 남자였다. 워낙 말이 없고 사람들과 거리를 두어서 친구랄 만한 사람이 없었다. 무리수와 원추곡선으로 이루어진 고상하고 추상적인 세상에서 사는 통에 평범한 일상과의 접점이 없었다. 학생들이라면 그를 별종으로 간주하는 건 물론이고 놀림감으로 삼을 것이다. 석탄처럼 까만 눈과 거무스름한 얼굴뿐 아니라 가끔 불같다고 할 수 있을 만큼 화를 내는 성격을 보면 그에게는 독특하고 별난 기질도 있었다. 한번은 맥퍼슨이 기르는 조그만 강아지가 성가시게 굴자 창문 너머로 집어던진 적이 있다. 실력 있는 교사가 아니었다면 스택허스트에게 해고당할 행동이었다. 그렇게 특이하고 복잡한 친구가 우리 옆에 등장했다. 강아지 사건으로 보아 죽은 동료와 별다른 유대감이 없었을 텐데도 놀란 기색이 역력했다.

“이럴 수가! 어쩌다 이런 꼴이! 제가 어떻게 해야 할까요? 어떻게 도우면 되겠습니까?"

"이 친구하고 같이 있었습니까? 무슨 일이 있었는지 설명할 수 있어요?"

"아뇨, 아뇨, 저는 오늘 아침에 늦잠을 자서 아예 바닷가에 가지 않았어요. 게이블스에서 오는 길입니다. 뭘 어쩌면 될까요?"

"당장 풀워스 경찰서로 달려가서 사건이 발생했다고 알려주십시오."

그는 대답도 하지 않고 전속력으로 내달렸다. 내가 수사에 착수하는 동안 스택허스트는 망연히 비극의 현장을 바라보며 시신 옆을 지켰다. 첫 번째로 해야 할 일은 당연히 바닷가에 있었던 사람들 명단을 확보하는 것이다. 내리막길이 시작되는 지점에 서면 바닷가가 끝에서 끝까지 한눈에 들어온다. 멀리서 풀워스 쪽으로 움직이는 두세 명의 거무스름한 형체 말고는 개미 새끼 한 마리 보이지 않았다. 나는 이 점을 분명하게 확인한 뒤 천천히 길을 걸어 내려갔다. 백악질 절벽 길에 진흙인지 무른 이회토■인지가 묻어 있었고, 내려갔다 올라온 한 사람의 발자국이 보였다. 그날 아침에 그 길을 따라 바닷가로 간 사람이 맥퍼슨

■ 점토와 석회가 섞인 흙.

말고는 없었던 것이다. 길 중간에 올라오는 방향으로 찍힌 손자국이 남아 있었다. 가엾은 맥퍼슨이 올라오다가 넘어진 흔적이었다. 여러 개의 둥그스름한 자국은 여러 번 무릎을 꿇었다는 뜻이었다. 길을 다 내려가자 물이 빠지면서 생긴 상당한 크기의 석호가 나왔다. 그 옆에서 맥퍼슨이 옷을 벗었는지 바위 위에 수건이 놓여 있었다. 마른 상태로 접혀 있는 것을 보면 아예 물속으로 들어가지 않은 듯했다. 단단한 조약돌을 밟으며 주위를 한두 바퀴 돌아보자 듬성듬성 드러난 모래밭에 그의 운동화 자국과 맨발자국이 남아 있었다. 마른 수건에서는 물속에 들어가지는 않았다는 것을, 맨발자국에서는 그가 수영할 준비가 되어 있었음을 알아냈다.

지금껏 맞닥뜨린 어떤 사건 못지않게 기묘한 이 사건을 깔끔하게 정리하자면 다음과 같다. 그는 바닷가에서 십오 분도 있지 않았다. 스택허스트가 게이블스에서 뒤따라 나왔으니 이론의 여지가 없다. 맨발자국을 보면 알 수 있듯 그는 물속에 들어가려고 옷까지 벗었다. 그러다 물에 들어가지 않은 채, 들어갔더라도 몸을 닦지 않은 채 급하게 다시 옷을 걸쳤다. 단추도 채우지 않고 단정하지 않았던 옷차림을 보면 급하게 움직인 것을 알 수 있다. 그리고 왔던 길을 되짚어 올라갔다. 수영을 하지 않고 돌아간 이유는 고통으로 입술을 깨물고, 기어서 겨우 올라갈

만큼 잔인하고 무자비한 매질을 당했기 때문이다. 이렇게 잔혹한 짓을 저지른 자가 누굴까? 절벽 기슭에 조그만 동굴들이 있긴 하지만 나지막이 떠오른 태양이 동굴 안쪽까지 비추었기에 몸을 숨길 수는 없었다. 바닷가에 몇 사람이 있긴 했지만 범행과 연관이 있다고 하기에는 거리가 멀었고, 맥퍼슨이 수영을 하려 했던 넓은 석호는 그 사이에 있었다. 바다에 떠 있는 두세 척의 고기잡이배는 그리 멀리 떨어져 있지 않았다. 나중에 시간이 나면 누가 타고 있었는지 조사해보아야 할 것이다. 여러 갈래의 탐문 수사 방향 중에 확실히 감이 오는 방향이 없었다.

한참 만에 시신 곁으로 돌아가보니 지나가던 행인들이 주변에 모여 있었다. 스택허스트는 물론 있었고, 이언 머독이 풀워스 마을에서 앤더슨 순경을 데리고 막 돌아온 참이었다. 덩치가 크고 적갈색 수염을 기른 앤더슨은 행동거지가 느렸다. 믿음직한 서식스 혈통이라 육중하고 무뚝뚝해 보이나 탁월한 수사 감각의 소유자였다. 증언을 들으며 받아 적던 그가 결국 나를 한쪽으로 데리고 갔다.

"홈스 씨가 도와주시면 좋겠습니다. 제가 감당하기에는 버거워요. 잘못 처리했다가는 루이스에게 한소리 들을 거예요."

나는 그에게 직속상관과 의사를 불러오라고 조언했다. 그리고 그들이 올 때까지 아무것도 건드리지 말고 발자국도 최대한 남기지 말라고 했다. 나는 그동안 시신의 주머니를 뒤졌다. 손수건과 큼지막한 칼, 조그만 접이식 명함 케이스가 있었다. 명함 케이스에 쪽지가 한 장 삐죽하니 꽂혀 있기에 꺼내서 앤더슨 순경에게 건넸다. 여자 글씨체로 이렇게 휘갈겨 씌어 있었다.

거기로 꼭 나갈게요. 모디.

시간과 장소는 적혀 있지 않았지만 연인 간의 밀회 약속처럼 보였다. 순경은 쪽지를 명함 케이스에 꽂고 다른 물건들과 함께 트렌치코트 주머니 안에 다시 넣었다. 더이상 할 일이 없었기에 나는 절벽 기슭을 샅샅이 뒤지라고 이르고 아침 식사를 하러 집으로 돌아갔다.

스택허스트가 한두 시간 뒤에 찾아와서 시신을 게이블스로 옮겼고 거기서 검시 배심이 열릴 예정이라고 알려주었다. 그러면서 중요하고 확실한 소식을 함께 전했다. 예상했던 대로 절벽 아래 동굴에는 아무것도 없었지만, 맥퍼슨의 책상을 살피다 풀워스의 모드 벨라미라는 아가씨와 주고받은 연애편지를 몇 통 발견했다는 것이다. 쪽지를 보낸 주인공의 신원이 밝혀진 셈이었다.

"경찰이 편지를 가지고 가는 바람에 들고 오지는 못했어요. 보아하니 진지한 사이였더라고요. 하지만 맥퍼슨과 만날 약속을 했다는 것 말고는 그 아가씨는 끔찍한 사건과 관계가 없어 보입니다."

"다 같이 수영장으로 애용하는 석호에서 만나자고 했을 리도 없고요."

내가 짚고 넘어갔다.

"맥퍼슨이 학생들과 함께 있지 않았던 건 순전히 우연이었지 뭡니까."

"우연이라고요?"

스택허스트는 기억을 더듬느라 눈썹을 찡그렸다.

"이언 머독이 아이들을 붙잡아두었답니다. 아침을 먹기 전에 대수 문제를 풀어야 한다면서. 딱하게도 그 친구는 이번 일로 상심이 이만저만이 아닙니다."

"둘은 가까운 사이도 아니었잖습니까?"

"예전에는 그랬죠. 하지만 요 일 년 동안은 어느 누구보다 맥퍼슨과 가깝게 지냈습니다. 기본적으로 다정다감한 친구는 아닙니다만."

"그런 것 같더군요. 개를 학대한 건으로 한번 싸움이 붙었다고 말씀하셨던 기억이 납니다."

"그 일은 잘 해결됐어요."

"앙금이 남았을지 모르죠."

"절대 아니에요. 두 사람은 분명 친구였습니다."

"그럼 아가씨 쪽을 알아봐야겠군요. 스택허스트 씨도 아는 아가씨입니까?"

"모르는 사람이 없죠. 일대에서 알아주는 미인이거든요. 어딜 가든 시선을 한몸에 받을 정도로 예쁘답니다, 홈스 씨. 맥퍼슨이 그 아가씨한테 호감이 있다는 건 알았지만 편지 속의 관계로 발전했을 줄은 전혀 몰랐지 뭡니까."

"어떤 아가씨이기에요?"

"풀워스의 모든 선박과 수영 막사를 보유한 톰 벨라미의 딸이에요. 톰은 어부로 출발해서 지금은 상당한 재력가가 된 친굽니다. 아들 윌리엄과 함께 사업체를 운영하고 있습니다."

"풀워스에 가서 그 사람들을 만나보시겠습니까?"

"무슨 핑계를 대고요?"

"핑계야 만들면 그만이죠. 이 딱한 청년이 스스로를 그렇게 극악무도한 방식으로 학대했을 리는 없잖습니까. 누가 휘두른 채찍에 맞았겠죠. 정말 채찍이었는지는 모르겠습니다만. 이 외딴곳에서 그와 알고 지낸 사람들은 몇 명 안 될 겁니다. 사방으로 쑤시고 다니면 분명 동기가 밝혀지고 범인이 드러나겠죠."

타임 향기를 맡으며 언덕길을 걸으면 발걸음이 가벼워야 하는데 방금 전에 목격한 끔찍한 광경 때문에 마음이 무거웠다. 풀워스는 만을 반원 모양으로 감싼 우묵한 형태였다. 작은 마을의 건물들은 대부분 옛날식이었지만 둔덕 위에 최신식 주택이 몇 채 지어져 있었다. 스택허스트가 그중 한 집으로 안내했다.

"벨라미 집안사람들이 헤이븐이라고 이름 붙인 게 바로 저 집입니다. 모퉁이에 탑이 있고 슬레이트 지붕이 달린 집요. 맨손으로 시작한 사람의 집치고는 나쁘지 않지요……. 아니, 저길 좀 보십시오!"

헤이븐의 정문이 열리고 남자 하나가 나왔다. 키가 크고 뼈가 앙상하며 머리를 산발한 남자는 착각의 여지 없이 수학 교사 이언 머독이었다. 우리는 이내 길 한복판에서 그와 맞닥뜨렸다.

"이보게!"

스택허스트가 외쳤다. 남자는 꾸벅 인사하고 의문이 서린 까만 눈으로 우리를 곁눈질하며 그대로 지나가려고 했다. 하지만 교장이 붙잡아 세웠다.

"여긴 어쩐 일인가?"

질문을 받은 머독이 얼굴을 붉히며 화를 냈다.

"제가 교장 선생님의 학교에서 근무하는 직원이기는 하지만 사적인 부분까지 일일이 해명해야 하는 줄은 몰랐습니다."

오늘 겪은 일 때문에 신경이 예민해질 대로 예민해진 스택허스트는 참지 못하고 완전히 이성을 잃었다.

“이 상황에서 그런 대꾸를 하다니 무례하기 짝이 없군, 머독 선생.”

“교장 선생님의 질문도 피장파장 아닙니까?”

“자네의 불손한 태도를 넘어가준 게 한두 번이 아닐세. 이제 선을 그어야겠군. 가능한 한 빨리 새로운 일자리를 알아보기 바라네.”

“저도 그러려던 참이었습니다. 게이블스에 정을 붙이게 만든 유일한 친구를 오늘 잃었으니까요.”

그는 가던 길을 재촉했고 스택허스트는 화가 난 눈으로 그의 뒷모습을 노려보았다.

“정말이지 치가 떨리는 친구로군!”

그가 큰 소리로 외쳤다.

그때 이언 머독이 범죄 현장에서 탈출할 기회를 가장 먼저 낚아챘다는 생각이 머릿속에 퍼뜩 떠올랐다. 막연하고 애매했던 의구심이 형체를 갖추기 시작했다. 벨라미 집안사람들을 만나면 사건 해결에 한 발짝 다가갈 수 있을지 몰랐다. 스택허스트가 흥분을 가라앉힌 뒤에 우리는 함께 벨라미의 집으로 걸어갔다.

톰 벨라미는 새빨간 수염을 기른 중년의 남자였다. 머리끝까지 화가 났는지 얼굴이 금세 머리털처럼 벌게졌다.

"아니, 자세한 내막은 듣고 싶지 않아요. 여기 있는 내 아들도……."

이 대목에서 그는 응접실 한쪽 구석에 뚱한 얼굴로 앉아 있는 혈기 왕성해 보이는 청년을 가리켰다.

"나처럼 모드에 대한 맥퍼슨 씨의 관심이 모욕적이었다고 생각하고요. 그럼요, 우리한테는 비밀로 하고 자주 편지를 주고받고 만나고 한 모양이지만 결혼 얘기는 들은 적이 없어요. 그 아이에게는 어미가 없어서 보호자라고는 우리뿐입니다. 우리는……."

당사자가 등장하자 이야기가 뚝 끊겼다. 듣던 대로 어딜 가든 자리를 환하게 빛낼 만한 미모였다. 이런 환경과 아버지 밑에서 이처럼 귀한 꽃이 피어날 줄 어느 누가 상상이나 했을까? 나는 머리가 심장을 지배하는 사람이라 여성을 보고 감탄한 적이 거의 없다. 그래도 그녀는 고운 안색에서부터 고지대의 은은한 싱그러움이 느껴졌다. 조각처럼 완벽한 얼굴을 본 순간 그녀를 보고 가슴앓이를 하지 않는 청년이 없겠다는 생각이 들었다. 그런 아가씨가 문을 열고 나와서 동그랗게 뜬 눈으로 해럴드 스택허스트를 뚫어져라 바라보며 앞에 섰다.

“피츠로이가 죽었다는 소식은 들었어요. 걱정 마시고 자세한 내막을 얘기해주세요.”

“학교에서 온 다른 양반이 소식을 알려주고 갔습니다.”

아버지가 설명했다.

“동생이 왜 이런 일에 엮여야 하는지 모르겠네.”

오빠가 투덜거렸다.

여동생은 험악한 눈빛으로 오빠를 노려보았다.

“내 일이야, 윌리엄 오빠. 알아서 할 테니까 내버려둬. 살인 사건이 벌어졌다잖아. 범인을 잡을 수 있도록 도와드리는 게 죽은 사람에 대한 최소한의 예의라고 생각해.”

그녀는 내 동행의 간추린 설명을 귀담아들었다. 침착하게 집중해서 듣고 있는 모습을 보면 아름다운 얼굴뿐 아니라 강인한 성품까지 가지고 있음을 알 수 있었다. 모드 벨라미는 가장 완벽하고 비범한 여인으로 머릿속에 영원히 기억될 것이다. 그녀는 내 얼굴을 알아보았는지 이야기가 끝나자 나를 돌아보았다.

“범인을 꼭 잡아주세요, 홈스 씨. 그들이 누군지 모르겠지만 성심성의껏 도울게요.”

그녀가 말하면서 반항하듯 아버지와 오빠를 흘끗 쳐다보았다.

“고맙습니다. 나는 이런 문제에서 여성의 직감을 높이 평가합니다. ‘그들’이라고 했는데, 왜 범인이 한 명이 아니라고 생각합니까?"

내가 말했다.

"제가 아는 피츠로이는 용감하고 힘이 센 사람이에요. 범인이 한 명이었다면 그이는 상대가 그렇게 굴도록 가만히 있지 않았을 거예요."

"단둘이서 잠깐 얘기 나눌 수 있을까요?"

"모드, 이런 일에 엮이지 않도록 해라."

아버지가 화난 목소리로 외치자 그녀는 난감해하며 나를 쳐다보았다.

"어쩌면 좋을까요?"

"이제 온 세상이 다 알게 될 테니 여기서 얘기해도 상관없습니다. 단둘이서 얘기하는 편이 더 좋긴 하지만 아버님께서 허락하지 않으시니 입단속을 해달라고 부탁드릴 수밖에요."

나는 죽은 맥퍼슨의 주머니에 들어 있던 쪽지 이야기를 꺼냈다.

"검시 배심 때 분명히 증거로 제시될 겁니다. 쪽지 내용을 설명해줄 수 있나요?"

"그거라면 비밀이고 말고 할 것도 없는데요. 저희는 결혼을 약속한 사이였어요. 피츠로이에게는 연세가 많아서 오늘내일하는 삼촌이 한 분 계세요. 비밀에 부친 이유는 그분 뜻에 어긋나는 결혼을 했다가는 유산을 받을 수 없을지도 모르기 때문이었어요. 다른 이유는 없어요."

그녀가 대답했다.

"우리한테는 왜 얘기를 안 한 거냐?"

아버지가 으르렁거렸다.

"우리 뜻에 찬성하는 기미를 보이셨더라면 말씀드렸겠죠, 아버지."

"내 딸이 수준이 어울리지 않는 녀석하고 사귀는 건 반대다."

"그이에 대한 편견 때문에 말씀을 드리지 않은 거예요. 그리고 제 쪽지 말인데……."

그녀는 원피스를 뒤져 꾸깃꾸깃한 쪽지를 꺼냈다.

"이 편지에 대한 답장이었어요."

내 사랑,

화요일에 해가 지자마자 바닷가 거기서 만나요. 그때는 되어야 빠져나올 수 있어요.

F.M.

"오늘이 화요일이에요. 저녁때 그이를 만날 생각이었죠."

나는 쪽지를 뒤집었다.

"우편으로 배달된 것이 아니로군요. 어떤 식으로 전달받았습니까?"

"대답하지 않겠습니다. 수사하고 계시는 사건과 상관없으니까요. 하지만 수사와 관련 있는 질문이라면 뭐든 숨김없이 말씀드릴게요."

그녀는 약속을 철석같이 지켰지만 수사에 도움이 될 만한 정보가 전혀 없었다. 약혼자에게는 원한을 품을 만한 사람이 없지만 그녀에게 열렬한 구혼자가 몇 명 있었다는 사실은 인정했다.

"이언 머독 씨도 그중 한 명이었는지 물어도 될까요?"

그녀는 얼굴을 붉히더니 당황스러워하는 기색을 보였다.

"예전에는 그렇지 않을까 싶었던 적이 있었어요. 하지만 피츠로이와 저의 관계를 알고 나서부터는 달라졌지요."

그 묘한 남자를 둘러싼 그림자의 형체가 다시금 분명해지는 듯했다. 전과를 조회해보고 방을 몰래 뒤져야겠다는 생각이 들었다. 스택허스트의 머릿속에서도 의구심이 모락모락 피어오르고 있었으니 기꺼이 협조할 것이다. 우리는 뒤엉킨 실타래의 실마리가 손에 들어왔길 바라며 헤이븐을 나섰다.

일주일이 지났다. 검시 배심이 열렸지만 밝혀진 게 없었기 때문에 더 많은 증거가 확보될 때까지로 연기됐다. 스택허스트는 은밀히 이언 머독의 뒷조사에 착수했고 방도 대충 뒤져보았지만 소득이 없었다. 나는 나대로 심신을 다 바쳐서 사건을 처음부터 끝까지 재검토했지만 새로운 결론을 얻을 수 없었다. 내 전기를 읽어본 독자라면 알겠지만 지금까지 능력의 한계를 이렇게 절감한 사건은 없었다. 심지어 상상력을 동원해보아도 해답이 떠오르지 않았다. 그러던 차에 개 사건이 벌어졌다.

먼저 소식을 접한 사람은 늙은 가정부였다. 시골에서는 그런 사람들이 희한한 방식을 통해 소문을 수집하기 마련이다.

"맥퍼슨 씨의 개가 참 안됐지 뭐예요."

그녀가 어느 날 저녁에 말을 꺼냈다.

나는 원래 이런 말에는 대꾸하지 않지만 맥퍼슨의 개라는 소리에 귀가 솔깃했다.

"맥퍼슨 씨의 개가 어떻기에 그러십니까?"

"죽었대요. 주인을 잃고 슬퍼하다가요."

"누가 그런 소리를 하던가요?"

"왜요, 다들 그 얘긴걸요. 상심해서 일주일 동안 아무것도 먹질 않다가 오늘 게이블스에 다니는 두 학생에게 시체로 발견됐대요. 주인이 죽은 바닷가 그곳에서요."

"바닷가 그곳."

이 단어가 기억 속에서 선명하게 떠올랐다. 중요한 단서라는 예감이 들었다. 개야 워낙 천성이 착하고 충직한 동물이라 주인을 따라 죽을 만도 했다. 하지만 "바닷가 그곳"이라니! 이 한적한 바닷가가 죽음의 무대로 쓰이는 이유가 뭘까? 개도 원한에 의해 희생된 걸까? 혹시? 희미한 예감이기는 했지만 머릿속에서 뭔가가 형태를 갖추기 시작했다. 당장 게이블스로 달려가 보니 스택허스트가 서재에 있었다. 그는 내가 요청한 대로 개를 발견한 두 학생, 서드베리와 블런트를 불러주었다.

"네, 수영장으로 쓰이는 석호 바로 옆에 누워 있었어요. 죽은 주인의 흔적을 따라갔나 봐요."

한 아이가 대답했다.

나는 현관 매트 위에 눕혀진 생전에 충직했던 조그마한 에어데일테리어를 눈으로 확인했다. 몸은 뻣뻣하게 굳었고 두 눈은 튀어나왔고 사지는 뒤틀렸다. 괴로움에 몸부림을 친 흔적이 역력했다.

나는 게이블스에서 석호까지 걸어갔다. 노을 지는 바다 위로 우뚝한 절벽의 시커먼 그림자가 납종이처럼 어스름하게 드리워져 어른거렸다. 바닷가에는 아무도 없었고, 머리 위에서 원을 그리며 끼룩거리는 바닷새 두 마리 말고는 생명의 기척조차 느껴지지 않았다. 개가 주인의 수건이 놓여 있었던 바위 옆 모래사장에 남긴 흔적이 저물어가는 햇빛 속에서 희미하게 보였다. 내 머릿속은 복잡한 생각들로 가득했다. 마치 악몽 같았다.

뭔가 중요한 게 있고 어디 있는지도 아는데 손을 내밀어도 닿을 듯 닿을 듯 닿지 않았다. 그날 저녁, 죽음의 현장 앞에 홀로 섰을 때 내 심정이 그랬다. 나는 몸을 돌려 천천히 집을 향해 발걸음을 옮겼다.

그런데 길 꼭대기에 다다랐을 때 어떤 생각이 떠올랐다. 번갯불처럼 번쩍 기억이 났다. 내가 아등바등 애를 써도 잡지 못했던 게 뭐였는지 말이다. 나는 과학적인 체계는 없지만 내가 하는 일에는 딱 알맞게 구식으로 방대한 지식을 머릿속에 담고 있다. 아마도 왓슨의 노력이 헛되지 않았다면 여러분도 알 것이다. 내 머릿속은 온갖 잡동사니들로 가득한 골방과 같다. 잡동사니가 하도 많아서 뭐가 있는지는 나도 잘 모른다. 하지만 이 사건과 연관 있을지도 모르는 무언가가 분명히 있었다. 그게 무엇인지는 아직 어렴풋해도 이 어렴풋한 느낌을 구체적으로 발전시킬 방법을 알았다. 터무니없어서 믿기지 않을 정도였지만 가능성이 없지 않았다. 철저하게 확인해볼 작정이었다.

아담한 내 집에는 책으로 가득한 훌륭한 다락방이 있다. 나는 다락방에 처박혀서 책을 뒤졌다. 한 시간이 지나 초콜릿색과 은색으로 된 조그만 책을 한 권 들고 나왔다. 희미하게 기억나는 부분을 찾기 위해 열심히 책장을 넘겼다. 그렇다, 얼토당토않은 데다 가능성이 낮아 보이는 가설이기는 했지만 정말 그런지 분명하게 확인하기 전에는 편히 쉴 수 없었다. 나는 다음날 실행에 옮길 작업을 학수고대하며 느지막이 잠자리에 들었다.

그런데 짜증나는 돌발 상황이 벌어졌다. 아침 일찍 차를 한 잔 마시고 바닷가로 산책을 나서려는 찰나, 서식스 지방경찰청 소속의 바들 경위가 찾아온 것이다. 한결같고 믿음직하고 우직한 그가 사려 깊은 평소 눈빛과 다르게 심란한 눈빛으로 나를 쳐다보았다.

"홈스 씨가 얼마나 방대한 사건들을 겪어오셨는지 잘 압니다. 말씀 안 드려도 아시겠지만 공식적으로 찾아온 게 아니라 제가 왔었다는 걸 아무도 알면 안 돼요. 맥퍼슨 사건이 난관에 부딪혔습니다. 문제는 체포를 하느냐 마느냐입니다."

"이언 머독 씨 말인가요?"

"네, 생각해보면 그 사람 말고는 용의자가 아무도 없지 않습니까. 외딴 마을의 장점이죠. 용의자의 범위를 좁힐 수 있다는 것. 그 사람이 아니면 누가 범인이겠습니까?"

"그 친구가 범인이라는 증거는요?"

그는 나와 같은 고랑에서 이삭을 주웠다. 머독의 성격과 기이한 분위기. 개 사건에서 단적으로 드러난 욱하는 객기. 예전에 맥퍼슨과 싸운 적이 있다는 점과 벨라미 양과 호감을 쌓는 맥퍼슨에게 분개했을 가능성. 경위는 나도 아는 사실들을 반복해 말했다. 머독이 완전히 떠날 준비를 하고 있다는 것 말고는 새로운 정보가 없었다.

"이렇게 증거가 많은데 그 친구가 도망치도록 내버려두면 제가 뭐가 되겠습니까?"

건장하고 우직한 경위는 전전긍긍했다.

"경위의 주장에 얼마나 구멍이 많은지 생각해보십시오. 그 친구는 범행 당일 아침에 알리바이가 있습니다. 사건이 발생하기 바로 전까지 학생들과 있다가 맥퍼슨이 등장하고 몇 분 지나지 않았을 때 내 뒤쪽에서 걸어왔죠. 그리고 혼자였다면 자기 못지않게 힘이 센 남자를 상대로 그토록 잔인하게 상처를 입힐 수 있었겠습니까? 상처를 남긴 도구도 아직 모릅니다."

"회초리나 낭창낭창한 채찍이 아니면 뭐겠습니까?"

"상처를 살펴봤습니까?"

내가 물었다.

"봤죠. 의사 선생님도 보셨고요."

"나는 돋보기로 자세히 들여다봤습니다. 묘한 특징이 있던데요."

"묘한 특징이요?"

나는 책상에서 확대한 사진을 꺼냈다.

"이것이 내가 이런 사건을 수사하는 방법입니다."

"철저하시군요, 홈스 씨."

"그랬기 때문에 지금의 내가 있는 겁니다. 이제 오른쪽 어깨 너머까지 이어진 상처 자국에 대해서 살펴봅시다. 눈에 띄는 것 없습니까?"

"잘 모르겠습니만."

"강도가 일정하지 않습니다. 배어난 핏방울이 여기 하나, 저기 또 하나, 이렇게 맺혀 있죠. 아래쪽에 난 상처 자국도 비슷하고요. 무슨 뜻일까요?"

"전혀 모르겠는데요. 홈스 씨는 아십니까?"

"알 것 같습니다. 아닐 수도 있지만요. 조만간 더 많은 걸 알려드릴 수 있을 겁니다. 흉기가 뭔지 알아내면 범인 검거에 성큼 다가갈 수 있죠."

"어처구니없는 발상이지만 뜨겁게 달군 철망을 등에 갖다 대면 그런 자국이 남지 않을까요? 선명하게 자국이 남은 곳은 철망이 교차하는 지점이고요."

경위가 말했다.

"기발한 발상인데요. 조그맣게 매듭이 진 뻣뻣한 구조편■은 어떻습니까?"

■ 매듭을 진 아홉 가닥의 줄이 달린 채찍. 원래 죄수 체벌용으로 쓰였다.

"맙소사. 홈스 씨, 정체를 알아내신 것 같은데요?"

"전혀 다른 물건일 수도 있죠. 아무튼 경위님이 제시한 증거로는 설득력이 떨어져서 그 친구를 체포할 수 없습니다. 게다가 맥퍼슨 씨가 마지막으로 남긴 말도 있잖습니까. 사자 갈기."

"혹시 이언을 라이언(사자)으로……."

"네, 나도 그랬을 가능성에 대해서 생각해봤습니다. 두 번째 단어가 머독과 비슷했다면 신빙성이 있겠지만 아니잖습니까. 비명을 지르듯 단어를 내뱉었어요. 분명 '갈기'였습니다."

"다른 대안은 없는지요, 홈스 씨?"

"있습니다. 하지만 확실한 단서를 포착하기 전까지는 함구하겠습니다."

"언제쯤이면 알 수 있습니까?"

"한 시간이면 됩니다. 그보다 빠를 수도 있고."

경위는 턱을 손으로 문지르며 의심하는 눈빛으로 나를 쳐다보았다.

"홈스 씨의 머릿속을 들여다보고 싶은 심정입니다. 혹시 고기잡이배인가요?"

"아뇨, 아닙니다. 배들은 멀리 있었어요."

"그럼 벨라미와 아들인가요? 맥퍼슨 씨를 별로 좋아하지 않았으니까요. 두 사람이 농간을 부린 겁니까?"

"아뇨, 아닙니다. 나는 준비가 덜 된 상태에서는 아무 말도 하지 않을 겁니다. 자, 경위님, 이제 각자 해야 할 일로 돌아갑시다. 여기서 점심때쯤 다시 만나는 게 어떨지?"

나는 웃으며 말했다.

여기까지 이야기했을 때 사건 해결의 단초가 되는 충격적인 일이 벌어졌다.

현관문이 벌컥 열리고 복도를 터벅터벅 걸어오는 소리가 들리더니 이언 머독이 비틀거리며 방으로 들어왔다. 새하얗게 질린 얼굴에 머리는 산발이고 옷차림은 엉망진창인 몰골이었다. 그는 뼈가 불거진 손으로 가구를 붙잡고 서 있기 위해 버텼다.

"브랜디! 브랜디 좀!"

그는 헐떡거리며 이 말을 내뱉고 신음 소리와 함께 소파 위로 쓰러졌다.

머독은 혼자가 아니었다. 뒤따라 들어온 스택허스트 역시 모자도 쓰지 않은 모습에 숨을 헐떡이며 동행 못지않게 넋이 나간 얼굴이었다.

"그래요, 그래, 브랜디를! 이 친구가 숨이 넘어가기 직전이라오. 여기까지 데려오느라 죽는 줄 알았습니다. 오는 길에 두 번이나 쓰러졌거든요."

그가 외쳤다.

물을 타지 않은 술을 반 잔 먹이자 눈에 띄는 변화가 벌어졌다. 그가 한쪽 어깨로 소파를 딛고 몸을 일으켜서 어깨 너머로 외투를 벗은 것이었다.

"제발요! 오일, 아편, 모르핀! 뭐라도 좋으니 이 지옥 같은 고통을 없애주세요!"

경위와 나는 그의 몸을 보고 경악을 금치 못했다. 맨살이 드러난 그의 어깨에 피츠로이 맥퍼슨의 죽음의 징표처럼 이상한 격자무늬로 빨갛게 부풀어오른 자국이 있었다.

상처 부위만 아픈 게 아니라 통증이 어마어마한 듯했다. 안색이 까매지며 몇 초 동안 숨을 쉬지 못하다가 큰 한숨을 터뜨리며 심장을 움켜쥐는 그의 이마에서 땀방울이 뚝뚝 떨어졌다. 당장 죽을 것처럼 보였다. 브랜디를 계속 먹였는데 한 잔 마실 때마다 혈색이 돌아왔다. 샐러드 오일에 적신 약솜을 상처에 대주자 통증이 가시는 모양이었다. 마침내 그의 머리가 쿠션 위로 쿵 하고 떨어졌다. 방전된 체력을 채울 수 있는 마지막 생명의 보고로 피신한 것이다. 반은 잠들고 반은 기절한 상태였지만 적어도 통증은 잊을 수 있을 것이다.

지금까지 스택허스트에게 말할 짬도 나지 않았는데, 위기를 넘긴 것을 확인한 순간 그가 나를 돌아보았다.

"세상에! 이게 뭡니까, 홈스 씨? 이게 뭘까요?"

그가 외쳤다.

"이 친구를 어디서 발견했습니까?"

"바닷가에서요. 맥퍼슨이 최후를 맞이한 장소였어요. 이 친구도 맥퍼슨처럼 심장이 약했다면 벌써 저세상 사람이었을 겁니다. 이 친구를 데려오면서 죽었구나 하는 생각이 든 게 한두 번이 아니에요. 게이블스가 멀어서 여기로 데려왔습니다."

"이 친구가 바닷가에 있는 걸 봤습니까?"

"절벽을 따라서 걷고 있는데 이 친구의 비명소리가 들렸어요. 석호 옆에서 취객처럼 비틀거리고 있더군요. 달려가서 옷을 대충 입힌 다음 데리고 올라왔습니다. 부탁입니다, 홈스 씨. 가지고 계신 능력을 총동원해서 마을에 내린 저주를 풀어주십시오. 점점 견디기가 힘듭니다. 세계적으로 유명한 홈스 씨도 저희를 위해서 할 수 있는 일이 없단 말입니까?"

"있습니다. 지금 당장 가시죠! 경위도 따라오세요! 이 살인마를 경위의 손에 넘길 수 있을지 알아봅시다."

의식이 없는 머독을 가정부에게 맡기고 우리 셋은 죽음의 석호로 내려갔다. 조약돌 위에 머독이 두고 간 수건과 옷가지가 뒤죽박죽 쌓여 있었다. 천천히 석호의 가장자리를 따라 걷는 내 뒤를 동행인들이 일렬종대로 따라왔다. 수심이 얕은 편이었지만 해안선이 움푹 들어간 절벽 아래는 백오십 센티미터에 가까웠다. 절벽 아래의 물이 티 하나 없이 수정처럼 맑고 대단히 아름다운 푸른색이라 수영을 하러 오는 사람은 당연히 이쪽을 선호했다. 일대를 지나면 절벽 기슭에 바위들이 줄지어 수면 위로 고개를 내밀고 있었다. 나는 물속을 열심히 들여다보며 바위를 따라 걸으면서 앞장섰다. 물이 가장 깊고 고요한 지점에 다다랐을 때 나는 찾던 것을 발견하고 승리의 함성을 질렀다.

"키아네아! 키아네아다! 사자 갈기!"

내가 가리킨 물체는 정말로 사자 갈기를 뜯어서 뭉쳐놓은 것처럼 신기하게 생겼다. 노란 머리채 사이로 은색이 희끗거리는 털북숭이가 묘하게 몸을 흔들며 수심이 일 미터쯤 되는 지점의 암반 위에 누워 있었다. 육중한 몸을 천천히 팽창하고 수축할 때마다 몸을 펄떡거렸다.

"못된 짓도 정도껏 해야지! 이제 너는 끝장이다! 도와주십시오, 스택허스트 씨! 저 살인마를 처치합시다."

내가 외쳤다.

암반 바로 위에 큼지막한 바위가 있었다. 바위를 굴려서 빠뜨리자 첨벙 소리를 내며 물속으로 떨어졌다. 파문이 가라앉은 후 들여다보니 바위가 바닥에 내려앉았다. 바위 주변으로 노란 몸뚱이가 나풀거렸다. 우리의 표적이 깔린 것이다. 기름지고 걸쭉한 점액이 바위 아래에서 새어 나와 물을 더럽히며 천천히 수면으로 떠올랐다.

"아니, 도무지 뭐가 뭔지 모르겠네요!"

경위가 외쳤다.

"저게 뭡니까, 홈스 씨? 여기서 나고 자랐지만 저런 건 한번도 본 적이 없는데요. 서식스에 서식하는 종이 아니에요."

"서식스로서는 다행스러운 일이죠. 남서풍에 밀려온 것 같습니다. 두 분 다 저희 집으로 가시죠. 바다에서 저 녀석을 만나 위험에 처했던 사람의 끔찍한 경험담을 들려드리겠습니다."

서재로 들어가보니 머독은 상태가 좋아져서 일어나 앉아 있었다. 그래도 정신은 멍했고 발작처럼 찾아오는 통증에 몸서리쳤다. 그는 물에 들어갔다가 갑자기 온몸이 찢어지는 듯 아파서 젖 먹던 힘까지 동원해 물에서 빠져나왔고 어떻게 되었는지 전혀 모르겠다고 더듬더듬 이야기했다.

내가 말했다.

"영영 수수께끼로 남을 수도 있었는데 이 책을 읽고 맨 처음 영감을 얻었죠. 유명한 자연 관찰자 J.G. 우드가 쓴 『문밖으로 나오면』이라는 책입니다. 우드도 이 못된 녀석에게 당해서 하마터면 죽을 뻔했죠. 그래서 자세하게 적어놨습니다. 살인마의 정식 이름은 키아네아 카필라타. 코브라만큼 치명적이고 통증이 심하답니다. 이 부분을 잠깐 읽어드리죠.

'수영을 하다가 은색 종이에 사자 갈기가 크게 한 줌 달린 것처럼 황갈색의 막과 섬모로 이루어진 헐렁하고 둥그스름한 덩어리가 보이면 조심해야 한다. 공포의 키아네아 카필라타이기 때문이다.'

우리가 본 섬뜩한 녀석을 이보다 정확하게 묘사할 수 있겠습니까?

우드는 켄트 주의 해변에서 수영을 하다 녀석과 직접 맞닥뜨렸을 때의 경험에 대해서도 이야기하는데요. 투명에 가까운 섬모를 방사상으로 십오 미터 넘게 펼칠 수 있기 때문에 반경 안에 있으면 죽을 수도 있다는군요. 그 정도 거리에서 공격당한 우드는 하마터면 목숨을 잃을 뻔했답니다.

'무수히 많은 실 가닥으로 인해 피부에 밝은 붉은색 줄무늬 상처가 남았는데 자세히 들여다보니 작은 점이나 농포 같아 보였다. 뜨겁게 달군 바늘이 구멍마다 신경을 찌르는 듯한 통증이 느껴졌다.'

그의 설명에 따르면 상처 부위의 통증은 아무것도 아니었다는군요.

'극심한 통증이 가슴을 관통하자 나는 총에 맞은 사람처럼 쓰러졌다. 맥박이 멈추었다가 심장이 몸밖으로 튀어나오려는 것처럼 예닐곱 번 쿵쾅거렸다.'

좁고 잔잔해서 수영하기 좋은 석호가 아니라 파도가 치는 바다에서 당했는데도 이렇게 치명적이었다는 겁니다. 공격당한 뒤에 자기 얼굴을 보니 하얗고 쭈글쭈글하게 오그라들어서 알아볼 수가 없을 지경이었다는군요. 브랜디를 한 병 통째로 마신 덕분에 목숨을 건진 모양입니다. 여기요, 경위님. 이 책을 가지고 가십시오. 가엾은 맥퍼슨 씨에게 닥친 비극의 원인이 뭔지 완벽한 설명이 담겨 있으니까요."

이언 머독이 쓴웃음을 지으며 한마디 거들었다.

"덤으로 저도 누명을 벗을 수 있겠군요. 경위님이나 홈스 씨를 원망하지는 않습니다. 의심하실 만도 했으니까요. 가엾은 친구와 운명을 함께한 덕분에 체포되기 직전에 누명을 벗었네요."

"아닙니다, 머독 씨. 내가 정체를 파악했었어요. 계획했던 대로 아침 일찍 나섰더라면 머독 씨가 끔찍한 일을 겪을 필요가 없었을 텐데 말이죠."

"무슨 수로 알아내셨습니까, 홈스 씨?"

"나는 잡식성으로 책을 읽는데 사소한 부분을 신기할 정도로 잘 기억합니다. 그런데 '사자 갈기'라는 단어가 머릿속에서 계속 맴돌더군요. 예상 밖의 책에서 본 적이 있었거든요. 녀석에게 딱 알맞은 표현이죠. 맥퍼슨 씨는 물위에 떠 있는 녀석을 본 모양입니다. 그래서 사망 원인을 제공한 생물을 경고하려고 그

단어를 썼던 거죠."

"아무튼 저는 무혐의로 밝혀진 거죠?"

머독이 천천히 일어서며 말을 이었다.

"한두 군데 해명해야 할 부분이 남았습니다. 수사가 어떤 방향으로 진행됐는지 알거든요. 제가 모드 양을 마음에 두었던 것은 사실이지만 그녀가 제 친구를 선택한 날부터 그녀의 행복만을 바랐습니다. 한쪽 옆으로 비켜서 두 사람의 중개자 역할에 만족했죠. 두 사람의 편지도 중간에서 종종 전했고요. 제가 두 사람의 믿음직한 친구였고 그녀가 매우 소중한 사람이었기 때문에 친구의 소식을 전하러 달려간 겁니다. 다른 사람을 통해서 불시에 소식을 접하는 잔인한 사태를 미연에 방지하기 위해서요. 괜한 오해를 사서 제가 고생할까 봐 그녀가 우리 사이를 밝히지 않았고요. 괜찮으시다면 이만 게이블스로 돌아가서 자리에 좀 눕겠습니다."

스택허스트가 손을 내밀었다.

"우리 둘 다 신경이 날카로워져 있었지. 지난 일은 용서해주게, 머독. 앞으로는 서로를 더 잘 이해할 수 있겠어."

스택허스트는 친근한 태도로 머독을 부축해 팔짱을 끼고 같이 나갔다. 경위는 남아서 황소같이 휘둥그런 눈으로 말없이 나를 빤히 쳐다보다가 이윽고 외쳤다.

"해결하셨군요! 홈스 씨의 모험담을 읽었어도 진짜라고 생각하지는 않았는데. 대단하십니다!"

나는 고개를 젓지 않을 수 없었다. 그런 칭찬에 화답하는 건 자존심이 용납하지 않았다.

"처음에는 진전이 없었죠. 욕먹어도 할말이 없을 정도였습니다. 시신이 물속에서 발견됐다면 놓쳤을 리 없는데, 수건 때문에 착각했습니다. 딱한 청년은 몸을 닦을 엄두도 내지 못한 거였는데 나는 물속에 들어가지 않은 줄 알았습니다. 그러니 수중 생물에게 공격을 당했을 줄은 생각도 못 했죠. 거기서 길을 잘못 들었어요. 아무튼 경위, 나는 경찰을 지금껏 장난 삼아 놀리곤 했는데 하마터면 키아네아 카필라타가 런던 경찰청 대신 내게 복수할 뻔했습니다."

베일을 쓴 하숙인

셜록 홈스는 이십삼 년 동안 현역으로 활동했다. 그 가운데 내가 십칠 년을 함께하며 활약상을 기록했으니 누구든 짐작하겠지만 수중에 있는 사건 자료가 방대할 수밖에 없다. 따라서 발굴보다 선택이 문제다. 책꽂이 하나를 가득채운, 연도별로 정리된 자료와 문서로 가득한 서류함은 범죄뿐 아니라 빅토리아 시대 후기의 정계와 사교계의 추문을 연구하는 자에게도 더할 나위 없이 완벽한 보고다. 추문과 관련해서 못을 박자면 가족의 명예 또는 유명한 선대의 명성에 누가 되는 일이 없게 해달라고 편지를 보낸 의뢰인은 걱정할 필요가 없다. 분별력이 뛰어나고 직업윤리가 투철한 내 친구는 내가 소개할 사건을 선택할 때도 비밀을 함부로 퍼뜨리지 않도록 신경을 쓴다. 그런데도 최근 들어 문서를 입수해 폐기하려는 시도가 몇 차례 있었다. 나는 이러한 움직임을 강력하게 규탄하는 바이다. 배후 세력이 누구인지는 간파했으니 반복해서 시도한다면 선포하건대 내가 홈스를 대신해서 정치인, 등대, 길들인 가마우지에 얽힌 사건의 전모를 공개해버릴 것이다. 이 말이 무슨 뜻인지 알아차린 사람이 한 명은 있을 것이다.

나는 사건을 소개할 때마다 홈스의 타고난 직관과 관찰력을 강조하려고 노력하지만 모든 사건마다 기회가 주어지지는 않는다. 열매를 따기 위해 열심히 노력해야 할 때도 있고 열매가 무릎 위로 뚝 떨어질 때도 있다. 인간사에서 볼 수 있는 무척이나 끔찍한 비극이면서 해결할 기회가 아예 없는 사건도 있었다. 그 중 한 사건을 이 자리에서 소개하려고 한다. 인명과 지명은 살짝 바꾸었지만 그 밖의 사항은 실제 그대로다.

1896년 말의 어느 날 오전에 다급하게 나를 부르는 홈스의 전보를 받았다. 집으로 찾아가보니 담배 연기가 자욱한 방안에 그가 앉아 있고, 하숙집 주인이다 싶은 푸근한 느낌의 연배가 있고 몸매가 풍만한 부인이 맞은편 의자에 앉아 있었다.

"이쪽은 사우스브릭스턴에서 오신 메릴로 부인일세."

내 친구가 부인을 손으로 가리키며 말했다.

"담배를 피워도 상관없다고 하시니, 왓슨 자네도 지저분한 습관에 빠져들어도 되겠어. 메릴로 부인이 재미있는 이야깃거리를 들고 오셨는데 일이 진전되면 도움이 필요할 것 같아서 불렀다네."

"뭐든 내가 도울 게 있으면……."

"메릴로 부인, 이해하시겠지만 론더 부인을 찾아가려면 입회인을 대동하는 편이 좋을 것 같습니다. 저희가 도착하기 전에 미리 말씀 전해주십시오."

"복 받으실 거예요, 홈스 씨. 부인이 얼마나 홈스 씨를 보고 싶어 하는지 교구 주민들을 전부 데리고 와도 괜찮을걸요."

방문객이 말했다.

"그럼 오후 일찍 찾아뵙죠. 일을 시작하기 전에 기본 사항들을 정확하게 알고 있는지 확인해보겠습니다. 저희 둘이 되짚는 걸 들으면 왓슨 박사도 상황을 이해할 수 있을 테니까요. 부인의 하숙집에서 칠 년 동안 하숙인으로 지낸 론더 부인의 얼굴을 그동안 딱 한 번밖에 못 보셨다고요."

"그 한 번도 보지 않았더라면 좋았을 거예요!"

메릴로 부인이 말했다.

"얼굴이 흉측하게 일그러져 있다고요?"

"그게 말이에요, 홈스 씨. 얼굴이라고 할 수도 없어요. 얼굴 같지가 않아요. 한번은 우리집에 우유를 배달하러 온 배달원이

2층 창문으로 흘낏 보인 부인의 얼굴에 통을 떨어뜨려 앞마당에 우유 홍수가 난 적도 있어요. 그 정도랍니다. 어쩌다 한 번 제게 얼굴이 드러났을 때도 베일을 얼른 뒤집어쓰더니 '메릴로 부인, 내가 왜 베일을 절대 벗지 않는지 아시겠죠?'라고 하더군요."

"그분의 과거에 대해 아십니까?"

"전혀 몰라요."

"맨 처음에 신원 보증서를 받지 않으셨나요?"

"받지 않았어요. 현금을 두둑이 내밀었거든요. 삼 개월치 하숙비를 선불로 내놓으며 계약 조건도 따지지 않았죠. 이런 시절에 저처럼 형편이 어려운 사람이 그런 기회를 놓칠 수가 있나요."

"론더 부인이 하숙집을 선택한 이유에 대해서는 아무 얘기도 하지 않던가요?"

"우리집이 큰길에서 먼 편이라 다른 하숙집에 비해 조용해요. 그뿐 아니라 하숙인을 한 명만 받고 제게는 딸린 가족도 없고요. 아마 다른 하숙집도 알아보다 우리집이 제일 적당하다고 생각했을 거예요. 조용한 집을 찾았으니 얼마든 대가를 지불할 용의가 있었던 거고요."

"부인이 어쩌다 우연히 보게 된 그때 한 번 말고는 처음부터 지금까지 얼굴을 보여주지 않았다는 겁니까? 흥미롭군요, 아주 흥미로워요. 조사해보고 싶으신 것도 이해가 됩니다."

"별로 조사해보고 싶지 않아요, 홈스 씨. 저는 하숙비만 받으면 대만족이에요. 이보다 더 조용하고 속 안 썩이는 하숙인도 없고요."

"그럼 뭐가 문제입니까?"

"론더 부인의 건강이요, 홈스 씨. 점점 야위어요. 뭔가 끔찍한 생각을 하는지 '살인마!'라고 외치기도 한답니다. '살인마!' 하고요. 한번은 '이 잔인한 짐승! 괴물!'이라고 한 적도 있어요. 한밤중이라 소리가 집안을 쩌렁쩌렁 울려서 등골이 오싹했지 뭐예요. 그래서 다음날 아침에 찾아갔어요.

'론더 부인, 걱정거리가 있으면 신부님을 만나보세요. 아니면 경찰이라도. 경찰에 알리면 도움을 받을 수 있을 거예요.'

'제발, 경찰은 안 돼요! 그리고 신부님도 과거를 돌이킬 수는 없는걸요. 하지만 죽기 전에 아무한테라도 진실을 털어놓을 수 있으면 마음이 한결 가볍겠어요.'

그래서 제가 그랬죠.

'아는 탐정이 없으면 지난번에 우리가 신문에서 읽은 그 탐정 어때요?'

용서하세요, 홈스 씨. 아무튼 제 말을 듣고 부인이 좋아서 펄쩍 뛰더라고요.

'그분이면 되겠어요. 왜 진작 생각 못 했는지 모르겠네. 그분을 모시고 와주세요, 메릴로 부인. 오지 않겠다고 하면 제 남편이 맹수 공연을 했던 론더라고 전해주세요. 그러면서 애버스 파바라는 말을 대세요.'

이게 론더 부인이 적어준 말이에요. 애버스 파바.

'제가 생각하는 그분이 맞다면 이걸 보고 와주실 거예요.'"

"알겠습니다."

홈스가 말했다.

"좋습니다, 메릴로 부인. 왓슨 박사와 잠깐 얘기를 하고 싶은데요. 그러다 보면 점심시간이 될 겁니다. 3시쯤에 브릭스턴의 댁으로 찾아가겠습니다."

메릴로 부인의 걸음걸이를 다르게 표현할 방법이 없어 말하건대 손님이 뒤뚱뒤뚱 걸어나가자마자 홈스는 한쪽 구석에 쌓아놓은 사건 자료집으로 득달같이 달려갔다. 몇 분 동안 계속 책장을 넘기는 소리가 이어지다가 찾던 것이 등장하자 그는 기뻐서 끙 소리를 냈다. 어찌나 흥분했는지 바닥에서 일어나지도 않고 사방에 흩어놓은 큼지막한 공책 중 한 권을 무릎에 얹더니 부처처럼 책상다리를 한 채 바닥에 앉아 있었다.

"그 사건 때문에 골치를 좀 앓았다네, 왓슨. 가장자리에 적어놓은 걸 봐도 알겠군. 솔직히 진상을 파악하지도 못했지. 하지만 검시관이 잘못 생각했다는 것만큼은 장담할 수 있다네. 자네는 애버스 파바 참극 하면 떠오르는 거 없나?"

"없는데."

"자네와 함께 지냈을 때 벌어진 일인데. 하지만 나 역시도 피상적으로만 아는 수준이라네. 정보도 없었고 어느 쪽도 내게 사건을 의뢰하지 않았거든. 신문을 읽어보겠나?"

"자네가 간단하게 설명해주면 좋겠네."

"그야 쉬운 일이지. 이야기를 듣다 보면 자네도 기억이 날 거야. 두말하면 잔소리지만 서커스 단장 론더는 모르는 사람이 없을 만큼 유명했지. 당대 최고의 서커스 단장이었던 웜웰과 생어의 라이벌이기도 했고. 하지만 엄청난 참극이 벌어졌을 당시에는 술독에 빠져서 그와 그의 서커스가 모두 내리막길을 걷고 있었다는 증거가 있지. 끔찍한 사건이 벌어진 것은 서커스단이 버크셔의 애버스 파바라는 조그만 마을에 여장을 풀었을 때였다네. 윔블던까지 육로로 가던 중이라 공연은 하지 않고 노숙을 한 거였어. 마을이 워낙 작아서 공연을 해봐야 남는 게 없었겠지.

공연을 하는 동물들 중에 잘생긴 북아프리카 사자가 한 마리 있었어. 사하라 킹이란 이름이었고, 론더 부부가 우리 안에 들어가서 공연을 펼치곤 했다네. 여기 이게 공연 사진인데, 보면 알겠지만 론더는 돼지처럼 생긴 거인이고 부인은 대단한 미모의 여성이지. 검시 배심 때 나온 증언에 따르면 사자가 위험한 징후를 보였지만 평소처럼 으레 그러려니 하고 지나갔다더군.

보통 론더나 부인이 밤에 사자에게 먹이를 주었다네. 둘 중 한 사람이 갈 때도 있고 둘이서 같이 갈 때도 있었지만 다른 사람한테는 절대 맡기지 않았어. 먹이를 주는 이상 사자가 자기들을 은인으로 여겨서 어느 때건 덤벼들지 않으리라고 생각한 거지. 칠 년 전 그날 밤에 부부가 같이 먹이를 주러 갔다가 끔찍한 변을 당했는데 자세한 정황은 밝혀지지 않았어.

자정 무렵 사자가 포효하는 소리와 여자의 비명소리를 듣고 온 공연단이 잠에서 깬 모양이야. 이 천막 저 천막에서 사육사와 단원들이 등불을 들고 달려나왔고 처참한 광경이 그들을 맞았지. 문이 열린 사자 우리에서 뒤통수가 으깨어지고 머리에 발톱 자국이 깊이 찍힌 론더가 십 미터쯤 떨어진 곳에 쓰러져 있었어. 우리 문 옆에서 론더 부인이 하늘을 보고 누워 있었고. 부인 위에 사자가 웅크리고 앉아서 으르렁거리고 있었는데 부인은 사자에게 얼굴을 처참하게 물어뜯겨서 목숨을 부지할 수 없겠다 싶을 정도였다지. 차력사 레너드와 광대 그릭스를 주축으로 단원들 몇 명이 사자를 장대로 몰아 우리 안에 넣고 문을 잠갔지. 어쩌다 사자가 우리 밖으로 나왔는지가 수수께끼였어. 론더 부부가 들어가려고 문을 열었을 때 펄쩍 뛰어나와서 덮쳤나 보다고 짐작할 따름이었지. 부인이 부부의 거처였던 포장마차로 실려가는 동안 통증으로 정신이 오락가락하는 상황에서 계속 "이 비겁한 인간! 비겁한 인간아!" 하고 울부짖었다는 것 말고는 특기할 만한 사항도 없었고. 부인은 육 개월 뒤에야 몸을 추스르고 증언을 할 수 있게 되었고 정식으로 검시 배심이 열렸지만 사고사라는 누가 봐도 뻔한 판결이 내려졌지."

"사고사일 수밖에 없지 않았을까?"

"자네가 그렇게 말하는 것도 무리는 아니지. 하지만 버크셔 지방경찰청의 에드먼즈가 보기에는 한두 군데 미심쩍은 부분이 있었어. 그걸 알아차리다니 참 똑똑하기도 하지! 그 친구는 나중에 인도 알라하바드로 전출됐다네. 그래서 내가 이 사건에 대해 알게 된 걸세. 그 친구가 찾아와서 같이 파이프 담배 몇 대를 피우며 이야기를 나누었거든."

"말랐고 금발머리였던 친구?"

"맞아, 자네가 금세 기억해낼 줄 알았다니까."

"그 친구가 보기에 뭐가 미심쩍었다는 건가?"

"뭐, 우리 둘 다 미심쩍어했다고 해야겠지. 사건을 재구성하기가 엄청나게 어려웠거든. 사자의 관점에서 생각해볼까? 사자는 우리에서 풀려났어. 그리고 뭘 했나. 대여섯 걸음 앞에 있는 론더에게 다가갔지. 뒤통수에 남은 발톱 자국을 보면 알 수 있다시피 론더는 몸을 돌려 달아나려다가 사자의 공격을 받고 쓰러졌지. 그러고 난 다음에 사자는 훌쩍 뛰어서 달아나는 게 아니라 우리 옆에 있던 부인에게로 돌아가 그녀를 넘어뜨리고 얼굴을 씹어 먹었지. 그런데 부인은 남편에게 실망한 듯한 말을 했어. 딱한 양반이 무슨 수로 부인을 도울 수 있었겠나. 어떤 점에서 어려웠다고 하는지 알겠지?"

"그렇군."

"또 한 가지. 다시 검토하다 보니 기억이 났어. 사자가 울부짖고 부인이 비명을 지른 시점에 겁에 질린 남자의 비명소리가 들렸다는 증언이 있었어."

"론더였겠지."

"두개골이 으스러졌는데 무슨 수로 소리를 지를 수 있었겠나. 여자와 남자의 비명소리가 동시에 들렸다고 증언한 사람이 최소한 두 명이었다네."

"그때쯤이면 모든 단원이 소리를 지르고 있지 않았을까? 그 의문점에 대해서라면 내가 정답을 제시할 수 있을 것 같군."

"기꺼이 참고하겠네."

"사자가 풀려났을 때 두 사람은 우리에서 십 미터쯤 떨어진 곳에 같이 서 있었어. 남편이 등을 돌렸다가 사자의 공격에 쓰러졌지. 부인은 우리 안에 들어가서 문을 잠글 생각을 했어. 그게 유일한 살길이었으니까. 그런데 사자 우리 바로 앞에 다다랐을 때 맹수가 덮쳐서 넘어뜨렸지. 부인은 등을 보여서 맹수를 자극한 남편에게 화가 났던 거야. 같이 마주보고 있었으면 사자가 겁을 먹었을 수도 있었는데. 그래서 '이 비겁한 인간!'이라고 외친 거지."

"훌륭해, 왓슨! 허점이 하나 있다는 것만 빼면."

"무슨 허점?"

"둘 다 우리에서 십 미터 떨어져 있었다면 맹수가 무슨 수로 그 안에서 빠져나왔겠나?"

"부부에게 원한을 품은 사람이 풀어준 것 아닐까?"

"우리 안에서 부부와 장난치고 같이 재주를 부리던 사자가 왜 그들을 잔인하게 공격했을까?"

"원한을 품은 사람이 녀석을 자극했겠지."

홈스는 생각에 잠긴 표정으로 한동안 아무 말도 하지 않았다.

"왓슨, 자네 가설을 뒷받침하는 증언이 있긴 해. 론더에게는 적이 많았어. 에드먼즈에게 들었는데 취하면 가관이었다더군. 덩치 큰 깡패로 돌변해서 자기에게 거치적거린다 싶으면 누구에게든 욕을 퍼붓고 주먹을 휘둘렀다는 거야. 메릴로 부인 말로는 론더 부인이 밤중에 괴물을 운운하며 소리를 질렀다는데 사별한 남편이 생각나서 그런 게 아닌가 싶어. 하지만 진상을 파악하지 않고 이런저런 추측을 한들 무슨 소용이 있겠나. 찬장에 식은 자고새 고기와 몽트라셰 한 병이 있다네. 그걸로 원기를 보충하고 씩씩하게 찾아가보자고."

이륜마차를 타고 메릴로 부인의 집에 도착하니 풍만한 체구의 부인이 소박하고 외진 집의 대문을 열어놓고 서 있었다. 그녀는 소중한 하숙인을 놓치지 않는 것이 가장 큰 관심사인 터라 우리를 안내하기 전에 바람직하지 못한 결과로 이어질 수 있는 언행은 삼가달라고 신신당부했다. 우리는 그녀를 안심시키고 나서야 양탄자가 군데군데 벗겨진 계단을 지나 정체불명의 하숙인이 사는 방으로 안내받았다.

거주인이 방을 비우지 않으니 예상했던 대로 환기가 잘되지 않아서 공기가 답답했고 퀴퀴한 냄새가 났다. 맹수들을 우리에 가두었던 여인이 인과응보로 우리에 갇히는 신세가 된 듯했다. 그녀는 어두컴컴한 구석의 망가진 안락의자에 앉아 있었다. 오랫동안 방안에 틀어박혀 지내 몸에 군살이 붙었지만 이전에는 얼마나 아름다웠을지 짐작할 수 있는 풍만하고 육감적인 몸매였다. 얼굴을 윗입술 부근까지 가리고 있는 두툼하고 까만 베일 아래로 완벽한 입매와 우아한 턱선이 고스란히 드러났다. 눈에 띄는 미인이었으리라는 생각이 들었다. 잘 가다듬은 목소리도 듣기 좋았다.

"제 성은 들어본 적 있으시죠, 홈스 씨. 말씀드리면 와주실 거라고 생각했어요."

"맞습니다, 부인. 제가 부인의 사건에 관심이 있었다는 걸 어떻게 아셨는지 모르겠군요."

"건강을 회복해서 에드먼즈 형사님께 조사를 받았을 때 알게 됐어요. 그런데 제가 그분께 거짓말을 했거든요. 솔직하게 얘기했더라면 좋았을 텐데."

"보통은 진실을 말하는 게 현명한 일이기 마련이죠. 무슨 이유에서 거짓말을 하셨나요?"

"어떤 사람의 운명이 걸린 문제였거든요. 쓰레기 같은 위인이긴 했지만 그이를 내 손으로 파멸시키고 죄책감에 시달리고 싶지 않았어요. 우리는 몹시, 몹시 가까운 사이였거든요!"

"그렇다면 지금은 그럴 이유가 사라진 모양이죠?"

"네. 그 사람이 죽었어요."

"그럼 지금이라도 경찰에 사실대로 얘기하지 않고요."

"배려해야 할 사람이 한 명 더 있거든요. 바로 저요. 경찰 조사를 받는 동안 퍼질 소문이며 쏟아질 언론의 관심을 못 견디겠더라고요. 살날이 얼마 남지 않았지만 평화롭게 살다가 눈을 감고 싶어요. 하지만 분별력이 있는 분에게 제 끔찍한 이야기를 들려드리고 싶었어요. 제가 떠나더라도 진실이 묻히지 않게."

"과찬이십니다, 부인. 그런데 저는 책임감이 강한 사람이기도 해서요. 부인의 이야기를 듣고 경찰에 알리는 것이 도리라는 생각이 들 경우 알리지 않겠다고 약속하지는 못합니다."

"그러시겠죠. 홈스 씨의 성격과 수사 방법은 잘 알아요. 몇 년 동안 홈스 씨의 활약상을 유심히 지켜보았으니까요. 운명이 남긴 유일한 즐거움이 독서뿐이라 세상사를 빠뜨리지 않고 다 챙겨 보거든요. 아무튼 홈스 씨가 제 비극을 어떻게 다루실지는 운명에 맡기겠습니다. 다 털어놓고 나면 마음은 가벼워지겠죠."

"친구와 함께 경청하겠습니다."

부인은 자리에서 일어나 서랍에서 어떤 남자의 사진을 꺼냈다. 체격이 어마어마하게 좋은 전문 곡예사가 불끈 솟은 가슴 위에 두툼한 팔로 팔짱을 끼고 숱 많은 콧수염으로 덮인 입매에 미소를 머금은 사진이었다. 많은 것을 정복한 자가 지을 법한 흐뭇한 미소였다.

"레너드예요."

그녀가 말했다.

"증언을 한 차력사 말입니까?"

"네. 그리고 이 사진이, 이 사진이 제 남편이고요."

생김새가 흉측했다. 인간 돼지, 아니 인간 멧돼지로 보일 만큼 짐승 같았다. 혐오스러운 입을 보면 우적거리며 씹어 먹거나 화가 나서 게거품을 무는 모습이 떠올랐고, 잔인한 새우눈을 보면 사악한 눈빛으로 주변을 이리저리 흘긋거리는 모습이 연상됐다. 턱살이 축 늘어진 얼굴은 악당, 깡패, 짐승, 이런 단어가 씐 종이 같았다.

"두 사진은 제 사연을 이해하는 데 도움이 될 거예요. 저는 톱밥을 침대 삼아서 자란 불쌍한 서커스 소녀였고 열 살도 되기 전부터 굴렁쇠를 통과하는 묘기를 할 수 있었어요. 제가 어른이 되자, 그런 욕정을 사랑이라고 부를 수 있을지 모르겠지만 이 남자가 사랑을 고백했어요. 생각하기도 싫은 끔찍한 순간 이후로 저는 그의 아내가 되었죠. 그날부터 지옥살이가 시작되었습니다. 남편은 저를 괴롭히는 악마였어요. 제가 어떤 대접을 받는지 모르는 단원이 없었답니다. 남편은 저를 두고 다른 여자들과 바람을 피웠어요. 그래놓고 제가 따지고 들면 묶어놓고 승마용 채찍으로 때렸죠. 다들 절 딱하게 여겼고 그이를 질색했지만 뭘 할 수 있었겠어요? 한 사람도 빼놓지 않고 그이를 무서워했는걸요. 남편은 평소에도 무시무시했지만 술에 취하면 잔인해졌어요. 폭행죄와 동물 학대죄로 몇 번씩 잡혀갔지만 돈이 많아서 벌금 같은 건 우습게 생각했죠. 그러다 실력 있는 단원들이 빠져나가자 서커스단의 인기가 시들해지기 시작했어요. 레너드와 제가 있었기 때문에 그나마 유지해가고 있었죠. 광대인 지미 그릭스도 있었고요. 딱하게도 지미는 삶에 낙이 있지도 않았지만 어떻게든 버텨보려고 애를 썼죠.

그러다 레너드가 제 삶의 많은 부분을 차지하기 시작했어요. 그이가 어떻게 생겼는지 홈스 씨도 보셨죠. 근사한 육체에 얼마나 한심한 영혼이 깃들어 있는지 이제는 알지만, 당시엔 남편과 비교하면 대천사 가브리엘처럼 보였어요. 그이가 저를 딱하게 여겨 도와주는 과정에서 친밀한 감정이 급기야 사랑으로 발전했죠. 깊디깊고 격정적인 사랑, 꿈꾸기만 했을 뿐 희망조차 품어본 적 없었던 사랑으로요. 남편이 의심스러워하긴 했지만, 비겁한 깡패인 그이가 무서워한 사람이 레너드였어요. 그이는 전보다 심하게 괴롭히는 걸로 복수를 했지요. 어느 날 밤에 제 비명소리를 듣고 레너드가 우리 포장마차 앞까지 달려온 적이 있었어요. 다행히 그날 밤은 잘 넘어갔지만 애인과 저는 비극을 피할 도리가 없다는 걸 깨달았어요. 남편은 살아 있으면 안 되는 사람이었어요. 우리는 그 사람을 죽일 계획을 세웠죠.

머리 좋은 모사꾼이었던 레너드가 계획을 세웠어요. 책임을 떠넘기려고 하는 소리가 아니에요. 저도 그이와 처음부터 끝까지 함께하려고 마음의 준비를 마쳤었으니까요. 계획을 세울 능력이 없었을 뿐이죠. 저희, 아니 레너드가 곤봉을 만들어서 묵직한 위쪽에 뾰족한 부분이 밖으로 나오도록 긴 쇠못을 다섯 개 박고 사자 앞발처럼 벌려놓았어요. 남편에게 치명타를 날려 죽이고 사자를 미리 풀어놓아서 사자의 소행인 것처럼 꾸미기 위해서였죠.

칠흑같이 어두웠던 그날 밤에 평소 그랬던 것처럼 남편과 제가 사자에게 먹이를 주러 갔어요. 함석 들통에 날고기를 담아서 들고 갔죠. 레너드는 사자 우리에 가려면 지나야 하는 대형 포장마차 모퉁이에서 기다리고 있었고요. 그이가 곤봉을 휘두르기도 전에 저와 남편이 앞을 지나가버렸는데, 그이가 까치발로 살금살금 따라와서 곤봉으로 남편의 머리를 박살내는 소리가 들리더군요. 그 소리를 듣고 기뻐서 심장이 두근거렸어요. 저는 앞으로 달려가 큼지막한 사자 우리의 빗장을 풀었죠.

그때 끔찍한 일이 벌어졌어요. 맹수가 피 냄새를 감지하고 흥분하는 속도가 얼마나 빠른지 홈스 씨도 들어보셨을 거예요. 사자는 인간이 살해됐다는 것을 본능적으로 알아차렸어요. 빗장을 풀자마자 튀어나와서 순식간에 저를 덮쳤죠. 레너드가 저를 구할 수도 있었어요. 달려와서 곤봉을 휘둘렀다면 사자가 꼬리를 내릴 수도 있었으니까요. 하지만 겁을 먹은 거예요. 겁에 질려 비명을 지르더니 몸을 돌려 달아나는 게 보이더군요. 바로 그 순간 사자의 이빨이 얼굴을 파고들었어요. 뜨겁고 냄새가 지독한 입김에 정신이 혼미해진 뒤라 아픈 줄도 모르겠더군요. 피칠갑을 한 저는 입김을 뿜어내는 사자의 턱을 손바닥으로 밀어내며 도와달라고 비명을 질렀죠. 주변에서 웅성거리는 소리가 들리기 시작했고 레너드, 그릭스, 몇몇 사람들이 나를 사자한테서 끌어낸 게 어렴풋하게 기억나요. 그 기억을 끝으로 몇 달 동안 혼수상태로 지냈답니다, 홈스 씨. 의식을 회복하고 거울 속의 모습을 보았을 때 사자를 얼마나 저주했는지 몰라요. 미치도록 저주했죠! 예뻤던 얼굴을 앗아가서가 아니라 목숨을 앗아가지 않아서요. 남은 소원은 딱 하나뿐이었어요. 돈이 충분히 있었기에 이룰 수 있었죠. 아무도 끔찍한 얼굴을 보지 못하도록 베일로 덮고 예전에 알았던 사람들이 저를 절대 찾지 못할 곳에서 지내는 것. 제가 할 수 있는 일이라고는 그것밖에 없었어요. 지금까지 그렇게 지내고 있죠. 부상을 입고 죽음을 맞이하기 위해 굴속으로 들어온 가엾은 짐승. 그게 바로 유지니아 론더의 말로랍니다."

불행한 여인의 이야기가 끝난 뒤에도 우리는 한참 동안 말없이 앉아 있었다. 홈스가 긴 팔을 뻗어서 그녀의 손을 토닥였다. 거의 보지 못한 연민의 표현이었다.

"안타깝네요! 안타깝습니다! 운명의 행보는 정말이지 이해하기가 쉽지 않죠. 인생이 잔인한 농담이 아닌 이상 앞으로 좋은 일이 있겠죠. 그런데 레너드라는 남자는 어떻게 됐습니까?"

"다시는 본 적도, 소식을 들은 적도 없어요. 그이를 지금껏 사무치게 원망하는 내가 잘못일 수도 있어요. 그이한테는 사자가 뜯다 남긴 나보다 함께 전국으로 데리고 다녔던 괴물들이 더 나았을지 모르니까요. 하지만 여자의 사랑은 그렇게 쉽게 정리되지 않더군요. 그이는 나를 맹수의 발톱 아래 두고 도망쳤고 내가 가장 필요로 했을 때 나를 버렸지만, 차마 교수대로 보내지는 못하겠더라고요. 나는 어떻게 되든 상관없었어요. 지금 이렇게 사는 것보다 더 끔찍한 게 뭐가 있겠어요? 그래도 남편을 죽인 레너드만큼은 교수대로 향할 운명에서 막아주고 싶었어요."

"그런데 죽은 겁니까?"

"지난달에 마게이트 근처에서 수영을 하다가 익사했어요. 신문에 부고가 실렸더군요."

"부인의 이야기 중에서 쇠못 다섯 개 박힌 곤봉이 이례적이고 기발하던데요. 곤봉을 어떻게 했습니까?"

"모르겠어요, 홈스 씨. 야영장 옆에 초록색 물이 깊이 고인 백악광이 있었거든요. 아마 그 백악광에다……."

"뭐, 이제는 별 의미도 없죠. 사건은 끝났으니까요."

"맞아요. 사건은 끝났죠."

그녀가 말했다.

우리가 떠나려고 일어나 있었을 때 홈스가 그녀의 목소리에서 이상한 낌새를 느꼈는지 잽싸게 그녀를 돌아보았다.

"사람의 목숨은 각자가 정하는 것이 아닙니다. 함부로 하지 마십시오."

그가 말했다.

"제가 더 산다고 무슨 쓸모가 있겠어요."

"누가 압니까? 부인께서 고통을 견디며 살아가고 계시는 것이야말로 이 성급한 세상에 가장 가치 있는 교훈을 전달하는 셈입니다."

여인의 대답은 끔찍했다. 베일을 걷고 햇빛 아래로 걸어간 것이다.

"홈스 씨라면 감당할 수 있겠어요?"

참혹했다. 얼굴이랄 것이 사라지고 뼈대만 남은 얼굴은 말로 표현할 길이 없었다. 처참한 잔해 위에서 슬픈 눈빛으로 바라보는 생생하고 아름다운 갈색 눈 때문에 그 모습이 더 끔찍했다. 홈스가 한쪽 손을 들어서 연민과 만류의 뜻을 전했고, 우리는 같이 밖으로 나왔다.

이틀 뒤에 베이커 스트리트를 찾아가자 친구가 으스대며 벽난로 선반에 놓인 파란색의 조그만 병을 가리켰다. 나는 병을 집어 들었다. 빨간색 독극물 라벨이 붙어 있었다. 뚜껑을 열자 달콤한 아몬드 향이 풍겼다.

"청산 아닌가?"

내가 물었다.

"정답일세. 소포로 배달됐어. '나를 유혹하던 물건을 보냅니다. 홈스 씨의 충고에 따를게요'라는 글과 함께. 그걸 보낸 용감한 여인의 이름은 말 안 해도 알겠지?"

쇼스컴 올드 플레이스

셜록 홈스는 저배율 현미경 위에 한참 동안 웅크리고 있다가 허리를 펴고 의기양양하게 나를 돌아보았다.

"아교일세, 왓슨. 분명 아교야. 와서 여기저기 흩뿌려진 점들을 보게!"

내가 접안렌즈에 눈을 대고 초점을 맞추는 동안 홈스가 설명했다.

"털은 트위드 코트에서 떨어진 거라네. 모양이 각기 다른 회색 덩어리는 먼지고. 왼쪽은 각질. 중앙의 갈색 방울은 분명 아교일세."

"그렇군."

나는 웃으며 말을 이었다.

"나야 자네 말이라면 뭐든 인정할 자세가 되어 있지. 이것의 정체가 밝혀지면 뭐가 달라지는 건가?"

"아주 훌륭한 증거거든. 세인트 팽크러스 사건 때 죽은 경찰관 옆에 있었던 모자를 기억할 테지. 용의자는 자기 모자가 아니라고 했어. 하지만 액자를 만드는 사람이라 으레 아교를 쓰거든."

그가 대답했다.

"자네가 그 사건을 맡았나?"

"아닐세. 런던 경찰청의 메리베일이라는 친구가 조사를 좀 해달라고 하더군. 내가 동전 위조범의 소매 솔기에 묻은 아연과 구리 줄밥을 찾아내서 체포한 이후부터 런던 경찰청에서도 현미경의 중요성을 인식하기 시작했지."

그는 초조하게 손목시계를 확인했다.

"새로운 의뢰인이 오기로 했는데 늦는군. 그나저나 왓슨, 경마에 대해서 아는 거 있나?"

"당연하지. 퇴역연금의 절반을 쏟아붓는걸."

"그럼 자네가 경마 길잡이 역할을 해주면 되겠군. 혹시 로버트 노버턴 경이라는 이름을 듣고 떠오르는 게 있나?"

"음, 있다고 봐야겠지? 쇼스컴 올드 플레이스에 사는 사람인데 예전에 우리 부대의 여름 막사가 그 근처에 있었거든. 노버턴 경은 형사처분을 받을 뻔한 적도 있었어."

"어쩌다?"

"뉴마켓 히스의 커즌 스트리트에서 영업을 하는 샘 브루어라는 유명한 고리대금업자에게 말채찍을 휘둘렀거든. 하마터면 큰일날 뻔했지."

"하, 흥미진진한 인물인 것 같군! 자주 그렇게 마음대로 구나?"

"위험인물이라고 소문이 났어. 영국에서 가장 무모한 기수일세. 몇 년 전에는 대장애물 경마 대회 그랜드 내셔널에서 2위를 했지. 시대를 잘못 타고났어. 조지 4세가 섭정공으로 있던 시대에 태어났더라면 위세깨나 떨쳤을 텐데. 권투 선수에 육상 선수이며 물불 안 가리는 경마 도박사에 만인의 연인이니 말이야. 들리는 소문에 따르면 가산을 탕진해서 재기가 불가능하다고 하더군."

"대단해, 왓슨. 이렇게 훌륭한 촌평이라니. 어떤 사람인지 머릿속에 쏙쏙 들어오는군. 이제 쇼스컴 올드 플레이스가 어떤 곳인지 알려주겠나?"

"쇼스컴 파크 한복판에 있고 유명한 쇼스컴 경주마 사육장과 훈련소가 있다는 것 외에는 모르네."

"그리고 수석 조교사調敎師는 존 메이슨이지. 어떻게 아느냐고 놀랄 것 없네, 왓슨. 지금 펼치려는 게 그 사람이 보낸 편지거든. 쇼스컴에 대해서 더 많은 정보를 수집해야겠어. 보물 창고를 만난 느낌이지 뭔가."

"쇼스컴스패니얼도 있지. 자네도 애완견 대회가 열릴 때마다 들어보았을 거야. 영국에서 가장 희귀한 견종이거든. 쇼스컴 올드 플레이스 레이디의 남다른 자랑이지."

"로버트 노버턴 경의 부인 말이군!"

"로버트 경은 독신이야. 장래를 생각하면 오히려 다행스러운 일이라고 할까. 남편과 사별한 레이디 비어트리스 폴더, 누님과 함께 살고 있다네."

"레이디가 경에게 신세를 지고 있는 건가?"

"아니야. 그 집은 레이디의 작고한 남편인 제임스 경의 유산일세. 노버턴은 아무 권리가 없지. 종신 소유로 설정되어 있어 레이디가 사망하면 남편의 동생에게로 넘어간다네. 생전에는 해마다 집세를 받을 수 있고."

"남동생인 로버트가 집세를 내고 있는가 보군?"

"아마도. 워낙 말썽꾸러기라 같이 살려면 좌불안석일 거야. 그래도 듣자 하니 누님이 경에게 지극정성이라더군. 그런데 쇼스컴에서 무슨 일이 벌어진 건가?"

"아, 나도 그게 알고 싶네만. 내막을 알려줄 수 있는 인물이 등장했군."

문이 열리더니 키가 크고 수염을 말끔히 깎은 남자가 사환의 안내를 받으며 들어왔다. 말이나 남자아이들을 다루는 사람에게서만 볼 수 있는 단호하고 근엄한 표정을 짓고 있었다. 양쪽 모두를 휘하에 대거 거느리고 있는 존 메이슨일 것이다. 과연 하는 일의 적임자로 보였다. 그는 침착한 태도로 고개를 숙여 인사를 하고 홈스가 가리킨 의자에 앉았다.

"편지는 받으셨죠, 홈스 씨?"

"네, 하지만 아무것도 알 수가 없더군요."

"편지로 구구절절 설명하기에는 까다로운 문제라서요. 복잡하기도 하고요. 직접 뵙고 말씀드릴 작정이었습니다."

"편하게 얘기하십시오."

"홈스 씨, 제가 모시는 로버트 경이 아무래도 제정신이 아닌 것 같습니다."

홈스는 눈썹을 치켜 올렸다.

"여기는 할리 스트리트■가 아니라 베이커 스트리트입니다. 왜 그렇게 생각하십니까?"

"사람이 이상한 짓을 한두 번 저지르면 뭔가 이유가 있나 보

■ 런던의 병원가.

다 하지만, 하는 짓마다 이상하면 제정신이 아니란 생각이 들 수밖에 없죠. 쇼스컴 프린스와 더비 경마 때문에 경의 머리가 어떻게 된 모양입니다."

"쇼스컴 프린스라면 메이슨 씨가 키우는 경주마 아닙니까?"

"영국 최고의 경주마죠. 어느 누구보다 제가 잘 압니다. 홈스 씨가 믿을 만한 신사라 보안 유지가 철저하다는 것을 믿고 단도직입적으로 말씀드리겠습니다. 로버트 경은 이번 더비 경마에서 반드시 우승을 해야 합니다. 궁지에 몰린 현재로서는 마지막 기회거든요. 있는 돈 없는 돈 끌어모아서 그 말에 걸었습니다. 배당률도 좋아요! 맨 처음 걸었을 때는 백 배에 가까웠는데 지금도 사십 배는 됩니다."

"실력이 좋다면서 어떻게 그럴 수 있죠?"

"사람들이 녀석의 진가를 모르기 때문이죠. 로버트 경이 염탐꾼들을 교묘하게 속였거든요. 그동안은 프린스의 이복형제를 경기에 내보냈습니다. 육안으로는 구분이 안 되니까요. 하지만 달리기 시작하면 일 펄롱■당 이 마신馬身이나 차이가 납니다. 경은 말과 경마 생각뿐이에요. 거기에 인생을 걸었습니다. 빚쟁이들에게 경기 때까지만 말미를 얻었죠. 프린스가 우승하지 못하

■ 경마에 쓰이는 길이 단위. 일 펄롱이 약 이백 미터다.

면 경은 끝장입니다."

"다소 극단적인 도박 같습니다만 어떤 면에서 제정신이 아니라는 건지는 모르겠네요."

"무엇보다 경을 보시면 압니다. 밤에도 주무시지 않는 눈치예요. 노상 마구간을 지키고 계시죠. 이글거리는 눈빛으로. 그리고 레이디 비어트리스를 대하는 태도도 이상하고요!"

"아! 어떤데요?"

"두 분은 둘도 없는 친구였습니다. 취향도 같았고 레이디도 경 못지않게 말을 좋아했어요. 레이디는 날마다 똑같은 시각에 녀석들을 만나러 가셨죠. 그중에서도 프린스를 가장 아끼셨고요. 녀석은 매일 아침마다 자갈길을 달려오는 마차 바퀴 소리가 들리면 귀를 쫑긋 세우고 성큼성큼 걸어나가서 각설탕을 얻어먹었죠. 하지만 이젠 옛날이야기입니다."

"왜요?"

"레이디께서 말에 대한 흥미를 아예 잃어버리신 모양이에요. 오늘로 일주일째 마차를 타고 마구간 앞을 지나가면서 아침 인사조차 제대로 하지 않으십니다."

"두 분이 서로 싸운 것 같다는 말씀이신가요?"

"그것도 지독하게 사납고 독살스럽게요. 그렇지 않고서야 레이디가 자식처럼 애지중지하던 스패니얼 강아지를 경이 남에게 줘버렸을 리가 없습니다. 오 킬로미터 정도 떨어져 있는 크렌덜에 그린 드래곤이라는 여관이 있지요. 며칠 전에 그곳 주인장인 반스 영감에게 줘버렸지 뭡니까."

"그것참 이상한 일이로군요."

"레이디는 심장이 약하고 수종도 있어서 여기저기 돌아다니실 수가 없습니다. 그래서 경이 매일 저녁마다 두 시간씩 레이디의 방에서 시간을 보냈어요. 누님만큼 좋은 친구가 없으니 그럴 만도 했죠. 그런데 그것도 옛날이야기가 되었습니다. 이제는 경이 레이디의 근처에도 가지 않아요. 레이디는 그런 동생을 보며 속상해하시고요. 그분은 우울하고 시무룩한 얼굴로 술을 드십니다, 홈스 씨. 술고래처럼요."

"동생과 사이가 멀어지기 전에도 술을 드셨습니까?"

"한두 잔 드시기는 했지만 요즘은 하루에 한 병을 비우실 지경이에요. 집사인 스티븐스가 그렇게 말했어요. 레이디의 변한 모습에서 어쩐지 수상한 냄새가 납니다. 홈스 씨, 그리고 경이 한밤중에 오래된 교회 지하 납골당에 가는 이유는 뭘까요? 거기서 누굴 만나는 걸까요?"

홈스는 양손을 서로 비볐다.

"계속하세요, 메이슨 씨. 이야기가 흥미진진해지는군요."

"집사가 봤다는 겁니다. 폭우가 쏟아지던 날 밤 12시에요. 그래서 다음날 밤에 저도 잠을 자지 않고 집을 지켰는데 로버트 경이 나가지 뭡니까. 스티븐스와 저는 조마조마해하며 뒤를 밟았습니다. 경에게 들키면 큰일이었죠. 상대가 누구건 간에 한번 주먹질을 시작했다 하면 멈출 줄을 모르거든요. 바짝 뒤따라가지는 못했지만 행선지는 확인했습니다. 귀신이 나온다는 교회 지하 납골당이더군요. 경을 기다리는 사람이 있었어요."

"귀신이 나온다는 교회 지하 납골당은 어떤 곳이죠?"

"그게, 쇼스컴 올드 플레이스의 정원에 폐허가 된 예배당이 하나 있습니다. 언제 지어졌는지 아무도 모를 만큼 오래된 예배당이에요. 그 아래에 지하 납골당이 있는데 흉흉한 소문이 돕니다. 낮에도 어두컴컴하고 축축하고 인적이 없는데 한밤중에 얼씬거리는 사람은 더더욱 없을 겁니다. 하지만 로버트 경은 겁이 없습니다. 평생 뭘 무서워해본 적이 없어요. 한밤중에 거기서 뭘 하시는 걸까요?"

"잠깐! 기다리는 사람이 있었다고 하지 않았습니까? 말을 돌보는 사람 아니면 집안의 하인들 가운데 한 명이 아니었을까요? 누군지 알아내서 물어보면 되지 않습니까."

홈스가 외쳤다.

"모르는 사람이었습니다."

"어떻게 아십니까?"

"얼굴을 확인했으니까요, 홈스 씨. 둘째 날 밤이었어요. 로버트 경이 몸을 돌려 저희 앞을 지나갈 때 저와 스티븐스는 덤불 속에 숨어서 토끼처럼 벌벌 떨고 있었습니다. 그날 밤에 달빛이 환해서 들킬까 봐 두려웠거든요. 그때 누가 뒤에서 걸어오는 소리가 들렸습니다. 그자야 저희가 무서워할 이유가 없으니 로버트 경이 완전히 사라졌을 때 덤불 밖으로 나와서 밤에 산책이라도 나온 사람처럼 격의 없이 접근했죠.

'안녕하십니까! 그런데 누구신지?'

그자는 우리가 다가오는 소리를 듣지 못했는지 지옥의 악마라도 본 것 같은 표정으로 뒤를 돌아보더군요. 비명을 지르며 어둠 속으로 쌩하니 달아나지 뭡니까. 정말 빠르더군요! 그것만큼은 인정합니다. 순식간에 사라져서 누군지 뭐하는 사람인지 전혀 알 길이 없었습니다."

"달빛이 있었으니 얼굴은 제대로 보셨겠죠?"

"네, 피부가 누르스름하고 성질 더러운 개처럼 생겼더군요. 로버트 경이 그런 자를 무슨 일로 만났을까요?"

홈스는 한참 동안 생각에 잠겼다가 물었다.

"레이디 비어트리스 폴더는 누가 돌보고 있습니까?"

"캐리 에번스라는 하녀가 있습니다. 오 년 전부터 레이디의 시중을 들었죠."

"분명 성심을 다해서 시중을 들겠죠?"

메이슨 씨는 불편한 기색을 보이며 우물쭈물하다가 잠시 후에 대답했다.

"성심을 다하기는 합니다. 하지만 누구한테 성심을 다하는지는 밝히지 않겠습니다."

"아!"

홈스의 탄성이었다.

"집안의 속사정을 함부로 누설하면 안 되니까요."

"이해합니다, 메이슨 씨. 어떤 상황인지 분명히 알겠습니다. 왓슨 박사의 이야기를 들어보니 어떤 여자도 로버트 경의 매력에서 벗어나지 못한다더군요. 남매가 싸운 원인도 하녀에게 있다고 보시지는 않습니까?"

"오래전부터 하녀에 대한 소문이 돌긴 했습니다만."

"레이디가 그전까지는 모르고 있다가 갑자기 알았다면 어떨까요. 레이디는 하녀를 내치려고 하겠죠. 남동생은 용납하지 않을 테고요. 레이디는 심장도 약하고 운신할 여력도 없으니 자기 뜻을 관철할 방법이 없습니다. 가증스러운 하녀는 계속 곁을 지키고요. 레이디는 입을 닫고 우울해하며 술독에 빠집니다. 로버트 경은 홧김에 누이가 키우던 스패니얼 강아지를 남에게 줘버리고요. 그럴듯하지 않습니까?"

"뭐, 그럴 수도 있겠습니다. 거기까지는요."

"맞습니다! 여기까지는 그럴듯하죠. 하지만 한밤중에 오래된 지하 납골당을 찾아가는 것하고 무슨 상관이 있을까요? 그걸 설명할 방법이 없군요."

"그렇죠, 거기에 설명할 수 없는 부분이 한 가지 더 있습니다. 로버트 경이 시신을 파헤치려는 이유가 뭘까요?"

홈스가 갑자기 앉아 있던 자세를 바로 했다.

"어제 새로 안 사실이 있습니다. 홈스 씨에게 편지를 보내고 난 다음에요. 어제 로버트 경이 런던에 간 틈을 타서 스티븐스와 저는 지하 납골당으로 내려갔습니다. 모든 것이 깔끔하게 제자리에 있었는데 한쪽 구석에 유골 조각이 있었습니다."

"경찰에는 당연히 알리셨겠죠?"

의뢰인은 냉소를 지었다.

"글쎄요, 경찰에서 관심을 보일까 싶은데요. 바싹 마른 두개골과 뼈 몇 조각이 전부였거든요. 천 년쯤 된 뼈일 수도 있어요. 하지만 예전에는 거기 없었습니다. 그것만큼은 저와 스티븐스가 장담할 수 있어요. 누가 구석에 모아 널빤지로 덮어놓았더군요. 하지만 전에는 구석에 아무것도 없었거든요."

"어떻게 하셨습니까?"

"그대로 뒀습니다."

"잘하셨네요. 로버트 경이 어제 외출을 했다고요? 돌아오셨습니까?"

"오늘 돌아오실 겁니다."

"로버트 경이 누이의 강아지를 남에게 줘버린 게 언제였죠?"

"오늘로부터 딱 일주일 전입니다. 녀석이 오래된 우물집 앞에서 시끄럽게 짖고 있었는데 로버트 경이 그날 아침에 심기가 불편하셨거든요. 경이 녀석을 집어 들기에 죽이려는 줄 알았어요. 그런데 죽이지는 않고 기수인 샌디 베인에게 주면서 그린 드래곤 여관의 반스 영감에게 갖다주라고 하시더군요. 두 번 다시 꼴도 보기 싫다면서."

홈스는 말없이 오래 생각에 잠겼다. 본인이 가진 것 가운데 가장 오래되고 지저분한 파이프에 불을 붙여놓은 참이었다.

한참 만에 홈스가 말했다.

"제가 무엇을 해드리길 바라시는지 아직 잘 모르겠군요, 메이슨 씨. 좀더 분명하게 말씀해주시겠습니까?"

"이걸 보시면 분명해질 겁니다, 홈스 씨."

의뢰인이 말했다.

그가 주머니에서 종이를 꺼내 조심스럽게 펼치자 새까맣게 탄 뼛조각이 드러났다.

홈스는 호기심 어린 눈빛으로 뼛조각을 살펴보았다.

“어디서 났습니까?”

“레이디 비어트리스의 방 아래 지하실에 중앙난방로가 있습니다. 한참 동안 꺼두었다가 로버트 경이 춥다고 하길래 다시 가동하기 시작했죠. 제 밑에서 일하는 하비가 난방로 관리 담당입니다. 그런데 오늘 아침에 그 친구가 재를 갈퀴로 모으다 발견했다면서 이걸 들고 왔어요. 영 느낌이 안 좋다면서요.”

“저 또한 그렇습니다. 자네 생각은 어떤가, 왓슨?”

까만 숯덩어리지만 해부학적으로는 이론의 여지가 없었다.

“인간의 대퇴골 상부 관절구로군.”

내가 말했다.

“그렇군! 그 친구가 난방로를 들여다보는 시각은 언제죠?”

홈스는 아주 심각한 태도였다.

“매일 아침에 불을 지피고 나옵니다.”

“밤중에는 누가 들어가든 전혀 모르겠군요?”

“네.”

“집밖에서도 출입할 수 있습니까?”

“집밖으로 통하는 문이 달려 있습니다. 다른 문으로 나가면 계단을 통해 레이디 비어트리스의 방 복도로 갈 수 있고요.”

“이건 심각한데요, 메이슨 씨. 심각하고 추한 사건이군요. 로버트 경이 어젯밤에 집을 비웠다고 하셨죠?”

"네."

"그럼 누가 뼛조각을 태웠는지 몰라도 경은 아니겠군요."

"그렇습니다."

"말씀하신 여관 이름이 뭐였죠?"

"그린 드래곤입니다."

"그 일대에 괜찮은 낚시터가 있습니까?"

속내를 숨길 줄 모르는 조교사는 안 그래도 피곤한 자신의 인생에 정신병자가 또 한 명 등장했다고 생각하는 표정을 지었다.

"글쎄요. 하천에서는 송어가, 홀 호수에서는 강꼬치고기가 잘 잡힌다던데요."

"좋습니다. 왓슨하고 제가 낚시를 좋아해서요. 그렇지 않은가, 왓슨? 앞으로 연락할 일이 있으면 그린 드래곤으로 기별을 주십시오. 오늘밤에는 도착하겠군요. 굳이 말씀드리지 않아도 아시겠지만 직접 찾아오지 말고 편지를 보내세요. 제가 메이슨 씨를 만날 일이 있으면 그쪽으로 찾아가면 되니까요. 사건을 좀 더 조사한 뒤에 신중하게 의견을 밝히겠습니다."

이렇게 해서 화창한 오월의 어느 날 저녁 일등칸을 독차지한 홈스와 나는 승객이 있을 때만 정차하는 쇼스컴의 조그만 역으로 출발했다. 머리 위 선반은 낚싯대, 릴, 양동이로 복잡했다.

목적지에 도착해서 마차를 타고 조금 가자 구식 여관이 나왔다. 호탕한 성격의 여관 주인 조사이어 반스는 일대 물고기를 싹쓸이하겠다는 우리의 계획에 열띤 반응을 보였다.

"홀 호수에 가면 강꼬치고기가 잘 잡힐까요?"

홈스가 물었다.

여인숙 주인의 안색이 어두워졌다.

"거긴 안 됩니다. 낚시를 하지도 못하고 물에 빠질 수 있어요."

"아니 왜요?"

"로버트 경 때문입죠. 염탐꾼이라면 질색하거든요. 모르는 사람이 두 명이나 훈련소 근처에 접근하면 경이 틀림없이 쫓으러 나올 겁니다. 봐주는 사람이 아니에요. 로버트 경이라면 어림도 없죠."

"더비 경마에 출전하는 경주마가 있다고 듣긴 했습니다만."

"네, 멋진 녀석이에요. 우리 돈과 로버트 경의 돈을 싹 긁어모아 녀석에게 걸었어요. 그나저나……."

그는 미심쩍어하는 눈빛으로 우리를 쳐다보았다.

"손님들이 염탐꾼은 아니겠죠?"

"천만에요. 런던 생활에 지쳐서 상쾌한 공기를 마시러 버크셔를 찾은 여행객인걸요."

"제대로 찾아왔구먼요. 온 사방이 상쾌한 공기니까. 하지만 로버트 경에 대해 한 말은 명심하세요. 말보다 주먹을 앞세우는 양반이거든요. 정원 근처에는 얼씬도 하지 마십쇼."

"알겠습니다, 주인장! 그래야겠네요. 그나저나 복도에서 낑낑대는 저 아이처럼 예쁜 스패니얼은 처음 봅니다."

"그렇다마다요. 순종 쇼스컴스패니얼이거든요. 영국에서 최고죠."

"저도 개를 참 좋아합니다. 이런 질문을 드려도 될지 모르겠습니다만, 저런 명견은 얼마나 합니까?"

홈스가 말했다.

"제 능력으로는 감당이 안 될 정도로 비싸죠. 로버트 경이 주셨답니다. 그래서 줄로 묶어놨어요. 풀어놓으면 살던 집으로 내뺄 테니까."

여관 주인이 자리를 비우자 홈스가 말했다.

"카드 몇 장이 우리 손에 들어왔어, 왓슨. 호락호락한 게임이 아니지만 하루이틀 안으로 결판이 날 거야. 그나저나 로버트 경이 아직 런던에 있다고 했겠다? 그럼 오늘밤엔 폭행당할 걱정 없이 성소에 입성할 수 있겠군. 다시 한번 확인하고 싶은 부분이 한두 군데 있거든."

"가설을 세운 건가, 홈스?"

"일주일 전에 쇼스컴 올드 플레이스 식구들의 일상을 뒤흔드는 사건이 발생했다는 것만큼은 분명하다네, 왓슨. 무슨 사건이었을까? 사건의 결과만 보고 짐작만 할 수 있을 따름인데 특이하게도 그 결과를 종잡을 수 없단 말이지. 하지만 그게 분명 도움이 될 걸세. 무미건조하고 무난한 사건은 오히려 짐작하기 어려우니까.

수집한 정보들에 뭐가 있었는지 생각해볼까. 남동생은 몸이 불편한 누이의 방을 더이상 찾지 않아. 누이가 아끼던 개마저 남에게 줘버렸지. 누이의 개를 말일세, 왓슨! 거기서 뭐 느껴지는 거 없나?"

"남동생의 심술 사나운 성격 말고는 없는데."

"뭐, 그럴 수도 있지. 아니면…… 다른 가능성이 있을 수도 있고. 정말로 둘이 싸웠는지 모르겠지만, 아무튼 그 시점에서부터 상황을 되짚어볼까. 레이디는 평소와 다르게 방안에서 꼼짝을 않고, 하녀와 함께 마차를 타고 나갈 때 말고는 얼굴을 보이지 않으며, 마구간에 들러 아끼던 말에게 인사도 하지 않고, 술꾼이 됐네. 어때, 빠진 것 없지?"

"지하 납골당 사건 말고는."

"그건 다른 맥락으로 생각해야 하는 사건일세. 두 개의 사건이야. 구분해서 생각하길 바라네. 레이디 비어트리스와 얽힌 첫 번째 사건은 불길한 냄새를 풍기는데, 안 그런가?"

"난 도무지 무슨 소리인지 모르겠는데."

"자, 그럼 이제 로버트 경에 얽힌 두 번째 사건에 대해서 생각해볼까? 경은 더비 경마에서 우승하려고 혈안이 되어 있지. 빚쟁이들에게 붙들려서 당장이라도 재산을 차압당하고 경주마 사육장이 그들 손에 넘어갈 수 있으니 말일세. 경은 무모하고 극단적인 성격이야. 경의 돈줄은 누이이며 누이의 하녀를 수족처럼 부릴 수 있어. 여기까지는 확실한 것 같지?"

"지하 납골당은?"

"아, 그래, 납골당! 왓슨, 황당무계한 추정이지만 논의를 위한 전제로서 로버트 경이 누이를 죽였다고 가정해보세."

"맙소사, 홈스. 그런 말도 안 되는 소리를!"

"가능성이 높아, 왓슨. 로버트 경은 뼈대 있는 가문의 후손이지. 하지만 독수리들 틈에 까마귀가 섞여 있을 때도 있지 않은가. 잠깐 이런 전제 아래 논의를 발전시켜보자고. 경은 한몫 잡기 전에는 외국으로 피신할 수도 없어. 또한 쇼스컴 프린스로 대성공을 거두어야만 한몫을 단단히 잡을 수 있지. 그렇기 때문에 계속 이 집에 있을 수밖에 없다네. 여기 남아 있으려면 시신을 숨기고 누이의 대역을 찾아야 해. 하녀가 경의 측근이니 아예 불가능한 일은 아니라네. 레이디의 시신은 찾는 사람이 거의 없는 지하 납골당으로 옮겨졌고 한밤중에 난방로에서 은밀히 소각됐을 거야. 그래서 우리가 본 증거품이 남았겠지. 어떻게 생각하나, 왓슨?"

"글쎄, 자네가 맨 처음에 설정한 끔찍한 가정을 인정한다면 모두 그럴듯한 얘기군."

"내일 사건을 해결하는 데 도움이 될 만한 조그만 실험을 벌여봐야겠어. 그전까지 우리의 정체가 탄로 나지 않게 주인장에게 와인을 한잔 청해서 장어와 황어를 주제로 격조 높은 대화를 나누면 환심을 살 수 있겠지. 그러다가 동네에 떠도는 쓸 만한 소문을 들을지 몰라."

아침에 살펴보니 강꼬치고기를 낚는 데 쓰는 미끼를 빠뜨리고 온 것이 드러나 그 핑계로 낚시를 쉴 수 있었다. 11시쯤에 우리는 산책을 나섰다. 홈스는 까만색 스패니얼을 데리고 나가도 좋다고 주인장에게 허락을 받았다.

"여기로군."

가문의 상징인 그리핀▪ 상이 저택 정문 양쪽에 우뚝 서 있었다. 높다란 저택 정문 앞에 다다랐을 때 홈스가 말했다.

▪ 사자 몸통에 독수리의 머리와 날개가 달린 상상 속의 동물.

"반스 씨 말로는 레이디가 정오 무렵에 마차를 타고 바람을 쐬러 나온다고 했어. 문이 열리는 동안 마차가 속도를 줄이겠지? 마차가 문을 통과해서 속도를 내기 전에 자네가 마부를 붙잡고 아무거나 물어봐주게. 나는 신경쓸 것 없어. 이 호랑가시나무 덤불 뒤에 서서 보고 있겠네."

오래 기다릴 필요도 없었다. 십오 분도 지나지 않았을 때 발을 높이 치켜들며 당당하게 달리는 회색 말 두 마리가 노란색의 큼지막한 4인승 사륜 무개 마차를 몰고 저택에서 나왔다. 홈스는 개와 함께 덤불 뒤에 숨었다. 나는 마차가 당도할 큰길 한가운데 서서 태연하게 지팡이를 흔들었다. 문지기가 달려나와 정문을 열었다.

문을 빠져나오며 말들이 걷는 수준으로 속도를 늦추었기에 승객을 유심히 들여다볼 수 있었다. 왼쪽에 담황색 머리에 오만해 보이는 눈빛을 한 혈색 좋은 젊은 여자가 앉아 있었다. 오른쪽에는 숄로 얼굴과 어깨를 감싸서 환자 티가 역력한 등이 굽은 노인이 앉아 있었다. 큰길에 다다른 마차를 향해 나는 점잖게 손을 들었고, 마부가 마차를 세우자 로버트 경이 쇼스컴 올드 플레이스에 계시느냐고 물었다.

바로 그때 홈스가 걸어 나와서 스패니얼을 내려놓았다. 개는 반갑게 왈왈 짖으며 마차 쪽으로 맹렬히 달려가 발판 위로 폴짝 뛰어올라가다가 갑자기 으르렁거리며 발판 위로 보이는 까만색 치맛자락을 물어뜯었다.

"출발해! 어서!"

거친 목소리가 외쳤다. 마부가 채찍을 휘둘렀고 우리는 큰길에 남겨졌다.

흥분한 스패니얼의 목에 목줄을 걸며 홈스가 말했다.

"흠, 왓슨. 이것으로 되었군. 주인인 줄 알았다가 낯선 사람이라는 걸 알아차린 거지. 개들은 착각하는 법이 없거든."

"남자 목소리였어!"

"맞아! 우리 손에 카드가 한 장 더 들어왔어, 왓슨. 조심스럽게 써야 한다는 건 여전하지만."

내 친구는 그날 다른 계획이 없는 모양이었다. 우리는 하천에서 낚시를 한 덕분에 저녁으로 송어 요리를 먹을 수 있었다. 홈스는 저녁 식사를 마친 다음에서야 활동을 재개할 조짐을 보였다. 우리는 저택 정문과 연결된 큰길로 나섰다. 키가 크고 거무스름한 형체가 정문 앞에서 우리를 기다리고 있었다. 런던에서 만났던 조교사 존 메이슨 씨였다.

"안녕하십니까. 편지 받았습니다, 홈스 씨. 로버트 경은 아직 안 계시고 오늘밤에 돌아오신다고 합니다."

"집에서 지하 납골당까지 거리가 얼마나 됩니까?"

홈스가 물었다.

"사백 미터는 족히 됩니다."

"그럼 저희와 같이 가도 괜찮겠군요."

"저는 안 됩니다, 홈스 씨. 경이 돌아오시면 저를 불러서 쇼스컴 프린스의 근황을 물어보실 테니까요."

"그렇군요! 그렇다면 메이슨 씨 없이 작업에 착수해야겠습니다. 지하 납골당으로 가는 길을 안내해주고 가십시오."

칠흑같이 어둡고 달빛도 없는 밤이었다. 메이슨이 풀밭을 헤치며 앞장섰고, 잠시 후 시커멓게만 보이는 건물이 우리 앞에 등장했다. 오래된 예배당이었다. 우리는 한때 현관이었을 무너진 구멍으로 들어갔다. 앞장선 메이슨이 떨어진 돌무더기를 비틀비틀 헤쳤다. 지하 납골당으로 내려가는 계단이 있는 구석까지 걸어간 그는 성냥을 그어 암울한 공간을 비추었다. 끔찍하고 고약한 냄새가 났다. 울퉁불퉁하게 자른 돌로 쌓은 벽은 시간을 이기지 못해 다 무너졌고, 일부는 납으로 또 일부는 돌로 만든 관들이 계단의 아치형 천장까지 쌓여 있었다. 천장은 어둠에 가려서 보이지 않았다. 홈스가 들고 온 등불을 켜자 선명한 노란색 불빛 한줄기가 음산한 공간을 비추었다. 관뚜껑에 붙은 명패가 불빛을 반사해 반짝였다. 가문의 명예를 저승문 앞까지 짊어지고 간, 이 유서 깊은 집안사람들의 상징인 그리핀과 보관寶冠

이 명패마다 새겨져 있었다.

"뼛조각이 있었다고 하셨죠, 메이슨 씨? 가기 전에 어디 있었는지 알려주시겠습니까?"

"이쪽 구석입니다."

성큼성큼 걷던 조교사는 등불이 그곳을 비추자 놀라서 우뚝 걸음을 멈추었다.

"없어졌네요."

"그럴 줄 알았습니다. 난방로로 유골을 태워서 그 안에서 재로 변했을 겁니다."

홈스가 빙그레 웃었다.

"천 년 전에 죽은 사람의 뼈를 태우는 이유가 도대체 뭘까요?"

존 메이슨이 물었다.

"그 이유를 찾으러 여기 왔습니다. 오래 걸릴 수 있으니 더이상 붙잡지 않겠습니다. 동이 트기 전에는 해답을 찾을 수 있을 겁니다."

홈스가 말했다.

존 메이슨이 떠나자 홈스는 관들을 찬찬히 조사하기 시작했다. 색슨족이 누워 있는 것으로 보이는 중앙의 오래된 관에서 출발해 노르만족인 휴고와 오도 집안으로 이루어진 긴 줄을 지나자 마침내 18세기의 윌리엄 경과 데니스 경이 나왔다. 한 시간쯤 지났을 때 홈스는 지하 납골당의 계단 입구 바로 앞에 세로로 세워져 있는 납으로 된 관에 다다랐다. 나지막한 환호성이 들렸다. 목적이 분명한 빠른 움직임으로 보건대 목표물을 찾은 모양이었다. 그는 돋보기를 대고 묵직한 뚜껑의 가두리를 열심히 살폈다. 그러더니 주머니에서 상자를 열 때 쓰는 짧은 쇠막대를 꺼내 틈새에 끼우고 경첩만 몇 개 박아놓은 뚜껑을 들어올렸다. 뚜껑이 열리면서 뒤틀리고 갈라지는 소리가 났다. 하지만 경첩이 뜯기면서 일부나마 내용물이 드러나기도 전에 미처 예상하지 못했던 방해꾼이 등장했다.

누가 위층의 예배당으로 걸어 들어오고 있었다. 목적의식이 뚜렷하고 길을 잘 아는 사람의 흔들림 없는 신속한 걸음걸이였다. 불빛이 계단 위로 쏟아지더니 잠시 후 등불을 든 사람이 고딕 양식의 계단 입구에 등장했다. 거대한 체구와 험악한 인상의 소름 끼치는 인물이었다. 마구간에서 쓰는 큼지막한 등불의 빛에 콧수염이 덥수룩하고 인상이 강렬한 얼굴과 성난 눈동자가 보였다. 그는 지하 납골당을 구석구석 살피다 내 친구를 발견하자 무시무시한 눈빛으로 노려보았다.

"도대체 누구냐?"

목소리가 쩌렁쩌렁 울렸다.

"내 땅에서 뭐하는 거지?"

홈스가 대답하려는 순간, 그 남자가 두세 계단을 내려오며 가지고 온 묵직한 곤봉을 들었다.

"말 안 들리나? 누구냐? 여기서 뭐하는 거야?"

곤봉이 허공에서 부들부들 떨렸다.

홈스는 뒷걸음질을 치기는커녕 앞으로 다가가 그를 맞았다.

"나도 로버트 경에게 물을 게 있습니다. 이분이 누굽니까? 이분이 왜 여기 있는 거죠?"

홈스가 어느 때보다 험악한 목소리로 물으며 몸을 돌려 등뒤에 있던 관뚜껑을 잡아 뜯었다. 일렁이는 등불이 머리끝에서부터 발끝까지 시트로 휘감긴 시신을 비추었다. 마녀처럼 코와 뺨이 불룩 튀어나왔고, 형체를 잃어가는 얼굴에서 게슴츠레한 눈이 멀거니 앞을 쳐다보고 있었다.

준남작은 비명을 지르고 뒤로 휘청하며 석관에 몸을 기댔다.

"어떻게 알았지?"

그는 이렇게 묻고 나서 다시 사납게 으르렁거렸다.

"당신하고는 상관없는 일이잖나."

"내 이름은 셜록 홈스입니다. 아마 들어봤을 겁니다. 다른 선량한 시민들처럼 법을 준수하는 것이 내 일이죠. 경은 해명할 일이 많아 보입니다."

내 친구가 말했다.

로버트 경은 잠깐 노려보았지만 홈스의 차분한 목소리와 침착하고 자신 있는 태도에 기가 죽었다.

"홈스 씨, 하늘에 맹세코 나는 죄가 없소이다. 내 인상이 험상궂다는 건 알고 있다오. 아까는 어쩔 도리가 없었소."

"그렇게 생각하고 싶지만 아무래도 경찰서에 가서 해명을 하셔야겠는데요."

로버트 경은 넓은 어깨를 으쓱했다.

"뭐, 필요하다면 그러겠소. 집으로 가서 어떻게 된 일인지 얘기할 테니 홈스 씨가 직접 판단하시오."

십오 분 뒤에 우리는 쇼스컴 올드 플레이스의 총기실이 분명한 방으로 들어갔다. 반짝반짝한 총들이 유리 진열장 안에 한 줄로 놓여 있었다. 로버트 경은 가구가 아늑하게 비치된 이 방에 우리를 남겨두고 잠깐 자리를 비웠다. 돌아왔을 때는 동행이 둘 있었다. 한 명은 마차에 타고 있었던, 얼굴이 발그스레한 젊은 여자였고 다른 한 명은 체구가 작고 쥐같이 생긴 얼굴에 태도가 영 수상한 남자였다. 둘 다 어리둥절한 표정을 짓고 있었다. 상황이 어떻게 달라졌는지 준남작이 설명을 하지 않은 모양이었다.

로버트 경이 손으로 가리키며 말했다.

"이쪽은 놀렛 부부요. 독신일 적 성이 에번스였던 놀렛 부인은 몇 년 전부터 누님의 믿음직한 하녀로 일해왔소. 내가 두 사람을 데리고 온 이유는 상황을 사실대로 설명하는 것이 도움이 될 거라 생각해서요. 두 사람이 내 이야기가 진짜라는 걸 보증할 수 있기 때문이지요."

"꼭 이러셔야겠어요, 로버트 경? 충분히 생각하고 행동하시는 건가요?"

여자가 외쳤다.

"저로 말할 것 같으면 전적으로 아무 책임이 없습니다."

그녀의 남편이 말했다.

로버트 경은 경멸하는 눈빛으로 그를 흘끗 쳐다보았다.

"책임은 내가 지겠다. 자, 홈스 씨, 간단히 설명할 테니 들어보시오. 거기서 홈스 씨를 발견한 것은 십중팔구 이 사건을 상당히 깊숙한 곳까지 파헤쳤다는 뜻일 테니 내가 더비 경마에 다크호스를 출전시킬 생각이고 그 말의 우승 여부에 모든 것이 걸려 있다는 사실도 알 거요. 우승을 하면 모든 게 간단해진다오. 우승을 하지 못하면…… 뭐, 그건 생각하기도 싫은 일이고!"

"어떤 처지인지 압니다."

홈스가 말했다.

“나는 누님에게 모든 걸 의지하는 처지였소. 하지만 다들 알다시피 이 땅은 누님이 살아 있는 동안에만 누님 소유요. 나야 빚 독촉에 심하게 시달리는 상태고. 누님이 죽으면 빚쟁이들이 이 집으로 득달같이 달려와서 모든 것을 차압할 거요. 마구간이며 말은 물론이고 전부. 홈스 씨, 그런데 누님이 일주일 전에 정말로 돌아가셨지 뭐요.”

“그걸 아무한테도 알리지 않았군요!”

“달리 도리가 없잖소. 쫄딱 망하게 생겼는데 말이오. 삼 주 동안만 부고를 늦추면 모든 게 잘 풀릴 텐데. 하녀의 남편, 그러니까 여기 이 사람은 본래 배우라오. 그래서 우리가, 아니, 내가 그런 생각을 하게 된 거요. 잠깐 동안 이 사람이 누님의 대역을 맡으면 어떨까 하고. 하녀 말고는 아무도 누님 방을 들락거릴 필요가 없으니 매일 마차를 타고 나갔다 오기만 하면 되는 일이었소. 어려울 게 없었지. 누님은 오래전부터 앓았던 수종으로 돌아가셨소.”

“그건 검시관이 판단할 문제입니다만.”

“누님의 주치의도 지난 몇 달에 걸쳐 누님의 상태가 악화되었다고 증언할 거요.”

“아무튼 그래서 어떻게 했습니까?”

“시신을 그대로 둘 수 없었지. 돌아가신 당일 밤에 놀렛과 내가 이제는 쓰지 않는 우물집으로 시신을 옮겼소. 그런데 누님이 기르던 스패니얼이 따라와서 문에 대고 계속 짖는 바람에 안전한 곳으로 옮겨야겠다는 생각이 들었소. 그래서 스패니얼을 집에서 치우고 시신을 교회 지하 납골당으로 옮긴 거요. 그 과정에서 시신을 모독하거나 불손한 짓을 저지른 적은 없소. 나는 고인에게 잘못한 게 없다고 생각하오."

"변명의 여지가 없는 행동이라고 생각합니다, 로버트 경."

준남작은 짜증스럽게 고개를 저었다.

"입바른 소리를 하기는 쉽지. 홈스 씨가 내 입장이었다면 다르게 생각했을 거요. 모든 희망과 계획이 막판에 무너지게 생겼는데 손놓고 가만히 있을 수 있나. 나는 매형의 조상이 안치되어 있고 여전히 신성하다고 간주되는 곳에 누님을 당분간 모셔놓는 것도 의미 있는 안식이 될 거라고 생각했소. 그래서 알맞은 관을 열어 유골을 꺼내고 방금 전에 본 것처럼 누님을 모신 거요. 꺼낸 유골은 납골당 바닥에 내버려둘 수 없으니 놀렛과 내가 옮겼고, 놀렛이 한밤중에 지하실로 내려가서 중앙 난방로에 넣어 태웠지. 이게 다요. 홈스 씨가 무슨 수로 이 사실들을 눈치채서 이야기를 실토할 수밖에 없도록 나를 몰아넣었는지는 모르겠지만."

홈스는 한참 동안 생각에 잠겼다가 말했다.

"경의 이야기에는 논리상 허점이 한 군데 있군요. 빚쟁이들에게 재산을 차압당하더라도 어쨌든 경마에 건 배당금이 있으니 희망은 여전히 있는 거 아닙니까?"

"말도 내 재산이 아니라 누님의 재산 중 일부라오. 빚쟁이들이 내 배당금에 관심이나 있겠소? 아예 출전시키지 않을 공산이 더 크지. 불행하게도 최대 채권자가 철천지원수요. 내가 뉴마켓 히스에서 말채찍으로 때렸던 샘 브루어라는 나쁜 놈이란 말이오. 그자가 나를 살려줄 것 같소?"

"아무튼 로버트 경, 이 문제는 당연히 경찰에 알려야 한다고 생각합니다. 내 임무는 사실을 밝히는 것이니 내가 할 일은 여기서 끝이지만요. 경이 한 행동의 윤리적인 면이나 품위에 대해서는 왈가왈부하지 않겠습니다. 자정이 다 됐군, 왓슨. 이제 그만 보잘것없는 우리 거처로 돌아갈까?"

홈스가 자리에서 일어나며 말했다.

이 기괴한 사건은 로버트 경의 괘씸한 소행에도 불구하고 행복하게 마무리되었다. 쇼스컴 프린스는 더비 경마에서 우승했고 마주는 팔만 파운드의 배당금을 챙겼다. 빚쟁이들은 경기가 끝날 때까지 기다렸다가 대출금을 전액 회수했다. 그러고도 남은 돈이 많아 로버트 경은 근사하게 재기할 수 있었다. 경찰과 검시관은 사망신고를 미룬 것을 심각하게 여기지 않아서 가볍게 질책하고 그만이었다. 운이 좋은 마주는 이력에 아무런 오점 없이 기괴한 사건의 그늘에서 벗어나 노년까지 떵떵거리며 살았다.

은퇴한 물감 제조업자

그날 아침 셜록 홈스는 우울하고 철학적인 분위기였다. 예민하고 현실적인 천성 때문에 그런 모습으로 있을 때가 많았다.

"자네도 봤나?"

그가 물었다.

"방금 전에 나간 노인 말인가?"

"그래."

"응, 문 앞에서 만났다네."

"어떻게 보이던가?"

"안쓰럽고 보잘것없고 무기력해 보이던데."

"그렇지, 왓슨. 안쓰럽고 보잘것없지. 하지만 세상에 안쓰럽고 보잘것없지 않은 인생이 있을까? 그의 이야기는 세상의 축

소판 아닐까? 우리는 손을 뻗어 무엇이든 움켜잡으려 하지. 하지만 결국 손안에는 뭐가 남겠나? 그림자뿐이라네. 아니면 그림자보다 처참한 괴로움."

"자네 의뢰인인가?"

"글쎄, 의뢰인이라고 해야겠지. 런던 경찰청에서 보냈다네. 의사들도 가끔 불치병 환자를 돌팔이에게 보낼 때가 있잖은가. 더이상 방법이 없어서 뭘 어떻게 하든 환자의 상태가 지금보다 나빠질 수는 없다면서 말일세."

"어떤 사건인데?"

홈스는 테이블에서 지저분한 명함을 집어 들었다.

"이름은 조사이어 앰벌리라는군. 미술용품을 제조하는 브릭폴 앤드 앰벌리사의 부사장이었네. 그림물감 상자에 보면 회사 이름이 찍혀 있잖은가. 돈푼깨나 벌고 예순한 살에 은퇴해 루이셤에 집을 한 채 샀다지. 거기서 죽자사자 달리던 인생을 접고 그만 쉬기로 했다는군. 누가 봐도 안정적인 미래였어."

"그러게."

홈스는 봉투 뒷면에 끼적여놓은 몇 마디를 흘끗 들춰보았다.

"은퇴한 해가 1896년이었다네, 왓슨. 그리고 1897년 초에 스무 살 연하의 여성과 결혼했지. 사진만 유독 잘 나온 건 아닐 테니 상당한 미인이야. 재산도 있겠다, 아내도 있겠다, 여유롭겠다. 안정된 노후가 기다리는 듯했지. 그런데 이 년 만에 자네도 본 것처럼 태양 아래에서 기어다니는 벌레처럼 비참한 존재가 되고 말았어."

"어쩌다?"

"빤한 이야기야, 왓슨. 배신한 친구와 변심한 아내. 앰벌리는 체스가 유일한 취미였어. 근처에 사는 젊은 의사 친구가 체스를 좋아한다더군. 내가 적어놓았네. 레이 어니스트라는 이름이야. 어니스트가 집에 자주 드나들었으니 어니스트와 앰벌리 부인 사이에서 애정이 싹트는 건 당연한 수순 아니겠나. 자네도 인정할 수밖에 없겠지만, 우리의 딱한 의뢰인이 성품은 어떨지 몰라도 외모가 그리 준수하지는 않잖아. 두 사람이 지난주에 같이 사라졌는데 행선지는 알 수 없다네. 그뿐 아니라 바람난 아내가 노인의 금고를 들고 갔는데 안에 노인의 재산 대부분이 들어 있다는 거야. 부인을 찾을 수 있을까? 돈을 돌려받을 수 있을까? 지금까지 벌어진 일들로 봐서 우리에게는 흔해빠진 사연이지만 조사이어 앰벌리에게는 생계가 걸린 문제지."

"어쩔 생각인가?"

"글쎄. 왓슨, 지금 당장은 자네가 어쩔 생각인지가 문제야. 내 대신 수사를 해줄 수 있겠는가 하는 것. 내가 두 명의 콥트 교회 대주교 사건 때문에 정신없는 거 알잖나. 오늘이 결정적인 날이거든. 지금은 루이셤까지 찾아갈 시간이 없어. 하지만 현장에서 수집한 정보에는 특별한 가치가 있지. 내가 꼭 와주어야 한다는 노인장에게 어려운 사정을 설명했다네. 그러니 대리인을 맞이할 마음의 준비를 했을 거야."

"좋지. 별 도움은 안 되겠지만 최선을 다해보겠네."

이렇게 해서 어느 여름날 오후에 나는 루이셤으로 출발했다. 내가 수사에 나선 사건이 일주일 만에 온 영국을 떠들썩하게 만들 줄은 꿈에도 모른 채로 말이다.

나는 그날 저녁 늦게 베이커 스트리트로 찾아가 임무 보고를 했다. 홈스는 마른 몸을 쭉 뻗어 안락의자 깊숙이 기대고 톡 쏘는 파이프 담배 연기로 천천히 환을 만들며 눈을 나른하게 감은 채 보고를 들었다. 내가 말을 잠깐 멈추거나 애매모호하게 이야기할 때마다 회색 눈을 반쯤 떠서 검처럼 날카롭게 번뜩이며 탐색하는 눈빛으로 쳐다보지 않았다면 존다고 생각했을 것이다.

"조사이어 앰벌리가 사는 집의 이름은 헤이븐일세. 자네도 보면 흥미를 느낄 만한 집이야. 가난한 평민들 사는 곳에 나앉은 인색한 귀족 같은 분위기의 저택이거든. 자네도 그런 동네를 알 거야. 흉측한 벽돌 길, 신물나는 외곽 고속도로……. 그 한가운데 고풍스러운 문화와 편안함으로 이루어진 고택이 성처럼 자리잡고 있어. 햇볕에 달구어진 높은 담벼락은 지의식물로 얼룩덜룩하고 꼭대기는 이끼로 덮여……."

내 설명을 듣던 홈스가 매섭게 쏘아붙였다.

"시 낭송은 그쯤에서 접지그래. 그러니까 높은 벽돌담이었다는 거군."

"그렇지. 어느 집이 헤이븐인지 몰라서 길거리에서 담배를 피우던 한량에게 물어봤어. 이 친구를 언급하는 데에는 이유가 있다네. 아무튼 그자는 키가 크고 피부가 그을리고 수염을 덥수룩하게 길러서 군인 같아 보이는 인상이었어. 나중에 생각해보니 묻는 말에 턱짓으로 대답하면서 나를 흘끗 쳐다보는 눈빛에 묘한 호기심이 담겨 있었지.

대문 안으로 들어서자마자 앰벌리 노인이 집 앞 진입로를 내려왔다네. 아침에 잠깐 봤을 때도 묘하게 생겼다는 생각을 했는데 벌건 대낮에 맞닥뜨리고 보니 생김새가 훨씬 더 이상하게 느껴지더군."

"노인장의 생김새라면 나도 유심히 들여다보았지만, 자네는 어떤 인상을 받았는지 궁금하군."

홈스가 말했다.

"내 눈에는 노심초사하느라 걱정으로 짓눌린 사람 같았다네. 무거운 짐이라도 지고 있는 것처럼 허리가 굽었잖아. 그런데 어깨와 가슴을 보면 뼈대가 굵어서 첫인상처럼 약골은 아니더군. 아래로 내려갈수록 점점 가늘어져서 다리는 젓가락 같았지만."

"왼쪽 구두는 쭈글쭈글하고 오른쪽 구두는 매끈했지."

"그건 못 봤는데."

"그랬겠지. 나는 한쪽 다리가 의족이라는 걸 알아차렸다네. 아무튼 계속하게."

"낡은 밀짚모자 아래로 꼬불꼬불하게 삐져나온 희끗희끗한 머리가 인상적이었네. 사납고 열띤 표정과 깊은 주름살도 그렇고."

"좋아, 왓슨. 노인장이 뭐라고 하던가?"

"하소연을 쏟기 시작하더군. 같이 진입로를 걸어가면서 주변을 찬찬히 둘러보았지. 그보다 관리가 안 된 정원은 내 평생 본 적이 없다네. 식물을 그대로 방치해놓아서 정원의 나무들은 인간의 손길이 아니라 자연의 손길에 따라 자라 아무렇게나 꽃을 피우고 열매를 맺었더군. 고상한 취향의 안주인이라면 그 지경이 되도록 내버려두기 힘들 거야. 집도 정원과 마찬가지로 말도 못 하게 관리가 안 되어 있더군. 이 딱한 노인장도 느꼈는지 손을 보려고 노력한 흔적이 있어. 현관 한복판에 큼지막한 초록색 페인트 통이 있고 노인이 왼손에 두툼한 붓을 들고 있었거든. 목조 부분을 칠하고 있었던 거지.

안내받아 들어간 우중충한 서재에서 한참 동안 이야기를 나누었다네. 물론 노인장은 자네가 직접 내려오지 않은 데 실망했지.

'나는 가뜩이나 가산도 탕진한 하찮은 사람이다 보니 셜록 홈스 씨처럼 유명한 분이 관심을 보이실 거라는 기대는 하지 않았습니다.'

나는 돈 문제는 걱정하지 말라고 안심시켰어. 내 말을 듣고 노인장이 그러더군.

'네, 홈스 씨는 당연히 예술을 위한 예술을 하시겠죠. 하지만 이번 사건 역시 범죄의 예술적인 측면에서 연구할 만한 부분이 있을지 모릅니다. 그리고 인간의 본성이란 게 말입니다, 왓슨 박사님. 어쩌면 그렇게 속내가 시커멓고 배은망덕할 수 있을까요! 나는 부탁을 한 번도 거절한 적이 없는데! 해달라는 대로 다 해주었는데! 내 아들뻘은 됨 직한 젊은 놈도요, 우리집을 뻔질나게 드나들었단 말입니다. 그런데 나한테 이럴 수 있습니까? 아, 왓슨 박사님, 정말이지 끔찍한 세상입니다!'

이런 하소연이 한 시간 정도 반복됐지. 노인장은 자기 아내와 의사가 눈이 맞았다고 철석같이 믿는 눈치였어. 낮에 와서 저녁 6시에 퇴근하는 가정부가 있을 뿐 부부는 단둘이 살았다더군. 문제의 그날 저녁에는 노인장이 아내에게 연극을 보여주려고 헤이마켓 극장의 2층 중앙석 표를 두 장 사놓았대. 그런데 아내가 직전에 머리가 아프다며 안 가겠다고 해서 영감 혼자 보러 갔지. 이 부분은 의심의 여지가 없어 보여. 아내 몫으로 사놓고 날린 표를 꺼내 보여주었거든."

"놀라운데. 정말 놀라워. 계속해주게, 왓슨. 이야기가 흥미진진하군. 자네도 직접 표를 살펴보았나? 혹시 번호를 외우고 있나?"

홈스가 점점 더 호기심을 보이며 말했다.

"외워 왔지. 우연찮게도 학창 시절 출석 번호와 같지 뭔가. 31번. 머리에 쏙 들어오더군."

나는 살짝 뿌듯해하며 말했다.

"훌륭해, 왓슨! 그럼 그의 자리는 30번 아니면 32번이었겠군."

"그랬겠지. B열이었어."

나는 어리둥절해하며 대답했다.

"아주 만족스러워. 또 무슨 이야기를 하던가?"

"귀중품 보관실이라고 부르는 곳을 보여주었어. 은행에 있는 것처럼 철저하게 보안장치가 되어 있는 방이더군. 철문과 덧문이 달려 있었어. 부인이 열쇠를 복사했는지 둘이서 칠천 파운드 상당의 현금과 유가증권을 들고 갔다지 뭔가."

"유가증권! 어떻게 처분하려고 들고 갔을까?"

"노인장 말로는 경찰에 증권 목록을 넘겼으니까 거래가 되지 않기를 바란다고 했어. 극장에 갔다가 자정 무렵에 돌아와보니 귀중품 보관실이 털려서 문과 창문이 열려 있고 범인들은 도망가고 없더라는군. 편지도 메모도 없었고 지금까지 다른 소식이 없었대. 노인장은 도둑이 들었단 사실을 알자마자 당장 경찰에 알렸지."

홈스는 잠깐 동안 생각에 잠겼다.

"노인장이 페인트를 칠하고 있었다고 했지? 뭘 칠하고 있었나?"

"복도를 칠하고 있었어. 아까 얘기한 귀중품 보관실은 이미 문과 목조 부분의 칠을 마쳤고."

"그런 상황에서 페인트칠이라니 이상하다는 생각이 들지 않나?"

"'아린 가슴을 달래려면 뭐든 해야 하지 않겠습니까.'

노인장은 그렇게 말하던데. 물론 상식에서 벗어난 일이기는 하지만 노인장이 기인이니. 보는 앞에서 부인의 사진을 한 장 찢지 뭔가. 그것도 노발대발하면서 갈기갈기 찢더군.

'이 빌어먹을 면상은 두 번 다시 보고 싶지 않아.'

이런 소리까지 지르면서."

"또 없나, 왓슨?"

"인상이 깊었던 일이 하나 있어. 블랙히스 역에서 열차를 탔는데 열차가 출발하려는 순간 어떤 남자가 옆 칸에 휙 올라타지 뭔가. 홈스, 자네도 알다시피 내가 눈썰미가 좋지 않나. 좀 전에 내가 길을 물었던 키가 크고 까무잡잡한 남자가 분명했어. 런던 브리지에서 다시 한번 보았는데 인파에 휩쓸려서 놓치고 말았지. 하지만 내 뒤를 밟고 있었던 게 분명해."

"암! 그렇고말고! 키가 크고 까무잡잡하고 콧수염이 덥수룩하고 회색빛이 도는 선글라스를 꼈다고 했지?"

홈스가 말했다.

"홈스, 귀신이로군. 말은 안 했지만 정말로 회색빛이 도는 선글라스를 끼고 있었거든."

"프리메이슨을 상징하는 넥타이핀을 꽂았고?"

"홈스!"

"별것 아닐세, 왓슨. 아무튼 실제 문제로 들어가보세. 솔직히 고백하건대 처음 이 사건은 내가 관심을 기울일 만한 가치조차 없을 만큼 단순해 보였지만 지금은 완전히 다른 양상이 되었어. 자네가 임무를 수행하면서 중요한 부분을 전부 놓쳤지만, 자네 앞에 불쑥 등장한 몇 가지 사실만으로도 진지한 고민거리가 생겼거든."

"놓친 부분이 뭔데 그러나?"

"어이, 기분 나빠하지 말게. 내가 누구에게건 공평하다는 거 알잖은가. 아무도 자네보다 더 잘할 수는 없었을 걸세. 훨씬 형편없는 사람들도 있었을 테고. 하지만 결정적인 부분을 몇 군데 놓친 것만큼은 분명하다네. 앰벌리라는 노인과 아내에 대해서 동네 사람들은 어떻게 생각하는가? 분명 중요한 문제지. 어니스트 박사에 대해서는? 우리가 예상하는 방탕한 바람둥이 이미지와 맞아떨어지는 인물일까? 왓슨, 자네는 타고난 매력 덕분에 모든 여자들을 꾀어낼 수 있지 않은가. 우체국 여직원 아니면 청과물 가게 안주인은 어떤가? 술집의 젊은 종업원에게 의미 없는 말을 속삭이고 대가로 가치 있는 정보를 얻어내는 자네의 모습이 그려지는데. 자넨 이 모든 걸 건너뛰었어."

"지금이라도 하면 되지."

"이미 마쳤다네. 전화와 런던 경찰청의 도움을 받으면 방밖으로 한 발짝도 움직이지 않고도 필요한 정보들을 알아낼 수 있거든. 수집한 정보에 따르면 사건에 관한 노인장의 진술은 사실이더군. 주변 이야기에 따르면 그는 구두쇠인데다 무정하고 까다로운 남편이라더군. 귀중품 보관실에 거금을 보관한 것도 확실하고. 독신인 어니스트 박사는 실제로 노인과 체스를 두었고 아마 그의 아내를 가지고 놀았을 걸세. 여기까지 모두 순조롭게 맞아떨어져서 더이상 할 얘기가 있을까 싶을 거야. 하지만! 하지만!"

"무슨 문제라도 있나?"

"아마 내 상상 속에서. 뭐, 이야기는 이쯤에서 접기로 하고 피곤한 일과에서 벗어나 음악의 세계로 탈출할까? 오늘밤에 앨버트 홀에서 카리나의 공연이 있어. 아직 시간 있으니까 옷 갈아입고 저녁을 먹은 후 공연을 즐겨보자고."

다음날 아침 나는 평소와 비슷한 시각에 일어났다. 식탁에 남은 토스트 부스러기와 달걀 껍질을 보니 내 친구는 나보다 일찍 일어난 모양이었다. 식탁 위에 휘갈겨 쓴 쪽지가 놓여 있었다.

왓슨

조사이어 앰벌리를 만나서 한두 가지 물어볼 게 있다네. 그러고 나면 사건을 종료할 수도 있고 아닐 수도 있어. 도움이 필요할 것 같으니 3시쯤에 집에 있어주면 좋겠네.

S.H.

나는 하루 종일 홈스를 보지 못했다. 어딘가에 정신이 팔린 심각하고 냉담한 얼굴로 그는 쪽지에 적어놓은 3시에 돌아왔다. 그럴 때면 가만히 내버려두는 것이 상책이었다.

"앰벌리 노인 아직 안 왔나?"

"안 왔는데."

"아! 그 노인장을 기다리고 있는데."

애를 태울 필요도 없이 잠시 후 노인이 도착했다. 냉혈한처럼 생긴 얼굴로 불안하고 당혹스러워하는 표정을 짓고 있었다.

"홈스 씨, 내가 전보를 한 통 받았는데 무슨 소린지 도무지 모르겠네요."

그가 전보를 건네자 홈스가 큰 소리로 읽었다.

당장 와주기 바람. 잃어버린 재산에 대해 정보 제공 가능.

엘먼. 목사관

"2시 10분에 리틀펄링턴에서 보낸 전보로군요. 리틀펄링턴이면 에식스 주일 겁니다. 프린턴 근처고요. 뭐하십니까, 당장 건너가보십시오. 교구 목사라는데 믿을 만한 사람이겠죠. 영국성공회 성직자 명부가 어디 있지? 아, 여기 있네요. J.C. 엘먼, 문학 석사, 무스무어 겸 리틀펄링턴 교구. 열차 시간을 알아봐주게, 왓슨."

홈스가 말했다.

"리버풀 스트리트에서 5시 20분에 출발하는 열차가 있어."

"좋아. 자네가 노인장을 모시고 가주게, 왓슨. 도움이나 조언이 필요할 수 있으니까. 이번 사건이 중대한 국면에 다다랐군."

하지만 의뢰인은 떠날 마음이 없는 눈치였다.

"말도 안 됩니다, 홈스 씨. 그간의 자초지종을 이 사람이 무슨 수로 알겠어요? 시간 낭비에 돈 낭비예요."

"뭔가 알고 있으니까 전보를 보냈겠죠. 지금 가겠다고 당장 전보를 보내세요."

"저는 갈 생각이 없습니다."

홈스는 심각한 표정을 지었다.

"분명한 단서가 입수되었는데 확인해보지 않겠다고 하시면 경찰과 저는 앰벌리 씨를 부정적으로 볼 수밖에 없습니다. 사건 수사에 사실은 열의가 없는가 보다고요."

이 말에 의뢰인은 깜짝 놀란 듯했다.

"아이고, 홈스 씨 생각이 그렇다면야 당연히 가봐야죠. 이 목사가 뭘 아는 척하는 것이 언뜻 보기에는 말도 안 되지만 홈스 씨가 그렇게 생각한다면……."

"그렇게 생각합니다."

홈스가 딱 잘라서 말했다. 이렇게 해서 우리는 여행길에 올랐다. 출발하기 전에 홈스가 나를 따로 부르더니 충고를 한마디

건넸다. 노인을 목사관에 보내는 일을 얼마나 중요하게 생각하는지 알 수 있는 충고였다.

"무슨 수를 써서라도 저 노인장을 반드시 목사에게 보내야 해. 노인장이 옆길로 새거나 집으로 돌아가면 가장 가까운 전신국에 가서 '도주'라고 전보를 보내주게. 내가 어디에 있건 전보를 받을 수 있도록 손을 써놓을 테니."

리틀펄링턴은 지선만 다니는 곳이라 가는 길이 여의치 않았다. 날은 덥고, 기차는 느리고, 동행은 뚱하니 입을 닫고 앉아 있다가 어쩌다 한 번씩 이게 무슨 헛수고냐고 빈정거리는 게 고작이었으니 유쾌한 여행은 아니었다. 마침내 조그만 역에 도착해 마차를 타고 삼 킬로미터 남짓을 달려 목사관에 도착했다. 체구가 크고 엄숙한 분위기에 거만한 목사가 서재에서 우리를 맞았다. 우리가 보낸 전보가 앞에 놓여 있었다.

"그래요, 두 분. 뭘 어떻게 도와드리면 되겠습니까?"

"저희는 목사님이 보내신 전보를 받고 왔는데요."

내가 대답했다.

"전보라니! 나는 보낸 적이 없는데요."

"사라진 재산과 부인에 대해서 조사이어 앰벌리 씨에게 보낸 전보 말입니다."

"농담이시라면 의도가 수상한 농담이로군요. 나는 말씀하신

분의 성함도 들어본 적 없고 어느 누구한테 전보를 보낸 적도 없습니다."

목사가 화를 내며 말했다.

의뢰인과 나는 깜짝 놀라서 서로를 바라보았다.

"무슨 착오가 있었던 모양입니다. 혹시 목사관이 두 군데인가요? 전보를 보여드리겠습니다. 발신인 엘먼, 발신처 목사관이라고 되어 있는데요."

내가 말했다.

"목사관은 여기 한 군데뿐이고 목사도 나 한 명뿐입니다. 가증스럽게 전보를 위조하다니 출처가 어디인지 경찰에 수사를 의뢰해야겠군요. 면담은 여기서 끝내죠."

이렇게 해서 앰벌리와 나는 잉글랜드를 통틀어 가장 발전이 더딘 마을이 아닐까 싶은 곳에서 길바닥으로 내쫓겼다. 전신국을 찾아가보았지만 이미 문을 닫았다. 하지만 레일웨이 암스라는 조그만 여관에 전화가 있었다. 우리의 여행이 이런 식으로 막을 내린 것에 대해 홈스와 통화하며 같이 황당해했다.

"이상한 일이로군!"

홈스의 목소리가 전화 속에서 들려왔다.

"정말 특이한 일이야! 그나저나 왓슨, 오늘밤에는 돌아오는 열차가 없는 걸로 아는데. 본의 아니게 자네를 끔찍한 시골 여관 신세를 지게 만들었군. 하지만 대자연이 함께 있잖은가, 왓슨. 대자연이 있고 앰벌리 노인도 있으니 양쪽 모두와 긴밀한 교감을 나누도록 하게."

그가 전화를 끊으며 쿡쿡거리는 소리가 들렸다.

나는 동행인에게 구두쇠로 악명이 자자할 만한 이유가 있다는 걸 곧장 납득했다. 여행 경비를 운운하며 열차의 삼등석을 타고 가자고 하더니 이번에는 방값이 비싸다고 난리를 부린 것이다. 다음날 아침 드디어 런던에 돌아왔을 때 둘 중 어느 쪽의 심기가 더 불편했는지 논하기 힘들었다.

"이왕 온 김에 베이커 스트리트에 들렀다 가시죠. 홈스가 새로 지시할 사항이 있을지 모르니까요."

"어제 그 짝이면 별 쓸모도 없겠구먼."

고약하게 얼굴을 찌푸린 앰벌리는 이렇게 말하면서도 계속 따라왔다. 나는 홈스에게 전보로 도착 시간을 미리 알려놓았는데, 루이셤에 있으니 거기로 오라는 쪽지가 베이커 스트리트에서 우리를 기다리고 있었다. 놀랄 일이었지만 그보다 놀라운 일은 의뢰인의 거실에서 우리를 맞이한 사람이 홈스 말고 한 명 더 있었다는 사실이었다. 준엄하고 냉정한 표정에 회색빛이 도는 선글라스를 끼고 프리메이슨을 상징하는 큼지막한 넥타이핀을 꽂은 까무잡잡한 남자가 옆에 앉아 있었다.

"이쪽은 제 친구 바커입니다. 바커도 조사이어 앰벌리 씨, 당신 사건에 관심이 많습니다. 그런데 우리 둘이서 각자 독자적으로 수사를 진행했지만 앰벌리 씨에게 묻고 싶은 건 한 가지더군요!"

앰벌리는 털썩 주저앉았다. 눈앞에 위기가 닥쳤음을 직감했는지 눈에 힘을 주며 얼굴을 실룩거렸다.

"묻고 싶은 게 뭡니까, 홈스 씨?"

"시신들을 어떻게 했느냐는 것."

노인은 쉰 목소리로 비명을 지르며 벌떡 일어섰다. 뼈만 앙상한 손으로 허공을 움켜쥐며 입을 벌린 모습이 섬뜩한 맹금처럼 보였다. 육신처럼 영혼까지 뒤틀린 추한 악마 같은 조사이어 앰벌리의 본모습이 눈앞에 드러났다. 그는 다시 의자에 주저앉으며 기침을 참으려는 사람처럼 손으로 입을 눌렀다. 홈스가 호랑이처럼 달려들어서 얼굴이 바닥 쪽을 향하도록 그의 얼굴을 잡고 비틀었다. 노인의 입이 벌어지고 하얀 알약이 떨어졌다.

"쉽게 끝낼 생각은 하지 마시오, 조사이어 앰벌리. 제대로 순서에 맞춰 일을 해야지. 바커, 어떻게 됐나?"

과묵한 친구가 말했다.

"문 앞에 마차를 대기시켜놓았네. 경찰서까지 몇백 미터밖에 안 되니까 같이 가기로 하지. 왓슨 박사님은 여기 계시지요. 삼

십 분 안으로 돌아올 테니."

늙은 물감 제조업자의 우람한 상체에 숨겨져 있던 장사 같은 힘도 상대방을 완력으로 제압하는 데 도가 튼 두 사람에게는 속수무책이었다. 결국 노인은 몸부림치고 몸을 비틀며 대기중인 마차로 끌려갔고 나 혼자 불길한 집을 감시하도록 남겨졌다. 홈스는 약속했던 시간보다 일찍 돌아왔다. 젊고 팔팔한 경위와 함께였다.

"형식적인 절차는 바커에게 맡겼네. 왓슨, 자네는 그 친구하고 초면이지? 서리에서 온 내 최고의 라이벌이지. 자네가 키가 크고 까무잡잡한 남자 운운했을 때 금세 누군지 알 수 있었다네. 그 친구가 해결한 사건이 제법 되지. 그렇지 않나, 경위?"

홈스가 말했다.

"몇 번 도움을 주셨죠."

경위는 신중하게 말을 골랐다.

"그 친구의 수법도 나처럼 변칙적이지. 때때로 변칙적인 수법이 유용하다는 건 알지? 예를 들자면 모든 발언이 법정에서 불리하게 작용할 수 있다고 형식적으로 신문해서야 악당에게 자백을 받아낼 수 있을까?"

"못 받아냈을지도 모르죠. 그래도 결국 해내는 건 마찬가지입니다, 홈스 씨. 경찰이 사건을 제대로 파악하지 못해 범인을 잡지 못한다고 속단하지 말아주십시오. 홈스 씨가 불쑥 끼어들어서 저희는 쓸 수 없는 방식으로 사건을 해결하고 공을 가로채면 속이 쓰리단 말입니다."

"이번엔 내가 공을 가로채는 일은 없을 거야, 맥키넌. 나는 지금 이 시간부로 발을 빼겠네. 내가 말한 대로 바커 역시 도와줬을 뿐이라네."

경위는 상당히 안심한 기색이었다.

"정말 감사합니다, 홈스 씨. 홈스 씨야 칭찬을 듣건 욕을 먹건 신경쓰지 않겠지만 경찰로서는 기자들이 질문을 퍼붓는 게 매우 곤혹스럽거든요."

"그렇겠지. 분명 신문사에서 질문을 퍼부을 테니 답변을 준비해놓는 게 좋을 걸세. 예를 들어 똑똑하고 진취적인 기자가 정확히 어떤 부분에서 의혹이 시작됐고 어떤 부분에서 마침내 진상을 확신하게 되었느냐고 물으면 뭐라고 대답할 텐가?"

경위는 당황스러워했다.

"아직 파악된 진상이 없다고 보는데요, 홈스 씨. 용의자가 세 명의 증인 앞에서 자살을 시도함으로써 아내와 아내의 애인을 죽였다고 실질적으로 자백한 셈이라고 하셨잖습니까. 그 밖에 다른 정보가 있습니까?"

"수색대는 꾸렸나?"

"순경 셋이 오고 있습니다."

"그럼 조만간 진상을 명백하게 파악할 수 있겠군. 시신은 먼 곳에 숨기지 않았을 거야. 지하 창고와 정원을 뒤져보게. 짐작 가는 곳을 조금만 파보면 나올 걸세. 수도관이 탄생하기 전에 지어진 집이잖은가. 어딘가에 안 쓰는 우물 같은 게 있겠지. 그런 데를 찾아보게."

"범행과 범행 수법은 어떻게 알아차리셨습니까?"

"범행 수법부터 밝히고 전반적인 설명을 하겠네. 자네는 둘째치고 처음부터 끝까지 엄청난 활약을 보이며 오랫동안 고생한 여기 이 친구를 생각해서라도 그래야지. 먼저 앰벌리 노인의 정신세계부터 짚고 넘어가겠네. 정신세계가 워낙 특이해서 최종 행선지가 교수대가 아니라 브로드무어 특수 정신병원■이 되지 않을까 싶을 정도거든. 그는 현대 영국인이 아니라 중세 이탈리아인에 가까운 사고방식의 소유자라네. 지나치게 쩨쩨한 남편에게 이골이 난 아내는 어떤 유혹에라도 넘어갈 태세였어. 체스를 좋아하는 의사가 그런 유혹이 되었고. 앰벌리는 체스 실력이 출중했어. 모사꾼 기질을 보여주는 대목이지, 왓슨. 그런

■ 정신병질이 있는 흉악범들을 수용, 치료하는 병원.

가 하면 구두쇠들이 원래 그렇듯 질투심도 많아서 광적으로 집착할 정도였고. 진짜 불륜이 있었는지 아니면 앰벌리의 오해인지 모르겠지만 그는 불륜을 확신했다네. 그래서 복수를 결심하고 악마처럼 영리하게 계획을 세웠다네. 이쪽으로!"

홈스는 이 집에 사는 사람처럼 일말의 망설임도 없이 앞장서서 복도를 걷다가 문이 열려 있는 귀중품 보관실 앞에서 걸음을 멈추었다.

"으악! 페인트 냄새가 지독하네요!"

경위가 외쳤다.

"첫 번째 단서였다네. 여기에 대해서는 제대로 관찰한 왓슨 박사에게 고마워해야 할 걸세. 비록 연관성을 알아차리지는 못했지만 덕분에 내가 첫발을 내디뎠으니 말일세. 왜 지금 같은 때 집을 지독한 냄새로 채워야 했을까? 분명 감추고 싶은 다른 냄새를 덮기 위해서였겠지. 의심을 불러일으킬 수 있는 범죄의 냄새를. 그러자 떠오른 것이 지금 우리 눈앞에 있는 철문과 덧문이 달린 밀폐된 공간이었네. 두 가지를 합치면 어떤 결과를 낳을까? 집을 직접 살펴보고 확인하는 수밖에. 심각한 사건이라는 것은 진작부터 알고 있었네. 왓슨 박사의 예리함이 빛을 발한 부분이 또 있다네. 헤이마켓 극장의 매표 기록을 확인해보니 그날 밤에는 B열의 30번과 32번 좌석이 모두 공석이었다지 뭔가. 극장에 가지 않았으니 앰벌리의 알리바이가 와르르 무너졌지. 눈썰미가 좋은 내 친구에게 아내 몫으로 산 표의 번호를 보여준 것이 엄청난 실수였다네. 이제 무슨 수로 집을 살펴보느냐 하는 문제가 대두되었지. 내가 아는 중 가장 발전이 더딘 마을로 사람을 보내 그날 안으로 돌아올 수 없는 시각에 노인을 부르는 전보를 보내게 했다네. 작전이 틀어지지 않도록 왓슨 박사를 딸려 보냈고. 두말하면 잔소리지만 목사님 이름은 성직자 명부에서 아무렇게나 골랐지. 이제 전부 알겠나?"

"대단하십니다."

경위가 경외감 어린 목소리로 말했다.

"중간에 들킬 염려가 사라졌으니 집을 뒤지기 시작했지. 예전부터 나는 빈집털이를 두 번째 직업이랄 만큼 잘했어. 그 직업을 선택했더라도 분명 두각을 나타냈을 걸세. 내가 뭘 찾아냈는지 보게. 여기 굽도리를 따라 빙 두른 가스관이 보이나? 그렇지. 벽과 직각을 이루는 여기 모서리에 밸브가 달려 있잖은가. 보다시피 가스관은 귀중품 보관실로 들어와서 천장 한가운데서 끝난다네. 회반죽으로 만든 장미 장식으로 덮여서 보이지는 않지만 끝이 뚫려 있지. 그러니까 언제든지 밖에서 밸브를 열면 방안이 가스로 가득차게 되는 거야. 철문과 덧문을 닫고 밸브를 끝까지 열어놓으면 이 작은 방에 갇힌 사람은 누가 됐건 이 분도 안 돼서 의식을 잃을 걸세. 무슨 사악한 수법을 동원해서 두 사람을 방으로 유인했는지는 모르겠지만 일단 안에 들어간 뒤에는 속수무책이었겠지."

경위는 가스관을 유심히 살폈다.

"경찰 중에 한 명이 가스 냄새가 난다고 했습니다. 하지만 그때는 이미 창문과 문이 열려 있었고 페인트칠이 일부 된 상태였죠. 그의 말로는 그 전날부터 페인트칠을 시작했다더군요. 그다음은요, 홈스 씨?"

"아, 조금 예기치 못했던 사건이 벌어졌다네. 새벽에 식료품 저장실 창문으로 빠져나오는데 누가 목덜미를 잡더니 '이 나쁜 놈아, 거기서 뭘 하다 나온 거냐?' 하지 뭔가. 겨우 고개를 돌려보니 친구이자 라이벌인 바커의 선글라스가 눈에 들어오더군. 희한한 만남이라 둘 다 웃고 말았지. 그는 레이 어니스트 의사 가족의 부탁으로 실종 사건을 수사하다 나처럼 살인이라는 결론을 내린 참이었다네. 며칠 동안 예의 주시하고 있다가 집으로 찾아온 왓슨 박사를 유력한 용의자로 지목했다더군. 그렇다고 왓슨을 체포하지도 못하고 있던 찰나에 식료품 저장실 창문 밖으로 기어나오는 남자를 보고 인내심이 한계에 달한 거지. 물론 자초지종을 설명하고 공조수사를 진행했다네."

"왜 저희가 아니라 그자를 선택하셨습니까?"

"해보고 싶은 실험이 있었거든. 결국 대단한 성과를 거두었지. 자네들이라면 그럴 수 있었겠나."

경위는 미소를 지었다.

"뭐, 아마 아니었겠죠. 이제 사건에서 손을 떼고 모든 증거물을 경찰에 넘기기로 약속하신 겁니다."

"물론이지. 그게 내 원칙일세."

"경찰을 대신해서 감사드립니다. 말씀하신 것처럼 깔끔하게 해결된 사건이라 시신을 찾는 데에는 별다른 어려움이 없을 겁니다."

"섬뜩한 증거를 하나 알려주지. 앰벌리도 알아차리지 못하고 지나친 것을. 경위, 입장을 바꿔서 자네가 당사자라면 어떻게 할지 생각해버릇하게. 단서를 얻을 수 있을 테니까. 상상력을 발휘하는 만큼 보람을 얻을 걸세. 자, 자네가 만약 조그만 방 안에 갇혀서 살날이 이 분도 안 남았는데 방문 저편에서 비웃고 있을 악마에게 복수하고 싶다고 가정해보게. 그럼 무엇을 하겠나?"

홈스가 말했다.

"메시지를 남기겠습니다."

"맞아. 자네가 어떻게 죽었는지 세상에 알리고 싶겠지. 종이에 쓸 수는 없어. 들통이 날 테니까. 벽에다 써도 들통날 수 있지. 그런데 여길 보게! 굽도리널 바로 위에 지워지지 않는 자주색 연필로 이렇게 적혀 있지 않나.

'우리는 ㅅ'

이게 다네만."

"이게 무슨 뜻일까요?"

"음, 바닥에서 삼십 센티미터밖에 안 되는 곳에 적지 않았나. 딱한 친구가 쓰러져서 죽어가는 와중에 썼다는 걸세. 문장을 다 완성하지 못하고 의식을 잃은 거지."

"'우리는 살해당했다.' 이렇게 쓰려고 했군요."

"나도 그렇게 유추했다네. 시신과 함께 지워지지 않는 연필이 발견된다면……."

"찾아보겠습니다. 믿고 맡기세요. 그런데 유가증권은 어떻게 된 걸까요? 도둑은 없었던 것이 분명하지만 용의자는 유가증권을 보유하고 있었습니다. 저희가 확인했어요."

"다른 안전한 곳에 숨겼을 거야. 야반도주 사건이 역사 속에 묻히면 갑자기 찾았다고, 괘씸한 커플이 죄를 뉘우치고 훔쳐간 재산을 돌려보냈다거나 도망치다가 어디 흘렸더라고 할 생각이었겠지."

"홈스 씨가 수수께끼를 전부 푸셨네요. 그자가 경찰에 신고한 거야 당연한 수순이지만 왜 홈스 씨까지 찾아갔는지 모르겠습니다."

경위가 말했다.

"잘난 척하느라 그랬지! 자기가 이렇게 똑똑하고 대단하니 대적할 사람이 있겠느냐고 생각한 걸세. 의심스러워하는 동네 사람이 있으면 '내가 얼마나 백방으로 알아봤는지 아시오? 경찰뿐 아니라 더 대단한 셜록 홈스까지 찾아갔다오'라고 말할 수도 있고."

경위는 웃음을 터뜨렸다.

"더 대단하다고 하신 건 용서해드리겠습니다, 홈스 씨. 제 기억에 이보다 훌륭한 솜씨는 본 적이 없으니까요."

며칠 뒤에 친구가 《노스 서리 옵저버》라는 격주간지를 건넸다. "헤이븐의 충격적인 사건"으로 시작해 "눈부신 경찰 수사 결과"로 끝나는 요란한 헤드라인 아래, 사건의 전말을 최초로 보도하는 내용이 빽빽하게 이어졌다. 마지막 단락이 기사의 전체적인 분위기를 대변했는데, 내용은 다음과 같았다.

> 맥키넌 경위는 놀라운 기지를 발휘하여 가스 냄새 같은 다른 냄새를 감추기 위해 페인트를 칠했을지 모른다고 추론했다. 귀중품 보관실이 사형실이었을지 모른다는 대담한 결론이 거기서 나왔다. 이를 바탕으로 수색한 결과

개집으로 교묘하게 가려놓은 폐기된 우물에서 시신이 발견되었다. 경위는 영국 경찰의 지력을 상징하는 인물로 범죄의 역사에 길이 남을 것이다.

홈스는 너그러운 미소를 지었다.

"뭐, 맥키넌은 좋은 친구니까. 기사를 보관해놓겠나? 나중에 진실을 공개할 수도 있으니 말일세."

*

트리비아

TRIVIA

14쪽 | 남성들의 사교 클럽

1902년 9월 어느 날 터키탕에서 휴식을 즐기던 홈스는 왓슨에게 봐달라며 편지를 하나 내민다. 칼턴 클럽의 직원이 회원의 부탁을 받아 대필한 편지였다. 제임스 데이머리라는 분이 홈스를 뵙기 원하며, 클럽에 전화를 걸어 의향을 알려달라는 내용이다.(「유명한 의뢰인 사건」 수록)

클럽은 18세기 상류층 남성들이 비슷한 계층의 사람들과 친분을 쌓고자 만들어진 장소다. 본래는 상류층 남성만 가입할 수 있었으나 클럽이 인기를 끌면서 19세기 말, 20세기 초에는 중산층 남성과 여성을 위한 클럽도 생겼다. 클럽은 회원들이 휴식을 취하고 다른 사람들과 친교도 맺을 수 있는 공간으로 대부분의 저택에서 제공하는 식당, 도서관, 카드 게임방, 취침실, 욕실, 화장실, 서재 등을 구비했다. 비좁은 하숙집에서 사는 존 왓슨이나 마이크로프트 홈스에게 클럽은 아늑하고 편리한 공간이었을 것이다. 『바스커빌 가문의 사냥개』에서 왓슨은 생각에 몰두하는 홈스를 혼자 두기 위해 사교 클럽에 다녀온다. 클럽 회원 수에는 제한이 있었기 때문에 회원이 되기 위해 대기 명부에 이름을 올리고 기다리는 사람도 많았다. 기록에 따르면 십육 년을 기다린 사람도 있었다고 한다.

『셜록 홈스의 사건집』에 언급된 칼턴 클럽은 영국 토리당 정치인이 주축이 되었기 때문에 보수적인 성향을 띠었고, 지금까지도 보수 정치인들이 주요 회원이다. 가상의 클럽이기는 하지만 『셜록 홈스의 회상록』에 언급된 마이크로프트 홈스가 회원으로 있는 디오게네스 클럽은 클럽 내에서 절대 말을 하면 안 되고, 다른 회원들에게 관심을 보여서도 안 된다는 규칙이 있다.

38쪽 | 빅토리아시대의 신문

「유명한 의뢰인 사건」에서 사건을 수사하던 홈스는 괴한에게 습격을 당해 크게 다친다. 길을 걷던 왓슨은 신문 가판대에서 이 소식을 보고 깜짝 놀라 홈스에게 달려간다. 당시에는 대단히 중요한 뉴스가 있을 때 신문 판매자가 인쇄된 큰 종이를 들고 알렸다. 종이에는 주로 '전쟁!', '타이타닉 침몰'과 같은 특보가 씌었다. 지나가는 사람들은 종이를 보고 신문을 사 읽었다. 홈스의 사건도 "셜록 홈스가 목숨을 노린 습격을 당하다"라는 문구가 종이에 실렸을 것이다. 왓슨은 이걸 보고 아연실색하여 가판대에서 신문을 훔치기까지 한다.

셜록 홈스는 신문 기사를 통해 범죄 사건을 파악했다. 관심 가는 분야의 기사를 모아 신문 기사 스크랩북을 만들어놓고 참고하기도 했다. 개인 광고란은 홈스가 신문에서 가장 좋아하는 부분으로 매일매일 다양한 신문의 개인 광고란을 보면서 독특한 내용의 광고는 기억해두는 것으로 나온다. 범인을 잡기 위해 직접 광고를 실어 미끼를 놓기도 했다. 1860년대부터 1910년대까지의 영국은 신문 발행의 황금기였다. 인쇄와 통신이 발달했으며 저널리즘이 발달했다. 1850년대에 인쇄물에 붙이는 인지세가 인하되면서 신문 가격이 낮아졌고 더 많은 사람들이 신문을 접할 수 있었다. 홈스가 큰 도움을 받았을 탐사 보도나 선정적인 사건을 다루는 황색 저널리즘이 이때 만들어졌다. 기자들은 범죄 사건을 소상하고 자극적으로 다루었다. 각 신문사마다 경쟁이 있었기 때문에 기자들은 범죄 사건 취재 경쟁이 뜨거웠다. 대중을 선도하고 정치 이슈를 만들어내는 등의 현대 신문의 역할은 빅토리아시대의 영국에서부터 자리잡았다.

59쪽 | 홈스가 기록한 단편

'셜록 홈스' 시리즈는 대부분이 존 왓슨의 기록이지만, 셜록 홈스가 기록한 단편이 두 편 있다. 『셜록 홈스의 사건집』에 수록된 「창백한 병사」와 「사자 갈기」는 홈스가 쓴 단편이다. 「창백한 병사」는 평소 왓슨의 작가로서의 능력을 폄하해온 홈스가 스스로 사건을 기록하기로 하며 시작한다. 홈스는 왓슨이 사실과 수치는 무시하고 대중의 취향만 관심에 둔 피상적인 글만 쓴다고 비난하지만 본인이 겪었던 기묘한 일을 소개한다면서 독자들의 기대에 어긋나지 않기를 바란다고 쓰고 있다. 이 사건을 해결하면서 홈스는 논리적 추리보다는 의학적 지식에 기댄다. 1907년 7월 말을 배경으로 하는 「사자 갈기」는 은퇴한 뒤 서식스 주 시골집에서 지내는 홈스가 겪은 사건을 기술한다. 곁에 왓슨이 없기에 직접 기록할 수 밖에 없었다. 이 사건 역시 그의 특기인 논리적 추리보다는 일전에 책에서 읽었던 정보 덕에 해결된다. 「사자 갈기」의 홈스는 전성기의 명탐정과는 다른 모습을 보인다. 이는 똑같이 은퇴 후의 홈스를 다루고 있는 「그의 마지막 인사」(『셜록 홈스의 마지막 인사』에 수록)와 결이 다르다. 홈스가 직접 쓴 단편이 왓슨이 쓴 단편보다 재미도 덜하고, 홈스 본인의 재능도 빛을 발하지 못한다는 명백한 차이가 흥미롭다.

223쪽 | 뉴게이트 캘린더

「삼 인의 개리데브」에서 홈스는 왓슨과 이야기를 나누다 악명을 떨친 살인자의 이름을 모르는 왓슨더러 특수한 직업군이 아니면 머릿속에 《뉴게이트 캘린더》를 넣고 다닐 필요는 없다고 이야기한다.

뉴게이트 캘린더는 감옥에 수감된 당대의 악명 높은 범죄자들에 대한 소책자로, 18세기 말에 인기 있는 연속 간행물이었다. 처음에는 한 장으로 인쇄하여 축제나 공개 처형일에 거리에서 팔았다. 1773년부터 정식 단행본으로 발행된 이 책은 당시의 사회 이슈, 범죄 사건에 대해 다루었다. 범죄자들이 어떤 식으로 범죄를 저질렀는지를 묘사한 삽화를 실어 독자의 이해를 더했다. 일반 가정집에서 성경, 존 버니언의『천로역정』과 더불어 없어서는 안 될 책으로 꼽혔다.

344쪽 | 브랜디의 효능

'셜록 홈스' 시리즈에서는 아픈 사람, 다친 사람, 놀란 사람에게 와인이나 브랜디, 진한 커피를 먹이는 장면이 자주 등장한다. 현대의 상식으로 볼 때는 전혀 이해할 수 없지만 의사인 왓슨조차도 환자에게 브랜디나 커피를 처방한다. 그리고 놀랍게도 약효가 좋다. 「사자 갈기」에서 정체불명의 악당에게 습격을 당한 머독은 엄청난 상처를 입고 홈스와 경찰에게 찾아와 브랜디를 간절히 구한다.

19세기 말과 20세기 초에 브랜디를 비롯한 알코올음료는 일종의 약으로 쓰였다. 알코올음료는 심장을 빨리 뛰게 하기 때문에 자극제로 쓰였고, 흥분을 가라앉힌다고도 알려져 진정제로도 쓰였다. 이 두 가지 작용끼리 충돌할 거라 여길 법도 한데 환자에게 좋은 건강식으로 제공된 점은 논리적인 처방이 아니라 민간요법에 가깝다. 빅토리아시대에는 담배 역시 기호품이 아니라 건강에 좋은 것으로 여겨졌다. 천식 증상을 일시적으로 완화시킬 뿐 아니라 다른 호흡기 질환도 치료한다고 알려졌다. 마약이 만병통치약으로 여겨진 사회라 홈스가 사건이 없는 괴로움을 마약으로 달래던 것처럼, 담배나 술에 대해서도 현재와는 다른 인식이 퍼져 있었다.

트리비아 참고 문헌

Arthur Conan Doyle, 『The Case-Book of Sherlock Holmes』, Oxford University Press, 1993

Jack Tracy, 『The Ultimate Sherlock Holmes Encyclopedia』, Doubleday & co., 1977

Nick Utechin, 『Amazing & Extraordinary Facts-Sherlock Holmes』, David & Charles, 2012

데이비드 스튜어트 데이비스 외, 이시은 · 최윤희, 『셜록 홈즈의 책』, 지식갤러리, 2015

아서 코넌 도일, 레슬리 S. 클링거, 승영조 외 옮김, '주석 달린 셜록 홈즈' 시리즈, 현대문학, 2013

*

해설

셜록 홈스의 후예들

홈스 이전의 탐정

아서 코넌 도일이 추리문학계에 남긴 자취는 넓고 깊다. 그가 창조한 명탐정 셜록 홈스를 통해 추리소설이 황금기로 향하는 문이 활짝 열렸다는 점은 다른 어떤 것과도 비교하기 어려운 업적이다.

물론 홈스 이전에도 '명탐정'이라고 부를 만한 소설 속 주인공이 없었던 것은 아니다. 잠깐 소설 속에서 '탐정'으로 등장하는 인물에 대해 살펴보자. 이 독특한 직업의 인물은 두 가지 특성을 가지고 있다. 하나는 사건의 진상을 꿰뚫어 보는 지성, 다른 하나는 범죄라는 폭력에 대항할 수 있는 육체다. 탐정의 이런 특성은 추리소설의 태동기부터 존재했다. 19세기 초 전과자에서 파리 범죄 수사국 국장의 자리까지 올랐던 실존 인물 프랑수아 비도크는 좋은 예다. 그가 1827년 발표한 과장과 허세가 섞여 있는 『회상록Memoires de Vidocq』은 베스트셀러가 되었다. 비도크가 묘사한 본인은 사건 현장에서 신중하게 증거를 모으는 인물이면서 범인을 잡기 위해 뛰어난 변장술로 범죄자들 사이에 섞여 들어가는 대담한 수사관으로, 일반 독자뿐만 아니라 범죄 관련 이야기를 쓰는 작가들의 상상력을 자극했다. 대서양 건너편의 미국에서 에드거 앨런 포는 1841년 「모르그가의 살인」을 발표하면서 비도크보다 훨씬 뛰어난 능력을 가진 C. 오귀스트 뒤팽이라는 인물을 주인공으로 등장시켰다(작품 속에 비도크의 이름도 언급된다). 포의 시대에는 '탐정Detective'이라는 단어조차 없었지만, 뒤팽은 상상을 초월하는 분석력과 뛰어난 추리력으로 불가사의해 보이는 사건을 멋지게 해결하며 명탐정의 이상적인 모습을 제시해 오늘날까지 '최초의 추리소설에 등장한 명탐정'으로 남아 있다. 포의 뒤를 이어 찰스 디킨스, 에밀 가보리오, 윌키 콜린스 등 유명 작가들도 추리소설을 발표했다. 작품 자체는 좋은 평가를 받았음에도 그들이 창조한 수사관인 버킷 경위, 르콕, 커프 경사 등은 탐정으로서의 천재성이나 독특한 개성에 있어서 선배인 뒤팽과 비교할 수준에는 이르지 못했다.

홈스의 탄생

추리문학 역사상 뒤팽의 후계자 중 가장 위대한 탐정은 논란의 여지 없이 셜록 홈스를 꼽을 수 있다. 뒤팽 등장 이후 사십여 년이 흐른 1886년, 영국의 젊은 의사 코넌 도일은 '주홍색 연구'라는 제목의 장편소설을 탈고했다. 이 작품은 여러 출판사에서 거절당한 끝에 이듬해인 1887년 《비턴스 크리스마스 애뉴얼Beeton's Christmas Annual》에 실리면서 빛을 보았다. 그러나 당시 이 작품을 읽은 독자들 중 셜록 홈스라는 인물이 훗날 전 세계적으로 유명한 존재가 될 것이라고 예상한 사람이 얼마나 있었을까.

홈스는 왓슨이 자신을 뒤팽과 비교하자 불편한 감정을 감추지 않았지만, 본질적으로는 뒤팽의 연장선상에 있는 직계 후예이면서 비도크의 그림자도 어렴풋이 비치는 인물이다. 놀라운 분석력이라는 지성적 측면에서는 뒤팽을, 그리고 증거 수집과 뛰어난 변장술은 비도크의 영향을 떠올리게 한다. 특히 홈스는 그의 모험담의 여러 일화를 통해 탐정 업무는 위험을 동반하며 경우에 따라서는 완력도 필요하다는 것을 보여주고 있다. 그리고 명탐정의 보조 역할을 하는 인물을 돋보이게 만든 부분도 빼놓을 수 없다. 에드거 앨런 포가 오귀스트 뒤팽과 함께 화자인 '나'라는 인물을 등장시켰으나, 이름조차 주지 않았고 개성이라고 할 만한 요소도 부여하지 않아 특별한 인상을 남기기 어려웠던 반면, 왓슨은 인간적 반응과 함께 홈스의 일상을 생생하게 기록하여 독자들에게 친근하게 다가갔다.

그리고 무엇보다 주목해야 할 점이 있다. '셜록 홈스' 시리즈의 인기는 매력적인 주인공과 흥미진진한 내용에 바탕을 두고 있었지만, 이전까지는 드물었던 단편 연작의 형태라는 점도 큰 작용을 했다. 실제로 홈스의 성공은 첫 두 장편 『주홍색 연구』와 『네 사람의 서명』이 아닌 첫 단편, 즉《스트랜드 매거진》에 실린 「보헤미아 스캔들」부터 시작되었다.

'셜록 홈스' 시리즈의 단편 연재에는 도일의 전략적 구상이 있었다. 19세기 말, 인쇄 기술의 발달과 교육 수준 향상이라는 두 가지 접점이 맞물리면서 저렴한 대중잡지가 인기를 끄는 시대가 열렸다. 이런 상황을 눈여겨보던 도일은 '셜록 홈스' 시리즈를 잡지에 연재한다는 아이디어를 떠올렸다. 장편이 아니라 매호 완결되는 형식의 단편소설을 써서 잘 팔리는 잡지에 정기적으로 연재할 수 있다면 고정 독자와 작가로서의 명성을 동시에 얻을 수 있으리라 생각했던 것이다. 그가 이미 구상해놓은 '셜록 홈스' 시리즈가 이런 계획에 딱 어울렸고, 창간 당시 삼십만 부였던《스트랜드 매거진》의 발행 부수는 홈스의 모험담이 실리기 시작한 다음 오십만 부를 넘어섰으니, 홈스가 등장하는 단편 연작은 단순한 성공 정도가 아닌 폭발적 인기를 얻었다 말해야 할 것이다. 작품 연재가 거듭되면서 드러나는 홈스의 생활과 성격이 독자들의 머릿속에 각인되며 셜록 홈스는 소설 속의 등장인물이 아니라 실존하는 유명 인사 같은 존재감을 갖게 된다.

이처럼 동일한 주인공이 단편 연작에 계속 등장해 오랜 기간 동안 활약하는 형식은 '셜록 홈스' 시리즈에서 본격적으로 시작되었다고 말할 수 있다. 물론 도일이 아니었더라도 결국 언젠가는 다른 작가에 의해 명탐정 선풍이 일어날 수도 있었겠지만, 홈스와 같은 모범적인 사례가 없었다면 그 시점이 언제였을지는 짐작하기 어렵다.

그러나 열광적 인기에도 불구하고 도일은 삼 년 만에 그의 명탐정을 작품 속에서 사라지게 만들었다. 도일의 결정에 분노해 홈스를 되살려내라고 항의한 독자들의 많은 수에서 알 수 있듯이 대략 삼 년에 걸친 홈스의 활약은 이전까지 없었던 흐름, 즉 최초의 추리소설 독자층 형성이라는 문화적 현상을 몰고 왔다.

홈스의 후예들

홈스의 성공에 힘입어 《스트랜드 매거진》의 판매고가 높아지자 다른 잡지들도 경쟁하듯 단편 추리소설을 게재하기 시작했다. 이 결과로 새로운 탐정들, 즉 셜록 홈스의 후예들이 등장했다(일반적으로 '라이벌'이라는 호칭이 자주 쓰이지만, 경쟁자라는 표현에 걸맞을 탐정은 열 손가락으로 꼽기도 어려울 것 같다). 다양한 작가가 창조했지만 주인공과 이야기 구성은 언제나 비슷했다. 독특한 성격의 '천재'적인 명탐정과 그를 보조하는 등장인물, 그리고 기묘한 수수께끼를 가진 사건을 해결한다는 구성 등 '셜록 홈스' 시리즈의 형식을 거의 답습한다. 이런 관점에서 보자면 홈스 이후 추리소설 속에서 활약한 탐정은 사실상 모두 홈스의 후예인 셈이다. 다만 형식(장편)이나 성격(하드보일드 등)이 다른 작품의 탐정까지 직계 후예로 보긴 어렵고, 19세기 후반부터 20세기 초반까지 활약했던 탐정들은 홈스의 후예라 할 수 있다(일찌감치 등장한 홈스의 패러디 및 다른 작가들의 '셜록 홈스' 시리즈도 있으나 이들은 홈스 본인이나 마찬가지이기 때문에 후예의 범주에 넣을 수는 없겠다). 이들 중에는 지금까지 기억되는 인물이 있는가 하면 완전히 잊힌 인물도 있다.

홈스보다 약간 늦은 1893년 처음 등장하여 1978년까지 활약해 세계 최장수 탐정으로 남아있는 섹스턴 블레이크는 하숙집 위치가 베이커 스트리트라는 점에서 애초부터 홈스를 의식하고 창조된 인물임을 쉽게 알 수 있다. 1950년대 중반 들어 하숙집을 벗어나 버클리 스퀘어의 호사스러운 사무실로 자리를 옮기며 그와 함께 비서 폴라 데인을 고용한다. 세계를 누비며 모험을 벌인다는 점에서 홈스와 구별되는 모습을 보여준 그는 이백

여 명의 작가가 쓴 사천여 편의 작품 속에서 활약했다.

도일이 '셜록 홈스' 시리즈를 중단하면서 비워진 자리는 L.T. 미드와 클리퍼드 핼리팩스의 합작 시리즈 '어느 의사의 일기The Diary of a Doctor'로 메워졌으며, 삼 개월 후에는 아서 모리슨의 탐정 마틴 휴이트가 등장해 뒤를 이었다. 웃음이 사라지지 않는 둥근 얼굴과 통통한 몸집의 그는 유머와 인간미가 넘친다. 밴 다인은 휴이트를 셜록 홈스의 후계자 중 가장 뛰어나다고 평가했다.

1865년에는 M.P. 실의 『잘레스키 왕자Prince Zaleski』가 등장했다. 이 몰락한 러시아 귀족의 후예는 런던 교외의 낡고 커다란 저택에서 한 걸음도 나오지 않는다. 에티오피아인 하인의 시중을 받으면서 의자에 앉아 신문 기사를 읽으며 어려운 사건을 풀어나가는 안락의자형 탐정이다. M.P. 실은 "뒤팽의 진정한 계승자는 잘레스키 왕자이며 홈스는 사생아에 불과하다"고 호언했지만 작품의 수나 수준 면에서 홈스와 비교하기 어렵다.

도일이 『주홍색 연구』를 발표했던 1886년, 뉴질랜드 출신의 퍼거스 흄은 『이륜마차의 수수께끼The Mystery of a Hansom Cab』를 발표해 대성공을 거두었다. 후속 작품에 대한 독자의 반응은 시원치 않았으나 1898년 발표한 전당포의 여주인 '헤이거 스탠리' 연작 단편은 기억해둘 만하다. 칠흑같이 검은 눈과 갈색 피부를 가진 집시 혈통 여인 헤이거는 런던 빈민가에 자리한 전당포 주인 제이콥의 친척으로, 그의 밑에서 운영을 배우다가 제이콥이 세상을 떠나자 전당포를 이어받는다. 검소하고 외출할 때 화장도 하지 않을 정도로 외모에 관심이 없는 한편 판단력과 통찰력이 뛰어나며 거친 빈민가의 남자들에게 물러서지 않는 배짱을 가지고 있다. 열 명의 손님이 가져온 물품을 받으면서 일어나는 열 가지 단편에서 그녀의 활약상을 볼 수 있다.

맥도널 보드킨은 1898년 폴 벡이라는 젊은 사설탐정을 선보인다. 손턴 크레슨트에서 탐정 사무실을 운영하는 벡은 우유 배달부를 방불케 하는 외모이지만 아일랜드의 홈스라는 별명도 가졌다. 홈스와는 달리 직관보다 상식을 중요시해서 경험법 탐정이란 별명도 가졌다. 이 년 후 보드킨은 숙녀 탐정 도라 멀을 창조하는데, 이 두 남녀는 추리 경쟁을 벌이면서 뜨거운 사이가 되어 추리소설 사상 최초의 탐정 부부가 된다. 훗날 두 사람 사이에서 탄생한 아들 폴 2세는 두 사람의 재능을 그대로 이어받아 탐정의 길을 걷는다.

1899년, E.W. 호넝이 도둑 신사 래플스를 선보였다. 래플스는 낮에는 유명한 크리켓 선수이자 사교계의 인기인이지만 밤이 되면 도둑으로 변신하는 독특한 인물이다. 그는 런던의 고급 주택인 올버니의 호화로운 숙소에서 우아한 독신 생활을 즐긴다. 그의 학교 후배인 버니 맨더스가 왓슨과 같은 기록자 역할을 한다. 호넝은 코넌 도일의 처남인데, 홈스의 대척점에 서 있는 존재인 범죄자 래플스를 창조했다는 것이 이채롭다.

세기가 바뀐 1901년에는 에마 오르치가 구석의 노인이라는 수수께끼 같은 인물을 《로열 매거진The Royal Magazine》에 등장시켰다. 이름을 비롯하여 나이, 직업 등 모든 것이 알려지지 않은 이 괴이한 노인은 쉴 새 없이 매듭을 만지작거리면서 미궁에 빠진 사건의 진상을 밝혀낸다. 구석의 노인을 '안락의자 탐정'으로 보는 사람도 있으나, 여성 기자 버턴을 만나는 장소가 늘 같은 장소일 뿐 실제로는 사건 현장과 재판소까지 찾아가서 모든 정보를 수집하는 부지런한 모습은 게으른(?) 안락의자 탐정과 거리가 멀다. 에마 오르치는 1910년에 런던 경찰청의 여성 수사관 레이디 몰리를 주인공으로 한 시리즈도 발표했다. 몰리의 남편은 결혼식 다음날 살인 혐의로 체포되어 징역 이십 년 형을 선고받는다. 그러자 레이디 몰리는 남편의 결백을 증명하기 위해 경찰이 되어 남편이 관계된 사건을 조사해나간다. 물론 수사관으로서의 직무도 다한다. 그녀의 조수 역할을 하는 메리의 서술로 진행되는 이 시리즈는 당시로서는 드문 여성 수사관을 주인공으로 한 작품으로 역사에 남았다.

주인공의 개성을 강조하다 보니 극단적으로 추리력만 강조된 탐정도 탄생했다. 1905년 10월, 대서양 건너편의 미국에서는 《보스턴 아메리칸Boston American》에 자크 푸트렐의 『13호 독방의 문제The Problem of Cell 13』가 6회에 걸쳐 연재된다. 철학박사, 법학박사, 의학박사, 왕립학회회원인 오거스터스 S.F.X. 밴 듀슨 교수, 즉 생각하는 기계의 탄생이었다. 그는 활동력이 전혀 없는 것은 아니지만, 허친슨 해치 기자에게 현장 조사 등의 잡다한 일을 맡기고 그가 가져온 정보를 통하여 해답을 얻어내는 놀라운 추리력을 과시한다.

1906년 로버트 바는 프랑스 경찰 간부였다가 런던으로 건너온 유진 발몽이라는 인물을 창조했다. 그는 런던 임페리얼 저택에 살면서 친구인 런던 경찰청의 스펜서 헤일 경감의 조언자로 활동한다. 경력이나 분위기에서 훗날 등장하는 에르퀼 푸아로와도 매우 흡사한데, 단편 일곱 작품에만 등장하고도 여전히 이름을 남기고 있는 주인공이다.

1908년 《피어슨스 매거진Pearson's Magazine》 크리스마스 특집호에는 리처드 오스틴 프리먼의 「푸른 장식물The Blue Sequin」이 수록되었고, 뒤를 이어 법의학 교수 존 손다이크 박사 이야기 일곱 편이 연재된다. 온화하고 현실적이며 실증적인 명탐정은 과학 수사법을 통해 당시 홈스와 맞먹는 인기를 누렸다. 그의 시리즈는 이른바 도치서술형 추리를 통해 기념비적인 작품을 남겼다.

1911년에는 홈스에 맞먹을 정도의 높은 평가를 받는 인물이 등장한다. G.K. 체스터턴이 창조한 브라운 신부는 작고 초라해 보이는 외모와 달리 날카로운 통찰력으로 범죄자의 심리를 꿰뚫어본다. 체스터턴은 추리소설에 역설과 형이상학을 도입하여 사물이 겉보기와는 매우 다르다는 것을 강조했다.

미국 작가 아서 리브는 1911년 미국 최초의 과학자 탐정 크레이그 케네디를 등장시켰다. 한때 '미국의 셜록 홈스'라고 불릴 정도로 인기를 얻은 케네디는 브루클린에서 태어나 프린스턴 대학과 독일 하이델베르크 대학, 베를린 대학을 거쳐 컬럼비아 대학의 교수를 맡으면서 탐정으로도 활약한다. 그는 학자이면서도 행동파로, 변장과 사격에도 뛰어난 솜씨를 가졌다. 대학 후배이자 신문기자인 월터 제임슨이 왓슨 역할을 한다. 이야기도 '셜록 홈스' 시리즈와 비슷하게 의뢰인이 그들의 하숙집이나 대학 연구실로 찾아와 사건을 의뢰하면 케네디 교수가 해결한다는 패턴으로 진행된다.

역시 미국 작가인 새뮤얼 홉킨스 애덤스는 광고 회사 고문으로 일하는 잘생긴 청년 애버리지 존스의 모험담을 창조했다. 1911년 「애버리지 존스Average Jones」에서 처음 등장한 그는 '에이드리언 밴 라이펜 에거턴'라는 긴 이름의 머리글자만 떼어 '애버리지'라고 자칭한다. 각계 명사들이 모이는 고급 클럽인 코즈믹 클럽의 회원이며, 클럽이 있는 건물에 거주한다. 미국적인 유머가 풍부하며 독특한 플롯이 넘치는 시리즈다. 미국 출간 시에 '셜록 홈스 이후 가장 머리 좋은 탐정'이라는 선전 문구를 달아 홍보했다.

캐나다에서는 '숲속의 셜록 홈스'라는 별명을 가진 인물이 등장한다. 1913년 헤스케스 프리처드의 작품에 등장한 노벰버 조는 캐나다 캐나다의 삼림 지대에서 사슴 사냥 가이드로 일하는 총명한 인물이다. 숲이 낳은 사람이라고 할 정도로 사냥에도 뛰어난 솜씨를 가지고 있으며 퀘벡 지역 경찰에 협력하는 탐정이다. 십일월에 태어났다는 것만 알 뿐 가족도 친척도 없는 혈혈단신인 그는 사건을 해결하는 도중 젊은 미국 여인과 사랑에 빠진다. 대자연 속에서 벌어지는 아홉 개의 사건이 발표되어 있다.

영국 작가 어니스트 브래머는 시각장애인 명탐정 맥스 캐러도스라는 인물을 등장시켰다. 맥스 캐러도스는 1차세계대전 직전인 1914년 첫선을 보였는데, 어린 시절 시력을 상실한 그는 다른 감각이 보통 사람보다 훨씬 발달해서 손의 감각만으로 종이에 쓴 편지를 읽을 수 있을 정도이다. 옛 친구인 사설탐정 칼라일과 재회하면서 범죄 수사에 참여해 수많은 사건을 해결한다. 그는 홈스 시대 최후의 명탐정이라고 할 수 있다.

잡지의 시대가 저물어가고 단편의 수요가 줄어들면서 탐정의 짤막한 모험담은 정체기를 맞는다. 또 하드보일드 탐정의 등장,

경찰소설의 대두와 함께 천재적 사설탐정의 입지는 좁아지고 말았다.

포가 창조한 뒤팽으로 시작된 탐정의 계보는 도일의 홈스로 절정을 맞이했다. 그 후 수많은 후계자들을 통해 오늘날까지 이어지는 추리소설 시대를 열었다. 도일이 홈스를 탄생시킨 후 작품 활동을 시작한 작가 중에서 홈스의 모험담을 전혀 읽지 않은 사람이 과연 있을까? 모든 탐정은 홈스의 후예라고 해도 과언이 아닐 것이다. 지성과 육체적 능력을 함께 갖춘 홈스라는 탐정은 수많은 작가에 의해 모방되었고 변형되고 심지어 뒤틀리기까지 하며 새로운 탐정들에게 생명을 부여했다. 모든 탐정소설의 작가들은 도일에게 조금씩 부채를 졌으며, 그것을 갚으면서 더불어 추리소설의 세계도 더욱 넓어졌다. 도일은 추리소설계에 넓고도 깊은 영향을 미쳤으며, 그로써 독자들은 현대의 탐정에게서도 홈스의 그림자를 희미하게 느낄 수 있을 것이다.

박광규(추리소설 해설가, 전《계간 미스터리》편집장)

셜록 홈스의 사건집
The Case-Book of Sherlock Holmes

초판 발행 2016년 12월 9일

지은이 아서 코넌 도일 | **옮긴이** 이은선 | **펴낸이** 염현숙

책임편집 이현 | **편집** 임지호 김세화 이송
아트디렉팅 이혜경 | **본문조판** 이현정 | **일러스트 및 캐릭터디자인** 박해랑
저작권 한문숙 김지영 | **마케팅** 정민호 나해진 박보람 이동엽
홍보 김희숙 김상만 이천희
제작 강신은 김동욱 임현식 | **제작처** 한영문화사 | **제본** 신안제책사

펴낸곳 (주)문학동네
출판등록 1993년 10월 22일 제406-2003-000045호
임프린트 엘릭시르

주소 10881 경기도 파주시 회동길 210
문의 031-955-1906(편집) 031-955-3576(마케팅) 031-955-8855(팩스)
전자우편 editor@elmys.co.kr | **홈페이지** www.elmys.co.kr

ISBN 978-89-546-4312-2 04840
978-89-546-4306-1(SET)

엘릭시르는 출판그룹 문학동네의 임프린트입니다.